STRANDPIRATEN

VON

TANJA KORF

Teil 8 der Sand-Strand-Sommer-Reihe

Bisher in dieser Reihe erschienen:

Sandspiele - Mein Leben im Beachvolleyball-Sportinternat
(Teil 1 der Sand-Strand-Sommer-Reihe)
ISBN-10: 3848200392 - ISBN-13: 978-3848200399

Strandjungs - Zwei Beachvolleyballer auf dem Weg nach oben
(Teil 2 der Sand-Strand-Sommer-Reihe)
ISBN-10: 3848216027 - ISBN-13: 978-3848216024

Sommerträume - Zwei Beacher - ein Ziel
(Teil 3 der Sand-Strand-Sommer-Reihe)
ISBN-10: 3732253287 - ISBN-13: 978-3732253289

Sandhaus: Teil 4 der Sand-Strand-Sommer-Reihe
ISBN-10: 373229417X - ISBN-13: 978-3732294176

Strandgut: Teil 5 der Sand-Strand-Sommer-Reihe
ISBN-10: 3734784778 - ISBN-13: 978-3734784774

Sommerziele: Teil 6 der Sand-Strand-Sommer-Reihe
ISBN-10: 3741227129 - ISBN-13: 978-3741227127

Sandstürme: Teil 7 der Sand-Strand-Sommer-Reihe
ISBN-10: 3746076889 - ISBN-13: 978-3746076881

1

INHALTSVERZEICHNIS

Kapitel 1
Glück im Spiel ...

Natürlich drehen wir vor lauter Euphorie gleich am Rad, als wir von unserem Überraschungs-einsatz in Kroatien hören. Schließlich haben wir nicht im Traum daran gedacht, dass sich einer unserer allergrößten Wünsche so völlig überraschend und dann auch noch fast im Vorübergehen erfüllt. Aber das ist noch nicht alles, denn in Umag wird etwas auf uns zukommen, was wir im Moment noch gar nicht ahnen können. Dass am Ende alles noch viel, viel besser läuft, hätten wir sowieso nie zu träumen gewagt. Dazu aber später, denn zunächst verläuft mein Alltag alles andere als rund. Kurz vor unserer Abreise muss ich nämlich unbedingt noch einmal unfreiwillig mit Ella zusammenrasseln. Der Grund dafür ist ausgesprochen dämlich: Ella überlegt nämlich, die Tage meiner Abwesenheit auf Mallorca zu verbringen und ich Idiot muss sie in meiner Dusseligkeit unbedingt darauf hinweisen, dass wir jetzt Sommer haben und die Mallorca-Aufenthalte eigentlich für den tristen Herbst und den nasskalten Winter eingeplant sind. Ich weise sie darauf hin, dass draußen die Sonne scheint und die Temperaturen weit im Plusbereich liegen. Dieser Hinweis allein reicht allerdings schon aus, um Ella mal wieder zur Weißglut zu bringen und natürlich bin ich derjenige, der die geballte Ladung erntet. Meine Frau wirft mir nämlich vor, dass ich sowieso nur an mich denke, sie selbst mir völlig egal sei und das Wetter ja nun Ansichtssache ist. Aber weil sowohl Klein Hanna als auch Mimo-Baby am Dienstagmorgen mit Rotznase und hartnäckigem Husten aufwachen, haben sie in einem Flieger nichts zu suchen und der Kurzurlaub muss ausfallen. Das ist zumindest meine Meinung, Ella hat allerdings eine komplett andere. Die Diskussion ist endlos, aber weil ich wegen der Gesundheit der Kinder natürlich die besseren Argumente habe, gibt meine Frau frustriert nach. Für Ellas Laune ist diese Wendung genau das Falsche! Für meine allerdings auch. Sie lässt mich irgendwann büßen, das ist sicher!

Um meine Frau einigermaßen zu besänftigen, nehme ich die Kinder und fahre mit ihnen zum Kinderarzt, anschließend in die Apotheke und schließlich zurück nach Schilksee, wo Ben schon ungeduldig auf mich wartet. Wegen unseres kurzfristig in Kroatien angesetzten Starts steht nämlich ein hartes Trainingsprogramm auf dem Plan und ich bin ziemlich spät dran. Ein Rüffel ist mir sicher. Klar, seit mindestens zwei Minuten hat niemand mehr seinen Frust an mir ausge-lassen, deshalb habe ich fast schon Entzugserscheinungen. Wird Zeit, dass mich mal wieder jemand so richtig zusammenstaucht und das kann Jonas eben am allerbesten. Er lässt mich auch nicht lange warten: "Wo steckst du denn? Wir warten seit zehn Minuten auf dich!"

"Ich war mit den Kindern beim Arzt."

"Wieso?"

"Sie haben irgendeinen Virus."

"Und du hattest nichts Besseres zu tun, als mit ihnen durch die Welt zu reisen, oder was? Meine Güte, willst du dich unbedingt anstecken? Ausgerechnet jetzt?"

"Jetzt übertreib mal nicht."

"Du weißt, worum es am Wochenende geht!"

"Na klar!"

"Sieht mir aber nicht so aus."

"Mach du mich ruhig auch noch fertig!", maule ich und habe das Pech, genau in diesem Moment niesen zu müssen. Jonas hebt nur die Augenbraue und scheucht mich in die Halle. Zum Aufwärmen. Um ihn nicht weiter zu provozieren, befolge ich wortlos seine Anweisungen und bin schließlich zu allem bereit.

Wir trainieren drei Stunden am Stück – erst an den Geräten, danach im Sand. Am Abend ist eine weitere zweistündige Einheit angesetzt, die von Amy beaufsichtigt wird, und weil Amy anwesend ist, haben wir auch einen Kontrollfreak an der Hacke: Ella nämlich.

Ella lässt mich nicht eine Sekunde aus den Augen und macht nicht nur mich, sondern auch Ben damit vollkommen verrückt. Sie sorgt für einen Sicherheitsabstand zwischen Amy und mir, den sie so plump und hartnäckig durchsetzt, dass es schon mehr als peinlich ist. Ich bin froh, als dieser Tag vorbei ist und ebenso froh bin ich, dass die Medikamente meiner Kinder anscheinend helfen. Sie schlafen durch und ich zum Glück auch.

Der Mittwoch ist schweißtreibend und stressig. Jonas drückt uns zwei anstrengende Trainingseinheiten rein und fährt am Nachmittag mit uns zum Flughafen. Wir fliegen nach Umag, treffen dort am Abend ein und beziehen Quartier. Die Londoner sind bereits da; sie trainieren am Strand, aber Jonas schickt uns auf unsere Zimmer.

Beim Frühstück am nächsten Morgen treffen wir die anderen aus unserem Team: Lennart und Bennet, Jan und Pascal sowie Tobi und Max, Nils und Kay und ein Überraschungsteam, nämlich David und Finn aus Berlin. Leider gibt es für Deutschland nur drei Startplätze, deshalb müssen wir durch die Länderqualifikation, die am Donnerstag ausgespielt wird. Hayden und Taylor haben Glück, sie sind das einzige britische Team und dürfen deshalb am Donnerstagmorgen ausschlafen.

Der Donnerstag erwartet uns mit heftigem Regen und kaltem Wind. Es ist wie zu Hause. Für einen Moment wird mir flau im Magen, denn dies ist genau das Wetter, das Ella in den Wahnsinn treibt, aber ich darf jetzt nicht an Ella denken. Die Musik spielt heute in Kroatien. Es ist gerade mal acht Uhr, als wir das erste Mal am Start sind. Nils und Kay sind unsere Gegner, die gegen uns keine Sonne sehen. Bereits den ersten Satz verlieren sie deutlich und ihre Körpersprache zeigt, dass sie gleich aufgeben. Wir wundern uns natürlich über diese Einstellung, schließlich geht es hier um eine Menge, aber Nils und Kay zeigen heute wirklich nicht, was sie können. Nach zwei Sätzen gehen wir als Sieger vom Platz. Eine gute Dreiviertelstunde später heißen unsere Gegner Lennart und Bennet, die uns in den dritten Satz zwingen und sich dort von uns abschießen lassen. Wieder haben wir nur eine Dreiviertelstunde Zeit, dann steht unser letztes Spiel in der Länderqualifikation an. Wenn wir jetzt gewinnen, stehen wir in der Qualifikation für das Hauptfeld, das wir unbedingt erreichen wollen. Unsere Gegner in diesem dritten Spiel sind David und Finn, die nicht ansatzweise stark genug für uns sind. Nicht ein einziges Mal gehen sie in Führung, deshalb ist der Ausgang des Spiels auch ziemlich deutlich. Es ist zwölf Uhr, als wir die Country Quota als Sieger abschließen und uns erst mal auf den Weg zum Mittagessen machen. Wir suchen einen Imbissstand, versorgen uns mit dem Nötigsten und suchen unsere Kumpels, mit denen wir zusammen essen. Natürlich müssen die ausgeschiedenen Teams wieder aufgebaut werden, aber Ben hat Suppenkasperlaune und übernimmt die Aufmunterung der geprügelten Hunde. Um drei geht es für uns weiter. Wir spielen gegen ein Team aus Bulgarien und schlagen es zwei zu null. Hayden und Taylor besiegen in der Zwischenzeit Lennart und Bennet, aber das ist kein Wunder. Unsere deutschen Kollegen haben nämlich – genau wie wir – die Länderqualifikation spielen müssen; sie waren schon morgens um acht auf den Plätzen, während Hayden und Taylor gerade ihr erstes Spiel dieses Turniers absolvieren. Und dass sie stärker als Lennart und Bennet sind, weiß sowieso jeder. Trotzdem ist dieses Spiel spannend, denn die Jungs wehren sich mit allen Kräften gegen unsere besten Freunde.

Das zweite Spiel gewinnen wir genauso deutlich wie Hayden und Taylor. Wir ziehen gemeinsam ins Hauptfeld ein und hoffen, dort ordentlich Punkte zu sammeln. Jetzt ist aber erst mal Feierabend und den haben wir auch bitter nötig. Wir hatten heute fünf anstrengende Spiele und standen die ganze Zeit unter einem enormen Druck. Aber ab sofort ist Entspannung angesagt … gleich nach einem Telefonat mit Ella. Allerdings erreiche ich sie nicht, deshalb hinterlasse ich ihr nur eine kurze Nachricht auf der Mailbox und suche anschließend die anderen im Restaurant auf. David und Finn sowie Nils und Kay sind schon auf dem Heimweg, aber Lennart, Bennet, Jan, Pascal, die Londoner und wir sind noch im Rennen und genießen das ausländische Abendessen. Mediterran! Natürlich ist mein Hochgefühl anfangs gedämpft, weil Ella sich nicht meldet. Aber dann lenkt mich Taylor ab, der mir seine Saisonpläne steckt. Hayden und er sind auf dem besten Weg ins Nationalteam und ich zweifle nicht eine Sekunde daran, dass sie diesen Status schnell erreichen – wahrscheinlich sogar eher heute als morgen.

Der Freitag beginnt mit einem Technical Meeting und der anschließenden ersten Runde des Turniers. Wir selbst sind um halb elf an der Reihe, Hayden und Taylor exakt eine Stunde später. Ich gebe kurz unseren Überraschungssieg mobil als Nachricht an das Sandhaus weiter, erhalte von Ella allerdings nur eine ziemlich frustrierende Antwort: "Mir doch egal!"

7

Für einen Moment bin ich wirklich geschockt, aber dann werde ich sauer! Okay, es ist ihr egal? Dann muss ich mich ja auch nicht weiter zu Hause melden! Spare ich mir das eben! Tatsächlich nehme ich mir auch vor, einfach nicht mehr an sie und an zu Hause zu denken, aber in der zweiten Runde spukt mir dieser ganze Beziehungsmist durch den Kopf. Gedanklich bin ich im Sandhaus bei Ellas Laune und den Konsequenzen, die das schon wieder für mich haben wird. Ich nehme an, ich darf während der nächsten Tage wieder auf dem Sofa schlafen, das ist wirklich ätzend. Noch ätzender allerdings ist, dass wir dieses Spiel gegen die Schweizer verlieren und im Loserpool landen. Ich nehme diese Niederlage sofort auf meine Kappe, denn in diesem Spiel habe ich wirklich nicht funktioniert. Ben ist das natürlich aufgefallen, aber als er mich fragend anstarrt, schüttle ich einfach nur den Kopf und sage: "Ella!"

Mein Kumpel ist sofort im Bilde und fragt: "Willst du reden?"

"Nein, das ist sinnlos. Sie hat seit Tagen schlechte Laune."

"Ist mir aufgefallen."

"Egal! Jetzt muss unbedingt ein Sieg her!"

Das stimmt allerdings – wenn wir die Polen nicht schlagen, scheiden wir aus, werden Siebzehnte und müssen direkt nach Hause fahren. Dazu habe ich nun wirklich keine Lust. Ella soll sich lieber erst mal abreagieren. Deshalb schlagen wir die Polen in drei Sätzen und haben Feierabend für heute. Hayden und Taylor befinden sich noch in der Gewinnerrunde und können hier tatsächlich weit kommen, aber selbst für uns ist der Zug noch nicht abgefahren; auch für uns ist noch alles drin.

Den Abend verbringen wir ziemlich lässig. Ich schiebe alle Gedanken an das Sandhaus in die hinterste Ecke meines Hirns, schließe dort sorgfältig ab und werfe den Schlüssel weg. Dann wird mit den Londoner Jungs ein Fass aufgemacht. Leider haben wir Jonas Mikael Spaßbremse dabei, der uns nach zwei Bier dazu überredet, doch bitte mal die Getränke zu wechseln. Vielleicht ist das aber auch ganz gut, denn ich spüre, dass hier Großes möglich ist. Glück im Spiel – Pech in der Liebe, so heißt es doch, oder? Und da meine Liebe im Moment ganz eindeutig den Bach runtergeht, will ich die Gunst der Stunde nutzen und wenigstens sportlich erfolgreich sein.

Am Samstag schnuppern wir Siegerluft; Ben und ich sind supergut drauf und diese Stimmung wollen wir mit aufs Feld nehmen. Hayden und Taylor besiegen die Österreicher und wir schlagen die Heimmannschaft. Wow. Was für ein Turnier. Dann ist allerdings Schluss für uns. Wir lassen uns von den Norwegern schlagen und werden Neunte. Unsere Londoner Freunde sind allerdings noch im Rennen. Sie gewinnen am Samstagabend ihr Viertelfinale gegen die Türken und schlagen am Sonntagmorgen im Spiel um Platz drei die Schweizer, die auf dem ersten Platz gesetzt waren und nun Blech gewinnen.

Ich selbst schaue nach der Rückkehr ins Sandhaus ebenfalls in die Röhre. Das liegt an Ella und ihren Reiseplänen, die sie mir schriftlich mitteilt. Ein paar Minuten, bevor Jonas uns in die Hofeinfahrt chauffiert, erhalte ich nämlich eine SMS von ihr, in der sie mir erklärt, warum ich sie und die Kinder im Sandhaus nicht antreffen werde: "Sind in Alcudia, in Schilksee ist es mir zu nass!"

Natürlich habe ich jetzt überhaupt keine Lust mehr, meinen neunten Platz zu feiern, wieso auch? Ella ist weg und hat die Kinder mitgenommen! Diese Situation macht mich wirklich fertig, ich kann mich gerade noch so weit aufraffen, Robin und Timm zum Turniergewinn in Dahme zu gratulieren, aber dann ziehe ich mich zurück. Ich habe heute nämlich verständlicherweise keine Lust auf gute Laune und will lieber allein sein.

Zu allem Überfluss scheint am Montagmorgen strahlend die Sonne. Genau einen Tag zu spät. Hätte sie gestern schon geschienen, wäre Ella nicht nach Spanien gereist, wir hätten meine überraschend gute Platzierung feiern und gemeinsam Spaß haben können, aber das Wetter wollte es anders und Ella ganz offensichtlich auch. Keine Frage, ich könnte sie jetzt anrufen, aber dazu habe ich überhaupt keine Lust. Ich habe noch nicht einmal Lust, mit Mimo zu telefonieren und das will schon was heißen! Ich will einfach den Tag im Bett verbringen und meine Wunden lecken. Und leiden! Und frustriert sein! Und vielleicht auch ein klein wenig bockig!

Die Rechnung habe ich allerdings ohne Jonas gemacht, der für heute, also Montag, noch eine Trainingseinheit ansetzt, da wir am Wochenende in Heidelberg starten wollen, wo ich auch meinen Geburtstag feiere, falls denn alles ein gutes Ende nimmt. Mein Geburtstag ist nämlich am Sonntag und da will ich unbedingt im Endspiel stehen. Glück im Spiel sozusagen. Ich werde Ella schon beweisen, dass das alles hier einen Sinn macht, da kann sie bockig sein und schlechte Laune verbreiten, wie sie will!

Am Montagnachmittag reisen Jessica und Florian an. Die Kieler Woche steht nämlich vor der Tür und Florian gehört zu den Favoriten seiner Bootsklasse. Dass Jessica dabei ist, wundert mich, denn eigentlich ist sie für Heidelberg gemeldet, aber ihre Erklärung lässt hier kurzfristig Stimmung aufkommen: "Ich bin schwanger, ich spiele diese Saison nicht."

Natürlich sind jetzt erst mal Glückwünsche angebracht, dann prasseln die Fragen auf sie ein:

"Was ist mit Trixie?"

"Sie hat eine neue Partnerin für diese Saison."

"Und nächstes Jahr?"

"Da spielen wir wieder zusammen."

"Ist alles in Ordnung mit dir?"

"Ja, alles bestens. Wir hoffen auf ein Mädchen."

Leider haben wir für unsere Freunde nicht viel Zeit. Jonas spürt nämlich meinen Frust und plant deshalb, möglichst schnell nach Heidelberg abzureisen, was schade ist. Ich hatte mich nämlich auf einen Törn mit Florian gefreut, aber daraus wird jetzt nichts. Bei meinem derzeitigen Befinden ist mir allerdings klar, dass wir nicht lange wegbleiben; mit so einem Knoten im Magen kann man schließlich nicht viel gewinnen und deshalb gehe ich davon aus, rechtzeitig zu meinem Geburtstag zurück in Schilksee zu sein. Das Schicksal will es aber anders.

Wir fahren am Mittwochmorgen gemütlich nach dem Frühstück los und erreichen Heidelberg am frühen Abend. Im Hotel wird gerade das Essen serviert, deshalb setzen wir uns gleich zu Marvin und Thomas, die uns schon winken. Die Unterhaltung ist nett, wir erfahren, dass Stefan und Christian wieder mal in getrennten Teams antreten. Wir wissen noch nicht, wen sie für sich als Spielpartner gewonnen haben, sind aber nicht überrascht, dass beide Teams vor uns gesetzt sind. Niels und Timo als Nationalteam eins starten natürlich vorneweg, Marvin und Thomas als Team zwei folgen ihnen. Dann kommt Christian mit seinem Partner Jan, gefolgt von Stefan und Felix. Uns setzt man auf die Fünf, Lennart und Bennet auf die sechs. Wir alle gewinnen unser erstes Spiel am Samstagmorgen, aber dann wird es schon heftig.

Ben und ich haben es anschließend mit Stefan und Felix tun, die wir in die Verliererrunde schicken. Auch Lennart und Bennet landen nach ihrem zweiten Spiel im Loserpool und für beide Mannschaften kann das Turnier mit dem nächsten Spiel beendet sein. Weil jetzt die Verliererrunden ausgespielt werden, haben wir drei Stunden Zeit, die ich nutze. Ich versuche noch einmal, Ella anzurufen, diesmal meldet sie sich. "Hallo", nuschelt sie kleinlaut.

"Du hast Mimo mitgenommen!", fahre ich sie gleich an.

"Er wollte es!"

"Wir hatten eine Abmachung."

"Du bist doch sowieso nie zu Hause."

"Das stimmt doch gar nicht!"

"Ich bringe ihn bald zurück."

"Das will ich auch hoffen."

"Wie geht's dir so?"

"Was glaubst du denn?"

"Nicht gut, oder?"

"Richtig."

"Und wie läuft es beim Turnier?"

"Ich denke, das ist dir egal."

"Ich vermisse dich", sagt sie plötzlich und bringt mich damit für eine Sekunde aus dem Konzept. Aber dann mache ich ihr noch mal unsere Regeln klar: "Die Mallorca-Reisen waren für Herbst und Winter gedacht, Ella!"

"Ich weiß, aber ..."

"Außerdem hatten wir abgemacht, dass du Mimo bei mir lässt!"

"Ich weiß, aber ..."

"Ich bin so sauer, Ella. Was soll das alles?"

"Es tut mir leid, aber du warst schon wieder weg und zu Hause regnet es seit Tagen und ich wollte einfach nur Sonne."

"Wir haben zwanzig Grad!"

"Und Regen."

"Was soll das, Ella?", wiederhole ich, aber wieder sagt sie: "Ich vermisse dich."

"Ich vermisse dich auch", gebe ich widerwillig zu.

"Ich komme bald nach Hause, versprochen."

"Und dann?"

"Dann bleibe ich."

"Ach, Ella."

"Ich verspreche es."

"Ich wünschte, ich könnte dir glauben."

"Das kannst du."

"Hmmm."

Das Telefonat dauert noch eine Weile, aber es ist ziemlich inhaltslos. Am Ende wünscht sie mir Glück für das nächste Spiel, und das ist auch verdammt nötig. Wir spielen nämlich gegen Niels und Tim, also Nationalteam Nummer eins.

Vom Telefonat verständlicherweise ziemlich aufgewühlt, starte ich mit einer regelrechten Deppenaktion ins Spiel und serviere den Aufschlag direkt ins Publikum. Ich selbst erschrecke am meisten über diese Dusseligkeit und gebe mir ab sofort Mühe, es richtig zu machen. Von da an läuft es gut. Nicht sensationell gut, aber deutlich besser als ein Aufschlag bis zum Nordpol. Den ersten Satz geben wir zwar ab, aber ich leiste mir keinen weiteren Fehler und Ben ist sowieso superheldmäßig drauf an diesem Wochenende. Jetzt reißt er mich mit, uns gelingt einfach alles und so ist es auch kein Wunder, dass Satz zwei an uns geht. Leider verlieren wir den Tie-Break und folgen Christian, der sich auf dem Nebencourt von Marvin und Thomas schlagen lässt, in die Verliererrunde. Stefan ist inzwischen auf dem siebten Platz ausgeschieden, das heißt, wir haben schon ein Team hinter uns gelassen, das vor uns gesetzt war. Das macht Mut und lässt mich während der Nacht gut schlafen.

Mein Geburtstag beginnt mit dem Klingeln des Handys. Ich stöhne genervt auf, als ich Mamas Nummer erkenne. Kurz spiele ich mit dem Gedanken, das Telefon zwischen meinen Socken im Schrank zu verstecken oder es besser gleich auszuschalten, aber dann nehme ich das Gespräch an: "Morgen!"

"Schatz, ich wünsche dir alles Gute zum Geburtstag", sprudelt Mama gleich los.

"Danke."

"Schläfst du noch?"

"Ja, wir sind noch im Bett."

"Tut mir leid, du bist sonst immer so früh auf!"

"Heute nicht, wir spielen erst um neun und wollen nicht laufen."

"Das wusste ich nicht."

"Macht ja nichts. Wie geht's euch so?"

"Gut. Wir kommen morgen nach Schilksee. Greta hat ein Geschenk für dich."

"Okay, aber wir wollen auf jeden Fall ausschlafen. Also, nicht vor zehn, ja?"

"Ich dachte eigentlich an den Nachmittag."

"Das wäre noch besser."

"Tut mir leid, dass ich dich geweckt habe."

"Kein Problem. Bis morgen."

Ich beende das Gespräch und überlege, kurz Ella anzurufen, die ich seit dem gestrigen Telefonat schrecklich vermisse, aber ich lasse es. Schließlich ist heute mein Geburtstag und wenn sie den nicht vor lauter Sommer, Sonne, Strand und Meer vergessen hat, müsste sie doch eigentlich mich anrufen, oder? Eben! Weil ich jetzt aber wach bin, stehe ich auf und gehe schon mal in den Frühstücksraum, wo schon ordentlich was los ist. Ich setze mich zu Marvin und meinem Dad, die angeregt über den weiteren Verlauf des Turniers fachsimpeln. Mein Dad springt sofort auf, als er mich sieht und drückt mir fast die Luft ab. "Glückwunsch, Großer."

"Danke."

"Womit willst du dich heute belohnen?"

"Mit einem Platz ganz weit oben."

"Bist ja bescheiden", grinst Marvin und gratuliert mir ebenfalls zum Geburtstag, dann taucht Ben auf, der mit größtmöglicher Lautstärke für mich singt. Es klingt grausam und spätestens jetzt wissen alle, dass wir hier etwas zu feiern haben. Während des Frühstücks muss ich laufend telefonieren – erst mit Linda, dann mit Ida, später mit Johannes und am Ende noch mit Frauke, dann machen wir uns auf zum Court und ich schalte das Handy aus.

Punkt neun Uhr ist Anpfiff für unser Spiel um den Einzug ins Halbfinale. Unsere Gegner sind auf dem zehnten Platz gesetzt und haben gestern wohl ordentlich gefeiert. Wir schlagen sie zu zwölf und zu vierzehn und stehen im Halbfinale. Unsere Gegner sind Thomas und Marvin, mit dem ich eben noch gemeinsam gefrühstückt habe. Im Moment sehen wir uns aber nicht als Müsligenossen, sondern als Gegner. Thomas und Marvin haben ein Geburtstagsgeschenk für mich ... sie schenken mir den ersten Satz. Leider verlieren wir den zweiten und auch den dritten.

Die zwei Stunden bis zum Anpfiff unseres Spiels um Platz drei nutze ich, um Ella anzurufen. Wir führen ein ruhiges Gespräch und am Ende dieses Telefonats habe ich das beruhigende Gefühl, dass Ella wieder in der Spur ist und wir uns bald sehen können. Dass ich Geburtstag habe, scheint sie aber verdrängt zu haben, denn sie gratuliert mir nicht, aber das ist egal. Ich bin in Hochstimmung, so soll es bleiben!

Das Spiel um Platz drei wollen wir unbedingt gewinnen und die Chancen dazu stehen auch von Anfang an gut. Uns gegenüber steht Christian mit seinem neuen Partner, der heute der eindeutig stärkere Spieler ist. Christian allerdings steht vollkommen neben den Schuhen, er leistet sich eine Peinlichkeit nach der anderen und versemmelt sich und seinem Partner den Platz auf dem Podest, den Ben und ich jetzt einnehmen. Wir werden Dritte.

Zur Feier des Tages gibt's jetzt erst mal ein Bier und danach gleich noch eins, dann trudeln hier schon die ersten Glückwunschnachrichten ein, die wir glücklich beantworten. Weil wir jetzt aber Party machen wollen, will ich mein Handy gerade abschalten, als ein weiterer Anruf eintrifft – es sind meine schwedischen Großeltern, die gleich lossprudeln: "Alles Gute zum Geburtstag, Dominik."

"Danke", rufe ich.

"Hast du einen Wunsch?"

"Im Moment nicht", schwindele ich. Schwedische Großeltern müssen schließlich nicht alles wissen.

"Wo bist du denn?"

"In Heidelberg."

"Wie sieht es aus?"

"Das Turnier ist vorbei, wir sind Dritte."

"Da gratulieren wir gleich nochmal", freuen sie sich. Die Unterhaltung geht in diesem Sinne weiter, aber irgendwann gehen uns die Gesprächsthemen aus und Farfar beendet das Gespräch.

Gerade verstaue ich mein Handy, als Ben mir schon ein drittes Bier reicht, dann setzen wir uns auf die Tribüne, um das Endspiel zu verfolgen, das Niels und Timo gegen Marvin und Thomas gewinnen. Die Siegerehrung genießen wir wie Superhelden, lassen Jonas ein Foto für unsere Homepage knipsen und winken fröhlich in die Menge. Aber kaum ist die Siegerehrung beendet, laufen wir ins Hotel, packen unsere Sachen und sind schneller als der Blitz auf der

Autobahn. Jonas fährt uns sicher Richtung Norden; um halb eins am Montagmorgen fallen wir in unsere Betten.

Es ist bereits neun, als ich aufwache. Ich fühle mich topfit und springe sofort aus dem Bett. In der Küche ist niemand, deshalb frühstücke ich allein, aber als ich meine zweite Tasse Kaffee trinke, hält ein Taxi vor der Haustür und noch bevor ich ein Wort höre, weiß ich schon, wer da gerade aussteigt. Glücklich springe ich auf und liege eine Sekunde später in Ellas Armen. Endlich bin ich wirklich zu Hause!

Während ich Ella auf der Stelle alles verzeihe und wir uns ziemlich heiß küssen, zerrt Mimo ungeduldig an meinem Bein – er will mich endlich begrüßen. Ich nehme ihn auf meinen linken Arm und Klein Hanna auf meinen rechten, dann betreten wir gemeinsam das Sandhaus.

Mimo macht einen solchen Lärm, dass jetzt auch die anderen nach und nach in der Küche auftauchen, allen voran Benni-Two, der seinen Kumpel vermisst hat. Aber während Benni-Two gleich in den Garten laufen will, um mit Mimo das Schiff zu entern, will mein Sohn lieber auf meinem Schoß sitzen. Auch Hanna will mit mir schmusen. Die Sandhausbewohner zaubern eine Torte hervor, schließlich müssen wir ja meinen Geburtstag nachfeiern, an den sich plötzlich auch Ella wieder erinnert. "Domi, ich ...", stammelt sie und sucht nach Worten. "Ich ... ich ..."

"Ja?", frage ich nach.

"Ich hab's vergessen."

"Ich weiß", antworte ich leise.

"Es tut mir so leid."

"Hmmm."

"Ich habe noch nicht einmal ein Geschenk."

"Das macht nichts", beruhige ich sie, aber Ida ist verwirrt: "Du hast Domis Geburtstag vergessen?"

"Es tut mir leid, aber ..."

"Also wirklich, Ella!", schimpft Frauke. "Wie konnte das passieren?"

"Ich weiß es nicht", weint meine Frau plötzlich los, aber dazu gibt es wirklich keinen Grund. Sie ist schließlich wieder zu Hause und ich habe alles, was ich will. Zuerst will ich natürlich Torte, dann will ich mit Ella allein sein. Aber ich habe die Rechnung ohne die beiden Klötze am Bein gemacht - meine Kinder begleiten mich nämlich den ganzen Tag. Egal, wohin ich gehe, folgen sie mir. Sogar ins Badezimmer lassen sie mich nicht allein gehen und mittags wollen beide, dass Ella und ich uns mit ihnen in unser großes Bett legen. Mir ist es recht; ich habe jetzt so lange auf meine Familie verzichtet, dass ich keine Sekunde mehr ohne sie verbringen will. Mimo wirft sich direkt an meinen Hals und drückt mir fast die Luft ab.

Als die Krümel endlich eingeschlafen sind, habe ich Zeit für Ella und die Gäste. Meine Hamburger Familie ist zwar noch nicht da, aber Jessica und Florian sitzen mit den Sandhausbewohnern im Garten und lauschen Bens Bericht über unsere beiden erfolgreichen Turniere in Umag und Heidelberg. Ich habe mir gerade eine Flasche Bier geöffnet, als Bens Handy klingelt, deshalb übernehme ich den Bericht und bin gerade beim Spiel um Platz drei in Heidelberg angekommen, als Ben mich mit einem lauten Jubelschrei vom Stuhl reißt: "Alter, wir sind im erweiterten Nationalkader."

"Im Ernst?", staune ich.

"Ernster geht's nicht!"

"Wow!"

"Christian und Stefan sind beide raus!"

"Das ist mies!"

"Aber unser Glück."

"Party, Leute!", rufe ich, als Jonas' Handy klingelt. Er telefoniert kurz und bestätigt anschließend Bens Aussage: "Ihr seid im Kader, weil der Verband euch eine bessere Perspektive bescheinigt als Christian und Stefan. Die Jungs haben sich in letzter Zeit nicht gerade von ihrer besten Seite gezeigt und bei euch weiß man ja, dass ihr sportlich eigentlich immer funktioniert."

"Das stimmt wohl!", grinst Frauke. "Je mehr Ärger wir im Sandhaus haben, desto besser sind die Jungs im Sand."

"Holt mal jemand Sekt?", grinst Linda und Ida schießt sofort los, um unsere Vorräte zu plündern. Sie lässt gerade den ersten Korken knallen, als meine Hamburger Familie auftaucht. Jetzt sind alle da, die ich zum Anstoßen dabeihaben möchte und als Klein Hanna und die Jungs ihren Mittagsschlaf beendet haben, können wir endlich mit der Tortenschlacht beginnen. Danach öffne ich meine Geschenke.

Mein Dad hat sich etwas ganz Besonderes ausgedacht – im letzten Jahr hatten wir einen riesigen Spaß beim Quad-Fahren. Aber leider musste meine Mutter mir damals die Freude daran vermiesen. Sie hat mir am Telefon so dermaßen die Ohren vollgejammert, dass ich am Ende mein ganzes Geschirr zerdeppert habe. Wochenlang habe ich damals nicht mehr mit ihr geredet und auch jetzt kocht mir wieder die Galle hoch, wenn ich daran denke. Aber Jonas' Geschenk ist echt eine Wucht: Er schenkt mir einen Fallschirmsprung!

"Wow! Danke!", freue ich mich riesig und reiße ihn vor lauter Euphorie fast vom Stuhl. "Wann machen wir das?"

"Morgen!", ist die Antwort, die mich überrascht, denn morgen ist bereits Dienstag, am Freitag müssen wir schon in Leipzig sein und irgendwann müssen wir ja schließlich auch trainieren, von der Anreise nach Leipzig ganz zu schweigen. Aber mein Vater ist komischerweise überdurchschnittlich cool: "Wir fahren morgen nach Eckernförde und dann werfe ich dich aus dem Flugzeug."

"Haha."

"Ich springe übrigens mit dir, das wollte ich schon immer mal machen."

"Ich würde sterben vor lauter Angst", murmelt Mama, aber Jonas und ich lachen sie aus und ich grinse: "Du bist ja auch ein Mädchen!"

Während ich mich noch wie ein kleines Kind freue, weil heute einfach alles perfekt ist, räumen Mama und Frauke den Tisch ab und Jonas und Johannes bauen schon mal den Grill für das Abendessen auf. Ich bin gespannt, was heute so serviert wird, und hoffe, dass eine ordentliche Portion Fleisch für mich herausspringt.

Nach der Torte brauche ich auf jeden Fall Bewegung, aber weil die Halle heute für uns gestrichen ist, schnappe ich mir die kleinen Jungs und die mittelgroßen Kerle. Wir spielen Fußball, was hier eigentlich niemand so richtig kann, deshalb ist es ganz besonders lustig. Wir stellen Greta zwischen zwei Sandeimer, zählen keine Tore, kugeln uns ständig im Gras und lassen uns am Ende ordentlich von den Kindern durchkitzeln.

Am späten Nachmittag taucht Caroline auf, Robins Freundin. Sie kehrt gerade von einem Fotoshooting zurück und sieht heute wirklich wie ein Model aus. Greta klettet sich gleich an sie, lässt sich Tipps geben und ist stolz, eine so hübsche Freundin zu haben. Natürlich will Greta noch an den Strand, schließlich muss sie eine Sandburg bauen, aber ich habe keine Lust dazu, deshalb geht Mama mit und Ella schließt sich mit Benni-Two und unseren Kleinen an. Kaum ist die Buddelbrigade verschwunden, werde ich von Johannes ins Kreuzverhör genommen: "Ich bin überrascht, dass Ella hier ist. Deine Mutter sagte irgendwas von Mallorca."

"Hmmm. Da war sie auch."

"Warum?"

"Frag mich was Leichteres."

"Es ist doch Sommer!"

"Eben. Ich habe keine Ahnung, was das sollte, aber jetzt ist sie ja zurück."

"Machst du dir keine Sorgen?", wundert sich mein Stiefpapi.

"Ich mache mir pausenlos Sorgen. Du hast keine Ahnung, wie geschockt ich war, als ich diese Nachricht gelesen habe."

"Kann ich mir vorstellen. Und wie geht es mit euch weiter?"

"Ich habe keine Ahnung! Und eigentlich will ich da heute auch gar nicht drüber nachdenken. Ich hoffe einfach auf einen warmen Winter ohne Regen, ohne Schnee und mit Temperaturen im Plus-Bereich."

"Sehr optimistisch!", zweifelt Johannes, aber ich zucke nur die Schultern und fordere einen Themenwechsel.

Wir beenden den Tag ziemlich früh. Ich bringe die Kinder in ihre Betten, lese erst Klein Hanna und anschließend Mimo-Baby etwas vor, trinke ein letztes Bier mit meinen Jungs und verabrede mich mit Ben und Florian zum Laufen am nächsten Morgen. Nach dem Joggen haben Ben und ich eine kleine Einheit, danach fahren Jonas und ich direkt nach Eckernförde, um uns wagemutig aus dem Flugzeug zu stürzen. Zuerst einmal haben wir aber eine Besprechung im Hangar, lassen uns alles haarklein erklären und steigen anschließend in die kleine Maschine. Außer Jonas und mir sind noch drei weitere Verrückte an Bord.

Ich springe zuerst und bin etwas konfus, weil mir der Fall nur wie wenige Sekunden vorkommt, aber es war geil! Megageil! Nach dem Sprung bin ich so gut drauf, dass ich meinen Vater dazu überreden kann, noch in Eckernförde zu bleiben. Ich habe richtig Lust auf ein Männermittagessen mit Burgern, Pommes und Bier und mein Vater ist dafür die richtige Begleitung. Weil er fahren muss und für heute keine Trainingseinheit mehr angesetzt ist, genehmige ich mir sogar ein zweites Bier, dann setzen wir uns an den Strand, genießen die Sonne und kriegen uns überhaupt nicht mehr ein. Stundenlang reden wir über unsere Sprünge, über das Gefühl der Freiheit, über das Gefühl, zu fliegen und es mit der ganzen Welt aufnehmen zu können. Aber bald machen wir uns auf den Rückweg nach Schilksee. Ich vermisse nämlich Klein Hanna und Mimo und ganz besonders vermisse ich Ella.

Ella hat eine Überraschung für mich, als wir am Dienstagabend zurückkehren: Sie will mit mir ausgehen! Einen Tisch hat sie bereits reserviert und das Menü ist auch schon bestellt. Wir dürfen uns auf saftige Steaks freuen, die perfekt zubereitet sind. Dazu gibt es einen schweren Rotwein, der so lecker ist, dass wir am Ende das Auto vor dem Restaurant stehenlassen und mit dem Taxi nach Hause fahren müssen. Während des Abends haben wir uns gut unterhalten. Ella hat sich noch tausendmal dafür entschuldigt, dass sie mit den Kindern weggelaufen ist und meinen Geburtstag vergessen hat, ich habe ihr klargemacht, wie verletzend ich ihre Aktion fand und was für Ängste ich durchgestanden habe. Schließlich waren unsere Kleinen beim Abflug ja noch krank und deshalb hätte viel passieren können. Ella ist ganz kleinlaut, sie verspricht mir, diese Aktion nicht noch einmal zu wiederholen, und ich glaube ihr. Danach wird das Gespräch angenehm und die Nacht wird noch viel angenehmer. Sie ist sogar so angenehm, dass ich am nächsten Tag, dem Mittwoch, Bäume ausreißen könnte.

Jonas bemerkt meine Euphorie sofort beim Training und prophezeit uns eine Bombenplatzierung in Leipzig für den Fall, dass meine Laune so bleibt. Wir fahren am Donnerstag in Minimalbesetzung nach Leipzig: Jonas, Ben und ich. Ella bleibt im Sandhaus; ihre Eltern haben sich nämlich zu einem Besuch angemeldet, wovon ich persönlich überhaupt nichts halte. Hoffentlich bringen sie sie nicht wieder auf dämliche Ideen! Ella allerdings frisst mir seit Montag aus der Hand, sie hat eindeutig ein schlechtes Gewissen und das ist mein Vorteil. Eigentlich sollte ich mir keine Sorgen machen, aber das ist jetzt leichter gesagt als getan. Ich bin nämlich für längere Zeit aus dem Weg, weil wir von Leipzig aus direkt in die Schweiz reisen und nach dem Turnier in Gstaad fahren wir direkt nach Berlin, dort findet zum ersten Mal seit Jahren ein Turnier der Word Tour statt, bei dem wir gemeldet sind.

Als drittes Nationalteam sind wir in Leipzig natürlich gesetzt; logischerweise sogar ziemlich hoch. Team eins und zwei sind gar nicht vor Ort, deshalb setzt man uns auf die Eins. Wir schnappen fast über vor lauter Glück und denken staunend an das letzte Jahr, wo wir uns meistens durch die Qualifikation quälen mussten, weil unsere Punkte nicht reichten. Dieses Jahr starten wir wirklich durch, wir haben es endlich geschafft.

Das Turnier beginnt für uns am Samstagmorgen um neun Uhr mit einem mehr als deutlichen Sieg. Stefan folgt uns in Runde zwei, aber Lennart, Bennet und Christian landen nach spannenden Dreisatzkrimis im Verliererpool. Um kurz vor zwei haben wir unseren zweiten Sieg eingefahren und nach unserem anstrengenden dritten Sieg stehen wir am Ende des Tages immer noch in der Gewinnerrunde und zwar im Halbfinale.

Von unseren direkten Konkurrenten sind nur noch Stefan und sein Partner im Rennen, aber während Ben und ich das Spiel gewinnen, lassen sich unsere Freunde schlagen und spielen anschließend um Platz drei. Vor dem Endspiel rufe ich Ella an, die mir begeistert ins Ohr jubelt: "Endspiel? Das ist Wahnsinn. Ich freue mich riesig, Chico."

"Schade, dass du nicht hier bist", gehe ich auf ihren lockeren Ton ein.

"Ich belohne dich, wenn du zurückkehrst."

"Das dauert noch ewig."

"Umso größer ist die Vorfreude."

"Das ist grausam."

"Hab Geduld, mein Großer."

Ich beende das Gespräch und suche Ben, damit wir uns vorbereiten können. Mein Dad gibt mir noch nützliche Tipps mit auf den Weg und viele Leute klopfen uns auf die Schultern. Heute ist ein Turniersieg möglich und wir wollen es uns auf keinen Fall selbst verbocken. Trotzdem sind wir beide überrascht, dass es am Ende so leicht für uns ist. Ben kontrolliert jeden Zentimeter seines Spielbereichs und findet mit Leichtigkeit Lücken auf der gegnerischen Seite. Ich selbst erreiche jeden Aufschlag und spiele teilweise direkt zurück, was logischerweise für Verwirrung sorgt. Wir gewinnen zu sechzehn und zu vierzehn, lassen uns anschließend mit Sekt übergießen und genießen die Siegerehrung.

Dann wird gefeiert! Jonas lädt uns in eine urige Kneipe ein, bezahlt die horrende Rechnung und lässt uns am Montag ausschlafen. Das haben wir nicht nur nötig, sondern auch auf jeden Fall verdient! Bereits am Dienstag geht es in Gstaad weiter. Schon am Morgen startet die Länderqualifikation, die diesmal für uns ausfällt. Als aktuelles Nationalteam Nummer drei starten wir nämlich direkt in der Qualifikation und hoffen auf einen Platz im Hauptfeld. Weil die Plätze allerdings für die Spiele der Länderqualifikation blockiert sind, trainieren wir nicht im Sand, sondern müssen uns anders behelfen.

Am Mittwochmorgen starten wir selbst ins Turnier. In der Qualifikation sind wir auf dem siebten Platz gesetzt und starten mit einem Freilos ins Turnier. Nach unserem Sieg am späten Nachmittag in der zweiten Runde treffen wir Hayden und Taylor und ihren Trainer Jay. Wir suchen uns einen Tisch und planen den Rest des Turniers.

Uns selbst setzt man im Hauptfeld auf Rang vierundzwanzig, deshalb finden wir uns in Pool Q wieder. Ebenfalls in Pool Q befinden sich Marvin und Thomas, die sich auf Rang acht tummeln. Zum Glück haben wir nicht auch noch Hayden und Taylor in unserer Gruppe oder Niels und Tim, das wäre wirklich mies.

Außer Ben und mir gewinnen alle unsere Freunde ihr erstes Match, während wir schon bangen müssen. Aber im zweiten Spiel schlagen wir völlig überraschend Marvin und Thomas, wenn auch nur knapp. Jetzt heißt es durchschnaufen und das Hochgefühl unbedingt beizubehalten, denn morgen ist das letzte Spiel der Gruppenphase und wenn wir dort auch gewinnen, sind wir noch dabei.

Wir spielen gegen die Letten, die nur einen Platz schlechter gesetzt sind als wir. Dieses Team ist uns unbekannt, deshalb ist es wichtig, sie schon beim Einspielen zu beobachten. Was wir sehen, verdient unseren Respekt, aber so respektlos sind wir dann doch nicht, dass wir das Spiel freiwillig verlieren. Der erste Satz gehört zumindest uns. Auch im zweiten Satz sieht es zunächst so aus, als könnten wir gewinnen, aber am Ende lässt Ben stark nach. Wir müssen den Satz abgeben und ich bin wirklich ratlos. Ben sieht nämlich aus, als bräuchte er eine Pause und ich bekomme auch gleich eine Bestätigung, als er aufstöhnt: "Irgendwas stimmt nicht mit meiner Wade!"

"Mist!", stöhne ich und scanne die Umgebung nach einem Doc, aber da wird auch schon wieder angepfiffen. "Geht's?", frage ich besorgt. Ben nickt: "Ja, ich glaube schon."

"Wenn nicht, nehmen wir die Auszeit."

"Klar."

Die Auszeit brauchen wir schon nach zwei Minuten. Ben will nämlich seine Wade schonen, springt nur einbeinig in den Block und landet ziemlich unsanft auf beiden Füßen. Sein Schmerzensschrei ist grausam und der Doc kann nicht allzu viel auf die Schnelle machen. Wir müssen aufgeben und scheiden aus. Das ist wirklich mies, aber nicht zu ändern. Ben humpelt ins Sanizelt, während ich unsere Klamotten zusammensuche und ihm folge. Die Diagnose ist zum Glück nicht allzu schlimm, Ben soll sich nur den Rest des Tages schonen und den Fuß hochlagern. Ich folge ihm ins Hotel, wo wir frustriert abhängen und uns abends von den Erfolgen unserer Freunde berichten lassen. Niels, Tim, Marvin und Thomas sind nach wie vor im Rennen, genau wie Hayden und Taylor.

Am Sonntag hüpft Ben schon wieder wie ein junger Gott über das Gelände, aber er soll sich noch schonen, deshalb trainiere ich mit Jonas allein und nach dem Training reisen wir direkt nach Berlin, um uns vor Ort auf unser nächstes Turnier vorzubereiten.

Die Sponsoren des Turniers bringen uns in einem Top-Hotel unter, aber weil wir eher angereist sind, müssen wir die Übernachtungen vor dem Turnier selbst bezahlen. Das gönnen wir uns allerdings mal, schließlich haben wir in diesem Jahr schon großartige Dinge geleistet.

Am Montagabend lassen wir uns gerade ein hervorragendes Menü im Hotelrestaurant schmecken, als ich plötzlich jemanden sehe, mit dem ich hier überhaupt nicht gerechnet habe. Ein paar Tische weiter sitzt nämlich Janina, diese dämliche Tussi, die mir früher einmal beinahe meine Karriere versaut hat. Sie hat damals behauptet, ich hätte sie bedrängt und damit dafür gesorgt, dass ich nicht nur von der Schule geflogen, sondern auch vorübergehend vom Internat suspendiert wurde. Kerstin hat damals per Mail mit mir Schluss gemacht und für mich ist eine Welt zusammengebrochen. Unglaublich, dass wir uns gerade hier treffen. Ich versuche krampfhaft, ihre Anwesenheit zu ignorieren, aber leider entdeckt sie mich, lächelt strahlend, kommt auf unseren Tisch zu und spricht mich einfach an: "Dominik? Was für ein Zufall. Hast du Zeit? Ich möchte gern mit dir sprechen."

"Vergiss es!", wehre ich entsetzt ab, aber da macht sie sich schon mit meinem Vater bekannt, der sie gleich wütend anfunkelt und sie auffordert, die Fliege zu machen: "Wir können keinen Ärger brauchen, junge Dame!"

"Ich möchte nur kurz mit Dominik reden."

"Worüber?", frage ich gehässig, aber Janina setzt sich einfach an unseren Tisch und beginnt mit einem wirklich schrägen Monolog.

Kapitel 2

Schau nicht zurück!

Nicht nur ich stöhne genervt auf, als sich Janina an unserem Tisch breitmacht. Auch Jonas sieht aus wie jemand, der jetzt am liebsten seine geballte Autorität zeigen und energisch diese Störung ins Weltall verbannen möchte. Aber Janina legt gleich ungefragt los: "Ihr ahnt nicht, was in der Zwischenzeit alles passiert ist, seit wir uns das letzte Mal gesehen haben. Ich habe damals die Schule gewechselt und tolle neue Freundinnen gefunden, alles hübsche Mädchen. Wir haben so viel Spaß gehabt ... das glaubt ihr nicht. Weil wir alle so toll aussehen, wollten wir natürlich alle ins Rampenlicht. Und was soll ich sagen? Ich bin richtig durchgestartet und inzwischen ein gefragtes und gut bezahltes Fotomodell."

"Glückwunsch", sagt Ben mit auffälligem Desinteresse. Ich selbst sage vorsichtshalber erst mal gar nichts und Jonas grummelt nur.

"Es war alles so leicht, ich musste nur eine einzige Mappe abgeben. Die Agentur Lexi Dresses hat mich sofort genommen."

"Äh ... wer?", frage ich erschrocken und verschlucke mich fast am Essen.

"Lexie Dresses aus Kiel!"

"Ausgerechnet die?", stöhnt Ben angefressen und ich bin schon wieder verstummt. Diesmal vor Schreck! Janina, diese durchgeknallte Schreckschraube, arbeitet für Alexandra? Warum, verdammt nochmal? Warum ausgerechnet da?

Dieser hohlen Nuss scheint auch noch nicht einmal aufzufallen, dass sie uns mit ihrer Nachricht ruck-zuck aus der Bahn gekegelt hat. Sie plaudert einfach weiter, aber wir lassen sie ungestört reden und stellen unsere Ohren auf Durchzug. Als wir unser Essen beendet haben, stehen wir einfach auf und gehen. Janina lassen wir verdutzt zurück.

Zum Frühstück treffen wir uns leider wieder, aber zum Glück sitzen jetzt Jay, Hayden und Taylor an unserem Tisch; für Janina ist kein Platz und für ihr aufgeplustertes Ego sowieso nicht. Nach dem Frühstück trainieren wir mit den Londonern, am Abend ebenfalls, aber danach muss ich unbedingt mit Ella telefonieren. Ich erzähle ihr von Janinas plötzlichen Auftauchen und lasse mich von ihr beruhigen: "Lass dich nicht von ihr verrückt machen."

"Die lauert uns hier ständig auf!"

"Du musst ihr aus dem Weg gehen, Chico."

"Das sagst du so leicht! Warum muss ausgerechnet sie hier sein?"

"Das kannst du ihr nicht verbieten."

"Und dann arbeitet sie auch noch für Alexandra. Wenn sie von unserer Verbindung erfährt, haben wir sie wahrscheinlich ständig am Hacken."

"Ich sorge dafür, dass sie erfährt, wo ihr Platz ist. Mach dir nicht schon wieder unnötig Sorgen, Schatz."

"Was heißt hier unnötig?"

"Alles wird gut, jetzt beruhige dich mal."

"Ich will einfach nur, dass sie mich in Ruhe lässt."

"Bald kommst du nach Hause, dann sorge ich schon dafür, dass sie dir nicht weiter durchs Gehirn spukt."

"Kannst du nicht herkommen?"

"Das geht nicht. Hanna ist schon wieder erkältet. Ich möchte sie nicht allein lassen."

"Gib ihr einen Kuss von mir, ja?"

"Natürlich."

"Und Mimo auch."

"Ja. Der Süße fragt schon ständig, wann du wiederkommst."

"Am liebsten sofort."

"Das geht nicht, du willst doch ordentlich Punkte sammeln."

"Hmmm."

Ich beende das Gespräch mit einem mulmigen Gefühl, denn zum einen sehe ich Janina schon wieder auf mich zueilen, zum anderen habe ich Angst, dass Ella auf Janinas Anwesenheit mit Eifersucht reagiert und darauf möchte ich wirklich verzichten. Im Moment läuft es einfach zu gut zwischen uns, das will ich nicht aufs Spiel setzen.

Während am Mittwoch die überzähligen Teams aus den USA, aus Brasilien und Spanien die Länderqualifikation ausspielen, trainieren wir mit Hayden und Taylor. Im Spiel am Ende der Einheit schlagen wir sie sogar in zwei starken Sätzen.

Der Donnerstag beginnt mit der Qualifikation für das Hauptfeld. Wir schlagen ziemlich eindrucksvoll ein russisches Team und ein paar Stunden später zwei coole Jungs aus Österreich. Janina steht bei jedem Spiel direkt an der Bande, macht während des letzten Spiels die Fotografen auf sich aufmerksam und sorgt für ein aufsehenerregendes Foto: Nach unserem letzten Punkt zieht sie sich nämlich ihre Sandalen aus, stürmt auf den Platz und umarmt Ben und mich. Den Fotografen erzählt sie, dass wir alte Freunde sind und tischt ihnen noch die Lüge auf, dass wir beide kurzfristig auch mal ein Paar waren. Ich selbst sage vor lauter Schreck mal wieder gar nichts.

Das Foto erscheint am Freitag im Sportteil einer Berliner Tageszeitung. Janina sieht aus wie eine Ballkönigin, während Ben und ich total verschwitzt, zerzaust und mit Sand paniert sind. Ebenfalls am Freitag tauchen Mama und Johannes auf und das ist der richtige Wink für Janina, das Feld zu räumen. Mama erinnert sich nämlich sehr deutlich an Janina und Johannes ebenfalls.

Johannes ist es auch, der Janina gleich klar macht, hier bloß nicht für Ärger zu sorgen: "Du machst dich hier vom Acker, Frau Fotomodell, ist das klar? Hier ist kein Platz für dich! Wir kennen dich nicht, verstanden? Wenn du Ärger machst, kannst du was erleben!"

Zum Glück habe ich jetzt Ruhe, das ist auch nötig, denn das Pensum für heute hat es wirklich in sich. Wir starten in Pool P und haben dort den tiefsten Setzplatz inne. Unsere Gegner sind Topteams aus Brasilien, den USA und Neuseeland. Umso überraschter sind wir und sämtliche Zuschauer, dass wir alle drei Spiele in diesem Pool für uns entscheiden können. Allerdings sind wir jetzt so richtig platt. Wir brauchten in jedem Spiel drei Sätze, von denen ein Großteil in die Verlängerung ging. Keinen einzigen Satz konnten wir dominieren und die, die wir verloren haben, waren auch noch deutlich. Am Ende ist das aber nur Kosmetik, wir sind noch dabei!

Am Abend sind wir allerdings viel zu kaputt für einen Restaurantbesuch, zu dem Johannes uns einlädt, deshalb essen wir mit ihm im Hotelrestaurant, während sich Jonas den Londonern anschließt. Mama isst mit Greta im Zimmer. Das ist die Strafe für ihr bockiges Verhalten, gegen das Mama schon den ganzen Tag versucht, sich durchzusetzen. Nach dem Essen fallen Ben und ich todmüde ins Bett und ich penne sofort weg. Meine Güte, bin ich erledigt.

In der Nacht meldet sich wieder Bens Wade. Ich rufe Jonas, der sich sofort um Ben kümmert. Weil im Zimmer jetzt aber die Festbeleuchtung strahlt, kann ich nicht weiterschlafen. Von Bens Schmerzen ist am nächsten Morgen zum Glück nichts mehr zu spüren, deshalb melden wir uns nicht ab und treten zum Spiel in der ersten Runde an. Es ist genau Kaffeezeit, als wir Aufschlag haben und unseren Gegnern aus den Niederlanden alles abfordern. Das Spiel dauert über eine Stunde und ist erst deutlich nach vier Uhr mit unserer Niederlage beendet. Wir scheiden aus.

Natürlich könnten wir jetzt entspannt unseren Kumpels bei ihren nächsten Siegen zusehen, aber Jonas beordert uns zurück nach Kiel, damit Amy sich um Bens Wade kümmern kann und zwischen Janina und mir ein paar Kilometer Sicherheitsabstand liegen. Ich halte das für eine gute Idee, die mich direkt in Ellas Arme bringt … und in Mimos … und in Klein Hannas.

Zwei Menschen aus diesem Empfangskomitee liegen allerdings schon im Bett, als wir am späten Abend in Schilksee eintreffen: Mimo Baby und Klein Hanna nämlich. Dafür ist Amy da, die sich sogar angeregt mit Ella unterhält. Thema bin ausnahmsweise nicht ich, sondern Bens Verletzung, die es jetzt zu versorgen gilt. Amy tut ihr Bestes, Ben geht's am nächsten Tag wieder supi, aber trotzdem sagen wir vorsichtshalber das Turnier in Klagenfurt in Österreich ab.

Das sorgt einerseits dafür, dass ich endlich mal wieder Zeit für meine Familie habe, andererseits beschert es mir einen unangenehmen Besuch, auf den ich wirklich gern verzichtet hätte. Wir haben jetzt nämlich fast täglich Margot und Albin am Hals, die pausenlos auf Ella einreden. Es geht mal wieder ums Erbe, um die Firma und um einen möglichen neuen Schwiegersohn. Während Ella das aber alles mit einem göttlichen Humor sieht und ihre Eltern einfach auslacht, werde ich wirklich mit jedem Tag wütender. Am Freitag, als das Turnier in Klagenfurt beginnt, bin ich sogar bereit, dort allein aufzutauchen und jedes andere Team in die Schranken zu verweisen, notfalls auch ohne Partner. Alles ist besser als Albin und Margot, die sich für heute schon wieder angekündigt haben.

Ellas Eltern geben heute wirklich alles. Schon bei der Begrüßung beleidigen sie mich damit, dass sie mich gleich mal gepflegt ignorieren. Aber dann zieht Albin ein Ass aus den Ärmeln, das uns allen den Rest gibt. Ella zumindest ist gleich an der Decke, als er das Dümmste überhaupt zum Besten gibt: "Eigentlich wollten wir dich ja als alleinige Erbin einsetzen. Das wäre vor allem für Simon von Vorteil, der die Firma später übernehmen soll. Aber weil du so unkooperativ bist, haben wir uns entschieden, Christopher als Alleinerben einzusetzen."

Außer Ella, die gleich mal eine Ladung Schimpfwörter auf ihren Vater einprasseln lässt, sagt hier für ein paar Minuten lang niemand etwas. Noch nicht einmal Linda. Allerdings ist sie die Erste, die sich fängt: "Schade um die Mitarbeiter. Wieder ein paar Arbeitslose mehr in Hamburg."

"Halt du dich da raus, Fräulein!", poltert Albin sofort los.

"Aber gern doch!", stänkert meine Schwester. "Meine Firma ist es ja schließlich nicht."

"Eben."

"Verschenkt doch alles!", motzt Ella. "Das ist mir wirklich egal, ich will nichts von euch, versteht ihr? Verschenkt alles, was ihr habt, aber doch nicht an diesen gehirnamputierten Idioten! Habt ihr vergessen, was er alles angestellt hat? Er hat Domi absichtlich verletzt und einmal sogar fast vergiftet! Er hat die Halle angezündet und das Gästehaus! Er hätte viele junge Menschen töten können! Dein Sohn ist verrückt, siehst du das nicht? Du willst ihm wirklich die Firma vererben? Das ist krank, Papa. Das ist so krank!"

Albin verteidigt sich ziemlich gelassen, aber seine Argumentation ist mehr als schräg: "Das ist doch ganz einfach, Raphaela! Meine Tochter will die Firma nicht für sich und auch nicht für ihren Sohn. So ist es doch, oder? Die Firma muss aber in der Familie bleiben, also gehört sie meinem Sohn. Ich habe Christopher immer vernachlässigt, aber inzwischen haben wir uns kennengelernt und wir mögen uns. Er ist ein toller Junge, ich bin froh, dass es ihn gibt."

"Und ich bin froh, dass das geklärt ist", brumme ich meine Schwiegereltern an. "Dann könnt ihr endlich gehen."

"Die Entscheidung ist uns nicht leichtgefallen", wehrt sich Margot, um sich gleich darauf von Ella so richtig zusammenfalten zu lassen: "Es wird Zeit, dass ihr hier verschwindet und kommt bitte nicht wieder. Das ist wirklich nichts für meine Nerven."

"Wir hätten dir gern die Firma hinterlassen."

"Ich will eure verdammte Firma nicht, wann versteht ihr das endlich mal?"

24

"Natürlich können wir uns das Ganze noch mal überlegen. Solange Christopher noch im Gefängnis sitzt ..."

"Verschwindet endlich!", brüllt Ella. "Haut endlich ab und hört auf, uns ständig zu beleidigen."

"Du bist es doch, die uns ständig beleidigt. Seit du wieder aufgetaucht bist, zeigst du uns die kalte Schulter. Erst heiratest du einen nichtsnutzigen Sportler und wirst Herbergsmutti, dann hörst du nicht auf unsere Meinung und am Ende wirfst du uns sogar noch aus dem Haus, es ist unglaublich."

"Unglaublich?", kreischt Ella. "Weißt du, was unglaublich ist, Mama? Es ist unglaublich, wie gemein ihr mit uns umspringt. Erinnert euch doch bitte mal daran, dass ich ohne Domi nicht hier wäre. Ich wäre immer noch auf Mallorca! Ich wäre ganz bestimmt nicht hier und vor allem nicht bei euch. Erinnerst du dich vielleicht auch mal daran, dass seine Mutter dich aufgenommen hat, als es dir schlecht ging? Erinnerst du dich an die Schläge, die du einstecken musstest? Ich sehe dein Gesicht noch deutlich vor mir und ich weiß noch genau, wie groß deine Angst war! Und was ist jetzt? Jetzt trittst du die Menschen mit Füßen, die gut zu dir waren, die dir geholfen haben und denen du eine Menge zu verdanken hast. Ohne Dominik wäre ich nicht hier und ohne meine Schwiegermutter wärst du vielleicht nicht hier, aber das hast du wahrscheinlich alles schon wieder vergessen, ja? Es ist unglaublich, was aus dir geworden ist. Von Papa habe ich ja nichts anderes erwartet, aber von dir bin ich wirklich enttäuscht."

"Und ich bin von dir enttäuscht", schimpft Margot zurück.

"Dann hast du hier ja nichts mehr zu suchen. Leb wohl!", schnauzt Ella zurück und schiebt ihre Eltern Richtung Tür, die sie mit einem lauten Knall hinter ihnen schließt. Dann steuert sie mit wackeligen Beinen auf einen Stuhl zu, setzt sich und bricht unkontrolliert in Tränen aus.

Niemand von uns schafft es, Ella zu beruhigen, und ich schon gar nicht. Ich verstehe nämlich nicht die Bohne, warum sie hier überhaupt heult. Ihre Eltern haben sich schließlich ziemlich familienunkompatibel verhalten und sie sollte froh sein, dass wir sie endlich los sind. Allerdings vermute ich Ellas Tränen aus dem falschen Grund, wie sich schnell herausstellt.

"Ich schäme mich", schnieft sie nämlich plötzlich und lässt uns alle aufhorchen.

"Wieso?", fragt Linda dann auch gleich verdutzt.

"Weil sie so unendlich peinlich sind, meine Eltern. Weil sie euch so mies behandeln, vor allem dich, Chico."

"Ich habe es nicht anders erwartet", gebe ich gleich zu.

"Das macht es aber nicht besser."

"Beruhige dich, Engel."

"Ich will mich aber nicht beruhigen."

"Wir warten jetzt ein paar Tage, dann besuchen wir sie und alles wird sich klären."

"Ich will nichts klären. Für mich sind sie gestorben!"

"Sag das nicht, du …"

"Ich will sie nicht mehr sehen!"

"Okay, Süße, aber jetzt beruhige dich. Die Kinder kommen bestimmt gleich wieder."

Unsere Kleinen sind nämlich gerade mit Frauke und Ida am Strand und gleich gibt es Abendessen, also sollten wir alle mal schleunigst runterkochen, bevor die Zwerge hier auftauchen. Ella gelingt das allerdings nur mit größter Mühe.

Als die Kinder am Abend aber im Bett sind, schneidet sie das heikle Thema nochmal an: "Was sind wir nur für eine kaputte Familie."

Ich zucke erschrocken zusammen. Was meint sie denn jetzt damit? Zum Glück beruhigt sie mich aber sofort: "Ich meine meine Eltern und mich."

"Ich dachte schon …"

"Nein, keine Sorge, Schatz. Ich meinte nicht uns."

"Bei uns ist alles gut, oder?", frage ich vorsichtshalber und ernte ein Nicken.

Erleichtert nehme ich Ella in die Arme und tröste sie, aber dann strafft sie die Schultern und erklärt mir ihr weiteres Vorhaben: "Ab sofort haben meine Eltern hier nichts mehr zu suchen und wir werden sie nicht mehr besuchen, verstanden? Ich will sie einfach nicht mehr sehen. Weiß der Geier, was ich mir damals davon versprochen habe. Sie haben sich überhaupt nicht geändert und ich fasse es nicht, wie sie dich behandeln. Und das Schlimmste dabei ist – ich behandle dich schon genauso schlecht, das ist so mies."

Weil ich nicht antworte, bohrt sie noch tiefer in der Wunde: "Ich spiele manchmal mit dem Gedanken, Schilksee ganz weit hinter mich zu lassen und einfach wieder abzuhauen, einfach wieder zurück nach Mallorca zu gehen."

"Aber …"

"Aber dann fällt mir zum Glück rechtzeitig wieder ein, warum ich hier bin."

"Und warum bist du hier?", frage ich leise.

"Weil du hier bist."

"Ach, Ella", seufze ich. "Im Moment geht alles ständig auf und ab."

"Ich weiß, es ist meine Schuld."

"Wir müssen aufpassen, dass wir nicht irgendwann alle den Bach runtergehen."

"Das passiert schon nicht."

"Ich bin mir da manchmal nicht so sicher."

"Ach, Chico, ich verspreche dir …"

"Ja, schon gut", winke ich ab. Meiner Meinung nach ist es nämlich an der Zeit, dieses Gespräch zu beenden, bevor es zu emotional wird.

Am nächsten Morgen laufe ich mit Robin und Timm, während Ben sich von Amy behandeln lässt. Nach unserer Rückkehr hat sie eine gute und eine schlechte Nachricht für mich. Die gute Nachricht ist, dass mit Bennileins Wade alles in Ordnung ist, die schlechte Nachricht lautet, dass ich nach wie vor ihr Traummann bin. Das ist aber das Einzige, das mir heute den Tag versauen kann, denn der Rest ist wirklich nicht von schlechten Eltern. Für richtig gute Laune sorgt in erster Linie die Post, die wir gleich öffnen. Der Verband bestätigt uns noch einmal offiziell unsere Nominierung in die Nationalteams und listet uns ordentlich auf, mit welchen Geldern wir in Zukunft rechnen dürfen. Das sorgt für Stimmung, vor allem auch bei Ben. Wir bekommen nämlich Zuschüsse für unsere Reisen, Unterkünfte, Trainingslager und so weiter, das liest sich doch wirklich gut!

Eine weitere tolle Nachricht erhalten wir von Florian, den Sieger der Kieler Woche und Helden der aktuellen Meisterschaft. Florian ist einfach nicht mehr zu stoppen! Außerdem gibt es noch eine dritte Nachricht und die kommt von Lisa, unserer ehemaligen Ersatzmutti aus dem Sportinternat. Sie taucht beim Abendtraining auf und überreicht uns eine Einladung.

Das Internat feiert nämlich zehnjähriges Bestehen und diese Sache soll groß aufgezogen werden. Alle ehemaligen Schüler sind eingeladen und wir hoffen, dass zumindest aus unseren Jahrgängen alle dabei sein werden.

Am Freitag ist Ben wieder einsatzbereit, wir trainieren einmal am Morgen und einmal am Abend und genießen anschließend ein komplett freies Wochenende, während dem wir Hayden und Taylor aus der Ferne die Daumen drücken. Ich hoffe, dass Ben am nächsten Wochenende am Start ist, denn dann geht es für uns nach St. Peter-Ording. Dieses Turnier will ich um nichts auf der Welt verpassen. Wir haben nämlich ein Ferienhaus gebucht und die Londoner zu Gast. Dieses Wochenende ist aber erst mal Entspannung angesagt, das können wir alle gebrachen. Das Jahr war bisher nämlich ganz schön hektisch und ich bin froh, dass hier endlich mal so was Ähnliches wie Normalität einkehrt. Wir schlafen morgens lange, hängen den halben Tag in Schlafanzügen in der Küche herum und schaffen es noch nicht einmal ins Schwimmbad. Am Nachmittag wechsle ich die Schlafanzughose gegen Beachshorts und mache uns im Garten ein paar Liegen klar, auf die wir uns lümmeln, während wir ein paar Kaderathleten dabei bedauern, wie sie in dieser Hitze trainieren. Ella ist glücklich. Sie genießt dieses Wetter, und weil Ella glücklich ist, bin ich es natürlich auch. An diesem Wochenende ist einfach alles perfekt!

Noch perfekter als perfekt ist die Nacht von Samstag auf Sonntag … und der Sonntagmorgen. Ella serviert mir nämlich Frühstück ans Bett, zu dem auch unsere Kinder eingeladen sind. Danach müssen wir die Betten neu beziehen, aber das macht nichts. Wir verbringen fast den ganzen

Tag in unserem Schlafzimmer, sehen den Kindern beim Mittagsschlaf zu und versprechen uns gegenseitig, dass von nun an alles gut wird.

Am Montag findet wieder unser Familienfrühstück in Lindas Küche statt. Wie immer veranstalten Benni-Two und Mimo Baby eine herrliche Sauerei auf dem Tisch und auch darunter. Die Tapete bleibt heute allerdings verschont, ebenso wie unsere Nerven. Heute stört wirklich niemand. Keine Mama und keine Amy. Amy stört erst wieder am Freitag, als sie unbedingt mit nach St. Peter fahren möchte. Ella erklärt ihr aber gleich, dass wir in unserer Ferienwohnung keinen Platz für sie haben, deshalb sucht sie sich eine Pension. Offiziell ist Amy wegen Bens Wade dabei, den richtigen Grund kennen wir allerdings alle. Ich bin schlau genug, meiner eigenen Frau während unserer Freizeit keine Sekunde von der Seite zu weichen. So sind die Besitzverhältnisse schnell geklärt und niemand muss sich Sorgen machen. Jonas allerdings ist inzwischen so sehr von Amys gefährlichem Spiel genervt, dass er mir unbedingt noch eine Predigt halten muss. Ich mache ihm allerdings gleich klar, dass ich dagegen überhaupt nichts tun kann und er sich doch lieber an Amy halten soll. Sie verabreden sich zu einem Gespräch in einer Bar und ich bekomme nicht mit, als mein Vater zurückkehrt. Dafür sorgt Ella … und ihr Nachthemd … das aus Hannover versteht sich.

Das Turnier in St. Peter beginnt für uns bereits am Freitag, allerdings nur passiv. Wir haben nämlich Robin und Timm dabei, die am letzten Wochenende den Gesamtsieg der Holsteintour eingefahren haben und sich während der ganzen Tour so erfolgreich und positiv präsentiert haben, dass sie hier eine Wildcard ergattern konnten. In der Qualifikation setzt man sie sogar ziemlich hoch – auf Platz vier nämlich. Weil wir ihnen natürlich die Daumen drücken wollen, legt Jonas unsere Trainingseinheiten außerhalb ihrer Spielzeiten fest. Das ist wirklich cool von meinem Dad und war nicht unbedingt zu erwarten. Umso erstaunter bin ich, dass er ein Einsehen hat. Alexandra und Michael sind auch vor Ort, genau wie Caroline, die sogar in unserer Ferienwohnung übernachtet. Zwischen Caroline und Robin scheint es aber an diesem Wochenende nicht gerade gut zu laufen. Der Zeitpunkt ist wirklich mies, denn Robin kann hier jede Unterstützung gebrauchen. Allerdings bin ich total überrascht als ich feststelle, dass Robin für das Gefühlschaos zwischen ihm und seiner Freundin selbst verantwortlich ist. Das alles erfahre ich, als ich ihn ganz einfach frage: "Was ist denn los mit dir und Caroline, Robin?"

"Sie nervt."

"Wieso denn?"

"Keine Ahnung! Sie nervt einfach, redet ständig über Mode und so einen Kram und langweilt mich damit."

"Tut mir leid."

"Muss es nicht."

"Wenn du reden willst …"

"Lass mal, ist schon gut."

"Bei den Spielen musst du das ausblenden."

"Klar doch! Wir wollen hier weit kommen."

"Okay, dann mal los!"

Die Kleinen haben das Glück, mit einem Freilos ins Turnier zu starten und somit kampflos direkt in die zweite Runde zu gelangen. Fängt doch schon mal gut an! Noch besser ist, dass sie das zweite Spiel gewinnen und das dritte auch. Der Platz im Hauptfeld ist sicher.

Nicht nur die Kleinen haben jetzt Lust auf Party, sondern auch wir. Wir werfen den Grill an und während wir Männer uns bedienen lassen, beobachtet meine Frau das seltsame Verhalten zwischen Robin und Caroline. Ihre Sorgen teilt sie mir gleich mit: "Da stimmt was nicht."

"Hmmm. Ich weiß."

"Was ist denn da los?"

"Keine Ahnung. Ich glaube, die haben sich nicht mehr viel zu sagen."

"Das ist aber schade. So ein süßes Paar."

"Hmmm."

"Ausgerechnet jetzt, wo es sportlich so super läuft."

"Ja, der Zeitpunkt ist mies."

"Robin scheint aber cool drauf zu sein."

"Ist er doch immer."

"Na ja, meistens."

Wir scheuchen Robin und Timm rechtzeitig in die Kojen und wecken sie mit einem Winner-Frühstück, das uns selbst auch ziemlich gut schmeckt. Dann ist es bereits an der Zeit, die Courts aufzusuchen. Das Sandhaus hat heute eine Menge vor, die Ziele sind gesteckt! Wir selbst wollen ins Endspiel und die Kleinen wollen mindestens ein Spiel gewinnen, am liebsten gleich das erste. Weil wir dabei aber ihre Gegner sind, haben wir natürlich etwas dagegen. Es ist genau halb elf, als ich meinen ersten Aufschlag serviere und es ist genau siebzehn Minuten später, als Robin und Timm uns den ersten Satz geklaut haben. Während meine Untermieter sich herzlich über unsere dummen Gesichter ausschütten, sind Ben und ich ratlos. Ich habe wirklich keine Ahnung, woran das jetzt gelegen hat und Ben ist ebenso konfus wie ich. Tatsache ist jetzt jedenfalls, den zweiten Satz unbedingt gewinnen zu müssen, sonst ist uns ein dicker Rüffel von Jonas sicher und das muss heute wirklich nicht sein. Wir gewinnen den zweiten Satz deutlich und den dritten mehr als knapp. Die ganze Geschichte wäre beinahe schiefgegangen.

Jonas steckt jetzt allerdings in einer Zwickmühle, denn er trainiert uns alle vier und ist deshalb natürlich um Worte verlegen. Ben und ich haben nämlich unterste Schublade gespielt, aber die

Kleinen waren mega-lässig drauf und haben es uns ordentlich gezeigt. Seine Ansage ist dementsprechend kurz: "Denkt an meine Nerven und macht das nicht noch mal!"

Wir nicken ziemlich bedröppelt und nehmen uns vor, unsere nächsten Gegner einfach auseinanderzunehmen. Leider wollen die aber nicht freiwillig verlieren, wehren sich heftig und schlagen uns im dritten Satz. Das ist wirklich ein mieser Tag und noch mieser wird er, als ich mir von Ella vorschwärmen lassen muss, dass dies hier genau ihre Temperaturen sind. Anschließend spricht sie vom Herbst und vom Winter und lässt mich beinahe verzweifeln und diese Verzweiflung kann ich während unseres nächsten Spiels nicht abschütteln.

Wieder verlieren wir in zwei Sätzen und werden Neunte, genau wie Robin und Timm, die es immerhin schaffen, ihre Gegner in den dritten Satz zu zwingen. Während Robin und Timm aber allen Grund zum Feiern haben, steht mir jetzt eine kalte Dusche von Jonas bevor. Er zögert auch nicht lange, sondern kanzelt mich noch auf dem Feld so richtig ab: "Das war ja mal eine richtig tolle Leistung, Sohn."

"Danke!", maule ich, um ihn zu ärgern.

"Das war sarkastisch gemeint!"

"Kannst du dir sparen!"

"Wie kann man einen solchen Quatsch spielen?"

"Und wie kann man einen solchen Quatsch reden?"

"Was?"

"Wir haben nicht absichtlich verloren."

"Wäre ja auch noch schöner."

"Man kann nicht immer gewinnen!"

"Man kann sich aber auch extrem dämlich anstellen."

"Halt die Klappe!", schreie ich ihn an und lasse ihn verdutzt stehen. Ist doch wahr, Mensch. Ich hätte auch viel lieber gewonnen, aber wie soll ich das, wenn Ella schon wieder Drohungen ausspricht? Ich muss mir schnellstmöglich etwas ausdenken und noch bevor ich überhaupt mit dem Denken anfangen kann, kommt mir die genialste Idee von allen. Ich suche mir einen neuen Verein für die Hallensaison!

Dieser Gedanke verfolgt mich bis nach Hause. Ich grüble ununterbrochen, was mein Vater natürlich wieder auf sich bezieht. Deshalb ist in Schilksee erst mal eine Diskussion angesagt: "So wild ist euer Ausscheiden auch nicht, dass du schon wieder pausenlos grübeln musst."

"Ich suche mir einen anderen Verein", gehe ich gleich in die Offensive.

"Was?"

"Für die Hallensaison."

"Und wieso?"

"Ella bleibt nicht noch einen Winter an der Förde, das hat sie erst heute wieder gesagt. Ich muss irgendwo spielen, wo es wärmer ist."

"Das ist doch verrückt, Junge."

"Ist es nicht. Ich suche mir ein neues Team."

"Ach, ja? Und wo, bitteschön?"

"Keine Ahnung. Spanien wahrscheinlich."

"Da gehst du unter."

"Du hast ja ein tolles Vertrauen in mich."

"Junge, das ist gar nicht dein Ding. Ohne deine Leute und ohne das Sandhaus funktionierst du doch gar nicht."

"Vor allem funktioniere ich ohne Ella und die Kinder nicht."

"Aber ausgerechnet Spanien."

"War ja nur eine Idee. Italien ginge natürlich auch."

"Das funktioniert nicht, Junge."

"Und was soll ich deiner Meinung nach tun? Soll ich hier festhängen, während Ella mit den Kindern auf Mallorca ist?", rufe ich frustriert und raufe mir die Haare und weil ein solcher Ton von mir im Sandhaus mehr als ungewohnt ist, tauchen nach und nach die ganzen Neugierigen auf, die hier wohnen … ganz zuletzt Ella.

"Was ist hier los?", fragt sie neugierig.

"Das frag mal deinen lieben Mann", stänkert Jonas.

"Schatz?"

"Ich habe eine Idee, die meinem Vater aber nicht gefällt."

"Und? Die wäre?", erkundigt sich meine Frau.

"Ich weiß, wie wir das Winterproblem lösen."

"Ja?", fragt Ella hoffnungsvoll.

"Ja, ich spiele in Spanien."

"Das geht nicht, Bruderherz", ruft Linda energisch. "Du kannst doch nicht einfach ausziehen!"

"Ist doch nur für ein halbes Jahr."

"Wir brauchen dich in der Mannschaft", beschwert sich Ben, Robin nickt und mein Vater natürlich auch.

"Ich will hier nicht allein sein und ich diskutiere auch nicht weiter darüber. Ab morgen suche ich mir einen neuen Verein, und wenn ihr euch auf den Kopf stellt."

Wütend verziehe ich mich ins Büro, starte den PC und mache mich schon mal auf die Suche. Wäre doch gelacht, wenn sich nicht das richtige Team für mich finden lässt. Ich klicke verschiedene spanische und italienische Teams an, schreibe Kontaktadressen auf und überlege, wie ich

31

das Ganze am besten anpacke. Schließlich bin ich ja nebenbei auch noch ein kleiner Student, der endlich mal in die Hufe kommen muss.

In Frage kommen eigentlich nur zwei spanische Vereine: Almeria und Ibiza, denn ich brauche unbedingt einen Strand vor der Haustür und zumindest Madrid fällt damit schon mal durch das Raster. In Italien werde ich nicht fündig, es gibt keinen Verein an der Küste, ebenso in Griechenland, Zypern und der Türkei. Spaßeshalber sehe ich mir noch die Mannschaften in Neuseeland, Australien und den USA an und finde einen Ort in der Nähe von Los Angeles, das wäre perfekt, wären die Vereinigten Staaten nicht so verdammt weit weg von Schilksee.

Ich bin gerade dabei, eine Art Bewerbungsmappe zusammenzustellen, als Ella das Büro betritt und mir gleich klarmacht, dass meine Bemühungen umsonst sind: "Du brauchst keinen neuen Verein, Chico."

"Es ist besser so."

"Ich bleibe im Herbst so lange es geht hier und fliege nur tageweise nach Mallorca."

"Und in der Zwischenzeit streiten wir uns pausenlos."

"Ich verspreche dir, dass es nicht vorkommt. Ich plane ein paar Abwechslungen ein, zum Beispiel die Therme oder ich gehe ins Solarium. Außerdem habe ich mit meinem Arzt eine Lichttherapie besprochen. Ich brauche dafür eine bestimmte Lampe und habe mich schon im Internet erkundigt."

"Und du meinst, das hilft?", zweifle ich.

"Wir müssen es probieren, Chico. Ich verspreche dir, dass ich alles ausprobiere, was man mir vorschlägt. Ich schließe mich einer Selbsthilfegruppe an, die mir mein Arzt empfohlen hat und die Lichttherapie wird auch helfen, glaub mir."

"Ich habe Angst, Ella."

"Das musst du nicht, und vor allem musst du dir keinen anderen Verein suchen. Ich weiß, dass du außerhalb des Sandhauses nichts verloren hast."

"Und wenn es nicht funktioniert?"

"Es wird funktionieren. Hör auf, dir schon wieder Sorgen zu machen. Es ist noch lange hin, wir haben Juli. Jetzt schalt den Computer aus und lass uns das kommende Wochenende planen. Jonas sagt, ihr habt frei?"

"Genau. Dann geht's nach Bonn."

"Und wie willst du dieses Wochenende nutzen?"

"Keine Ahnung. Schlag was vor."

"Wir könnten deine Mutter besuchen."

"Nein."

"Wir könnten auch einfach mal gar nichts tun."

"Hmmm. Ja, lass uns einfach hierbleiben."

"Gut. Wir machen Strandurlaub in Schilksee."

"Klingt gut."

Die Idee ist wirklich gut, und noch besser ist, dass alle anderen Sandhäusler uns auch noch in Ruhe lassen. Robin ist mit Michael unterwegs, Timm hat neuerdings eine Freundin, bei der er an diesem Wochenende unterschlüpft, Frauke ist in Hamburg und Ben und Linda machen einen Kurztrip nach London, um Lindas Freundinnen zu treffen. Nur Jonas und Ida sind im Haus, sie kümmern sich um die Gäste und halten uns den Rücken frei. Klein Hanna hält ihren Mittagsschlaf am Strand, während Mimo und ich durch die Wellen pflügen. Mein Kleiner ist ein Meisterschwimmer und kaum aus dem Wasser zu kriegen, genau wie ich. Ella beobachtet uns lachend von ihrem Strandkorb aus und schießt ein paar Fotos.

Schwimmen macht hungrig, deshalb schickt Ella mich los, an der Fischbrötchenbude für meine kleine Familie Proviant zu ordern. Mimo begleitet mich, schnorrt sich gleich noch ein Eis und will anschließend die Möwen füttern, aber ich muss erst mal die Fischbrötchen abladen, die wir uns im Strandkorb schmecken lassen. Wir verputzen gerade die letzten Krümel, als Ida und Jonas auftauchen. Sie haben Badezeug dabei und stürzen sich gleich in die Wellen und als sie nach einer guten Stunde zurückkehren, geht Ella mit Klein Hanna ins Wasser. Das gibt meinem Vater und mir die Gelegenheit zu einem Gespräch: "Was macht die Suche nach einem Verein?"

"Wir haben eine andere Lösung gefunden."

"Du bleibst hier?", freut sich mein Dad und grinst: "Das ist die richtige Entscheidung, du gehörst einfach hierher, Junge."

"Ich weiß, aber Ella hat eine viel bessere Idee."

"Da bin ich gespannt."

"Sie macht eine Lichttherapie."

"Das soll helfen?", ist Ida misstrauisch.

"Hoffentlich."

"Doch, das ist möglich", sagt Jonas. "Davon habe ich schon gehört. Ich hoffe, dass es klappt."

"Frag mich mal."

"Ich finde es jedenfalls super, dass du in Schilksee bleibst."

"Ich bin ein Strandjunge", grinse ich.

"Eben!", bestätigt Ida lächelnd. "Und wir kümmern uns alle um Ella."

"Wenn es nicht funktioniert, geht sie nach Alcudia, das ist sicher."

"So weit wird es nicht kommen", verspricht Ida.

"Ich verdränge das Problem einfach."

"Ausgerechnet du", sagt mein Vater nachdenklich. "Du bist nicht gut im Verdrängen von Problemen, das weißt du ganz genau."

"Ich kann es aber versuchen."

"Und wenn sie tatsächlich nach Mallorca geht?"

"Dann bin ich im Eimer."

"Wenn sie geht, dann musst du mitgehen", beschwört mich Ida, wovon mein Vater natürlich nichts wissen will: "Das ist Quatsch, Ida!"

"Nein, sie hat recht. Wenn Ella geht, gehe ich mit. Ich kann nicht wieder monatelang auf sie verzichten. Das geht nicht, vor allem auch wegen der Kinder."

"Und dein Training?"

"Das muss dann ausfallen."

"Und die Uni?"

"Die auch."

Wir müssen das Gespräch an dieser Stelle beenden, weil Ella mit meiner Tochter aus dem Wasser zurückkehrt, aber Mimo fordert noch einmal meine Aufmerksamkeit – er will sehen, ob wir Fische finden. Jonas schließt sich an, er taucht mich sofort unter, aber ich räche mich. Mimo feuert mich wild an und verkündet am Ende quietschend meinen Sieg. Wir haben eine Menge Spaß und ich kann für ein paar herrlich entspannte Minuten meine Sorge beiseite schieben.

Am Abend aber, als Ella schon im Bett liegt, setze ich mich noch einmal an den Computer, um mich über die Erfolgsquoten einer Lichttherapie zu informieren. Was ich dort lese, beruhigt mich ein wenig, aber trotzdem nehme ich mir vor, demnächst mal mit Johannes über dieses Thema zu sprechen. Ich bin sicher, er kennt jemanden, der mich vollends beruhigen kann. Weil der PC jetzt schon mal hochgefahren ist, schicke ich gleich noch Mails mit meinem Spielerprofil an die Teams auf Ibiza, in Almeria und Kalifornien ... für den Fall der Fälle.

Am Sonntagnachmittag kehren die Sandhäusler zurück. Robin überschlägt sich fast dabei, als er von dem Angelausflug mit Michael erzählt. Auch Alexandra war bei dem Ausflug dabei und soll tatsächlich Spaß gehabt haben. Für mich ist das unvorstellbar, aber Robin bleibt dabei, dass Alexandra das Wochenende in Joggingklamotten ohne Make-up und ohne jeglichen Komfort in einer Anglerhütte verbracht hat, in der es noch nicht einmal fließendes Wasser gibt. Caroline hat die Neufamilie anscheinend nicht begleitet, zumindest redet niemand von ihr und auch für den Rest des Tages taucht sie nicht auf, deshalb nehme ich mir vor, da einmal nachzuhaken.

Die Möglichkeit dazu ergibt sich am Montagmorgen beim Joggen. Robin wartet schon auf uns, er ist bereits aufgewärmt und fordert uns auf, jetzt mal in die Socken zu kommen und weil er ganz offensichtlich in Plauderlaune ist, nehme ich das Gespräch gleich auf: "Was ist eigentlich mit Caroline?"

34

"Sie war am Wochenende mit Kolleginnen unterwegs."

"Mit Models?", fragt Ben.

"Ja."

"Und wann kommt sie wieder?"

"Keine Ahnung. Sie reist mit Mama und ein paar Mädchen irgendwann heute nach München zu einem Shooting."

"Oh, das klingt nach Karriere."

"Hmmm."

"Ihr seht euch nicht oft in letzter Zeit, oder?"

"Nein, so gut wie gar nicht, aber das macht nichts."

"Was meinst du damit?"

"Ich glaube, das mit uns hält nicht mehr lange."

"Oh, tut mir leid."

"Muss es nicht, wirklich."

"Im Ernst?"

"Ja, wir passen einfach nicht mehr zusammen. Sie hat sich sehr verändert, verstehst du?"

"Ist mir auch aufgefallen. Sie redet nur noch über Klamotten, das war früher anders."

"Und ihre Freundinnen sind hohldoof. Genau wie Mamas Bekannte."

"Ist trotzdem alles blöd, oder?"

"Hmmm. Ja."

"Wenn du reden willst …"

"Schon gut, ist alles halb so wild, Domi."

Beim Frühstück fällt auch Frauke auf, dass Caroline nicht da ist. Auch sie fragt Robin, wann wir mit ihrer Rückkehr rechnen dürfen und wieder hören wir die gleichen, fast gleichgültigen Sätze.

Ich finde es schade, dass Robin so denkt. Caroline ist ein nettes Mädchen, er müsste doch eigentlich um sie kämpfen, oder? Ich würde alles dafür tun, dass Ella bei mir bleibt, ich würde sogar in Kalifornien spielen, weit weg von zu Hause. Ella müsste mich nur noch ein einziges Mal bitten und ich würde sofort auf meine Karriere verzichten. Ich würde mit ihr nach Mallorca gehen und die Hallensaison ausfallen lassen. Das würde ich doch, oder? Doch, da bin ich mir sicher – ich will nie wieder von Ella getrennt sein!

Kapitel 3

Seemannsgarn

Es ist noch früh, als wir uns am Mittwochmorgen auf die Autobahn einfädeln. Ben fährt, und ich döse nach wenigen Kilometern weg. Die restlichen Sandhausbewohner liegen noch in ihren Betten, außer Robin und Jonas, die in Sachen Jugendmeisterschaft unterwegs sind. Robin spielt mit Thore die U23-Europameisterschaft in Zypern. Timm, sein eigentlicher Spielpartner, wird dieses Jahr 23 und ist deshalb zu alt. Wir sind froh, dass Robin in Thore den perfekten Ersatz gefunden hat. Beide haben ja auch schon mehrfach gezeigt, dass sie miteinander hervorragend funktionieren. Dass Marten, Thores regulärer Partner, dabei in die Röhre schauen muss, ist natürlich nicht ganz so toll.

Am frühen Nachmittag erreichen wir Bonn, beziehen Quartier und brauchen nach dem langen Stillsitzen natürlich Bewegung. Joggen ist angesagt, danach gibt's eine heiße Dusche und ein lauwarmes Abendessen, dass wir gemeinsam mit Trixie einnehmen.

Am Donnerstagmorgen sind wir die Ersten an den Courts, Jonas hat uns für zwei Stunden ein Feld geblockt, auf dem wir trainieren. Den Platz neben uns nutzen Lennart und Bennet und etwas weiter links erkenne ich Pascal und Jan. Unsere Freizeit verbringen wir in einem Shoppingcenter, bevor am Abend eine weitere Trainingseinheit auf dem Plan steht. Jonas hat Lennart und Bennet bequatscht, mit denen wir uns ein heißes Match liefern. Wir haben sogar Zuschauer, die uns laut anfeuern und nach dem Training auf ein Getränk einladen wollen. Leider müssen wir absagen. Jonas macht heute nämlich einen auf Kontrollfreak.

Am Freitag beginnt die Qualifikation, die wir uns schenken dürfen. Dafür trainieren wir zweimal und gehen anschließend mit Trixie und ihrer Partnerin ins Kino. Für Samstag hat sich Jessica angesagt – sie will uns natürlich siegen sehen. Wir sitzen am Samstagmorgen noch beim Frühstück, als sie strahlend auftaucht und uns gleich mal klarmacht, was sie von uns erwartet: "Ich rechne doch mit einem Podestplatz, Leute."

"Willst du uns etwa unter Druck setzen?", lacht Ben.

"Hey, ihr seid hoch gesetzt."

Stimmt. Wir stehen tatsächlich auf Nummer eins, was allerdings daran liegt, dass die beiden anderen Nationalteams ein Turnier der Word Tour spielen. Nach dem Frühstück melden wir uns in Zypern und versprechen, unseren Kleinen am Ticker die Daumen zu drücken. Wir starten bereits um halb neun ins Turnier und müssen deshalb früh raus. Als hoch gesetztes Team ist das erste Spiel meistens leicht, deshalb gewinnen wir auch deutlich. Das nächste Spiel wird wegen der Verletzung eines Gegenspielers abgesagt, so dass wir erst wieder um drei Uhr auf dem Feld stehen müssen. In der Zwischenzeit haben unsere Kleinen in Zypern bereits zwei ihrer Gruppen-

36

spiele gewonnen. Während die anderen Teams sich im Sand vergnügen, müssen wir aufpassen, dass wir die Motivation nicht verlieren. Es regnet hier nämlich wie aus Eimern und im Spielerzelt ist es nicht allzu gemütlich. Natürlich könnten wir ins Hotel gehen, aber dann verpassen wir ja alles und dazu sind wir viel zu neugierig. Deshalb ziehen wir dicke Jacken an, suchen uns einen Platz unter einem großen Sonnenschirm und sehen den anderen Spielern bei ihren Bemühungen zu, in diesem sintflutartigen Regen den Ball rechtzeitig zu sehen.

Um drei Uhr stehen uns Lennart und Bennet gegenüber, die ihre Hausaufgaben gemacht haben. Im ersten Satz ziehen sie uns ganz schön das Fell über die Ohren, der zweite geht in die Verlängerung, aber den dritten Satz dominieren wir und sind eine Runde weiter. Für heute ist Feierabend, zumindest in der Gewinnerrunde. Die Verlierer der vorherigen Partien müssen alle noch mal ran und sind nicht zu beneiden, der Regen wird nämlich immer stärker. Wir aber springen jetzt erst mal unter die heiße Dusche und mümmeln uns danach dick ein, dann suchen wir uns ein Bistro für das Abendessen, denn die Speisekarte des Hotelrestaurants haut uns nicht gerade vom Hocker. Während des Essens telefonieren wir mit Jonas, der kaum zu bremsen ist. Die Jungs machen anscheinend einen Superjob in Zypern und sind Jonas' Meinung nach schon fast Europameister. Aber nicht nur darum sind sie zu beneiden, auch das Wetter in Zypern ist mit Sicherheit etliche Klassen besser als hier.

Am Sonntagmorgen weckt mich Ella mit einer Daumendrück-Nachricht. Das ist der perfekte Start in den Tag, deshalb nehme ich mir auch gleich vor, heute den Turniersieg einzufahren. Das ist natürlich nicht leicht, denn auch die anderen Teams wollen hier nicht unbedingt verlieren. Den Sieg im Halbfinale allerdings haben wir schnell in der Tasche, was vor allem daran liegt, dass unsere Gegenspieler ständig den Schiedsrichter auffordern, das Spiel abzubrechen und auf Sonne zu warten. Weil es aber nicht so aussieht, als hätte die Sonne Lust, sich heute noch zu zeigen, ist das natürlich nicht möglich. Und weil unsere Gegenspieler deshalb total angefressen sind, machen wir sie eindeutig platt.

Nach dem Endspiel sind wir selbst allerdings diejenigen, die platt sind. Und wie! Lennart und Bennet, diese Nervensägen, die sich über die Verliererrunde ins Endspiel zurückgekämpft haben, sind jetzt richtig motiviert, uns endlich mal wieder vor Publikum zu schlagen, was ihnen auch ziemlich eindeutig und spektakulär gelingt. Wir sehen im wahrsten Sinne des Wortes keine Sonne, lassen uns im ersten Satz zu zwanzig abschießen und erreichen im zweiten Satz sogar nur noch fünfzehn Punkte.

Während der Siegerehrung lassen wir uns noch einmal ordentlich nassregnen und freuen uns auf die Dusche. Ich lasse erst Ben ins Bad, hole mir inzwischen von Jonas am Handy die Glückwünsche ab und erfahre die Neuigkeiten aus Zypern. Unsere Kleinen stehen im Endspiel, das gerade läuft.

Ben braucht eine Ewigkeit im Bad und ich erfahre den Grund, als ich ihn heftig niesen höre. Hoffentlich hat er sich bei diesem Mistwetter nicht erkältet!

Tatsächlich sieht er ziemlich schlapp aus, als ich endlich Gelegenheit habe, ins Bad zu kommen. Vorsichtshalber frage ich ihn, ob er nicht lieber eine Nacht dranhängen und gleich ins Bett will, aber er möchte nach Hause, deshalb beeile ich mich mit meiner Dusche und schon geht's ab. Kurz vor Schilksee melde ich mich telefonisch an, damit jemand den Doc ins Haus beordern kann. Ben hat nämlich fast die ganze Fahrt über geschlafen, seine Stirn glüht und ich musste zweimal anhalten, damit er mir nicht das Auto vollkotzt. Natürlich sind jetzt die Sandhäusler besorgt, was auch den großen Bahnhof erklärt, der uns erwartet. Alle sitzen in der Küche, der Doc ist auch schon da.

Ben wird sofort ins Bett verfrachtet und erhält nach einer eingehenden Untersuchung die Diagnose: Grippe! Das heißt, wir müssen das Turnier der World Tour in Polen, für das wir gemeldet sind, absagen. Ben wird nämlich die komplette Woche im Bett verbringen, sofern es nach dem Doc geht. Für mich heißt das Einzeltraining, zumindest am Montagmorgen, weil Robin und Jonas noch nicht zurück sind und Timm mal wieder bei seiner Freundin übernachtet.

Als die Europameister allerdings am Montagnachmittag einfliegen, sind im Sandhaus alle am Start, um sie persönlich zu empfangen. Sogar Caroline.

Linda und Ella haben Torte gebacken, Mimo Baby und Benni-Two haben Europameisterbilder gemalt und Caroline hat eine Neuigkeit für Robin: Wie eine nebensächliche Bemerkung macht sie einfach Schluss mit ihm, was meinen Pflegebruder allerdings nicht großartig zu jucken scheint. Sie umarmen sich noch einmal, dann geht Caroline davon und Robin lässt die Korken knallen. Meine Güte, wie kann man so abgebrüht sein?

Am Abend aber, als alle in ihren Zimmern verschwunden sind und ich eigentlich nur noch einmal kontrollieren will, ob die Haustür abgeschlossen ist, sehe ich noch einen Lichtschein unter seiner Tür. Das ist ungewöhnlich, denn Robin geht normalerweise ziemlich früh ins Bett, aber wahrscheinlich ist er wegen seines Titels immer noch aufgekratzt. Ich nehme mir spontan vor, ihm einen Bruderbesuch abzustatten und klopfe leise an die Tür.

"Ja?", fragt er, und als ich eintrete, erwische ich ihn dabei, wie er sich die Tränen wegwischt.

"Ist doch nicht so leicht, oder?", frage ich leise. Er nickt und schluckt schwer, was mich vollends durcheinanderbringt. "Entschuldige", sage ich deshalb überfordert. "Aber du hast uns allen den Eindruck vermittelt, dass Caroline dir überhaupt nichts mehr bedeutet."

"Was hätte ich auch tun sollen?", fragt er völlig fertig. "Sie hat sich überhaupt nicht mehr für mich interessiert. Ständig ging es nur noch um Mode, um Kosmetik, um Frisuren. Das ist so ätzend! Wir konnten überhaupt nicht mehr miteinander reden, meine Probleme haben sie nicht die Bohne interessiert. Es war ihr vollkommen egal, dass ich zur Europameisterschaft fahre und dort so gut gesetzt war. Meine Kurzmitteilungen hat sie überhaupt nicht beantwortet und dann macht sie ausgerechnet heute Schluss mit mir."

"Es tut weh, oder?"

"Ja, aber das sollte sie nicht sehen."

"Und warum nicht? Vielleicht wartet sie ja nur auf ein Zeichen von dir?"

"Das ist Quatsch, Domi. Das mit uns ist eigentlich schon seit Monaten vorbei."

"Tut mir leid."

"Du kannst nichts dafür."

"Willst du allein sein?"

"Nein, schon gut. Meinetwegen können wir reden."

Hm, reden ist grundsätzlich gut, aber hier fehlen mir eindeutig die Argumente. Was Frauen angeht, bin ich sowieso meistens derjenige, der nichts kapiert. Das ist schließlich der Grund, warum ich nicht nur bei Ella, sondern auch bei Linda und Mama immer den Kürzeren ziehe. Das weiß hier schließlich jeder, deshalb bin ich nicht der Richtige, der auch nur die allereinfachsten Tipps geben kann. Robin scheint das aber egal zu sein. "Zwischen Ella und dir ist aber alles in Ordnung, oder?"

"Im Moment ja."

"Ich habe sie neulich bei einem Gespräch mit Linda belauscht", druckst mein Pflegebruder herum.

"Das klingt nicht gut."

"War es auch nicht. Eigentlich sollte ich es dir nicht sagen, aber sie rechnet fest damit, den Winter auf Mallorca zu verbringen."

"Im Ernst?", frage ich geschockt. "Wir haben neulich etwas ganz anderes abgesprochen."

"Es war eindeutig, Domi."

"Wann war das?"

"Das war in der Woche vor deinem Geburtstag."

"Ach so!", bin ich beruhigt und atme einmal tief durch. "Inzwischen sieht sie das Ganze anders. Sie macht eine Lichttherapie, die wird ihr helfen."

"Das ist gut", freut sich Robin. "Irgendetwas muss ja schließlich funktionieren, oder?"

"Eben. Und das mit dir und Caroline renkt sich vielleicht auch wieder ein. Wirst schon sehen."

"Das glaube ich nicht. Hey, vielleicht mache ich mich an Amy ran. Amy ist cool", witzelt er.

"Ja, ja!", grinse ich. "Hauptsache, du bringst sie nicht ständig mit nach Hause."

"Vielleicht ziehe ich zu Michael."

"Äh ... was?"

"Ist nur eine Idee, weißt du?"

"Wo willst du denn in Flensburg trainieren, bitteschön?"

"Keine Ahnung. Wie gesagt: Ist ja auch nur so eine Idee."

"Das gefällt mir überhaupt nicht."

"Ich weiß", gähnt Robin und weil ich ebenfalls gähne, ist das Gespräch damit beendet. Ich verlasse verwirrt das Zimmer und weiß jetzt schon, dass ich die halbe Nacht grüble, denn es gibt genau zwei Probleme: Robin ist nach wie vor in Caroline verliebt und wenn ich Pech habe, zieht er demnächst nach Flensburg. Aber was wird dann aus Timm? Und wer füllt die leeren Zimmer? Ist es nicht schon schlimm genug, dass Caroline nicht mehr hier wohnt, müssen wir auch noch Robin verlieren? Unser Strandgut? Das darf einfach nicht sein! Ich werde dafür sorgen, dass er im Sandhaus bleibt!

Weil Linda Bens Krankheit auf unserer Homepage bekanntgibt, ist die Volleyballwelt schnell darüber informiert, dass ich für das Turnier in Polen keinen Partner habe. Deshalb laufen hier die Telefone heiß, denn sowohl Stefan als auch Christian wollen mich unbedingt als Partner haben. Beiden sage ich ab. Als aber Niels anruft und fragt, ob ich für ihn einspringen und mit Tim spielen möchte, sage ich ohne große Überlegungen zu.

Ella begleitet mich nach Stare Jabłonki und auch unsere Kinder sind dabei, als ich mit Tim das erste Spiel bestreite. Wir finden uns auf dem neunten Platz der Setzliste wieder, was für mich natürlich großartig ist. Tim ist allerdings bessere Startpositionen gewöhnt, aber ich habe nicht genügend Punkte. Das erste Spiel unserer Gruppe beginnt um drei. Wir spielen gegen das Team aus Tschechien, das nur einen Platz schlechter gesetzt ist als wir. Ich selbst nehme mir vor, gleich mal ein wenig Eindruck zu schinden und mich dafür zu bedanken, dass Tim überhaupt mit mir spielt. Nachdem ich gleich zu Beginn des ersten Satzes ein paar richtig schöne Pässe in die Mitte zirkeln durfte, bin ich auch richtig heiß auf mehr. Mein Partner ist jedenfalls nach unserem Sieg mehr als zufrieden mit meiner Leistung und macht mir gleich das Angebot zu einem gemeinsamen Trainingslager mit Ben und Niels im nächsten Frühling.

Unser zweites Gruppenspiel beginnt um sechs und geht gegen die Österreicher. Wir nehmen gleich richtig Fahrt auf und gehen sofort deutlich in Führung. Noch nicht einmal die strittigen Schiedsrichterentscheidungen können uns aus der Bahn werfen. Wir schlagen die Österreicher und bleiben auf dem ersten Platz unserer Gruppe. Den Feierabend versüßen wir uns mit einem Heldenbier und einem Steak in einem guten Restaurant, das Jonas uns empfohlen hat. Hier treffen wir auf Hayden und Taylor, die wir heute noch gar nicht gesehen haben. Sie sind etwas tiefer gesetzt als wir und spielen in einer anderen Gruppe. Jetzt essen wir gemeinsam die leckeren Steaks und gehen unsere Urlaubspläne durch. Nächstes Wochenende ist nämlich Timmendorf angesagt und die Saison danach leider schon wieder vorbei. Ella und ich haben allerdings noch gar nichts geplant, aber zu einem Besuch in London hätte ich wirklich große Lust. Ich nehme mir vor, das gleich nach dem Essen mal mit ihr zu klären, deshalb rufe ich sie im Hotel, das sie direkt nach dem Essen mit den Kindern angesteuert hat, an. "Ella, ich habe gerade mit Hayden und Taylor über Urlaub gesprochen. Hast du schon Pläne?"

"Ich möchte zu gern deine Großeltern besuchen und hinterher auf jeden Fall noch irgendwohin, wo die Sonne scheint!", breitet sie gleich ihre Ideen aus.

"Ich dachte, wir könnten Hayden und Taylor in London besuchen."

"Wie lange hast du denn Urlaub?"

"Weiß nicht, zwei Wochen vielleicht, mit Glück können es auch drei sein."

"Hm, das wird eng. Aber wir könnten die Londoner nach Alcudia einladen, was meinst du?"

"Da haben wir doch gar nicht genug Platz!"

"Doch, das wird schon gehen."

"Aber sie bringen doch bestimmt ihre Frauen mit."

"Hör mal, das kriegen wir schon hin. Wir stellen einfach unser Schlafzimmer zur Verfügung und schlafen entweder bei Hanna oder bei Mimo."

"Och nö!"

"Uns fällt schon was ein, Chico."

"Gut, dann mach mal Pläne. Ich frage die Jungs morgen mal, was sie grundsätzlich davon halten."

"Ist gut, und bleib nicht mehr so lange, ich warte hier auf dich und trage mein Nachthemd – du weißt schon."

Der nächste Morgen steht hier wieder unter dem Motto Urlaubsplanung. Aber während Hayden meine Einladung nach Alcudia begeistert annimmt, sagt Taylor gleich ab. Er will mit seiner Frau Urlaub auf Ibiza machen und hat dort bereits gebucht. So löst sich auch gleich unser Schlafproblem. Ich bespreche mit Ella am Handy, dass wir einfach die Kinder in einem Zimmer übernachten lassen, wir selbst in Mimos Zimmer schlafen und Hayden und Claire unser Schlafzimmer überlassen.

Am Samstag geben wir in unserem letzten Gruppenspiel noch mal alles. Ich will Tims Vertrauen in mich unbedingt bestätigen und bin deshalb bis aufs Äußerste konzentriert. Er nennt mich schon scherzhaft Maschine, weil ich so einwandfrei funktioniere. Unsere Gegner schlagen wir in Rekordzeit und sehen uns anschließend das Spiel unserer Londoner Freunde an, die ebenfalls gewinnen.

Um sechzehn Uhr schlagen wir die Russen respektlos in zwei Sätzen, während wir uns anschließend von den amtieren Olympiasiegern auf dem Centrecourt auseinandernehmen lassen und ausscheiden, was allerdings kein Beinbruch ist. Wir sammeln nämlich nicht nur gigantisch viele Punkte, sondern auch ein nettes Preisgeld.

Ben ist inzwischen wieder auf dem Posten. Er hat das ganze Wochenende trainiert und ist bereits auf dem Weg nach Timmendorf, wo er auf mich wartet. Ich selbst mache nur einen kleinen Abstecher nach Schilksee, packe meinen Koffer um, schnüre mein Rundum-Sorglos-Paket und bin schon fast wieder auf dem Weg. Ich reise mit Jonas und Amy allein, während Ben schon unser Ferienhaus vollmüllt. Die Familie will erst am Samstag oder am Sonntag nachkommen, damit wir die ersten Spiele in Ruhe absolvieren und uns auf das Wesentliche konzentrieren können. Jonas fordert nämlich einen Platz auf dem Treppchen, was mich diesmal überhaupt nicht unter Druck setzt. Ich will nämlich auch ganz oben stehen und Ben ebenso.

Am Dienstag trainieren wir mit Niels und Tim, ebenfalls am Mittwoch und am Donnerstag. Wir spielen jeden Abend ein Match gegeneinander und können sie sogar einmal besiegen. Jeden Abend gehen wir früh schlafen, das Training ist nämlich extrem hart und wir sind abends wirklich fix und fertig. Morgens schlafen wir hier aus. Außerdem joggen wir nicht und legen lieber zwei Beacheinheiten ein. Am Donnerstagabend lassen wir uns wieder von Dani und Sandy begrüßen: "Als drittgesetztes Team präsentieren wir euch jetzt die Senkrechtstarter der Saison. Während sie im ersten Turnier dieser Saison noch durch die Qualifikation mussten, haben sie zwischenzeitlich als Perspektivspieler den Nationalkaderstatus inne und stark in der Halle gepunktet. Mit ihrem Verein spielen sie in der ersten Bundesliga und haben dort einige hochkarätige Teams schlagen können. In Timmendorf können sie ihre erfolgreiche Saison mit einem Platz auf dem Podest krönen. Begrüßt mit uns Dominik Jonas Nordgren und Benjamin Wolf aus Kiel."

Diesmal haben sie uns ein richtig cooles Lied ausgesucht. Es ist ein Beach-Song, der wirklich gute Laune verbreitet und Ben sogar dazu verleitet, mit Dani zu tanzen. Die Zuschauer singen den Refrain mit und Ben startet nach seiner ulkigen Tanzeinlage von der Bühne aus eine Welle. Die Stimmung ist schon mal gut!

Noch besser wird es, als wir nach dem Vorstellen ins Ferienhaus zurückgehen und mit Trixie und ihrer Partnerin die gleiche Richtung haben. Trixie lässt nämlich Grüße von Jessica ausrichten und erzählt uns, wie gut es meiner ehemaligen Freundin geht.

Um vierzehn Uhr geht es am Freitag für uns los. Wir starten mit einem Superspiel ins Turnier und gönnen unseren Gegnern aus Berlin im ersten Satz nur siebzehn Punkte. Es ist uns allen unerklärlich, warum sie jetzt sogar noch zwei Gänge herunterschalten und sich im zweiten Satz von uns regelrecht abschlachten lassen. Nationalteam eins und zwei gewinnt ebenfalls seine Spiele aber sowohl Stefan als auch Christian verlieren ihre erste Partie. Dafür können Lennart und Bennet gut punkten, die auf Platz dreizehn gesetzt sind.

Um sechs Uhr geht es für uns auf Spielfeld drei weiter. Wir rumpeln mit großer Mühe auf dem Platz herum, lassen uns sogar den ersten Satz klauen und sind einigermaßen verwirrt darüber, dass wir es unseren Gegnern so leicht gemacht haben. Aber dann denke ich an Martin und an Laura. Für sie wollen wir heute gewinnen. Dieser Gedanke kommt mir genau zur richtigen Zeit. Wir gewinnen die Sätze zwei und drei und stehen in der dritten Gewinnrunde, mit der es morgen weitergeht und in der wir auf Marvin und Thomas treffen.

Den Abend verbringen wir mit Lennart und Bennet, die ebenfalls noch im Rennen sind und morgen gegen Niels und Tim antreten müssen. Als wir vom Abendessen ins Ferienhaus zurückkommen, haben wir Besuch: Ella und Linda sind mit den Kindern da. Außerdem ist Ida angereist, Mama, Johannes und Greta tauchen auch kurz danach auf. Für morgen hat sich noch Robin angemeldet. Ich bin froh, dass ich meine Leute um mich habe und genauso froh bin ich über meine Glücksbringer. Martins Uhr werde ich morgen tragen, das Tattoo ist sowieso immer dabei, aber ich werde mir auch Majas Karte aus London in die Sporttasche stecken, genau wie Jonas' Karte zu meiner Kommunion. Ich lege die Uhr und die Karten auf meinen Platz am Court und bemerke Bens Blick. Natürlich biete ich sofort wieder an, ihm die Uhr zu überlassen, aber er scheint sie gar nicht zu wollen.

"Ich wundere mich nur, dass du sie dabeihast."

"Sie bringt uns heute Glück, warte nur ab."

"Ich finde es gut, dass du sie hin und wieder mal vorkramst."

"Sie liegt normalerweise in meiner Nachttischschublade."

"Wenn du sie irgendwann nicht mehr willst, nehme ich sie."

"Wieso sollte ich sie irgendwann nicht mehr wollen?", frage ich verblüfft, aber Ben reagiert komisch: "Ich meine ja nur. Komm, wir müssen uns einspielen."

Ich folge meinem Kumpel auf den Platz und verbrenne mir beinahe die Füße. Der Sand ist verdammt heiß heute! Die Luft ist schwül, es sieht ganz nach einem Gewitter aus und ich bin jetzt schon klitschnass. Zu allem Überfluss spielen wir heute in der größten Mittagshitze und von Schatten ist weit und breit nichts zu sehen. Den anderen geht's aber auch so, deshalb hat hier niemand Nachteile und meine Jammerei nützt niemandem. Wie schon gesagt, spielen wir gegen Marvin und Thomas, Nationalteam Nummer zwei, denen wir gleich mal zeigen, wie gering unser Respekt ist. Den ersten Satz gewinnen wir nämlich erst mal rotzfrech. Der zweite Satz beginnt äußerst zäh. Wir wummern unsere Aufschläge über das Netz und machen abwechselnd Punkte. Ein Punkt ich – ein Punkt Marvin. Ein Punkt Ben, ein Punkt Thomas. So geht es bis zum Stand von zwanzig zu zwanzig, aber dann schlägt Marvin ein Ass und Thomas blockt Ben bilderbuchmäßig. Der Satz geht an unsere Kollegen.

Während der Pause füllen wir unseren Wasserspeicher auf und gehen noch mal unsere Strategie durch. Bisher hieß unsere Strategie: Gewinnen. Jetzt lautet sie: Gewinnen um jeden Preis! Bei diesen Temperaturen wollen wir nämlich auf keinem Fall im Verliererpool landen, das würde unnötigerweise ein weiteres Spiel für heute bedeuten und da der Wetterbericht das Entladen des Gewitters erst für die Nacht vorausgesagt hat, sind bei diesem möglichen Spiel fiese Saunabedingungen gegeben. Das muss nun wirklich nicht sein!

Leider kommt es aber genau so. Wir verlieren den Tie-Break und finden uns nur zwei Stunden später wieder auf dem Spielfeld ein. Das Spiel in der Verliererrunde ist noch härter, das liegt nicht an unseren Gegnern, sondern an Bens Wade, die sich ausgerechnet jetzt melden muss. Er hat fiese Krämpfe und muss im zweiten Satz sogar die medizinische Auszeit nehmen. Trotzdem können wir das Spiel äußerst knapp gewinnen und stehen im Halbfinale.

Die Nacht nutzt Ben, um seine Wade wieder auf Normalzustand zu bringen. Er trinkt literweise Elektrolyt-Getränke, kühlt, lagert sein Bein hoch und lässt sich von mir bedienen. Aber dann zwingt mich Jonas aufs Sofa und übernimmt den Krankendienst selbst. Ich lümmele gerade waagerecht, als Ella mich zu einem Strandspaziergang auffordert, zu dem ich überhaupt keine Lust habe. Deshalb simuliere ich einfach die totale Erschöpfung und maule über das schlechte Wetter, das mich einfach fertigmacht. Ella findet das Wetter allerdings super und versteht nicht, warum wir hier alle so durchhängen. Sogar die Kinder sind maulig, allen voran Klein Hanna, die den ganzen Tag weint. Ich kann mich mit meiner perfekten Simulation zumindest vor dem Spaziergang retten. Dafür krault meine Frau mir den Nacken, was die eindeutig bessere Alternative ist.

Am Sonntagmorgen taucht Robin rechtzeitig zu unserem Halbfinalspiel auf, bei dem Niels und Tim unsere Gegner sind und uns haushoch schlagen. Diesmal liegt es aber nicht an Bens Wade sondern schlicht und einfach daran, dass Niels und Tim eben besser sind als wir. Zum Spiel um Platz drei machen wir uns im Schatten hinter den Tribünen warm, denn das Gewitter hat die Temperaturen nicht heruntergekühlt, sondern das Thermometer noch um ein paar Grad nach oben schießen lassen. Es ist mörderisch heiß. Jonas gibt uns für die Satzpausen und Auszeiten Kühlwesten und fordert Ben auf, bei jeder Gelegenheit auch seine Wade zu kühlen. Sicher ist sicher. Das Spiel dauert allerdings nur wenige Minuten, dann liegt Marvin ziemlich blass im Sand und keucht vor Schmerzen. Bei der Landung nach seinem ersten Block knickt er unglücklich um und kann das Spiel nicht beenden. Wir werden also kampflos Dritte.

Weil wir jetzt warm sind und die Veranstalter eine Lücke im Programm haben, dürfen wir gegen ein paar Freiwillige aus dem Publikum spielen, die uns die Bälle nur so um die Ohren hauen. Klar, auf dem gegnerischen Feld stehen ja auch zehn übermotivierte Freizeitsportler und Ben und ich sind allein. Das Spektakel findet allerdings schnell ein Ende, als sich die Damen für ihr Endspiel vorbereiten, während Ben und ich an unseren Plätzen noch ein wenig ausschnaufen. Als das erledigt ist, packe ich mein Rundum-Sorglos-Paket zusammen.

Beinahe gleichzeitig greifen Ben und ich nach Martins Uhr. Ich bemerke den sehnsüchtigen Blick und mir ist sofort klar, was ich jetzt zu tun habe. "Sie gehört dir!", sage ich leise und reiche meinem besten Freund die Uhr seines Vaters.

"Nein, du hast sie genommen, als ich sie nicht wollte. Sie gehört dir."

"Unsinn. Er war dein Vater, nicht meiner. Nimm sie schon."

"Ich will sie nicht", sagt Ben, aber ich spüre, dass er schwindelt.

"Nimm sie schon. Du musst mir nur versprechen, sie hin und wieder zu tragen."

"Ich will sie nicht, Domi, und jetzt lass uns hier verschwinden."

Wir verschwinden nicht weit, schließlich haben wir noch Medaillen abzuholen, von den Sektflaschen ganz zu schweigen. Deshalb stellen wir uns nur an die Tränke und bestellen unser erstes Bier. Bis zur Siegerehrung haben wir allerdings schon unser zweites intus, aber das macht nichts. Jonas fährt heute! Wir stehen hier ganz nett herum auf dem Podest, die Übersicht ist gut. Nur die Typen auf Platz eins können auf uns heruntersehen.

"Ganz nah dran, oder?", fragt Ben plötzlich grinsend.

"Hmmm. Du weißt, wo ich nächstes Jahr stehen will."

"Ich auch. Da oben!", antwortet er und zeigt auf die Sieger des Endspiels, die wir nach der Siegerehrung erst mal mit unseren Sektflaschen ordentlich nass machen. Diese Dusche will ich im nächsten Jahr abbekommen. Um jeden Preis.

Lachend und scherzend verlassen wir mit unserer Familie den Court und machen uns auf ins Ferienhaus. Wir wollen heute noch feiern und haben das Haus deshalb noch für Montag und Dienstag gemietet, so können wir gleich Geburtstag feiern. Hannas Geburtstag. Am Montag vor einem Jahr kam die kleine Timmendorferin nämlich zur Welt. Vor dem Kindergeburtstag kommt aber erst mal die Heldenparty. Es ist Robin, der diesen Abend so bezeichnet und gleich mal ein paar coole Ideen am Start hat. Die erste Idee heißt: Grill an! Die zweite Idee heißt: Heute bewegen sich nur noch Menschen, die kleiner sind als zwei Meter. Robin, Ben, Jonas und ich sind also raus aus dem Spiel, wir machen Liegestühle klar und lassen uns bedienen. Als die Kleinen aber im Bett sind, nimmt die Herrin des Ferienhauses die Fäden in die Hand: Ella.

"So, Leute, die Jungs räumen die Küche auf, Linda und ich holen die Torten, die noch dekoriert werden müssen. Geschenke legt ihr am besten auf den Tisch im Wohnzimmer. Wir frühstücken um neun Uhr. Keine Sekunde eher, okay? Wir schlafen morgen alle aus. Alle!"

Das letzte Wort war natürlich an Robin, Ben und mich gerichtet. Wir nicken ergeben und überlegen uns, ob wir dieses Verbot nicht irgendwie beugen oder umgehen können. Bis wir ins Bett gehen, fällt uns allerdings nichts ein. Natürlich haben wir keine Chance, bis neun Uhr zu

45

schlafen, und das liegt nicht an uns großen Jungs, sondern an den Kleinen. Benni-Two und Mimo wollen wissen, für wen die vielen Geschenke sind und als sie erfahren, dass sie nichts davon abbekommen, wollen sie zum Trost zum Strand. Ich wäre da ja gern dabei, aber Ella hebt nur eine Augenbraue und brummt: "Denk nicht mal dran."

"Ich wollte mich nur umdrehen und weiterschlafen", grinse ich.

"Aber sicher doch!"

An Schlafen ist jetzt natürlich nicht mehr zu denken, das liegt vor allem daran, dass Mimo und Benni-Two so laut die Treppe herunterdröhnen, dass alle im Haus schlagartig aufspringen. Auch Klein Hanna, das Geburtstagskind. Klein Hanna hat sehr zu Ellas Freude Geburtstagskindwetter. Es ist herrlich warm, beinahe windstill und keine Wolke zeigt sich am Himmel. Ella seufzt vor lauter Glück und weist uns immer wieder darauf hin, wie toll es doch heute ist.

Am Nachmittag hat Klein Hanna eine Fotosession. Eine Lokalzeitung will sie für einen Bericht ablichten und sie macht ihre Sache richtig gut. Schnell ist das Foto im Kasten und wir haben wieder unsere Ruhe. Ella strahlt immer noch vor lauter Glück.

Auch später im Bett ist sie überglücklich und reflektiert diesen wirklich perfekten Tag, aber dann denkt sie an den Tag vor einem Jahr, Hannas Geburtstag. Ihr fällt ein, wie schwer es seitdem für uns ist, vor allem zwischen ihr und mir. Plötzlich wird sie ganz still und flüstert: "Wir haben viel erlebt in Hannas erstem Jahr, hm?"

"Das stimmt."

"Vieles war nicht schön."

"Ja, die erste Zeit war besonders schwer."

"Was ist nur schief gelaufen?"

"Wir haben uns ständig gestritten."

"Und ich habe dich geschlagen."

"Hmmm."

"Kannst du mir das irgendwann verzeihen?"

"Das habe ich schon längst."

"Und vergessen?"

"Nein, vergessen kann ich es nicht."

"Bald ist wieder Herbst."

"Ach, Ella, lass uns jetzt nicht über den Herbst reden. Wir haben Sommer."

"Aber nicht mehr lange, und dann?"

"Ich weiß es nicht."

"Wollt ihr es dieses Jahr wieder so machen wie letztes Jahr?"

46

"Nein, wir müssen dringend in die Uni. Und wir müssen das Hallenteam unterstützten. Letzte Saison war es personell wirklich eng."

Völlig überraschend dürfen wir am Dienstag eine Runde laufen, aber anschließend müssen wir Koffer packen und uns auf den Heimweg machen. Der Alltag hat uns wieder. Obwohl ... das stimmt nicht so ganz. Unser Alltag heißt für die nächsten Wochen nämlich Regeneration und zumindest Ella wird meine Ruhepause überwachen. Vierundzwanzig Stunden täglich.

Zuerst einmal packen wir im Sandhaus unsere Koffer um und genehmigen uns einen Tag zu Hause, aber am Donnerstag fahren Mimo Baby, Ella, Klein Hanna und ich mit dem Auto nach Schweden. Wir nehmen die übliche Route, legen großzügige Pausen ein und erreichen Göteborg um sieben Uhr abends.

Sie wäre nicht meine Farmor, hätte sie nicht genau in diesem Moment mit uns gerechnet und den Abendbrottisch gedeckt. Mimo stopft sich gleich die erste Scheibe Lachs direkt in den Mund. Ella schimpft und ich muss trösten. Dann erst kann meine Farmor meine Augenfarbe kontrollieren, mit der sie nicht so ganz zufrieden ist. "Hellblau ist das aber nicht", zweifelt sie.

"Aber so ähnlich", grinse ich und hoffe, dass das Thema damit erledigt ist, aber Ella hat noch etwas zu sagen: "Es ist alles gut, Farmor. Wir hatten eine anstrengende Reise, aber sonst ist alles in Ordnung. Mach bitte kein Theater, okay?"

"Ist gut", antwortet meine Oma überrascht und dirigiert uns an die Plätze. Ich sitze zwischen Farfar und Hanna, die ich füttere. Als Einjährige darf sie jetzt so gut wie alles essen und sie ist wirklich neugierig. Der Lachs schmeckt ihr allerdings noch nicht, aber Oma hat auch Rührei, das meine kleine Tochter fröhlich verputzt. Mimo isst drei ganze Lachsbrote und hat danach noch Platz für Nachtisch: Blaubeerpfannkuchen. Den nehme ich natürlich auch.

Nach dem Essen bringen wir Hanna ins Bett und erlauben Mimo, noch ein wenig aufzubleiben. Er kuschelt sich zwischen Farfar und mich auf das große Sofa und fragt sofort, wann wir denn den Piraten im Hafen besuchen können. Mein Opa feixt sich einen und mir kommt der Verdacht auf, dass er und der alte Seebär schon längst Freundschaft geschlossen haben. Ich bin sicher, meinem kleinen Mimo-Piraten erwartet eine lustige Überraschung.

Es ist fast zehn, als wir Mimo Baby endlich ins Bett verfrachten und Mimo Boss seine Fragen stellen kann: "Wie sieht's aus im Hafen? Hast du den Piraten noch einmal getroffen?"

"Ja, und er weiß, dass wir ihn morgen besuchen."

"Was habt ihr geplant?"

"Dieser Mann hat einen großartigen Humor. Lass dich überraschen. Du wirst noch mehr staunen als dein Sohn."

"Okay, dann haben wir morgen also ein Ziel."

"Was machen wir mit den Mädchen?"

"Was ist mit uns?", wird Ella hellhörig.

"Dein Chico, Mimo Baby und ich haben morgen einen Termin mit einem Seeräuber."

"Das könnte mir auch gefallen."

"Sei so gut, Ella", wehrt Farfar ab. "Das ist ein Männerding."

"Wir beschäftigen uns schon irgendwie", tröstet Farmor. "Morgen ist Markttag."

"Denkt aber daran, dass wir die Sjörgrens noch treffen wollen."

"Stimmt. Hast du einen Termin gemacht?"

"Das kannst du besser, Chico."

"Dann rufe ich gleich mal an."

"Lieber morgen. Es ist spät. Ich gehe ins Bett."

"Ich komme mit."

Ich folge meiner Frau ins gemütliche Schlafzimmer und noch bevor ich im Badezimmer mit meiner Körperpflege fertig bin, höre ich sie tief und gleichmäßig atmen. Also ist Schlafen angesagt, aber das macht nichts. Ich bin nämlich hundemüde.

Mein Opa hat nicht zu viel versprochen, das steht fest. Als wir nämlich am Freitagmorgen das Hafengelände betreten, hält der Pirat schon nach uns Ausschau. Der Typ ist so cool, dass er sein Bein mit brauner Farbe in Holzmaserung angemalt hat. Schon von weitem ruft er brummbärig: "Na? Wie findet ihr Landratten mein Holzbein?"

Mimo ist allerdings stutzig, denn unten an dem vermeintlichen Holzbein befindet sich schließlich noch ein Fuß. Das ist sonst anders, da ist er sich ganz sicher.

"Du mogelst!", muffelt er deshalb gleich los.

"Ich?", fragt der Pirat mit aufgerissenen Augen.

"Da ist ein Fuß dran, das ist nicht richtig."

"Den habe ich mir selbst drangeschraubt, damit ich besser stehen kann", prahlt unser Kumpel, aber Mimo ist nicht überzeugt: "Das glaube ich nicht."

"Aber wenn du einen echten Goldschatz siehst, dann glaubst du es, oder?", zieht der Käpt'n sein zweites Ass aus dem Ärmel.

"Nur, wenn es glitzert."

"Und wie das glitzert, mein Freund. Ich habe einen Schatz gefunden. Willst du ihn sehen?"

"Ja!", freut sich mein Sohn und klettert gleich an Bord und was er da sieht, lässt sein Piratenherz noch höher schlagen als ein Holzbein. Es ist eine Schatzkiste, angefüllt mit echtem Gold. So sieht es jedenfalls aus. Mimo ist begeistert, klirrt mit Münzen, behängt sich mit Schmuck und quiekt vor Schreck auf, als er plötzlich ein Glasauge in den Händen hält.

48

"Da ist es ja!", spielt der Pirat mit und greift danach. "Das gehört meinem Freund, dem einäugigen Piet!"

"Dein Freund hat nur ein Auge?", fragt Mimo mit großem Staunen.

"Jetzt nicht mehr. Hier ist es ja!"

"Kann man das wieder einsetzen?"

"Wenn man weiß, wie es geht."

"Und du weißt es?", will Mimo wissen. Er atmet heftig vor lauter Aufregung.

"Ich weiß alles!", übertreibt sein neuer Kumpel. Aber als Mimo fragt, ob er dabei sein darf, wenn unser Freund dem einäugigen Piet das fehlende Auge wieder einsetzt, lehnt der Pirat gleich ab: "Nein, auf gar keinen Fall. Das muss unter strengsten hygienischen Bedingungen erfolgen. Du bringst es fertig und niest dem einäugigen Piet noch in seine desinfizierte Augenhöhle, hm? Das können wir nicht gebrauchen, dann müssten wir noch einmal ganz von vorn anfangen."

Mimo gibt aber noch nicht auf, er will unbedingt erleben, wie einem Mann ein Auge wieder eingesetzt wird, deshalb fleht er geradezu: "Ich könnte mir ein Tuch über den Mund binden und Handschuhe anziehen."

Der Pirat krault sich seinen Bart und nuschelt leise: "Hmmm ... tja ... das könntest du wirklich!"

"Ja!", freut sich mein Sohn und springt vor lauter Übermut auf und ab, aber dann räuspert sich der Kapitän und sagt: "Aber weißt du, es geht trotzdem nicht."

"Wieso nicht?", fragt Mimo enttäuscht.

"Es ist so, dass ... du wirst es nicht glauben, aber ... der einäugige Piet hat Angst vor Kindern."

"Vor Kindern?", Mimo quiekt fast vor lauter Unglauben, aber der Pirat nickt ernsthaft: "Unglaublich, oder? Da hat er schon mit achtarmigen Seeungeheuern gekämpft, sämtliche Schurken von seiner Heimatinsel vertrieben, ist mit mir bis zum Meeresgrund getaucht, um diesen Schatz zu finden und dann hat er Angst vor kleinen Kindern, Mimo. Aber so ist es nun mal. Du kannst nicht mitkommen, tut mir wirklich leid."

"Angst vor Kindern!", wiederholt Mimo noch mal fassungslos, aber dann weckt die Schatzkiste wieder sein Interesse. Zum Abschied darf er sich sogar ein paar Stücke davon aussuchen. Er wählt einen Goldbecher für Benni-Two, eine Goldkette für Greta, eine Prinzessinnenkrone für Hanna und einen Piratenstern für sich. Zum Glück kann er noch nicht lesen, dass auf dem Stern "Sheriff" steht und zum Glück weiß er noch nicht, dass Gold eigentlich viel schwerer ist als Plastik. Aber in diesem Moment ist er glücklich und ich hoffe, dass es immer so bleibt. Der Pirat gibt uns noch eine Papiertüte für unseren Goldschatz aus Plastik mit und wir ziehen los Richtung Fischladen. Farmor will nämlich heute frischen Fisch servieren und wir müssen noch einkaufen.

Den Fisch spießen wir auf Stöcke und grillen ihn über einem offenen Feuer im Garten. Für Mimo, der zu Hause am Grill immer einen Sicherheitsabstand halten muss, ist das ein aufregendes Abenteuer. Aber zum Glück ist er ängstlich genug, sich nicht von Farfars Hosenbein wegzubewegen. Hanna döst in meinem Arm und spielt mit den Knöpfen an meinem Hemd, dabei strahlt sie in die Runde und noch mehr strahlt sie, als Farmor anfängt, leise schwedische Kinderlieder zu singen. Hanna schläft dabei ein, ich bringe sie ins Bett, sehe ihr noch ein paar Minuten beim Schlafen zu und gehe wieder in den Garten zu den anderen.

Auch heute haben wir Mimo erlaubt, etwas länger aufzubleiben, aber bald gähnt er.

Natürlich ist er überhaupt nicht müde, wie er uns hartnäckig erklärt, aber wir schicken ihn trotzdem ins Bett, weil er morgen seine Verlobte treffen soll: Elin. Das macht ihm natürlich Beine, er ist ruckzuck fertig im Bad, springt mit einem Jubelschrei ins Bett, verlangt nasse Küsse und schläft überraschend schnell ein. Ich wette, er träumt von Piratenschiffen, von glitzernden Goldschätzen, Holzbeinen mit selbst angeschraubten Füßen und vielleicht sogar vom einäugigen Piet.

Kapitel 4
Zwischenstopp: Malmö

Der Samstag steht hier ganz im Zeichen der Kleinstkinderliebe. Mimo hat seine Verlobte schmerzlich vermisst und Hanna ist gleich auf Tildas Arm verschwunden. So haben Ella und ich mal beide Hände frei, an denen wir uns halten. Es fühlt sich gut an und kam schon lange nicht mehr vor. Ella lächelt sogar, das ist in letzter Zeit ebenfalls nicht oft vorgekommen und ich spüre, dass wir immer noch auf dem richtigen Weg sind. Wenn der Sommer doch nur endlos wäre! Inzwischen ist nämlich Ende August, morgen beginnt der September und Ellas Lieblingsjahreszeit nähert sich ihrem Ende.

Wir kehren zum Mittagessen in ein Restaurant ein und bestellen unsere schwedischen Lieblingsgerichte, danach ist Spaß angesagt. Zu Fuß lotst Linus uns in ein Schwimmbad, das wir erobern. Natürlich will ich sofort ins Wasser und ebenso natürlich legt Ella mir Fußfesseln an: "Du weißt, warum wir hier sind."

"Ella, bitte", bettle ich, Linus wird sofort hellhörig: "Was ist denn los?"

"Superman will ein paar Bahnen ziehen."

"Ich bin dabei", unterstützt mich mein Freund und springt gleich auf, aber Ella klärt Linus gleich mal auf, dass bei mir mit Schwimmen etwas anderes gemeint ist: "Domi schmeißt den Turbo an, du siehst nur noch eine Flutwelle und weg ist er." Warum sie das Linus unbedingt erklären muss, weiß sie wohl nur allein. Denn schließlich habe ich mir mit ihm schon in der Karibik heiße Rennen geliefert. Das hat sie wohl vergessen.

"Ich schwimme auch recht schnell", gibt Linus nicht auf, grinst mich an und fordert mich zu einem Wettrennen auf, das er ganz eindeutig verliert. Schon als wir auf den Startblöcken stehen, ist ihm wieder klar, dass er es hier nicht mit einem Freizeitpaddler zu tun hat. Aber als ich ihn nach drei Bahnen schon um Längen abgehängt habe, gibt er trotzdem nicht auf. Wir schwimmen zehn Bahnen ... also, ich schwimme zehn Bahnen und warte dann auf Linus, der noch eine Weile braucht. Anschließend japst er wie ein Fisch auf dem Trockenen: "Jetzt weiß ich wieder, was Ella meint."

"Ich brauche das einfach. Sorry."

"Hey, kein Problem. Ich werde nicht oft im Sport geschlagen, außer von dir. Was hast du sonst noch drauf? Der nächste Punkt geht jetzt mal an mich."

"Volleyball", grinse ich.

"Witzig", antwortet Linus und rollt die Augen.

"Beachvolleyball?"

"Komiker."

51

"Wie wäre es mit Tennis?"

"Ja, Tennis wäre nett. Wir könnten heute Abend ein Doppel spielen."

"Ah, Ella steht nicht so auf Tennis."

"Hm, Tilda auch nicht, aber so haben wir jedenfalls Babysitter."

"Stimmt. Du, stört es dich, wenn ich noch ein paar Bahnen ziehe?"

"Kein Problem."

"Hast du Lust, die Zeiten zu stoppen?"

"Mache ich gern."

"Ich brauche nur eine kurze Pause."

"Dann lass uns zu den anderen zurückgehen."

"Auf gar keinen Fall."

"Wieso nicht?"

"Wenn ich da auftauche, zwingt Ella mich auf die Liege und dann ist Schluss mit lustig."

"Aha."

"Lass uns lieber an die Bar gehen, ich könnte einen Eimer Wasser vertragen."

Wir setzen uns auf die letzten freien Stühle und bestellen Wasser, dann fragt Linus: "Zwischen dir und Ella läuft es nicht gut, oder?"

"Es läuft deutlich besser als vor einem Jahr."

"Willst du drüber reden?"

"Wenn du es hören willst?"

"Sonst hätte ich nicht gefragt."

"Also, nach der Geburt hatte sie Depressionen, das weißt du ja. Ihr habt es ja miterlebt."

"Stimmt."

"Es wurde nicht besser und am Ende ist sie sogar einfach mit den Kindern weggelaufen."

"Wohin?"

"Nach Mallorca."

"Das ist mies. Was hast du gemacht?"

"Ich bin ihr wie ein Idiot hinterher geflogen und habe Mimo mit nach Hause genommen."

"Hanna nicht?"

"Nein, sie war noch zu klein, ich glaube, das hätte ich nicht gepackt."

"Ist dir die Entscheidung leichtgefallen?"

"Überhaupt nicht, aber ich wollte auf keinen Fall allein nach Hause fliegen, das hätte ich nicht ausgehalten."

"Und was passierte dann?"

"Sie kam uns hinterher und seitdem läuft es etwas besser."

"Aber perfekt ist es nicht."

"Nein, es ist alles andere als perfekt."

"Klingt mächtig frustrierend."

"Ist es auch. Bald ist wieder Herbst und ich weiß nicht, wie sie reagiert. Ihr Arzt hat Ansätze für eine neue Therapie, aber wenn das nicht funktioniert, weiß ich nicht weiter."

"Es ist schon komisch, dass ihr euch das Leben gegenseitig so schwer macht."

"Ja, manchmal ist es eben so. Und ihre Eltern mischen sich auch noch ständig ein."

"Im Ernst?"

"Ja! Sie halten mich für wertlos und haben schon den perfekten Mann für Ella gefunden."

"Das ist hart."

"Zum Glück hat sie ihnen gleich die Meinung gegeigt, seitdem herrscht Funkstille."

"Es ist schon komisch, dass ihr diese Probleme habt. Ich meine ... sie himmelt dich jede Sekunde an."

"Tut sie das?", frage ich verblüfft.

"Ja, warte mal ein paar Sekunden und dann schau ganz unauffällig hin."

Ich warte, zähle langsam bis dreißig und drehe mich dann schnell um. Was ich sehe, versetzt mich ins Staunen. Ella starrt mich verliebt an und als sie merkt, dass ich es registriere, senkt sie verschämt die Augen. Das Ganze verwirrt mich total, ich bin mehr als überrascht, aber vor allem bin ich glücklich, das muss ich ihr unbedingt sagen. Deshalb springe ich auf, laufe zu ihr, nehme sie ganz fest in die Arme und sage leise: "Ich liebe dich, Ella."

"Ich liebe dich auch, Schatz."

"Ich will dich nicht verlieren."

"Das wirst du auch nicht."

"Ich habe Angst vor dem Herbst."

"Es wird funktionieren, und nun hör auf, dir solche Sorgen zu machen. Wir sind doch im Urlaub. Geh ins Wasser und mach Linus ordentlich nass."

"Das habe ich schon, aber er würde meine Zeiten stoppen, wenn ich noch mal ins Wasser darf."

"Darfst du! Ich will doch mit dir angeben. Zeig's den anderen."

Das lasse ich mir natürlich nicht zweimal sagen, krame in meiner Tasche nach der Stoppuhr, werfe sie Linus zu und warte auf das Startzeichen. Zehn Bahnen später hänge ich wie üblich über dem Beckenrand, schnaufe aus und bin kurz darauf bereit, mich zwei Bahnen lang auszuschwimmen. Dann kehre ich zu unseren Liegen zurück, auf denen die Kinder ihr Abendessen verzehren. Ella und Tilda haben während meiner Sporteinheit nämlich Pommes besorgt, die sogar schon Klein Hanna schmecken.

Wir Großen wollen nach dem Schwimmbad ins Restaurant gehen – das geplante Tennismatch haben Tilda und Ella kurzerhand einstimmig abgelehnt. Tildas Eltern passen auf unsere Krümel auf, so dass wir einen ruhigen Abend verbringen können. Wir bestellen Dillkött på klassiskt vis, also Kalbfleisch mit Dill und Sahne, dazu gibt es Kartoffeln, Zuckerschoten und Brokkoli, vorher verputzen wir noch einen bunten frischen Salat und das Ganze wird mit einem halbtrockenen Weißwein runtergespült. Nach dem Essen sitzen wir noch einige Stunden in einer Bar. Aber schließlich holen wir unsere schlafenden Kinder ab, verabschieden uns und kehren zurück zu Farmor und Farfar, für die wir uns morgen noch den ganzen Tag freinehmen. Erst am Sonntagabend wollen wir zurück nach Deutschland.

Ausgeschlafen wird am Sonntag! So jedenfalls lautet der Spruch auf dem Zettel an unserer Schlafzimmertür. Der Kommandoführer ist Farfar und wir sind einverstanden. Selbst Mimo schläft bis neun Uhr. Um zehn nach neun allerdings sind wir alle wach. Grund dafür ist der Pirat aus dem Hafen, den mein Opa zum Frühstücken eingeladen hat, und der uns aus dem Bett klingelt. Der Pirat war so nett und hat gleich frischen Lachs und selbst gebackene Brötchen mitgebracht. Sein Bein hat er nicht wieder bemalt, allerdings fragt Mimo auch nicht danach. Den Goldschatz findet mein Sohn nämlich viel interessanter. Der Pirat hat sogar noch ein Abschiedsgeschenk für unsere Kinder: Mimo bekommt ein Buddelschiff für die Fensterbank seines Kinderzimmers und Klein Hanna einen Leuchtturm aus Holz, ebenfalls für die Fensterbank. Wir bedanken uns begeistert und sind ein wenig verlegen, weil wir gar nicht an ein Geschenk für diesen besonderen Menschen, der unseren Sohn so glücklich gemacht hat, gedacht haben. Aber er nimmt uns gleich die Sorge: "Besuchen Sie mich, wenn Sie wieder in Göteborg sind. Ich warte auf Sie!"

Das ist ein Wort, das wir auf jeden Fall halten werden!

Mittags gehen wir in den Park, Farfar spielt mit Mimo, ich trage Klein Hanna auf meinen Schultern. Sie hüpft aufgeregt auf und ab, aber plötzlich will sie laufen. Ich nehme sie an die rechte Hand, Farmor an die linke und los geht's. Hanna schafft schon eine enorme Strecke und ich bin mir sicher, am Ende unseres Urlaubs schafft sie es, ganz allein zu laufen. Ich nehme mir vor, auf Mallorca jeden Tag mit ihr zu üben. Wäre doch gelacht, wenn wir nicht eine kleine Flitzerin aus ihr machen könnten. Nach dem Nachmittagsspaziergang ziehen wir unseren Kindern bequeme Kleidung an, essen später eine Kleinigkeit zum Abendbrot und fahren dann leider schon wieder nach Hause. Unsere Kinder schlafen bereits im Auto, während Ella und ich uns noch verabschieden. Zuerst ist Farfar an der Reihe: "Kommt gut nach Hause."

"Ich rufe an, sobald wir in Schilksee sind", verspreche ich.

"Ja, das würde uns beruhigen. Und passt mir auf den kleinen Piraten und die Prinzessin auf."

"Machen wir", lacht Ella. "Du würdest am liebsten mitkommen, oder?"

"Ja, es ist schade, dass wir so viele Dinge verpassen."

"Warum zieht ihr nicht zu uns?", frage ich wie beiläufig. Ich erinnere mich nämlich daran, dass Jonas vorhatte, seine Eltern das einmal zu fragen und bin deshalb nicht überrascht, als Farmor sagt: "Das hat Jonas auch schon gefragt."

"Und?", hakt Ella nach.

"Dann habt ihr doch gar keinen Rückzugsort, wenn ihr euch mal erholen müsst", sagt Farmor wehmütig.

"Doch, wir haben das Haus auf Mallorca", widerspricht Ella, aber davon will meine Oma nichts hören: "Das kann man doch gar nicht vergleichen."

"Bis bald, Farmor", verabschiede ich mich und muss mich jetzt erst mal herzhaft knuddeln lassen. "Komm bald wieder, Junge, und bring dann die richtige Augenfarbe mit."

"Ja, ja!", grinse ich und umarme meinen Opa: "Bis bald, Farfar. Überlegt euch das mit einem Umzug."

"Das werden wir. Grundsätzlich ist die Idee nicht schlecht."

Jetzt ist Ella an der Reihe, sich zu verabschieden: "Bis bald, ihr zwei."

"Bis bald, Ella. Wir wünschen euch einen schönen Urlaub."

Wir steigen ein, fahren los und ich für meinen Teil vermisse meine schwedischen Großeltern jetzt schon gewaltig. Leider ist heute außer uns die ganze Welt auf den schwedisch-dänisch-deutschen Autobahnen unterwegs, deshalb brauchen wir eine Ewigkeit bis Kiel. Genau zur Mittagszeit erreichen wir am Montag Schilksee und haben jetzt wirklich Stress, denn um vier Uhr am Nachmittag soll schon unser Flieger nach Mallorca starten ... in Hamburg. Wir packen also nur schnell die Koffer um, verfrachten Mimo und Hanna ins Auto und sind schon wieder auf dem Weg. Am Flughaften treffen wir Mama und Greta, die uns unbedingt sehen wollten, aber schon müssen wir einchecken und sind bald darauf in der Luft. Wir landen um halb sieben und sind um acht an unserem Haus.

Auf dem ersten Blick wirkt es gemütlich, aber innen ist es eher modern. Von der Terrasse, über die wir das Haus betreten, ist das Meer zu sehen. Im ersten Stock befinden sich die drei Schlafzimmer. Mit Hayden und Claire, die morgen anreisen, wird es hier auf etwa hundert Quadratmetern ganz schön eng, aber das macht nichts. Ich habe nämlich vor, so viel Zeit wie möglich in der Sonne zu verbringen, am Strand, auf dem Tennisplatz und mit Laufschuhen unterwegs. Leider haben wir nur zwei kleine Badezimmer, von denen wir gleich eines an unsere Gäste abtreten. Dafür gönnen wir uns das Bad mit Badewanne, was mit zwei Kindern auch nötig ist. Die Kinder sind total geschafft, deshalb holen wir nur schnell Brot und Butter aus dem kleinen Laden in der Seitenstraße, essen und stecken Mimo und Hanna in ihre Betten. Ella und ich allerdings gönnen uns später ein Glas Rotwein, essen dazu Käse, Oliven und Brot und genießen den Blick auf das Meer. Ich genieße auch noch Ellas Anblick, aber sie ist müde und will bald schlafen. Weil ich morgen nach Palma fahren muss, um Hayden und Claire abzuholen, gehe ich auch ins Bett. Vorher überreicht Ella mir allerdings noch eine Besorgungsliste für den Inhalt unseres Kühlschranks. Sie stellt zwei Kühltaschen auf den Flur und erklärt mir, dass sie die Akkus ins Gefrierfach gelegt hat. So fahre ich also am Dienstagmorgen um acht Uhr Richtung Palma, erledige die Einkäufe, kaufe deutlich mehr, als auf der Liste steht, und fahre dann zum Flughafen, um auf unsere Freunde zu warten. Ich bin eine Stunde zu früh, deshalb genehmige ich mir einen Kaffee und einen P'amb'oli und warte und warte. Als die Landung endlich angezeigt ist, laufe ich zum Ausgang, begrüße die Reisenden und lotse sie zum Auto. Während der knappen Stunde nach Alcudia lassen wir Claire plappern.

Es ist Mittag, als wir am Haus ankommen, und von diesem Moment an herrscht ein nicht enden wollender Frauen-Plausch. Hayden und ich kommen kaum zu Wort, aber das Beste ist, dass Claire sich gleich Hanna und Mimo schnappt und mit ihnen spielt. Mit den Kindern spielen und mit Ella plappern geht bei Claire synchron. Hayden und ich sind deshalb zwei Wochen lang freie Männer. Wir können tun, was wir wollen, niemand beschwert sich. Trotzdem habe ich meinen Plan nicht vergessen – ich übe jeden Tag mit meiner Tochter und nach gut eine Woche kann sie schon zehn Meter ohne Festhalten laufen. Ella beobachtet unsere Bemühungen mit ganz viel Stolz. Sie lobt mich dafür, dass ich Zeit mit Hanna verbringe, und ich wundere mich selbst darüber, dass ich plötzlich einen so guten Draht zu ihr habe. Bisher war Hanna eher Ellas Tochter, während Mimo ganz eindeutig mein Sohn war. Hier im Urlaub ist es anders, ich verbringe viel Zeit mit Hanna und Mimo ist oft mit Ella unterwegs. Zum Beispiel gehen die beiden jeden Morgen los, um frisches Brot und Brötchen zu holen, während Claire das Frühstück vorbereitet und wir laufen. Außerdem bringe ich Mimo das Radfahren auf einem kleinen Kinderfahrrad, das wir hier gleich am zweiten Urlaubstag günstig kaufen konnten, bei. Am Ende unseres Urlaubs kann Hanna laufen und Mimo Baby kann Rad fahren.

Zwischen Ella und mir läuft es in dieser Zeit ebenfalls super, wir schaffen es sogar, an zwei Abenden allein auszugehen und jede Nacht schläft sie in meinen Armen. Sie ist eindeutig glücklich und ich bin es auch. Leider rennt die Zeit viel schneller, wenn man glücklich ist. Viel zu schnell ist der Tag gekommen, an dem wir zum Flughafen fahren müssen. Wir geben das Auto ab, verabschieden Hayden und Claire, die zwei Stunden vor uns abfliegen, plündern die Flughafenshops und checken schließlich selbst ein. Am Nachmittag sitzen wir im Flieger und am Sonntagabend sind wir zurück in der Heimat.

Ich bin erleichtert, als wir aus dem Flughafengebäude treten und es herrlich warm ist. Inzwischen haben wir nämlich Mitte September und der Herbst ist nahe! Im Sandhaus ist natürlich die Überraschung groß, dass Hanna laufen und Mimo Rad fahren kann. Unsere Kleinen lassen sich von allen bewundern und Ida schmunzelt: "Wenn das Benni-Two sieht, will er auch sofort Rad fahren können. Passt mal auf, er nervt Linda so lange, bis er es kann, dieser kleine Perfektionist."

"Wo bleiben die überhaupt? Wollten sie nicht früh morgens in Schweden losfahren?", fragt Jonas nachdenklich. "Eigentlich müssten sie längst hier sein."

"Ich rufe mal an", erkläre ich und krame nach dem Handy. Allerdings erreiche ich weder Linda noch Ben, deshalb rufe ich in Schweden an. Farmor meldet sich atemlos: "Linda?"

"Nein, hier ist Dominik. Ich wollte mal fragen, wann Linda und Ben losgefahren sind."

"Schon um sechs Uhr heute Morgen. Ich mache mir langsam Sorgen, weil sie nicht angerufen haben."

"Hm, das ist komisch. Am Handy melden sich beide nicht."

"Ich weiß, das haben wir auch schon probiert."

"Kann natürlich sein, dass beide Akkus leer sind. Bei Linda würde es mich auch gar nicht wundern, aber Ben ist eigentlich ziemlich zuverlässig, was das angeht."

"Eben. Wir machen uns wirklich Sorgen."

"Wahrscheinlich übernachten sie irgendwo", beruhige ich meine Oma, die wirklich verzweifelt klingt: "Dann hätten sie sich doch gemeldet."

"Mach dir keine Sorgen. Wir warten einfach ab und melden uns, sobald wir das Auto sehen, okay?"

"Ja. Aber bitte nicht vergessen."

Jonas und ich warten die ganze Nacht und probieren abwechselnd, Linda und Ben über Handy zu erreichen. Ohne Ergebnis. Irgendwann haben wir die Kinder ins Bett gebracht und ein paar Stunden später Ida und Frauke aufgefordert, sich auszuruhen. Wie zwei verwundete Rehe liefen sie im Flur auf und ab und lauschten auf jedes Geräusch auf der Straße. Ein paar Autos fuhren vorbei, aber Bens war nicht dabei. Um Mitternacht geht auch Ella ins Bett, aber Jonas und ich bleiben auf. Es ist kurz nach vier, als das Telefon endlich klingelt. Die Nummer, die im Display angezeigt wird, ist mir allerdings fremd. Es ist eine Nummer mit schwedischer Vorwahl, deshalb gebe ich den Hörer gleich an Jonas weiter und stelle das Telefon vorher noch auf Mithören. Leider verstehe ich kaum ein Wort. Was ich allerdings sehr deutlich verstehe, ist, dass irgendetwas Schreckliches passiert sein muss. Das sieht man an Jonas' Gesicht, das plötzlich leichenblass wird. Er stottert, stockt, zittert und am Ende legt er wortlos auf. Dann setzt er sich wankend auf einen Stuhl und stöhnt fassungslos: "Es gab einen Unfall."

"Was ist passiert?"

"Ich habe nicht alles verstanden, aber ich glaube, Ben ist gefahren. Ich schätze, sie haben in Malmö eine Pause eingelegt. Jedenfalls ist ihnen kurz vor der Auffahrt auf die E20 von hinten ein LKW aufgefahren. Ich weiß nicht, wie es ihnen geht, aber ich fürchte, es sieht nicht gut aus."

"Wir fahren sofort los!"

"Lass uns erst die anderen wecken. Wir müssen überlegen, wer mitfährt."

"Ich fahre auf jeden Fall."

"Irgendjemand muss aber hierbleiben."

"Ich fahre mit dir und Frauke."

"Ida will bestimmt auch mit!"

"Sie und Ella müssen sich um die Gäste kümmern."

"Glaub mir, Ida fährt mit. Da lässt sie nicht mit sich diskutieren."

"Wir wecken erst mal alle und treffen uns gleich in der Küche."

"Gut. Ich wecke Ida."

"Ich wecke Ella und Frauke."

In Sekundenschnelle erscheinen alle aufgeregt in der Küche und nach einer weiteren Sekunde steht fest, dass alle mit nach Schweden fahren wollen. Irgendjemand muss sich allerdings ums Sandhaus kümmern und unsere Kinder sollen auf jeden Fall auch hierbleiben, deshalb übernimmt Ida das Kommando: "Ella und Domi bleiben mit den Kindern hier. Wir fahren sofort los. Ich gebe euch zehn Minuten. Wer dann nicht mit mir im Auto sitzt, bleibt hier."

Ich protestiere natürlich sofort. Schließlich ist Linda meine Lieblingsschwester, Ben mein bester Freund und daran, dass Benni-Two irgendetwas Schreckliches passiert ist, mag ich gar nicht denken. Aber komischerweise sind sich die Sandhausbewohner einig, dass Ella und ich das Haus hüten sollen. Da kann ich toben, was ich will – und das tue ich auch –, aber all meine Argumente verlaufen ins Leere. Frauke, Jonas und Ida fahren ohne uns und lassen uns verzweifelt zurück. Ella allerdings denkt gleich praktisch: "Du rufst Oma und Opa an. Wir bleiben gleich auf. Wir können jetzt sowieso nicht schlafen. Soll ich deine Mutter anrufen?"

"Auf gar keinen Fall!", lehne ich energisch ab. Mama bringt es fertig und taucht hier in spätestens zwei Stunden auf. Das fehlt mir gerade noch, dass sie mir mit ihrer Fürsorge die Luft abschnürt. Ich weiß jetzt schon nicht, wie ich mit der Situation umgehen soll, Mama würde alles nur noch schlimmer machen. Natürlich wäre es gut, Johannes hier zu haben, aber Johannes kann ich nicht informieren, ohne dass Mama etwas davon erfährt.

Mein Anruf in Schweden wurde schon erwartet. Zumindest ist Farmor beim ersten Klingeln am Telefon. "Ja?", haucht sie atemlos.

"Farmor, ich hoffe, du sitzt?"

"Ja."

"Es gab einen Unfall, Farmor."

"Wie schrecklich!"

"Wir wissen noch nicht, was passiert ist. Aber sie sind in einem Krankenhaus in Malmö. Ich weiß nicht genau, in welchem. Jonas hat mit irgendjemandem aus dem Krankenhaus telefoniert. Am besten ruft ihr gleich Jonas an. Er ist mit Frauke und Ida unterwegs nach Malmö."

"Das klingt furchtbar."

"Ja, ist es auch. Mehr kann ich dir auch noch nicht sagen. Jonas weiß auch nicht mehr, aber nach dem Krankenhaus habe ich nicht gefragt. Du musst ihn anrufen, ja?"

"Ja. Und was machst du jetzt?"

"Ich bin mit Ella und den Kindern im Sandhaus geblieben. Ida hat es so gewünscht, ich hatte keine Chance."

"Das ist bestimmt schwer für dich."

"Absolut. Ich weiß gar nichts mit mir anzufangen."

"Beruhige dich, es wird bestimmt alles gut."

"Fahrt ihr nach Malmö?"

"Ja. Natürlich. Ich rufe Jonas jetzt an und frage nach dem Krankenhaus. Dein Opa kann in der Zwischenzeit ein paar Sachen einpacken. Wir melden uns, ja?"

"Ja. Danke."

"Es wird alles gut! Das verspreche ich dir!"

Es ist schon fast fünf, als ich das Telefonat beende, und es ist fünf Uhr eins, als ich auf einem Küchenstuhl zusammensacke. Von dem Moment an funktioniert bei mir gar nichts mehr. Ich merke kaum, dass Ella mir einen Tee reicht und ebenso merke ich kaum, dass Robin und Timm mich um sechs Uhr zum Joggen abholen wollen. Nach ein paar Schreckminuten laufen sie ohne mich los und Ella bittet mich, jetzt langsam zu mir zu kommen. Schließlich werden unsere Kinder gleich wach und sie sollen mich nicht so verzweifelt sehen. Das sehe ich natürlich ein, deshalb schleppe ich mich unter die Dusche, dort stehe ich über eine Stunde unter dem warmen Wasserstrahl und wecke anschließend erst Mimo und danach Hanna. Beide plappern mir gleich die Ohren zu. Mimo schwärmt immer noch von unserem Urlaub, was Hanna sagt, verstehe ich nicht.

Wir frühstücken gerade, als Robin und Timm zurückkehren. Beide stellen pausenlos Fragen, die ihnen während des Joggens eingefallen sind und auf die weder Ella noch ich eine Antwort wissen. Natürlich wird Mimo irgendwann hellhörig, aber Robin lügt ihm vor, dass wir von anderen Leuten sprechen. Mimo ist jetzt verständlicherweise verwirrt, aber Ella kann ihn mit einer Nachmittagsaktivität ablenken. Sie hat entschieden, dass wir heute in den Zoo fahren. Ablenkung ist angesagt. Ich halte das natürlich für absoluten Quatsch, aber Ella lässt sich nicht beirren: "Unsere Kinder brauchen jetzt Ablenkung, Schatz. Sie dürfen nicht merken, dass wir uns große Sorgen machen."

"Mimo wird irgendwann merken, dass sein Kumpel nicht zurückkommt. Spätestens, wenn der Kindergarten wieder losgeht."

"Mein Gott, sag nicht so was. Bis dahin sind sie hoffentlich längst zurück."

"Und wenn nicht?"

"Hör auf damit!", ruft Ella erschrocken. "Daran will ich gar nicht denken."

Weil in diesem Moment das Telefon klingelt, muss ich darauf nicht antworten. Es ist mein Opa, der inzwischen mit Jonas und anschließend mit dem Krankenhaus telefoniert hat. Leider hat er schlechte Nachrichten: "Linda geht es sehr schlecht. Sie hat vier Rippen gebrochen, ihre Lunge ist gequetscht."

"Das ist schrecklich."

"Und leider kommt es noch schlimmer! Sie hat schwere Kopfverletzungen und sich mehrfach die Beine gebrochen. Die Ärzte haben sie in ein künstliches Koma versetzt."

"Künstliches Koma? Das klingt nicht gut!"

"Ich glaube, das ist gar nicht so unüblich. So hat sie wenigstens keine Schmerzen und liegt ruhig. Sie haben sie an verschiedene Instrumente angeschlossen, das habe ich aber nicht genau verstanden.", sagt mein Opa wie zur Verteidigung.

"Ist gut, Farfar, das kriegen wir schon raus."

"Die Wirbelsäule ist zum Glück intakt."

"Gott sei Dank!"

"Ja, aber Benni-Two hat es ebenfalls schwer erwischt." Mein Opa stockt, deshalb hake ich aufgeregt nach: "Was ist passiert?"

"Er hat ein Schädel-Hirn-Trauma und ist wohl mit dem gesamten Kindersitz gegen den Vordersitz gestoßen. Dabei hat er sich die Nase gebrochen und schwere Verletzungen im Gesicht davongetragen. Und irgendwelche inneren Organe sind verletzt, aber das habe ich auch nicht genau verstanden."

"Ich rufe gleich mal Jonas an. Er weiß bestimmt mehr."

"Ja."

"Was ist mit Ben?"

"Ben geht es einigermaßen gut. Natürlich steht er unter Schock, aber er ist kaum verletzt."

"Wenigstens einer", sage ich erleichtert.

"Er hat ein paar Schnittverletzungen durch das zersplitternde Glas und eine leichte Gehirnerschütterung, aber er hat wirklich Glück gehabt."

"Wenn man da von Glück sprechen kann", stöhne ich.

"Ja, das war wohl das falsche Wort", gibt mein Opa zu und erzählt weiter: "Ich bin sicher, dass alles gut endet, Domi, mach dir keine Sorgen. Wir melden uns, sobald wir im Krankenhaus sind."

"Danke", antworte ich ernüchtert und habe nun die Aufgabe, die restlichen Sandhausbewohner zu informieren, die genauso geschockt sind wie ich. Dann rufe ich Jonas an, der mich allerdings auch nicht beruhigen kann, zumindest kann er mir nicht mehr sagen als Farfar, aber er verspricht, sich nach dem Eintreffen im Krankenhaus noch einmal zu melden. Ich erkläre ihm noch kurz, dass wir jetzt in den Zoo fahren, um die Kinder abzulenken, dann verabschieden wir uns.

Im Zoo spiele ich den gutgelaunten Papa, aber Mimo kann man natürlich nichts vormachen; er merkt sofort, dass mit mir irgendetwas nicht stimmt. Um ihn aber nicht zu beunruhigen, beschließen Ella und ich, ihn zu belügen. Ich kann das natürlich nicht, deshalb überlasse ich diese schwierige Aufgabe meiner Frau, die wirklich überzeugend ist: "Mimo, Ben ist hingefallen und hat sich ein Bein gebrochen. Jetzt liegt er in Schweden im Krankenhaus, aber alles ist gut."

"Warum ist Papa dann traurig?"

"Weil er jetzt nicht mit Ben laufen und trainieren kann. Du weißt doch, wenn Papa nicht laufen kann, ist er immer mürrisch."

"Hm", zweifelt Mimo, aber dann lenken ihn die Elefanten ab – seine Lieblingstiere. Wir bleiben den ganzen Tag im Zoo, besuchen jedes einzelne Tier mindestens dreimal und werden so ziemlich als letzte Besucher vom Personal vom Gelände gefegt. Auf dem Weg zum Auto kontrolliere ich zum hundertsten Mal mein Handy, aber bisher hat sich niemand gemeldet. Zurück im Sandhaus halte ich es aber nicht länger aus. Ich laufe sofort zum Telefon und sehe, dass der Anrufbeantworter blinkt. Jonas erwartet meinen Rückruf, aber weil er wusste, dass wir im Zoo waren und die Kinder dabeihatten, wollte er nicht stören. Natürlich rufe ich ihn sofort zurück, aber die Nachrichten, die er für mich hat, sind grausam: "Linda schwebt in akuter Lebensgefahr, die inneren Verletzungen sind sehr schwer. Benni-Two geht es auch sehr schlecht. Ben ist kaum ansprechbar, er gibt sich die Schuld an dem Unfall, obwohl wir inzwischen von der Polizei wissen, dass der LKW-Fahrer verantwortlich für dieses Desaster ist. Er war übermüdet und hätte eigentlich gar nicht mehr fahren dürfen."

"Kann ich Ben sprechen?"

"Nein, er spricht überhaupt nicht. Mit niemandem. Er sitzt nur abwechselnd an Lindas und Benni-Twos Betten und weint. Dabei gehört er selbst ins Bett, aber wir können ihn nicht überreden, sich hinzulegen."

"Ich komme sofort nach Malmö!"

"Nein, du kannst hier überhaupt nichts tun. Wir kümmern uns schon um Ben, mach dir keine Sorgen."

"Aber vielleicht redet er mit mir."

"Bleib bei deinen Kindern und bei Ella, Großer. Du kannst hier wirklich nichts tun."

"In welchem Krankenhaus seid ihr denn?", frage ich, aber mein Vater riecht sofort den Braten: "Du bleibst schön in Schilksee, okay?"

"Ja!", gebe ich zum Schein nach, aber daran ist natürlich überhaupt nicht zu denken. Sobald ich weiß, in welchem Krankenhaus ich auftauchen muss, sitze ich im Auto. Da gibt es nichts zu diskutieren! Kaum lege ich das Telefon beiseite, klingelt es schon wieder. In der Hoffnung, jemanden am anderen Ende zu haben, der mir sagen kann, in welchem Krankenhaus sich meine Familie im Moment aufhält, gehe ich atemlos an den Apparat: "Ja?"

"Was ist los, Domi?", meckert Jannis, unser Hallentrainer.

"Wieso?", frage ich erschrocken.

"Ihr wart nicht beim Training! Was ist los, dehnt ihr euren Urlaub aus, oder was?"

"Nein, wir ...", setze ich zu meiner Verteidigung an, aber Jannis brüllt gleich weiter: "Habt ihr vielleicht beschlossen, die Hallensaison schon wieder auszulassen und nur vergessen, es mir oder Amy zu sagen?"

"Nein, es ist ..."

"Das ist eine ziemlich bescheidene Einstellung, das wisst ihr hoffentlich!"

"Ja, wir ..."

"Habt ihr wenigstens eine Entschuldigung?"

"Ja!"

"Ich höre!"

"Ben, Linda und Benni-Two hatten einen Unfall", beginne ich und sprudele gleich los. In wenigen Sekunden habe ich das Gröbste zusammengefasst und warte auf eine Reaktion, aber Jannis ist zunächst verstummt, dann stöhnt er einmal auf und sagt heiser: "Tut mir leid, Junge ... tut mir wirklich leid, ich hätte dich nicht so anbrüllen dürfen ... das ist schrecklich ... ich verstehe, dass du deshalb nicht zum Training gekommen bist."

"Ehrlich gesagt, habe ich gar nicht ans Training gedacht."

"Entschuldige, dass ich dich angebrüllt habe."

"Schon gut."

"Nein, gar nichts ist gut. Ich hätte mir doch denken können, dass ihr nicht aus Faulheit schwänzt. Ich weiß doch, wie volleyballverrückt ihr seid und was für einen Ehrgeiz ihr habt. Aber ich hatte ja überhaupt keine Ahnung, dass ..."

"Ist schon gut, aber ich weiß wirklich nicht, ob ich es die nächsten Tage schaffe. Eigentlich möchte ich lieber heute als morgen nach Malmö fragen, aber ich soll zu Hause bleiben", antworte ich frustriert.

"Ich komme vorbei, ja?"

"Das musst du nicht. Ich bin nicht allein. Ella ist hier, Robin und Timm ... und die Kinder natürlich."

"Gut, ich melde mich morgen, ja?"

"Ja. Kann aber sein, dass wir unterwegs sind. Die Kinder haben diese Woche noch frei, wir müssen sie beschäftigen. Sie sollen auch noch nichts wissen, deshalb ruf bitte nicht auf dem Handy an, ja? Am besten rufst du abends an, wenn sie im Bett sind, also ... nach acht, okay?"

"Ja, ist gut. Wenn du irgendetwas brauchst ..."

"Ich brauche nichts."

"Ich melde mich morgen."

"Gut."

Nach diesem Gespräch bin ich wirklich erledigt. Genau wie meine Kinder, die in der Zwischenzeit von Ella ins Bett gebracht wurden. Ich selbst lege mich aufs Sofa, starre an die Decke und frage mich, warum das Schicksal ausgerechnet bei uns immer wieder so hart zuschlagen muss. Am nächsten Morgen gibt es allerdings ausnahmsweise mal gute Nachrichten, die uns aber leider überhaupt nicht weiterhelfen: Der derzeitige Tabellenführer der ersten Volleyballbundesliga ist auf der Suche nach einem neuen Blockspieler und dabei auf Ben gestoßen. "Kann ich ihn sprechen?", werde ich geschäftsmäßig abgewürgt, als ich erklären will, was hier gerade so los ist. Die Frage muss ich leider verneinen. Dann erkläre ich, warum das im Moment nicht möglich ist.

"Verdammtes Pech!", höre ich als Antwort. Das kann ich bestätigen. "Aber ihm geht es gut, oder?"

"Mehr oder weniger."

"Er ist nicht verletzt, oder?"

"Nicht körperlich."

Zum Ende des Gesprächs muss ich noch versprechen, dass Ben auf jeden Fall anruft, aber das ist nur so eine Vermutung. Ich denke, der Sport ist ihm im Moment herzlich egal.

Mir ist am nächsten Morgen auch etwas egal, die Bevormundung meiner Familie nämlich. Ich muss nach Malmö und es ist mir völlig egal, was die anderen davon halten. Damit Ella hier allerdings nicht allein ist, bestelle ich Mama und Johannes ins Sandhaus und als Mama unbedingt Fakten hören will, erkläre ich ihr kurz und knapp, dass Ella ihr schon alles erzählen wird, dann lege ich auf. Um keine Zeit zu verlieren, packe ich nur das Nötigste zusammen und fahre los. Zwar weiß ich nicht, wohin genau ich fahren muss, aber mein grobes Ziel ist Malmö, und wenn ich erst mal in der Stadt bin, werden sie mir schon erzählen, wo meine Familie leidet. Ich bin sicher, dass sie mich nicht den ganzen Weg zurückschicken werden.

Ich warte, bis alle schlafen, dann fahre ich los. Für Ella habe ich nur eine kurze Nachricht hinterlassen: "Ella, ich musste einfach fahren. Sicher verstehst du mich."

Der Routenplaner gibt knapp über vier Stunden vor, ich schaffe es in dreieinhalb, parke am Stadtrand von Malmö und rufe Jonas an. Er will mir gleich die neuesten Daten durchgeben, aber ich unterbreche ihn: "Jonas, ich bin in Malmö. Wo muss ich hin?"

"Kannst du nicht einmal hören, was man dir sagt?", fragt er frustriert.

"Ich musste herkommen! Also gib mir die Adresse."

Mürrisch rattert Jonas die Daten runter, die ich gleich in mein Navi eingebe. Zwanzig Minuten später laufe ich bereits die Treppe nach oben. Mein Ziel ist der dritte Stock. Linda und Benni-Two teilen sich ein Zimmer, Ben sitzt genau zwischen ihnen und sieht aus wie eine Leiche. Jonas hält Benni-Twos Hände, Ida ist bei Linda. Von Frauke ist nichts zu sehen.

Ich selbst muss gar nicht erst fragen, wie es aussieht. Man sieht nämlich sofort, dass hier überhaupt nichts in Ordnung ist. Linda ist an verschiedene Geräte angeschlossen, Benni-Two ist leichenblass und Ben geistig komplett abwesend. Weil Lindas Bett neben der Tür steht, sehe ich zuerst nach ihr. Ida macht mir sofort Platz, wir umarmen uns fest, dann betrachte ich besorgt meine kleine Schwester. Sie sieht aus wie ein Kind. Ich berühre vorsichtig ihr Gesicht und nehme ihre eiskalte Hand in meine zitternde. Wie lange ich hier sitze, weiß ich nicht, aber irgendwann löse ich mich wie in Trance von Lindas Anblick und gehe zu Ben, der mich gar nicht wahrnimmt. Ich lege ihm meine Hand an die Schulter, aber er reagiert nicht. Dafür reagiert Jonas umso mehr, als ich mich ihm zuwende: "Du solltest nicht herkommen, aber ich bin froh, dich zu sehen."

"Gibt es etwas Neues?"

"Nein, überhaupt nichts. Alles ist unverändert."

"Das ist schlecht, oder?"

"Sehr schlecht sogar."

"Wo ist Frauke?"

"Deine Oma hat Zimmer in einer Pension gebucht. Sie sind alle dort. Frauke hat ein Beruhigungsmittel genommen, sie schläft jetzt."

"Hmmmm", antworte ich und gehe weiter zu Benni-Two, Mimos bestem Freund. Als ich sein vermummtes Gesicht sehe, das früher immer fröhlich war, auf dem immer ein spitzbübisches Grinsen lag, werden mir die Knie weich und ich bin dankbar, dass Jonas im richtigen Moment einen Stuhl in meine Richtung schiebt. Auch Benni-Twos Hand ist eiskalt. Ich versuche, sie zu wärmen, reibe, puste, schiebe sie unter die Bettdecke, um ihn aufzuwärmen und weiß ganz genau, dass das alles nicht helfen wird. Wird er jemals wieder fröhlich sein? Wird er jemals wieder lachen? Wird er jemals Volleyball spielen? Im Moment kann ich mir das jedenfalls nicht vorstellen.

"Du musst gesund werden, hörst du, kleiner Pirat? Dein Kumpel wartet in Schilksee auf dich. Er kann doch nicht allein die Schurkeninseln finden und nach Schätzen suchen, das weißt du doch! Du musst dich beeilen, ja? Mimo hat die Segel schon gehisst und den Anker gelichtet. Er wartet nur noch auf dich, willst du das Abenteuer etwa verpassen?", spreche ich ihn leise an, aber Jonas holt mich gleich ins wirkliche Leben zurück: "Mimo wird noch eine Weile warten müssen. Benni-Two kann ihn jetzt nicht begleiten. Inzwischen wissen wir auch, dass er sich nach dem Aufprall versteift haben muss, wahrscheinlich vor Angst oder aus einem Reflex heraus, das weiß man nicht. Jedenfalls ist er mit ausgestreckten Beinen gegen den Vordersitz gestoßen. Das linke Bein hat arg gelitten; es sieht nicht gut aus. Sein rechtes Bein ist gestaucht."

"Er wird also kein Volleyballer", flüstere ich heiser.

"Wahrscheinlich nicht", antwortet mein Vater, dann weinen wir beide.

Es dauert eine Zeit, bis wir uns einigermaßen beruhigt haben, aber dann muss ich Ella anrufen, die sich bestimmt Sorgen macht. Mit klopfendem Herzen warte ich, dass sie sich meldet, aber es ist Mimo, dessen Stimme ich höre. "Papa!", freut er sich. "Bist du bei Ben?"

"Ja, Mimo."

"Und ist Benni-Two auch da?"

"Ja."

"Ich will ihn sprechen."

"Er schläft!", antworte ich, was Mimo bestimmt verwirrt, schließlich ist inzwischen später Vormittag, da schläft Benni-Two normalerweise nicht. Aber Ella nimmt ihm den Hörer aus der Hand, deshalb muss ich ihm nichts weiter erklären. Zum Glück schimpft meine Frau nicht mit mir, das hätte ich nämlich nicht auch noch ertragen. "Chico!", ruft sie, und ich gehe sofort in die Verteidigungshaltung: "Es tut mir leid, dass ich einfach gefahren bin, aber ich musste es tun, Ella."

"Ich weiß, ich bin dir nicht böse. Wie sieht es denn aus?"

Ich bringe meine Frau auf den neuesten Stand, sie schluckt ein paar Mal und erzählt mir dann, dass Johannes und Mama inzwischen eingetroffen und mit Hanna am Hafen sind, um die Segelschiffe zu bestaunen. Außerdem erzählt sie mir, dass Mama mich unbedingt anrufen wollte, Ella ihr dies aber zum Glück ausreden konnte, wofür ich sehr dankbar bin.

"Wie lange bleibst du?"

"Ich weiß nicht. Ein paar Tage vielleicht. Rufst du Jannis an?"

65

"Natürlich, ich kümmere mich darum. Johannes will übrigens exakte Diagnosen haben, damit er alles mit seinen Kollegen besprechen kann."

"Ja, das ist gut. Ich schicke dir nachher von der Pension aus eine Mail, okay?"

"Mach das, Chico, und hab keine Angst, ja?"

So, nachdem das auch geklärt ist und ich verhältnismäßig gut bei Ella weggekommen bin, will ich natürlich unbedingt nach Frauke sehen. Deshalb lasse ich mir den Weg in die Pension zeigen, buche mir dort ein Zimmer und klopfe an Fraukes Tür. Weil sich niemand rührt, trete ich einfach ein. Frauke liegt im Bett, sie schläft tief und fest, deshalb klopfe ich an die Tür nebenan ... dort schlafen Oma und Opa. Opa öffnet und zieht mich gleich ins Zimmer und Oma verzichtet ausnahmsweise darauf, meine Augenfarbe zu kontrollieren. Beide trösten mich mit einer Umarmung und hinterher lasse ich mir nochmal erklären, was die Ärzte denn nun genau gesagt haben. Nachdem meine Großeltern mich aufgeklärt haben, schreibe ich eine Mail an Ella:

"Ella, du kannst Johannes folgende Diagnosen mitteilen:

Linda – schlechter Zustand, künstliches Koma, vier Rippenbrüche, gequetschte Lunge – lebensgefährlich! –, schwere Kopfverletzungen, mehrfache Beinfrakturen, Wirbelsäule intakt – zum Glück!

Benni-Two – schlechter Zustand, Lunge und Niere gequetscht – beides zum Glück nicht lebensgefährlich! –, Schädel-Hirn-Trauma, Nase gebrochen, Verletzungen im Gesicht durch Glassplitter, linkes Bein mehrfach gebrochen, rechtes Bein gestaucht, kann nicht eigenständig atmen, deshalb vorsichtshalber ins leichte künstliche Koma versetzt.

Ben – Zustand einigermaßen gut, Schnittwunden im Gesicht, Schock. Er ist wach, aber kaum ansprechbar, ganz leichte Gehirnerschütterung.

Er gibt sich die Schuld an dem Unfall; er ist selbst gefahren, kurz vor der Autobahnauffahrt ist ihnen von hinten ein LKW aufgefahren.

Mehr kann ich dir nicht sagen. Bitte besprich das mit Johannes, er soll mich unbedingt anrufen, wenn er etwas in Erfahrung gebracht hat.

Pass auf dich auf, Engel!"

Gegen vier Uhr wacht Frauke auf und will sofort wieder ins Krankenhaus. Wir begleiten sie, damit wir Jonas und Ida ablösen können, die sich hinlegen wollen, um auszuruhen. Frauke setzt sich sofort zu Ben und spricht leise mit ihm. Er antwortet nicht, aber er reagiert auf unsere Anwesenheit. Ansonsten ist alles unverändert und so bleibt es auch, bis uns die Schwester abends um sechs aus dem Zimmer schickt und Ben höchstpersönlich in sein eigenes Krankenzimmer dirigiert. Natürlich machen wir uns Sorgen um Ben. Wir können ihn doch in seinem Zustand unmöglich alleinlassen, oder? Aber die Schwester lässt nicht mit sich verhandeln, deshalb müssen wir gehen.

Wir haben den ganzen Tag nichts gegessen, deshalb gehen wir in ein Bistro, bestellen irgend-was und lassen das meiste auf dem Teller liegen. Dann gehen wir in die Pension und ich lege mich sofort ins Bett. Ich bin wirklich erledigt. In der Nacht habe ich einen schrecklichen Traum.

Kapitel 5

Wach auf!

Mein Traum ist noch schrecklicher als die Wirklichkeit und das muss schon was heißen. Die Wirklichkeit ist nämlich schon brutal genug, aber in meinem Traum ist alles noch viel, viel schlimmer: Linda ist tot, in der Nacht erscheint sie mir als Engel, der mich auffordert, mit ihm weit, weit weg zu fliegen, aber ich will hier nicht weg. Ich will auf Ben und Benni-Two aufpassen. Schließlich habe ich schon Maja verloren, reicht eine Schwester nicht? Der Linda-Engel wirkt komischerweise richtig fröhlich, lächelt, plappert und verspricht, von nun an jede Nacht an meinem Bett zu sitzen und auf mich aufzupassen. Benni-Two dagegen springt ständig aus seinem Bett, er will laufen, springen, tanzen, aber das geht nicht. Seine Beine sind zertrümmert und sacken wie Gummi immer wieder unter ihm zusammen. Er weint vor Schmerzen, aber die Medikamente helfen nicht und irgendwann kann er nur noch schreien. Dieses Geräusch schmerzt in meinen Ohren, aber niemand ist hier, um ihn zu beruhigen, um ihm zu helfen. Ich bin mit ihm allein in einem trostlosen Krankenzimmer, laufe auf den Flur, um Hilfe zu holen, aber der Flur ist ellenlang und wird immer länger. Ich laufe und laufe, alle Türen schließen sich vor meiner Nase, der Flur wird immer länger, niemand hört mich. Ich laufe Kilometer um Kilometer den Flur entlang, um Hilfe für Benni-Two zu holen und selbst jetzt, viele Kilometer vom Kranken-zimmer entfernt, kann ich immer noch Benni-Twos Schmerzensschreie hören, die einfach nicht enden wollen und kein bisschen leiser werden.

Am Ende des Flurs sitzt Ben auf dem Fußboden. Um ihn herum stehen hunderte von Eimern, die mit seinen Tränen gefüllt sind und langsam überlaufen. Er wringt sein Taschentuch aus und jetzt ist auch der ganze Boden nass. Ben sitzt in einem Meer aus seinen eigenen Tränen, das ihn wegspült. "Hilf mir!", ruft er verzweifelt, aber ich kann ihn nicht erreichen, ich laufe immer noch, ich renne und renne und komme trotzdem nicht näher. Immer noch höre ich Benni-Twos Schmerzensschreie und Bens Hilferuf, aber beiden kann ich nicht helfen. Der Linda-Engel hat seinen Platz an meinem Bett verlassen und schwebt jetzt neben mir. "Hilf ihm doch!", rufe ich verzweifelt, aber Linda schüttelt den Kopf und sagt: "Nein, Bruderherz. Ich bin doch dein Schutzengel!"

"Und Benni-Two?", frage ich fassungslos, aber Linda antwortet lächelnd: "Ich bin nur dei-ner!"

"Wir brauchen Hilfe!", rufe ich aufgeregt. "Warum hilft uns niemand? Warum hilft uns nie-mand? Warum hilft uns niemand?" Das Echo hallt von den Wänden, den langen Flur entlang, ich höre es hundertfach, tausendfach. Dann wache ich keuchend auf.

Verwirrt stelle ich fest, dass es schon zehn Uhr ist. Ich habe verschlafen, verdammt! Hektisch springe ich aus dem Bett, spüle mit einer heißen Dusche den Traum aus meinen Gedanken und mache mich auf die Suche nach meinen Leuten, die im Frühstücksraum auf mich warten. Dann summt mein Handy, ich habe eine Nachricht von Johannes: "Habe dir eine E-Mail geschickt!"

Das ist jetzt natürlich wichtiger als Frühstück – außer mir sieht das aber niemand so. Frauke drängt mich, erst etwas zu essen und Ida ist schon dabei, mir einen Toast zuzubereiten, aber dafür habe ich jetzt wirklich keine Zeit. Die Mail hat Vorrang! Deshalb laufe ich zurück in mein Zimmer, schalte den Laptop an und lese: "Ich habe versucht, dich anzurufen, aber dein Handy war ausgeschaltet. Ich denke, du schläfst noch, deshalb schreibe ich dir.

Zu Linda: Mach dir keine Sorgen wegen des künstlichen Komas. Linda sollte möglichst unbeweglich liegen und das würde sie nicht, wäre sie bei Bewusstsein. Außerdem spürt sie so keine Schmerzen, das ist ein Vorteil, darauf musst du vertrauen! Die Rippenbrüche werden heilen. Es wird zwar eine Weile dauern, aber es ist weniger schmerzhaft als deine Rippenprellungen damals, erinnerst du dich? Leichte Lungenquetschungen sind in der Regel nach etwa zwei Wochen ausgeheilt, sollte die Lunge jedoch schwerer gequetscht sein, kann wegen der andauernden künstlichen Beatmung eine längerfristige stationäre Behandlung nötig sein. Dafür muss sie aber nicht in Malmö bleiben. Ich werde in ein paar Tagen mit den Ärzten telefonieren und für einen Transport nach Kiel oder Hamburg sorgen, sobald ihre Ärzte grünes Licht geben.

Was sagen die Ärzte zu den Kopfverletzungen? Da müsste ich Genaueres erfahren. Die Beinfrakturen werden heilen, aber auch das braucht seine Zeit. Vielleicht wird sie nie wieder mit euch joggen können, aber sie wird euch Beine machen, ganz bestimmt.

Ich bin erleichtert, dass ihre Wirbelsäule unverletzt ist, das wäre wirklich das Schlimmste gewesen!

Zu Benni-Two: Zum Glück sind die Quetschungen nicht lebensgefährlich, das Schädel-Hirn-Trauma ist eine logische Folge des Unfalls, da seine Muskeln und Bänder noch nicht ausgewachsen sind. Ich werde mit dem Arzt besprechen, wie schwerwiegend diese Verletzung ist. Die gerichtete Nase wird ihn vielleicht etwas verwegener aussehen lassen. Aber er ist ja ein Pirat, da ist es nicht so schlimm, oder? Die Schnitte im Gesicht werden heilen, vielleicht bleiben ein paar Narben, aber sie werden mit der Zeit verblassen. Die Stauchung des rechten Beins ist das kleinste Übel, und die Beinbrüche sollten dir auch keine Sorgen machen. Er ist in guten Händen. Auch hier gilt: Das künstliche Koma ist von Vorteil und weil du von einem leichten Koma sprichst, bin ich sicher, dass sowohl die Quetschungen, das Trauma und die Frakturen nicht so schlimm sind, wie es den Anschein hat. Die künstliche Beatmung ist deshalb wichtig, weil die Lunge verletzt ist und wahrscheinlich auch, weil er wegen der Nasenfraktur nicht gut atmen kann, aber das wird spätestens in zwei Wochen erledigt sein. Vertrau mir, Domi, Benni-Two wird sich bald erholen und mit Mimo wieder herumtoben können.

Ben hat wirklich Glück gehabt, obwohl er es mit Sicherheit anders sieht. Es muss schlimm für ihn sein, seine Familie so zu sehen. Ich weiß, du wirst in ihn allem unterstützen. Leider kann ich mich aktuell beruflich nicht freimachen, da wir urlaubsbedingt unterbesetzt sind, aber am Freitagabend komme ich nach Malmö, das ist mit deiner Mutter so besprochen, die sich natürlich fürchterliche Sorgen macht. Bis dahin haltet ihr mich bitte auf dem Laufenden. Sobald ich mit den Ärzten gesprochen habe, melde ich mich.

Johannes"

Mit gemischten Gefühlen klemme ich mir den Laptop unter den Arm und kehre zurück ins Frühstückszimmer, damit alle diese Nachrichten lesen können. Was Ben und Benni-Two angeht, sind wir erleichtert, aber um Linda machen wir uns jetzt noch größere Sorgen. Als wir aber mittags im Krankenhaus sind, ruft Johannes an und beruhigt uns. Er hat inzwischen mit den Ärzten gesprochen und bestätigt uns, dass Ben und Benni-Two schon bald nach Kiel verlegt werden dürfen.

Natürlich will Ben davon überhaupt nichts wissen; er reagiert heftig auf diese Nachricht. Zum einen sind wir jetzt erleichtert, dass er überhaupt wieder Reaktionen zeigt, aber er regt sich stark darüber auf, dass er Linda hier zurücklassen soll. Erst als Jonas und Ida ihm versprechen, dass sie in Malmö bleiben, bis Linda verlegt werden kann, kommt er wieder etwas zur Ruhe.

Bereits am Freitagmorgen steht der Hubschrauber bereit, der Ben und seinen kleinen Sohn nach Kiel fliegen soll. Wir sind nervös, denn Ben weigert sich, sich liegend transportieren zu lassen. Er will neben Benni-Two sitzen und seine Hand halten. Die Ärzte wollen aber wegen der Gehirnerschütterung kein Risiko eingehen und Frauke kann ihn nur mit den hartnäckigsten Überredungskünsten auf die Liege zwingen. Ida und Frauke folgen den Patienten mit meinem Auto und Jonas und ich warten ungeduldig auf Johannes, der hier am späten Freitagnachmittag eintrifft. Johannes kommt in erster Linie als Freund, aber als er sich vergewissert hat, dass Jonas und ich uns inzwischen gut unter Kontrolle haben, wechselt er in den Arztmodus und bittet um die Krankenakten, die ihm direkt vom behandelnden Arzt überreicht werden. Die beiden haben ja inzwischen miteinander telefoniert und fachsimpeln jetzt über Lindas Zustand. Jonas und ich hören verwirrt zu – wir verstehen beide nur Bahnhof. Das ändert sich allerdings, als der Doc sich zurückzieht und Johannes ins Deutsche wechselt: "Ben und der Kleine sind inzwischen gut in Kiel angekommen und was Linda angeht, geht es deutlich bergauf. Ihre Werte sind jetzt stabil, sie wird es schaffen."

"Ist das sicher?", fragt Jonas heiser.

"Absolut! Ich würde euch da niemals belügen."

"Danke", antwortet mein Vater vor Erleichterung und muss sich setzen, dann ruft er Ida an, um ihr die guten Nachrichten zu überbringen. Wir sitzen im Krankenzimmer, bis wir wieder hinausgeworfen werden, beziehen unsere Zimmer in der Pension und fallen erschöpft in unsere Betten. Nach etwa zwei Stunden schaut Johannes nach mir. Er ist nicht überrascht, dass ich immer noch wach bin. "Du grübelst schon wieder, hm?"

"Glaubst du mir, wenn ich es abstreite?", frage ich mit einem unbeholfenen Grinsen.

"Nein."

"Okay, ich grüble!"

"Nimm das hier", fordert er mich auf und reicht mir eine kleine Pille. Und weil ich überhaupt keine Kraft habe, mit irgendjemandem zu diskutieren, schlucke ich sie artig. Ich schlafe traumlos, was wirklich mal eine willkommene Abwechslung ist.

Der Samstag beginnt mit einem ausgiebigen Frühstück, was auch nötig ist. Jonas und ich haben nämlich seit Tagen nicht mehr vernünftig gegessen, aber heute habe ich wirklich Hunger. Natürlich fahren wir danach direkt ins Krankenhaus und erfahren dort sofort, dass Linda inzwischen außer Lebensgefahr ist und sich gut erholt. Ich informiere das Sandhaus und spreche kurz mit Ella, die ebenfalls erleichtert ist, aber dann eine Nachricht hat, die mich etwas beunruhigt: "Mimo möchte jetzt endlich Benni-Two sehen."

"Was weiß er denn inzwischen?"

"Er glaubt immer noch an die Geschichte mit Bens Beinbruch."

"Wir hätten ihn nicht belügen dürfen."

"Dafür ist es jetzt zu spät. Aber was soll ich ihm denn sagen?"

"Ich weiß nicht. Glaubst du, er hält die Wahrheit aus?"

"Vielleicht ... vielleicht auch nicht."

"Wer ist denn jetzt im Krankenhaus?"

"Ida und Frauke."

"Dann bitte sie doch, den Arzt zu fragen, was er davon hält. Ich glaube aber, so kleine Kinder wollen die da gar nicht sehen."

"Wahrscheinlich nicht."

"Du musst irgendwie versuchen, ihn abzulenken. Ich komme bald nach Hause, dann überlegen wir gemeinsam, was wir ihm sagen."

Wir essen im Bistro des Krankenhauses und verabschieden anschließend Farmor und Farfar, die wieder nach Hause fahren. Dann kehren wir sofort zurück zu Linda, aber der Arzt schickt uns an die Luft. Linda braucht Ruhe, ist seine Begründung. Natürlich machen wir uns sofort wieder Sorgen, die Johannes uns aber gleich nimmt: "Sie braucht wirklich Ruhe und ihr ebenfalls. Wir kommen morgen wieder, danach fahre ich nach Hause."

71

"Ich fahre dann mit, wenn es okay ist, Jonas?"

"Natürlich", antwortet mein Vater.

"Ich muss mich um Mimo kümmern. Meint ihr, wir können ihm die Wahrheit sagen?"

"Lieber nicht", wehrt Jonas aber, aber Johannes hat dazu eine eigene Meinung: "Bei jedem anderen Kind würde ich euch davon abraten. Aber Mimo könnt ihr nicht hinters Licht führen."

"Wir haben ihn belogen", muss ich zugeben.

"Oh je ... was habt ihr ihm erzählt?", fragt Johannes.

"Er glaubt, dass Ben sich das Bein gebrochen hat und Linda und Benni-Two deshalb nicht nach Hause kommen."

"Hm, das ist jetzt nicht mehr zu ändern, aber ihr könnt ihm sagen, dass Benni-Two krank ist und deshalb im Krankenhaus bleiben muss. Wenn er ihn besuchen will, sagt ihr ihm, dass Benni-Two den ganzen Tag schläft, weil er müde ist, und dann tröstet ihr ihn damit, dass er zu Besuch kommen darf, sobald er ausgeschlafen hat."

"Das liegt zumindest nahe an der Wahrheit."

"Stimmt, und jetzt kümmern wir uns mal um euch. Was wollt ihr machen?"

"Wir bleiben hier in der Nähe, falls sie uns braucht."

"Nein, wir verlassen das Krankenhaus und kommen morgen wieder", wehrt Johannes ab.

"Aber ...", protestiert Jonas.

"Keine Diskussion!"

Ich für meinen Teil habe jetzt überhaupt keine Lust dazu, irgendetwas zu unternehmen, Jonas übrigens auch nicht. Deshalb übernimmt Johannes das Programm für den Rest des Tages: "Hier gibt es doch bestimmt irgendwo einen Strand, Jonas?"

"Ja, den Ribersborgsstranden."

"Ihr seid Strandjungs, also ist das unser Ziel."

"Ich habe nichts dabei", maule ich.

"Ich bin sicher, hier gibt es irgendwo Geschäfte."

"Ich habe aber keine Lust!"

"Doch, hast du", erklärt Johannes und ist schon an der Tür. Meine Motivation ist in etwa null-kommanull, wenn nicht sogar noch darunter, aber Jonas stimmt brummelnd zu, deshalb machen wir uns auf den Weg in die Pension, holen Handtücher und kaufen anschließend Badehosen. Dann geht's an den Strand. Juhu – das ist sarkastisch gemeint.

Meine Meinung ändert sich allerdings schnell, als ich erst mal vernünftige Seeluft eingeatmet habe. Ich fühle mich augenblicklich deutlich besser und bin als Erster im Wasser. Jonas folgt mir, wir schwimmen langsam hinaus und liefern uns auf dem Rückweg ein kleines Rennen, das ich gewinne. Das ist gut für mein Ego, aber Jonas grinst hinterhältig. Hat er mich eben etwa gewinnen lassen? Egal!

Am Abend will Johannes mir wieder eine Pille aufdrängen, aber ich bin heute wirklich müde und sicher, dass ich diese Nacht von allein einschlafen werde. Johannes bestätigt mir das auch am Montagmorgen: "Ich habe kurz nach zehn noch mal in deinem Zimmer nachgesehen, da hast du schon wie ein Stein geschlafen."

Bei Linda gibt es nichts Neues, das sind allerdings eher gute als schlechte Nachrichten und deshalb bin ich auch einigermaßen beruhigt, als ich später mit Johannes ins Auto steige und nach Hause zurückkehre. Wir erreichen das Sandhaus am späten Abend, Johannes übernachtet hier.

Der nächste Morgen fordert uns einiges ab. Wir müssen nämlich Mimo aufklären, aber Johannes findet die richtigen Worte und unser Sohn merkt irgendwie gar nicht, dass wir ihn die ganze Zeit belogen haben. Allerdings ist er traurig wegen Benni-Two und als er plötzlich aufspringt und in sein Zimmer läuft, wollen Ella und ich ihm natürlich folgen, aber da kehrt er schon zurück und hat eine Überraschung mitgebracht – sein Piratenschiff.

"Das ist für Benni-Two", schnieft er. In diesem Moment bin ich so dermaßen stolz auf meinen Sohn und seine Großzügigkeit, das mir für Sekunden die Worte fehlen, die Ella schon gefunden hat: "Da wird er sich freuen, wenn du ihm dein Schiff ausleihst."

"Das ist ein Geschenk", wehrt mein Sohn entschieden ab und kann die Tränen nicht mehr halten, die ihm dick und rund über die Wangen kullern. Er tut mir unendlich leid, aber mir kommt sofort eine Idee, wie ich ihn trösten kann: "Wir machen es so, Mimo: Du leihst ihm das Boot, bis er wieder gesund ist und in der Zwischenzeit darfst du mit meinem spielen."

Völlig platt über dieses Angebot, reißt mein Sohn die Augen auf, aber wieder wehrt er ab: "Das ist ein Geschenk für Benni-Two."

"Gut, dann machen wir es anders. Du schenkst Benni-Two dein Piratenschiff und wir kaufen dir ein neues Boot, ja? Bis wir das richtige Schiff gefunden haben, darfst du mit meinem spielen, okay?"

"Ja!", heult der kleine Pirat und ich bin immer noch erstaunt darüber, dass er sein geliebtes Piratenschiff verschenkt. Er ist überaus großzügig - woher hat er das bloß?

Mimo weint jetzt, was das Zeugs hält. Wir sind ratlos, weil wir nicht wissen, ob er wegen Benni-Two oder wegen des Schiffs so verzweifelt ist, deshalb locke ich ihn mit einem Besuch im Spielzeugladen: "Hör zu, Pirat, wir fahren am Samstag zu dem großen Spielzeugladen in Hamburg, ja? Dann kaufen wir dir das allerschönste Piratenschiff auf der ganzen Welt."

"Ja", weint der Kleine, aber die Schluchzer werden langsam leiser.

Eigentlich beginnt heute wieder der Kindergarten, aber wir wollen Mimo heute lieber im Haus behalten. Ich selbst habe zwei Trainingseinheiten und vorher eine allgemeine Kontrolle, weil ich

Trainingsrückstand habe. Die Kontrolle übernimmt Amy, die mit meiner Verfassung überhaupt nicht einverstanden ist. Trotzdem schickt sich mich zum Krafttraining an die Geräte und beobachtet meine angestrengten Bemühungen.

Direkt nach der Einheit fahre ich ins Krankenhaus, um Benni-Two das Schiff zu bringen. Ben sitzt bei ihm, er scheint zu schlafen. Sein Kopf liegt auf Benni-Twos Bett und er reagiert nicht, als ich das Zimmer betrete. Erst, als ich in der Fensterbank Platz für das Schiff schaffe und ich dabei gegen einen kleinen Tisch stoße, blickt er auf. "Was macht das Schiff hier?", fragt er müde.

"Mimo schenkt es Benni-Two."

"Im Ernst?"

"Ja, unglaublich, oder?"

"Er ist eben ein Nordgren", sagt Ben leise, dann verstummt er wieder. Bis ich ins Sandhaus zurückkehre, redet er kein Wort mehr. Am Abend ist Hallentraining angesagt und auch hier merkt man, dass ich einen enormen Rückstand habe. Bis Freitagabend habe ich auch nicht die Bohne aufgeholt, deshalb ist es auch nur eine logische Konsequenz, dass Jannis für mich und ein paar andere Spieler am Samstag eine Extraeinheit anordnet. Das geht natürlich nicht, denn für diesen Tag ist das Shoppingerlebnis im Spielzeugladen abgesprochen. "Da kann ich nicht!", wehre ich deshalb auch sofort ab, aber Jannis fährt mir gleich über den Mund: "Was auch immer du da vorhast, musst du verschieben."

"Ich kann wirklich nicht!"

"Ist mir egal."

Frustriert folge ich den anderen in die Kabine. Was mache ich denn jetzt nur? Ich kann doch Mimo nicht enttäuschen! Allerdings ist mir auch klar, dass diese Sonderschicht hauptsächlich meinetwegen angeordnet wurde, was bestimmt auch jeder weiß. Verdammter Mist aber auch! Die anderen verziehen sich verlegen unter die Dusche und lassen mich grübelnd in der Kabine zurück. Auch, als alle schon längst geföhnt und angezogen sind, sitze ich immer noch in meinen verschwitzten Trainingsklamotten auf der harten Bank und überlege mir einen Ausweg. Nach und nach verziehen sich meine Mitspieler und irgendjemand muss Jannis informiert haben, dass ich hier regungslos herumsitze. Jedenfalls taucht er kurz nach dem Verschwinden der anderen in der Kabine auf und setzt sich seufzend neben mich.

"Ich kann am Samstag nicht", wiederhole ich leise.

"Ist es wegen deiner Schwester?"

"Auch, vor allem aber wegen Mimo."

"Was ist ihm passiert?", fragt Jannis erschrocken.

74

"Er fasst das alles nicht so toll auf. Und jetzt hat er Benni-Two sein absolutes Lieblingsspielzeug geschenkt. Wir waren alle platt, als er mit dem Piratenschiff ankam. Es ist ihm nicht leichtgefallen, er hat schrecklich geweint und um ihn zu trösten, habe ich ihm versprochen, dass wir am Samstag nach Hamburg fahren, um ein neues Schiff zu kaufen."

"Dann muss Ella mit ihm fahren."

"Ich habe es ihm versprochen, Jannis."

"Das könnt ihr doch verschieben."

"Ich kann ihn jetzt nicht enttäuschen. Es geht ihm schon schlecht genug."

"Ich habe die Sondereinheit vor allem deinetwegen angeordnet."

"Ich weiß, aber ... es geht morgen nicht."

"Ich verlasse mich auf dich."

"Ich komme morgen nicht, Jannis", antworte ich fest und gehe wortlos unter die Dusche. Mein Trainer protestiert natürlich lautstark, aber ich ignoriere ihn. Soll er mich doch aus dem Team werfen! Ist mir doch egal! Im Moment zählt nur Mimo.

Natürlich verrate ich im Sandhaus nichts von meinem Ungehorsam. Wahrscheinlich würde mir sowieso niemand glauben, dass ich morgen eine Sondereinheit schwänze, die sogar noch extra für mich angesetzt wurde. Und ich sehe auch überhaupt nicht ein, dass ich hier nachgeben soll!

Mimo ist während der ganzen Fahrt nach Hamburg hibbelig und aufgeregt. Er erzählt mir haarklein, wie sein neues Schiff aussehen muss und welche Funktionen es haben soll. Ich hoffe, sie haben dort das Richtige für uns, sonst bin ich wirklich im Eimer. Ausnahmsweise habe ich aber Glück: wir finden auf Anhieb das perfekte Schiff. Es ist aus Holz, genau wie meins, ist riesengroß und hat echte Segel. Wahrscheinlich müssen wir es lackieren, denn Mimo wird darauf bestehen, es mit ins Wasser nehmen zu dürfen. Weil wir früh dran sind, könnte ich jetzt wirklich noch zum Training fahren, aber irgendwie habe ich plötzlich keine Lust dazu. Ehrlich gesagt, bin ich sogar ganz schön bockig. Deshalb beschließe ich spontan, Mama zu besuchen. Wir haben Glück, Mama war gerade mit Greta auf dem Sprung zum Einkaufen. Als wir hier aber so ohne Ankündigung eintreffen, werden die Pläne gleich über den Haufen geworfen. Stattdessen gehen wir an die Alster, füttern Möwen, kehren in eine Eisdiele ein und essen abends bei Mama, die Mimos Lieblingsessen kocht.

Um acht sind wir wieder im Sandhaus, wo wir schon erwartet werden. Meine Leute sind nämlich inzwischen von Jannis darüber informiert worden, dass ich das Training geschwänzt habe. Aber weil Jonas nicht hier ist, haben natürlich alle Verständnis.

"Du bist ein Rebell!", sagt Ella grinsend und mir ist klar, dass ich mich am Montag beim Training ganz schön warm anziehen kann. In diesem Punkt irre ich mich allerdings gewaltig, denn das Donnerwetter bricht schon am Sonntag über mich herein. Es ist nämlich gerade mal acht, als das Telefon in der Küche klingelt. Und noch bevor ich überhaupt irgendetwas zur Begrüßung hervorbringen kann, diktiert Jannis meinen Tagesplan: "Du bist in einer Stunde im Kraftraum und bring ordentlich Zeit mit."

Puh, der hat ja eine Laune! Aber egal, da muss ich jetzt durch, deshalb schreibe ich eine Nachricht für meine Familie, frühstücke in aller Eile allein und mache mich um halb neun auf den Weg nach Kiel. Ich bin noch vor Jannis im Kraftraum und wärme mich bereits auf, als er kochend auftaucht. Ich mache ihm allerdings gleich klar, dass er seine Laune für sich behalten darf; ich habe mir schließlich auch nicht ausgesucht, dass meine Familie ständig Probleme hat. Dafür strenge ich mich beim Training ordentlich an, erfülle seine Vorgaben und will mich hinterher wortlos verabschieden. Allerdings hält Jannis mich zurück: "Ich will keinen Stress mit dir, dass muss dir klar sein. Aber wenn wir diese Saison irgendetwas reißen wollen, musst du mal in die Schuhe kommen. Auf Ben müssen wir wohl länger verzichten, aber dich brauchen wir! Dringend!"

"Ich weiß! Es tut mir auch wirklich leid, aber gestern ging es wirklich nicht."

"Ja, das verstehe ich auch, aber ..."

"Mimo geht jetzt wirklich vor."

"Ja, ich weiß. Geh jetzt duschen, wir sehen uns morgen."

"Okay."

Zurück im Sandhaus, steht erst mal ein Mimo-Boss-Verwöhnprogramm auf dem Plan: Mimo-Baby will mich massieren. Er hat schon eine Flasche Baby-Öl bereitgelegt und ein großes Handtuch auf dem Sofa ausgebreitet. Ella lacht, als sie mein verdutztes Gesicht sieht: "Ich habe ihm erzählt, dass du jetzt ordentlich schwitzen musst, und da hat er gefragt, was man da machen kann."

"Aha?", grinse ich.

"Ja, und ich habe gesagt, dass du dich wahrscheinlich über eine Massage freuen würdest."

"Coole Idee."

Ich lege mich also waagerecht und lasse mir von meinem Sohn den Rücken einsauen. Ella war so nett und hat das Öl etwas angewärmt, was auch gut ist, denn es läuft mir an den Seiten herunter und wäre kalt wirklich nicht auszuhalten. Jetzt muss ich aber lachen, weil es so sehr kitzelt. Mein Lachen ist wohl ansteckend, denn Mimo, der seine Arbeit so richtig ernst nimmt, kichert plötzlich auch laut los und stimmt in mein Lachen ein. Es ist befreiend, im Sandhaus wurde schon länger nicht mehr gelacht und deshalb ist es auch nur eine Frage der Zeit, bis auch die anderen ins Wohnzimmer kommen und einstimmen. Ida schießt noch schnell ein Foto und ich brauche jetzt dringend eine Dusche. Weil Mimo-Baby sich selbst allerdings auch von Kopf bis

Fuß eingeferkelt hat, hat er ein Bad nötig und ich beschließe kurzerhand, mit ihm zusammen zu baden. Wir nehmen natürlich das Schiff mit, das inzwischen lackiert wurde.

Der nächste Tag bringt uns zurück in die Routine: Mimo geht endlich wieder in den Kindergarten und ich laufe mit Robin und Timm. Sowohl beim Krafttraining als auch in der Halle powere ich mich richtig aus. Am Donnerstag gehe ich mit Amy ins Schwimmbad, korrigiere mein Zeitziel und kann es einigermaßen einhalten. Jeden Tag besuche ich Ben und Benni-Two im Krankenhaus, die so gut wie nie allein sind. Wir haben die Besuche perfekt organisiert und Ida inzwischen zu Jonas und Linda nach Malmö geschickt. Jeden Tag erfahren wir Neues über Lindas Zustand, der sich langsam, aber sicher bessert.

Mein Zustand bessert sich allerdings auch, und zwar gewaltig. Als ich am Donnerstag nämlich von meiner Schwimmeinheit wiederkomme, wartet Jonas auf mich. Ich bin total platt, weil er doch eigentlich noch in Malmö sein müsste, aber die Überraschung, die er für mich hat, ist seit Monaten geplant. Jonas hat mit Hayden und Taylor eine Vereinbarung getroffen und diese hinterhältigen Geheimniskrämer haben mich komplett im Dunkeln tappen lassen. Wir sind zu einem Benefizturnier in London eingeladen, bei dem Geld für das Waisenhaus gesammelt wird, in dem Hayden aufgewachsen ist. Das Turnier findet in der Halle statt und wird als Vater-Sohn-Turnier ausgespielt. Hayden spielt mit seinem Adoptivvater, Taylor mit seinem Dad und ich natürlich mit Jonas. Es gibt sogar ein Programmheft, das mein Vater mir jetzt überreicht. Auf der Seite, die Jonas und mir gewidmet ist, stehen unsere Erfolge aufgelistet, links seine – rechts meine. Seine Liste ist noch deutlich länger, aber das wird nicht so bleiben, irgendwann kriege ich ihn, da bin ich ganz sicher. Das Foto ist wirklich cool. Linda muss es geschossen haben, als wir im Frühsommer am Strand trainierten. Wir stehen nebeneinander und sehen fast so aus wie Zwillinge. Der Unterschied sind natürlich unsere Haarfarben und die Tatsache, dass Jonas etwa dreitausend Jahre älter ist als ich. Unsere Muttermale sind gut zu erkennen – das Nordgren-Mal, das auch Mimo schon besitzt. Was das heißt, wissen wir alle: Er ist ein Beacher, genau wie Jonas und ich. Da gibt es nichts zu rütteln.

Mein Vater und ich werden also mal wieder ein Turnier zusammen spielen, das wünsche ich mir schon lange. Der Zeitpunkt ist allerdings schlecht, schließlich ist Ida jetzt ganz allein in Schweden und ich will nicht ohne Ella wegfahren. Wenn ich nicht da bin, kommt sie immer auf die dümmsten Ideen ... zum Beispiel eine Reise nach Mallorca. Ben kann sie nicht aufhalten, er wird die ganze Zeit bei Benni-Two im Krankenhaus hocken, Frauke wird sich um die Gäste kümmern und - wenn sie Zeit hat - um die Kinder. Außerdem ist im Moment ziemlich mieses Wetter an der Förde - was ist also, wenn ich zurückkehre und Ella ist tatsächlich nach Mallorca verschwunden? Ella beruhigt mich aber, sie plant einen Übernachtungsbesuch mit den drei

Kindern bei Mama in Hamburg, damit Frauke endlich mal ein wenig Ruhe hat. Ich muss ihr dafür versprechen, bald mal wieder mit ihr auszugehen.

Am Freitagabend habe ich noch bis neun Uhr Training, danach packe ich meinen kleinen Koffer und fliege am Samstagmorgen mit Jonas nach London. Der Flug ist kurz, das ganze Brimborium mit Einchecken, Platz suchen und Anschnallen dauert deutlich länger, aber als wir endlich in der Luft sind, habe ich das dringende Bedürfnis, mit meinem Vater zu reden. "Danke!", ist das erste Wort unserer Unterhaltung, die ganz schön schmalzig wird.

"Wofür?", fragt Jonas.

"Für dieses Wochenende. Du weißt, wie gern ich mit dir spiele."

"Und ich mit dir."

"Der Zeitpunkt ist mies."

"Das stimmt, aber als die Einladung im April kam, war mir sofort klar, dass das unser Wochenende wird. Es war nicht leicht, den Mund zu halten."

"Kann ich mir vorstellen", grinse ich.

"Als ich vor ein paar Tagen mit Ida darüber gesprochen habe, was ich denn nun machen soll, hat sie keine Sekunde gezögert."

"Sie gehört zu meinen Lieblingsfamilienmitgliedern", lache ich.

"Ich weiß. Sie steht auf einer Stufe mit Johannes."

"Gleich nach Linda."

"Ja ... Linda ...", seufzt Jonas. "Ich hoffe, es geht alles gut."

"Ich auch. Glaub mir, ich würde gern sagen, dass alles zu hundert Prozent in Ordnung kommt, aber ..."

"Aber du hast Zweifel?"

"Ja. Es dauert alles so lange."

"Ich denke, das ist normal. Johannes würde es uns sagen."

"Ich weiß, aber trotzdem ... manchmal denke ich, es wird nie wieder so wie vorher."

"Doch, bestimmt."

"Weißt du, was mir Sorgen macht?"

"Hm?"

"Dass Linda sich verändert hat. Dass sie nicht mehr so chaotisch ist, nicht mehr so ... so süß, weißt du?"

"Ich verstehe, was du meinst."

"Was ist, wenn sie nicht mehr so lustig ist? Wenn sie uns nicht mehr verrückt machen kann? Was ist, wenn sie nicht mehr lacht und sich keine Pannen mehr leistet? Wer soll uns zum Lachen bringen, wenn Linda es nicht mehr kann?"

"Sie ist eine Kämpferin, das weißt du. Das haben meine Kinder übrigens so an sich: Sie sind Kämpfer, du auch!"

"Pfff! Ausgerechnet ich!"

"Doch, du weißt es nur noch nicht."

"Aha!", antworte ich, wir sehen uns an und lachen gleichzeitig los. Was für eine schräge Unterhaltung wir hier führen! Aber die Unterhaltung wird noch schräger, mein Vater hat hier, so hoch über den Wolken, wohl endlich den Mut gefunden, mir die Dinge zu sagen, die ich schon immer von ihm hören wollte. Er räuspert sich und ich merke sofort, dass er jetzt etwas sehr Wichtiges sagen will, deshalb sehe ich ihn erwartungsvoll an, aber er weicht meinem Blick aus. Dann räuspert er sich noch einmal und plötzlich sprudelt es aus ihm heraus: "Ich beneide dich dafür, wie toll du mit deinem Sohn umgehst. Ich wünschte, wir hätten damals auch dieses Verhältnis gehabt. Und deine Tochter himmelt dich an, das sieht jeder. Ich bewundere dich auch dafür, nach welchen Kriterien du deine Freunde aussuchst und ich bin stolz darauf, dass du dich so gut um Robin kümmerst. Er ist wie ein Bruder für dich, oder? Außerdem bin ich stolz darauf, dass du das Sandhausunternehmen aufgebaut hast und dass es so gut läuft. Es ist eine riesige Verantwortung, die du ganz allein trägst, das ist bewundernswert. Du bist ein starker Junge und ich bin so unendlich stolz auf dich. Ich bin froh, dass du mein Sohn bist, Dominik."

"Danke", antworte ich verblüfft und muss dann erst mal ein paar Dinge richtigstellen: "Also, erstens kümmere ich mich nicht mehr um Robin, er ist alt genug. Zweitens finanziere ich das Sandhaus nicht allein. Ben hat den neuesten Anbau finanziert und ..."

"Ja, aber gekauft hast du das Gelände und gebaut wurde alles nach deinen Ideen. Das Gästehaus und die Hallen gehören ganz allein dir. Ich bin schon gespannt, wer dort in Zukunft noch alles trainieren wird."

"Mimo und Benni-Two hoffe ich doch mal."

"Aha? Ich denke, dein Sohn kann alles werden?"

"Kann er auch, aber er wird es nicht wollen."

"Er ist ein Beacher."

"Zu hundert Prozent."

"Genau wie Benni-Two."

"Hoffentlich."

"Doch, da gehe ich jede Wette ein. Auch Benni-Two wird ein Beacher, du wirst schon sehen."

Schon setzen wir zum Landeanflug an, aber dann stehen wir eine Ewigkeit auf dem Rollfeld herum. Bis wir endlich im Gebäude sind und unsere Koffer und Taschen haben, vergehen fast zwei Stunden. Jetzt aber los! Wir sind spät dran! Ein Taxi soll uns in die Halle bringen, aber der Verkehr ist mörderisch. Wir brauchen eine Ewigkeit bis zu unserem Zielort und sind natürlich zu spät. Das Turnier hätte vor einer Viertelstunde beginnen sollen, aber weil wir uns zwischendurch gemeldet haben, hat man unser erstes Spiel verschoben. Es ist ein wenig peinlich, als wir endlich mit unserem gesamten Gepäck in der Halle auftauchen und die Zuschauer lachend für uns applaudieren. Natürlich hat der Hallensprecher sie inzwischen informiert, dass Deutsche eigentlich immer pünktlich sind, Jonas aber Schwede ist und ich Halbschwede. Deshalb würden wir es mit der Pünktlichkeit nicht so genau nehmen. Dann erklärt der Hallensprecher den Zuschauern, dass Jonas viele Jahre lang der Trainer von Hayden und Taylor war und sie unter ihm ihre größten Erfolge feiern konnten. Heute muss er sie besiegen, wenn wir weit kommen wollen. Ich hoffe, das ist ihm bewusst.

Inzwischen begrüßen wir unsere Freunde, deren Frauen und die Eltern und berichten über den Gesundheitszustand der Sandhausbewohner, dann spielen wir uns ein. Ich werfe einen Blick auf die Bank, auf der ich damals mit meinem Gipsbein saß, als ich zum allerersten Mal meine Familie in London besuchte. Es war der Tag, an dem ich endlich Maja kennenlernte. Sie saß die ganze Zeit auf meinem Schoß und ich erinnere mich, dass ich starke Schmerzen hatte. Im Flugzeug war nämlich nicht genug Platz für mein Gipsbein und in Idas Auto bin ich immer wieder mit dem Knie an das Handschuhfach gestoßen. Ich erinnere mich, dass Maja sofort ihre Arme nach mir ausgestreckt hat, und ich erinnere mich, dass ich sie sofort geliebt habe. Inzwischen sind neun Jahre vergangen und sie ist schon länger tot als sie leben durfte.

Es sind sechzehn Mannschaften am Start, die in vier Gruppen aufgeteilt werden sollen. Weder Hayden noch Taylor sind mit ihren Vätern in unserem Pool, was für uns kein Nachteil ist. Ich hoffe, wir treffen erst im Endspiel aufeinander – allenfalls im Halbfinale. Ich will dieses Turnier unbedingt gewinnen, damit Jonas mal auf andere Gedanken kommen kann und nicht pausenlos an Linda denken muss. Auf dem gegnerischen Feld steht uns ein wohl fünfzehnjähriger Schlacks gegenüber, der ordentlich was drauf hat. Sein Vater allerdings weiß nicht, wohin mit seinen Händen, und vor allem weiß er nicht so recht, was er mit dem Ball anfangen soll. Das Spiel ist schnell gewonnen, aber weil wir zu spät waren, sind wir gleich noch mal an der Reihe. Unsere nächsten Gegner sind wirklich stark. Es handelt sich um Jordan, der gelegentlich mit Hayden und Taylor trainiert und im Jugendnationalkader ist. Jordan ist achtzehn, sein Vater scheint nur drei Tage älter zu sein; er sieht verdammt jung aus. Jordans Vater spielt im ersten Satz richtig gut und im zweiten anfangs auch, aber dann lässt seine Kondition nach und wir gewinnen auch das zweite Spiel. Jetzt haben wir zwei Stunden Pause und wollen etwas essen. Das Buffet sieht allerdings nicht sonderlich lecker aus, aber etwas anderes gibt es hier nicht, deshalb langen wir zu. Nach unserem letzten Spiel am späten Nachmittag laden die Sponsoren uns Spieler und die Familien zu einem exklusiven Abendessen ein. Wir sind etwa fünfzig Personen und genießen ein Fünf-Gänge-Menü, dessen absoluter Höhepunkt ein sensationell gutes Roastbeef ist. Ich esse so viel davon, dass noch nicht einmal Platz für den Nachtisch bleibt, aber das macht nichts. Vom Restaurant aus fahren wir mit zwei Taxen zu Haydens Elternhaus, wo wir übernachten. Haydens Adoptiveltern haben ihm und Claire im Dachgeschoss eine moderne Wohnung eingerichtet, Taylor wohnt mit seiner Frau Chelsea nur ein paar Blocks weiter. Wir trinken noch ein Glas Wein zusammen, plaudern über die vergangene und die kommende Saison und klammern das Thema aus, das Jonas und mich im Moment so stark belastet.

Am Sonntagmorgen geht es im KO-System weiter, die jeweils ersten beiden Mannschaften der Gruppen sind noch im Turnier. Jetzt stehen die Viertelfinalspiele an und wir haben es mit Jordans Teampartner zu tun. Colin erinnert mich in der Spielweise an Robin. Das ist mir gestern schon aufgefallen, als ich ihn während eines Spiels beobachten konnte. Sein Vater spielt noch besser als Jordans, trotzdem können wir sie besiegen und sind im Halbfinale.

Zum Glück treffen wir weder auf Hayden noch auf Taylor, sondern auf Brandon, der aktuell U-23-Jugendnationalspieler ist und den Robin schon mehrmals besiegt hat. Wer von Robin geschlagen wird, dürfte es gegen Jonas und mir auch nicht allzu leicht haben, lautet die Devise, die Jonas vor dem Startpfiff ausgibt. Selten hat er so sehr recht behalten wie diesmal, wir schicken Brandon und seinen Dad ins Spiel um Platz drei, wo die Jungs auf Taylor treffen.

Bevor Taylor aber Brandon auseinandernehmen kann, hat der Sponsor dieser Veranstaltung seinen großen Auftritt. Er verteilt kleine Geschenke an die ausgeschiedenen Teams, hält eine endlose Rede und langweilt am Ende sogar sich selbst damit. Glaube ich zumindest, oder was soll es bedeuten, dass er zum Schluss seines Monologs herzhaft gähnt? Die Pause dauert etwa eine halbe Stunde und während dieser halben Stunde schöpfen Brandon und sein Dad immerhin so viel Kraft, dass sie Taylor samt Papa gleich mal den ersten Satz abnehmen. So dusselig, wie Taylor jetzt aus der Wäsche schaut, möchte ich ihn mal erleben, wenn er gegen Ben und mich spielt. Er steht da wie jemand, dem gerade der letzte Nachtbus vor der Nase weggefahren ist und dem jetzt auffällt, dass er deshalb mindestens achtzehn Trillionen Kilometer zu Fuß nach Hause gehen muss – bei Regen, Minusgraden und eisigem Wind. Der zweite Satz aber ist mörderisch spannend und geht letzten Endes an Taylor. Satz drei, der die Entscheidung bringen soll, ist deutlich weniger zum Fingernägelknabbern: Taylor gewinnt zu sieben und belegt bei diesem Turnier den dritten Platz.

Jetzt sind wir am Start und hoffen, dem fairen Publikum ein tolles Spiel bieten zu können. Als wir aber schon im ersten Satz deutlich in Führung gehen, bremst mich Jonas etwas: "Junge, meinst du nicht, wir sollten es ein wenig spannender machen?"

"Wieso?", frage ich verblüfft. Ich will gewinnen, das ist immer so.

"Na ja, ich meine, Hayden ist doch sozusagen der Gastgeber, oder?"

"Na und?"

"Ich finde, er sollte dieses Turnier gewinnen."

"Du willst ihn gewinnen lassen?"

"Wäre doch eine nette Geste, oder?"

"Der dreht dir den Hals um, wenn er merkt, dass du ihn absichtlich gewinnen lässt."

"Meinst du?"

"Na klar. Niemand gewinnt gern gegen jemanden, der sich nicht angestrengt hat. Das macht keinen Spaß. Unglaublich, dass ich dich daran erinnern muss."

Als wir nach unserem Satzgewinn die Seiten tauschen, nehme ich Hayden – und somit auch meinen Dad – mal ein wenig auf den Arm: "Hayden, mein Dad hat mir einen Sportwagen versprochen, wenn ich gewinne. Hast doch nichts dagegen, oder?"

"Kein Ding!", grinst Hayden, Jonas rollt nur die Augen und ich habe Aufschlag. Und gleich einen Punkt. Jawollo!

Wir liegen zu Beginn des Satzes vorn, aber dann nimmt Hayden die Auszeit, bespricht sich mit seinem Vater und haut uns danach die Bälle nur so um die Ohren. Was ist denn das für eine neue Strategie?

"Spendiert dein Dad auch ein neues Auto?", rufe ich über das Netz. Hayden grinst: "Ich brauche keinen Anreiz, ich mache euch auch so platt."

Das stimmt allerdings, er macht uns genauso platt, wie wir ihn und seinen Adoptivvater im ersten Durchgang. Wie im Spiel um Platz drei muss also auch hier der dritte Satz die Entscheidung bringen. Vorher gönnen wir uns allerdings eine zweiminütige Pause, trinken etwas, essen eine Banane und sind bereit für die nächsten fünfzehn Punkte, die Hayden allerdings vor uns sammelt und deshalb das Turnier gewinnt. Jonas und ich gratulieren als Erste, lassen uns dann zum zweiten Platz beglückwünschen, sehen uns den Scheck an, den wir überreicht bekommen und reichen ihn gleich an Hayden weiter. Schließlich ist dies hier ein Benefiz-Turnier und Hayden einer unserer besten Freunde. Nach dem Endspiel sind wir noch zum Essen eingeladen, aber Jonas hat schon das Handy in der Hand und sucht die nächstbesten Flugverbindungen. Deshalb duschen wir nur kurz und sind bald auf dem Weg zum Flughafen. Jonas fliegt vor mir ab, sein Ziel ist natürlich Malmö, ich fliege nach Hamburg und übernachte bei Mama. Ella und die Kinder sind leider schon wieder nach Kiel zurückgefahren.

Johannes holt mich vom Flughafen ab und entschuldigt sich für Mama und Greta. Beide sind krank und liegen im Bett. So habe ich die Möglichkeit, mit Johannes mal so richtig von Mann zu Mann zu reden.

Am Montagmorgen stehe ich allein auf. Johannes hat Spätdienst, Mama und Greta sind immer noch krank. Ich koche ihnen einen Tee, aber mehr wollen sie nicht. Dann fahre ich zum Bahnhof und löse eine Fahrkarte nach Kiel, wo mich Ella aufgeregt am Bahnhof abholt. "Benni-Two wird heute aus dem Koma geholt", ruft sie mir gleich entgegen. Wow! Das sind wirklich mal gute Neuigkeiten. Natürlich machen wir uns direkt auf den Weg ins Krankenhaus, aber als wir ankommen, haben wir das Beste schon verpasst – Benni-Two ist bereits wach. Er sieht etwas verwirrt aus, ist aber durch die Schmerzmittel sehr müde und schläft bald wieder ein. Am Dienstag aber ist er gerade wach, als Ben und ich sein Zimmer betreten. Müde sagt er: "Papa!", und Ben ist in Nullkommanix an seinem Bett. Dann fällt Benni-Twos Blick auf Mimos Piratenschiff und er wundert sich: "Mimos Schiff?"

"Ja", antwortet Ben schniefend. "Mimo hat dir sein Schiff geschenkt."

"Oh!", staunt Benni-Two, was ich ihm nicht verdenken kann. Ich bin ja immer noch selbst überrascht angesichts der Großzügigkeit meines Sohnes.

Natürlich ist Benni-Two immer noch sehr müde und schläft immer wieder ein, aber im Laufe des Tages haben alle Sandhausbewohner, die nicht gerade in Malmö sind, die Gelegenheit, ihn für ein paar Minuten wach zu erleben. Am Ende dieses Tages sind wir alle so glücklich, dass wir spontan beschließen, auf Benni-Twos baldige Genesung unbedingt anstoßen zu müssen. Frauke holt Gläser, Ella den Sekt aus dem Keller und ich mische eine Apfelschorle für die Kinder, die wir ebenfalls in Sektgläser füllen. Mimo ist natürlich sofort begeistert. Er glaubt, dass wir eine Party feiern und will den Grund dafür wissen.

"Benni-Two ist bald wieder gesund", erkläre ich ihm den Grund, der meinen Sohn zum Strahlen bringt: "Dann können wir wieder spielen?"

"Ja", verspricht Frauke. "Bald könnt ihr wieder spielen."

Das bringt Mimo natürlich sofort auf die Idee, Pläne zu schmieden: "Wir spielen mit dem Schiff im Garten."

"Genau!", freut sich Ella mit ihm und Hanna ist auch ganz aufgeregt, weil sie unsere aufgekratzte Stimmung bemerkt. "Ja!", ruft sie immer wieder und hüpft vor lauter Freude. Dies ist ein schöner Tag und es ist fast schade, dass er so schnell vorbei ist. Aber nachdem wir die Kinder ins Bett gebracht haben, zieht sich auch Frauke zurück. Sie will noch lesen und lässt Ella und mich allein. Ich rufe noch einmal in Schweden an, um Jonas und Ida von Benni-Two zu erzählen. Das haben wir in unsere Euphorie bisher ganz vergessen und holen es jetzt nach. Ida, die ich am Telefon habe, weint vor lauter Erleichterung. Auch Ella und ich beenden jetzt den aufregenden Tag, der mit jeder Sekunde besser wurde.

Die nächste Überraschung folgt am Mittwoch: Ben wird nach der Visite entlassen. Weil ich selbst gerade mit dem Krafttraining durch bin, hole ich ihn am Krankenhaus ab. Zu Hause werden wir schon erwartet, Frauke hat eine Torte gebacken, die wir gleich zum Mittag essen. Mimo glaubt, dass wir schon wieder eine Party feiern, und läuft ins Wohnzimmer, um die Sektgläser zu holen. Lachend hält Ella ihn auf und lockt ihn wieder an den Küchentisch.

Ben verfrachten wir auf das Sofa in meinem Wohnzimmer, aber dort hat er nicht so richtig Ruhe, weil Mimo ihn ständig löchert, wann Benni-Two denn nun endlich nach Hause kommt. Weil das für Ben nicht unbedingt gut ist, nimmt Ella Mimo zum Einkaufen mit. Strahlend kehrt er mit einer großen Tafel Schokolade zurück, die er mit Hanna und Ben teilt.

Am Donnerstag allerdings ist es schon wieder vorbei mit der guten Stimmung im Sandhaus. Grund dafür sind Mimos Freunde aus dem Kindergarten ... oder eher: deren Mütter. Einige dieser selbsternannten Supermamis mussten ihren Kindern nämlich unbedingt erzählen, wie schlecht es Benni-Two geht und die Kinder haben natürlich bei Mimo nachgefragt. Deshalb ist er am Donnerstagnachmittag ganz traurig und glaubt uns nicht, dass es Benni-Two inzwischen deutlich besser geht. Natürlich ist uns klar, dass es jetzt an der Zeit ist, Mimo mit ins Krankenhaus zu nehmen. Vorsichtshalber fragen wir aber den Arzt, der uns nach einem kurzen Zögern grünes Licht gibt. Mimo ist natürlich schrecklich aufgeregt. Nach so vielen Wochen sieht er endlich seinen Freund wieder, denn wir waren ja erst in Schweden bei Farmor und Farfar, anschließend mit Hayden und Claire auf Mallorca und dann passierte schon der Unfall. Deshalb kann ich Mimos Aufregung voll und ganz verstehen. Zum Glück ist Benni-Two gerade wach, als ich mit meinem kleinen Sohn das Zimmer betrete. Aber obwohl Mimo Baby während der ganzen Herfahrt euphorisch gequasselt hat, ist er jetzt vollkommen eingeschüchtert. Deshalb nehme ich ihn behutsam auf den Arm und stelle mich an Benni-Twos Bett. Die Jungs starren sich minutenlang an, dann bricht Benni-Two das Schweigen: "Hallo Mimo."

"Hallo Benni-Two", antwortet mein Sohn schüchtern.

"Ich habe dein Piratenschiff."

"Ja, ich habe ein neues."

"Darf ich damit auch mal spielen?"

"Okay."

Dann schließt Benni-Two schon wieder die Augen, ich erkläre meinem Sohn, dass sein Freund müde ist und jetzt schlafen muss. Das versteht er und ich glaube, er ist auch erleichtert, dass wir das Krankenzimmer so schnell wieder verlassen können. Auf dem Rückweg kaufe ich ihm noch ein Eis zum Trost, aber im Sandhaus angekommen, ist er schon wieder ganz vergnügt. Er läuft gleich in sein Zimmer und malt ein Bild für Benni-Two. Es ist zwar schwer zu erkennen, was er da fabriziert hat, aber er klärt uns schnell auf, dass es sich dabei um sein neues Schiff handelt. "Er muss doch wissen, wie es aussieht", erklärt unser Sohn ernsthaft. Das stimmt natürlich!

Am Abend, als es ruhig wird im Sandhaus, habe ich endlich mal wieder die Gelegenheit, meinen Gedanken nachzuhängen. Frauke ist nämlich schon in ihrem Zimmer, Ella ist mit einer Freundin in der Stadt und ich bin allein im Wohnzimmer. Benni-Twos Zustand geht mir natürlich durch den Kopf. Mit jedem Tag geht es ihm besser und ich bin sicher, dass er bald nach Hause kommen darf. Ben ist natürlich noch nicht ganz der Alte. Er zieht sich oft zurück, aber ich suche und finde ihn meistens schnell, dann reden wir ... oder wir schweigen. Auch das hilft ihm. Linda ist bald stabil genug, um nach Kiel transportiert zu werden, dann kehren auch Ida und Jonas ins Sandhaus zurück und meine Familie ist nicht mehr länger getrennt. Ich warte sehnsüchtig auf diesen Tag. So endet der September, der Oktober beginnt und damit die Uni ... und der Herbst, vor dem ich immer noch eine schreckliche Angst habe.

Zur gemeinsamen Sandhausüberraschung begleitet mich Ben am ersten Unitag nach Kiel. Er spricht von Ablenkung und ist komischerweise sogar richtig bei der Sache. Die Ablenkung funktioniert super, aber nach der Uni fährt er sofort ins Krankenhaus. Abends, wenn ich vom Training zurückkomme, ist er oft noch wach. Manchmal sehe ich in seiner Wohnung Licht, aber heute sitzt er auf der untersten Treppenstufe und wartet auf mich.

"Ben", sage ich überrascht. Ich habe wirklich nicht damit gerechnet, ihn hier anzutreffen.

"Können wir reden?", fragt er leise.

"Ja. Natürlich!"

"Ich habe Angst."

"Kann ich verstehen, ich habe auch Angst", gebe ich zu und setze mich neben ihn.

"Wegen Linda, meine ich."

"Hmmm ... ja, ich auch."

"Was ist, wenn sie nicht mehr aufwacht?"

"Das wird sie. Johannes hat es versprochen, und ich vertraue ihm."

"Und was ist, wenn sie aufwacht?"

"Dann feiern wir eine Party!"

"Und was ist, wenn sie nicht mehr die alte Linda ist?"

"Alles wird gut, Ben. Ich bin mir da ganz sicher."

"Sie wird mir Vorwürfe machen."

"Wird sie nicht. Es ist nicht deine Schuld."

"Ich hätte besser aufpassen müssen."

"Du hattest gar keine Chance, das hat die Unfallforschung doch ergeben. Und die Polizei hat es auch so gesagt."

"Vielleicht habe ich den Kindersitz nicht richtig befestigt."

"Da war alles in Ordnung, Ben. Sonst hätten wir es längst erfahren."

"Vielleicht habe ich Benni-Two nicht richtig angegurtet."

"Er war perfekt gesichert, Ben. Das ist sicher!"

"Vielleicht glaubt sie es aber nicht."

"Dann fliegen wir die schwedischen Polizisten hier ein. Denen wird sie glauben."

"Was ist, wenn sie uns nicht mehr nerven kann?"

"Das wird sie. Du hast mein Wort darauf."

"Wie oft hat sie mich blamiert? Wie oft haben wir uns alle angesehen, die Augen gerollt und einstimmig gestöhnt, weil sie sich mal wieder eine Panne geleistet hat? In Zukunft werde ich ihr alles durchgehen lassen. Alles!"

"Ich auch."

"Meinst du, sie wird uns bald wieder ärgern?"

"Da bin ich mir ganz sicher!"

"Wie sicher?"

"Zu hundert Prozent!"

"Und Benni-Two? Meinst du, er wird ein Volleyballer?"

"Ja! Ganz sicher. Er hat es in den Genen, das weißt du doch!"

"Aber seine Beine ..."

"Sie werden heilen."

"Und wenn nicht ... meinst du, Mimo bleibt trotzdem sein Freund?"

"Natürlich! Daran darfst du überhaupt nicht zweifeln."

"Aber Mimo ist dann ständig unterwegs, hat Training, Trainingslager, Turniere, so wie wir. Er ist dann jedes Wochenende unterwegs und Benni-Two ist zu Hause."

"Das wird nicht passieren."

"Mein Auto ist Schrott. Ich weiß, das ist das allerkleinste Übel, aber ich habe es doch von Papa geschenkt bekommen, erinnerst du dich?"

"Klar erinnere ich mich."

"Es war an unserem ersten Sandhaustraditionsweihnachtsfest."

"Ja. Ich kann mich noch genau an dein Gesicht erinnern. Du warst mächtig erstaunt. Ich glaube, du hattest dir nur eine neue Winterjacke gewünscht, oder? Und dann hat Martin dir dieses kleine Päckchen gegeben."

"Gott, ich vermisse ihn so sehr!"

"Ja ... ich auch!"

"Stell dir vor, wir wären alle gestorben."

"Sag das nicht, Ben!"

"Stell dir vor, Linda wäre gestorben – deine Lieblingsschwester."

"Bitte, Ben! Daran möchte ich nicht denken."

"Ida hätte es nicht verkraftet. Sie hat schon genug Kinder verloren."

"Ich weiß. Und Jonas auch."

"Wenn Benni-Two es nicht geschafft hätte, dann ..."

"Hör auf, Ben. Bitte!"

"Linda wäre wahnsinnig geworden und ich auch."

"Benni-Two geht es gut!"

"Und was ist mit mir? Wenn ich gestorben wäre, hätte Mama niemanden mehr."

"Ben!"

"Du hättest dich um sie gekümmert, oder?"

"Natürlich!"

"Das ist gut. Danke, Domi. Aber du hättest dich auch um Benni-Two gekümmert, oder?"

"Ja. Natürlich! Das musst du doch nicht fragen."

"Ich weiß. Entschuldige."

"Schon gut."

"Bist du müde?"

"Nein, wir können ruhig noch reden, wenn du willst."

"Ja, ich habe einen Plan."

"Ja?"

"Ja. Ich weiß, damit rechnet jetzt wahrscheinlich niemand, aber ich möchte so schnell wie möglich wieder trainieren."

"Das finde ich gut!"

"Ja? Ich dachte, du machst mir die Hölle heiß!"

"Nein, du brauchst dringend Ablenkung. Die Uni scheint dir jedenfalls zu helfen."

"Ja, ist auch so! Also, ich denke, ich fange mit Joggen an ... oder mit Schwimmen? Was meinst du?"

"Vielleicht versuchst du es mit der halben Joggingstrecke. Ich ändere unsere Route. Wir kommen auf halber Distanz wieder am Sandhaus vorbei und nehmen dich mit in die zweite Runde. Wie hört sich das an?"

"Super."

"Morgen ist Schwimmtag. Wenn du Lust hast, nehme ich dich mit."

"Wer kontrolliert denn im Moment deine Zeiten?"

"Amy."

"Oh!"

"Sie lässt mich im Moment mit allem in Ruhe."

"Ab morgen passe ich wieder auf dich auf."

"Wird auch Zeit", grinse ich und Ben grinst zurück: "Allerdings."

"Was planst du noch so?"

"Privat meinst du?"

"Hmmm."

"Nichts! Privat kann ich im Moment überhaupt nichts planen, deshalb klammere ich mich ja so an den Sport. Privat muss ich einfach abwarten, was passiert."

"Ah! Da fällt mir was ein! Das habe ich ganz vergessen, verdammt!"

"Was denn?"

"Ich habe neulich mit einem Typen aus Berlin gesprochen."

"Oh! Wollten die dich abwerben?"

"Mich nicht, aber dich."

"Im Ernst?"

"Ja."

"Was hast du ihm gesagt?"

"Ich habe versprochen, dass du dich meldest. Tut mir wirklich leid, aber ich habe es einfach vergessen."

"Egal, es geht ja sowieso nicht."

"Hmmm."

"Ich bleibe hier bei Linda, ist doch klar."

"Ja, das dachte ich mir."

"Außerdem gehe ich nicht ohne dich."

"Hmmm."

"Du weißt doch, dass ich ohne meinen siamesischen Zwilling auf dem Feld zu nichts tauge."

"Ja, ja!"

"Aber cool wäre es schon."

"In der Meistermannschaft zu spielen?"

"Ja."

"Wir werden einfach mit Kiel Meister."

"Dann müssen wir aber Gas geben. Wir haben beide Trainingsrückstand."

"Du mehr als ich", grinse ich.

"Das bleibt aber nicht so", antwortet Ben, klopft mir auf die Beine und erhebt sich mühsam. "So, Bettzeit!"

"Nacht, Ben."

"Nacht, Boss."

Am nächsten Morgen, dem Donnerstag, dreht Ben mit uns die zweite Runde unserer neuen Joggingstrecke und am Abend kommt er sogar mit ins Schwimmbad. Allerdings schwimmt er deutlich langsamer und auch nicht so viele Bahnen, aber das macht nichts. Zumindest ist er nach dem Schwimmen so gut drauf, dass er noch mit mir in die Bar will, aber ich lehne ab und schlage alternativ vor, im Sandhaus noch ein wenig in der Küche zu quatschen. Das Gespräch an diesem Abend ist angenehm locker, wir reden über alte Zeiten, vor allem über die Jahre im Internat und unsere Erfolge, die wir bisher schon eingefahren haben. An diesem Abend schieben wir alle Ängste und Sorgen beiseite.

Der nächste Tag hält eine Überraschung für uns bereit: Benni-Two geht es deutlich besser und wenn er sich weiter so gut erholt, soll er am Montag entlassen werden. Natürlich freut sich Mimo wie ein Schneekönig, aber wir machen ihm gleich klar, dass Benni-Two noch nicht mit ihm toben kann. "Er wird sich aber freuen, wenn du ihn so oft es geht in seinem Zimmer besuchst", tröste ich ihn.

"Ich kann mein Bett in sein Zimmer stellen!", bietet er gleich an.

"Später vielleicht, ja? Benni-Two wird wahrscheinlich noch ganz viel schlafen."

"Aber wenn er wieder gesund ist, dürfen wir wieder draußen spielen, ja?"

"Na klar, Pirat."

Am Wochenende bereiten wir alles für Benni-Twos Rückkehr vor. Wir bauen in meinem Wohnzimmer ein Bett für ihn auf, damit er tagsüber nicht allein ist. Nachts wird er in seinem Zimmer schlafen und Mimo sucht schon mal die CDs mit seinen Lieblingspiratengeschichten heraus, schleppt seinen Player ins Wohnzimmer und baut alles ordentlich auf dem kleinen Beistelltisch auf, den Frauke neben das Bett gestellt hat. Dann wartet er ungeduldig auf Benni-Twos Rückkehr. Am Montagmorgen weigert er sich sogar, in den Kindergarten zu gehen, weil er die Ankunft seines besten Freundes nicht verpassen will, aber wir machen ihm klar, dass Benni-Two erst nach Hause kommt, wenn er selbst längst zurück ist. Schließlich müssen wir ja noch die Visite abwarten und wollen ihn nach der Uni abholen.

Schon die Autofahrt macht den Kleinen schrecklich müde. Schlafend muss ich ihn ins Haus tragen, weil Ben es sich selbst nicht zutraut. Er hat Angst, dass er seinen Sohn nicht richtig halten kann, dass er irgendetwas falsch macht. Deshalb bin ich es, der Benni-Two die Treppenstufen zur Haustür hinaufträgt und auf sein neues Tagesbett in meinem Wohnzimmer legt. Mimo ist sofort an seiner Seite und tief enttäuscht, dass sein Piratenkumpel schläft. Aber mein Sohn entscheidet kurzerhand, dass er dann auch einfach ein Nickerchen machen wird. Er holt sein Bettzeug und macht es sich auf dem Sofa bequem, während wir uns in die Küche verziehen und immer wieder lächeln müssen, wenn wir Mimo im Zweiminutentakt flüstern hören: "Benni-Two? Bist du bald wach?"

Benni-Two wacht allerdings erst um sechs Uhr auf. Er blinzelt verwirrt und ruft dann leise: "Papa?" Sofort ist Ben bei ihm und Mimo natürlich auch. Selbst Hanna schleicht sich schüchtern ins Wohnzimmer, will aber sofort auf meinen Arm. Ben beruhigt seinen Sohn, der verwirrt ist,

89

aber dann trägt er ihn in die Küche, denn Frauke hat zur Feier des Tages Benni-Twos Lieblings-essen gekocht. Nach dem Essen wird der Kleine vorsichtig von Frauke und Ella gebadet, während Ben und ich Mimo trösten müssen, weil er nicht mitbaden darf. Nach dem Bad ist Benni-Two so erschöpft, dass er schon beim Abtrocknen wieder einschläft und direkt ins Bett in seinem Kinderzimmer gelegt wird.

Am nächsten Tag geht es dem Patienten deutlich besser. Er steht zu jeder Mahlzeit auf und die Zeit, die er mit uns in der Küche oder mit Mimo beim Spielen verbringen kann, wird von Tag zu Tag länger. Am Freitag in dieser Woche geht er zum ersten Mal mit Frauke, Ella, Mimo und seinen Gehhilfen spazieren, während ich mit Hanna zum Kontrolltermin beim Kinderarzt fahre.

Die Woche verlief richtig gut, aber dieses Wochenende geht es nochmal richtig rund: Die Saison beginnt mit einem Heimspiel gegen Haching.

Kapitel 6

Heimspiel

Bei unserem ersten Spiel der Volleyballsaison wollen uns am Samstagabend rund tausend Zuschauer in unserer Halle siegen sehen. Das wird nicht leicht, denn unser Gast ist aus Bayern und
gehört zu den Topmannschaften der Liga! Ich selbst habe immer noch Trainingsrückstand,
deshalb stehe ich nicht in der ersten Mannschaft. Ben hatte bisher noch nicht die Erlaubnis
unseres Teamarztes, wieder ins Training einzusteigen, aber Robin und Timm vertreten das
Sandhaus ziemlich gut. Wir verlieren das Spiel zwar deutlich, doch Robin macht viele starke
Punkte und Timm dirigiert den Annahmeriegel ohne großartige Aussetzer. Das muss natürlich
gefeiert werde, aber eine kleine Feier hatten wir an diesem Abend sowieso geplant. Ella hatte
nämlich vor kurzem ihren dreißigsten Geburtstag, den sie verständlicherweise nicht feiern
wollte, weil wir Lindas Geburtstag fünf Tage vorher auch nicht feiern konnten. Heute aber ist sie
dazu bereit. Wir stoßen mit Sekt an, essen das gelieferte Essen aus dem Landmanns und sitzen
lange vor dem Kamin. Als sich aber alle in ihre Betten verabschiedet haben, mache ich Ella ein
Versprechen: "Nächstes Jahr feierst du richtig groß, Engel."

"Das muss aber nicht sein."

"Doch, oder wir beide feiern allein."

"Ja, das wäre mir lieber."

Am Sonntag ruft Ben in Schweden an und hört unglaubliche Nachrichten: Linda geht es mit
jedem Tag besser. Sie soll jetzt langsam aus dem Koma geholt werden und es ist keine Frage,
dass Ben sofort zu ihr will. Allerdings will er Benni-Two nicht alleinlassen und ist demzufolge
in einer ziemlich argen Zwickmühle. Ella macht ihm deshalb einen ziemlich logischen Vorschlag: "Frauke kann dich fahren. Domi und ich kümmern uns um Benni-Two. Ihr kommt
einfach so schnell wie möglich zurück, ja?"

"Ja", verspricht Ben, sucht seine Mutter, packt einen Koffer und ist bald mit Frauke Richtung
Schweden verschwunden. Knapp sechs Stunden später ruft er bereits an und die Neuigkeiten
sind wirklich super: Die Ärzte glauben, dass Linda wieder vollkommen gesund wird. Die ganze
Woche über meldet er sich regelmäßig, vor allem, weil er mit Benni-Two sprechen will. Am
Freitagabend kehren Frauke und Ben aus Malmö zurück. Ich bin zu diesem Zeitpunkt allerdings
auf dem Weg nach Rottenburg, wo wir am Samstagnachmittag unser nächstes Spiel bestreiten.
Die Fahrt dauert verkehrsbedingt über acht Stunden, wir laufen anschließend noch und gehen
gemeinsam essen. Ich hole mir später eine Massage von Amy ab und dann ist auch schon Feierabend für heute.

Am Samstagmorgen hole ich mir Anfeuerungswünsche von Ben und Jonas ab. Ich bin inzwischen nämlich wieder voll im Training und habe eine Spielgarantie für heute. Das Spiel läuft richtig gut. Zwar verlieren wir erneut, aber wir zwingen das Team in den Tie-Break und jeder Satz endet knapp ... leider zu unseren Ungunsten. Um acht Uhr fahren wir zurück und ich falle um sechs Uhr am Sonntagmorgen ins Bett. Zum Glück lassen mich alle ausschlafen, aber am Nachmittag fordern mich meine Kinder. Spaß ist angesagt!

Am Montag beginnt bereits die dritte volle Oktoberwoche, langsam ändert sich das Wetter, deshalb beginnt Ella mit ihrer Lichttherapie. Ben startet ins Training. Am Donnerstagabend erhalten wir einen Anruf, der das ganze Sandhaus zum Jubeln bringt: Linda soll am Montag nach Kiel verlegt werden. Wir haben ein Heimspiel am Samstag gegen Friedrichshafen, ein weiteres Topteam der Liga, und fahren unsere dritte Niederlage im dritten Spiel ein.

Der Frust ist allerdings am Montag vergessen, als wir erfahren, dass Linda heil in Kiel angekommen ist und inzwischen ihr Zimmer bezogen hat. Kurz nach dem Anruf kehren auch Jonas und Ida ins Sandhaus zurück und strahlen geschafft, aber glücklich. Sie umarmen Benni-Two und Ben, dann uns alle und am Ende umarmen sich Ida und Frauke, die beiden Mütter, die endlich ihre Angst abschütteln können, dass ihre Kinder an diesem Unglück und dessen Folgen zugrunde gehen könnten. Jetzt wird alles gut! Es muss einfach!

Der Zeitpunkt ist wirklich glücklich, denn so können wir Robins einundzwanzigsten Geburtstag feiern, der schon auf eine Party verzichten wollte. Aber nun, da es Linda so gut geht, gehen ihm die Argumente aus. Leider organisiert Alexandra die Party, deshalb feiern wir in Kiel im stylishen Ambiente und versuchen, Alexandra aus dem Weg zu gehen, was auch gelingt. Der Tag ist im Großen und Ganzen ein Erfolg.

Auch Ellas Therapie verläuft großartig, sie hat noch nicht ein einziges Mal während dieses Herbstes von Mallorca gesprochen, obwohl das Wetter im Moment alles andere als super ist. Ich bin der Meinung, das müssen wir feiern und lade sie am Donnerstagabend zu unserem Lieblingsspanier ein. Ich schwänze dafür sogar meine Schwimmstunde, aber weil sie freiwillig ist und nicht zum Trainingsplan gehört, kann schließlich niemand etwas dagegen sagen. Wir genießen ein Weltklasse-Menü und trinken dazu einen schweren Rotwein. Ich habe so was Ähnliches schon befürchtet, deshalb sind wir gleich mit dem Taxi gefahren. Beim Nachtisch spreche ich endlich das Thema an, das mir schon seit langer Zeit unter den Nägeln brennt: "Ich bin froh, wie deine Lichttherapie verläuft."

"Ich auch. Schade, dass wir im letzten Jahr noch nichts davon wussten. Es hätte uns einigen Stress erspart."

"Ja, das stimmt."

"Mir ist übrigens auch etwas an dir aufgefallen."

"Positiv oder negativ?"

"Eindeutig positiv."

"Aha ... was denn?"

"Na ja, es gab ja ordentlich Stress seit August, oder?"

"Ja, allerdings!"

"Du hast bestimmt oft Angst gehabt, oder?"

"Eigentlich ständig."

"Und du hast dir ganz bestimmt oft Sorgen gemacht."

"Rund um die Uhr."

"Erstaunlich, oder?"

"Dass ich mir Sorgen gemacht habe?"

"Nein, ich meine, es ist doch erstaunlich, dass du nicht ein einiges Mal Bauchschmerzen hattest, oder? Seit Wochen erleben wir im Sandhaus eine Achterbahnfahrt der Gefühle, aber ich habe nie bemerkt, dass sich dein Bauch meldet."

"Stimmt!", antworte ich überrascht. Es ist verrückt, aber bisher ist mir das gar nicht aufgefallen.

"Das scheint dich zu wundern."

"Ja! Tut es auch. Ich habe es gar nicht bemerkt."

"Das ist doch mal eindeutig etwas Gutes, oder?"

"Absolut!"

"Es geht bergauf, Chico!"

"Scheint fast so."

"Ob wir das überhaupt aushalten?", fragt Ella grinsend.

"So ganz ohne Ärger, Stress und Sorgen?", grinse ich zurück.

"Unwahrscheinlich, oder?"

"Fast schon unmöglich, würde ich mal sagen." Wir lachen laut und ziehen damit die Aufmerksamkeit der anderen Gäste auf uns, aber dann sagt Ella: "Trotzdem musst du mir erlauben, nach Mallorca zu fliegen, wenn der Erfolg mit der Lampe nicht anhält."

"Ella!"

"Bitte, Chico. Diese Gewissheit muss ich einfach haben."

"Verdirb uns doch nicht den Abend, Engel."

"Versprich es mir."

"Bis eben fand ich den Abend richtig toll", schmolle ich, aber Ella sieht mich so verliebt an, dass ich natürlich einknicke und ihr mein Versprechen gebe. In diesem Moment tue ich es sogar von Herzen gern, ich liebe es nämlich, wenn Ella mich so ansieht. Das verspricht meistens eine romantische Nacht. Vorsichtshalber diktiere ich ihr gleich meine Bedingungen: "An Weihnachten bist du aber zu Hause, Ella. Weihnachten feiern wir alle im Sandhaus."

"Natürlich!", gibt sie sofort nach. "Sonst können wir ja gar nicht unsere Tradition fortführen."

"Danke, Ella."

"Hey, darauf möchte ich selbst nicht verzichten. Weihnachten ist Sandhauszeit, da gibt es keine Diskussion."

"Was ist eigentlich mit deinen Eltern?"

"Die laden wir nicht ein."

"Ich meine, vermisst du sie nicht manchmal?"

"Nein, überhaupt nicht. Wieso auch? Ich habe doch dich und unsere Kinder."

"Du bist die Beste, Ella."

"Hmmm. Ich weiß!"

Am Freitagmorgen habe ich natürlich arge Schwierigkeiten, mich aus dem Bett zu pellen, aber Ella sagt meine Joggingrunde ab und gönnt mir so eine weitere Stunde Schlaf. Rechtzeitig zum Frühstück stehe ich auf der Matte, beim Krafttraining bin ich schon wieder richtig fit und am nächsten Tag, dem Samstag, schlafen wir aus. Um zehn allerdings sind wir schon auf dem Weg nach Moers zu unserem nächsten Spiel. Wir haben die ganze Woche gut trainiert und bis auf Ben sind alle am Start. Ein Sieg liegt in der Luft, ich kann es beinahe riechen und die mitgereisten Kieler behaupten sich lautstark gegen die Moerser Zuschauer.

Das Spiel selbst beginnt allerdings äußerst zäh, mannschaftlich gesehen sind wir wahrscheinlich gleich stark, was sich auch darin widerspiegelt, dass sich im ersten Satz niemand von uns absetzen kann. Erst spät erspielen sich die Moerser eine Zweipunkteführung und gewinnen Satz eins. Auch im zweiten Satz gehen sie gleich zu Anfang in Führung, aber wir lassen nicht nach und kämpfen uns immer wieder ran. Erst als Timm und Micha ihre Angaben bis nach Timbuktu pfeffern, ist der Satz für uns nicht mehr zu retten und geht ebenfalls an die Heimmannschaft. Aber wir geben nicht auf und legen noch einen Zahn zu ... vielleicht sogar zwei, denn wir gehen gleich ordentlich in Führung, was die Moerser zu einer frühen Auszeit zwingt. Das nützt dem Team allerdings erst mal nicht viel, denn Robin blockt perfekt und York bringt drei Aufschläge durch. Wir führen jetzt mit fünf Punkten und fühlen uns schon als Satzsieger, aber dann beginnt das Desaster: Timm spielt plötzlich Murmeln oder so. Mit Volleyball hat das jedenfalls nicht mehr viel zu tun und Finn und Micha lassen sich dummerweise von diesem Chaos anstecken. Die Moerser kommen näher, überholen uns und schnappen sich Satz drei.

Nach dem Spiel bauen wir Timm, Finn und Micha sofort wieder auf, schließlich sind wir ein Team, wir gewinnen zusammen und wir verlieren zusammen. Trotzdem ist es schier zum Verzweifeln, wir waren so nah an einem Satzgewinn und es hätte unser Tag werden können. Da hilft es mir auch nicht sonderlich weiter, dass ich zum wertvollsten Spieler gewählt werde. Verlieren ist nämlich trotzdem Mist!

Zurück in Kiel gönnen wir uns erst mal einen freien Sonntag, besuchen Linda und verbringen einen faulen Nachmittag auf dem Sofa. Aber dann hat Ida die Idee, Maja zu besuchen. Ella hat allerdings keine Lust und bleibt mit den Kindern im Sandhaus, aber ich fahre mit meinem Vater und Ida nach Kiel. An Majas Grab erwartet uns eine Überraschung: Auf dem Grab liegt ein riesiges und mit Sicherheit sehr teures Gesteck. Von wem kann es sein? Robin? Nein, ich denke nicht. Robin hätte andere Blumen ausgesucht; er weiß, was Maja mochte. War Mama vielleicht irgendwann auf dem Weg ins Sandhaus hier und hat vergessen, es uns zu erzählen? Unwahrscheinlich! Denn dieses Gesteck ist frisch, höchstens ein paar Tage alt. Wir rätseln vergeblich und verabschieden uns schließlich von Maja mit dem Gedanken, dass das Gesteck vielleicht von einer Gärtnerei gebracht wurde und sich der Mitarbeiter dieser Gärtnerei einfach in der Gräberreihe vertan hat. Gerade wollen wir das Grab verlassen, als eine ältere Dame auf uns zukommt und an der Grabstelle neben Maja anhält. Sie ist hier, um um ihre Enkelin zu trauern, wie sie uns erzählt, dann spricht sie uns auf das auffällige Gesteck an: "Wer war der junge Mann, der das schöne Gesteck gebracht hat? War das ihr Vater?"

"Nein", antwortet Jonas. "Ich bin Majas Vater."

"Oh! Entschuldigung."

"Das macht nichts, wirklich! Aber ... Sie haben einen Mann gesehen, der dieses Gesteck brachte?"

"Ja."

"Können Sie ihn beschreiben?"

"Ja, ein wenig. Er war sehr klein, trug eine Sonnenbrille, obwohl die Sonne gar nicht schien."

"Wissen Sie noch mehr?"

"Er hatte eine Tätowierung und eine große goldene Uhr."

"Aha", dämmert es mir. "Können Sie die Tätowierung beschreiben?"

"Ich glaube, es war ein Auto."

"Ein roter Sportwagen?", frage ich aufgeregt.

"Ja. Genau und darunter standen vier Buchstaben."

"Love?", fragt Ida leise, die Dame nickt: "Ja, richtig. Kennen Sie den Mann?"

"Allerdings", flüstert mein Vater. "Das muss der Mensch gewesen sein, der sie totgefahren hat: Marius Körner."

"Das ist schrecklich! Wurde er denn nicht verurteilt? Müsste er nicht im Gefängnis sein?", ruft die Dame erschrocken, aber ich beruhige sie: "Machen Sie sich keine Sorgen. Das ist Jahre her, er ist inzwischen auf Bewährung frei."

"Tut mir leid", sagt sie schüchtern.

"Ist schon in Ordnung", sagt Jonas. Wir verabschieden uns und verlassen flüsternd den Fried-hof.

Auf diesen Schrecken brauchen wir erst mal einen vernünftigen Kaffee, deshalb steuern wir das nächste Bistro an, bestellen und halten Kriegsrat.

"Er hat eindeutig ein schlechtes Gewissen", eröffne ich die Partie.

"Das ist ja auch das Mindeste", schimpft Jonas, aber Ida ist anderer Meinung: "Bestimmt geht es ihm schlecht." Außerdem schlägt sie vor, dass wir Kontakt zu ihm aufnehmen sollen, aber ich bin der Meinung, dass das von ihm kommen müsste, und Jonas stimmt mir zu. Deshalb einigen wir uns darauf, dass wir nichts weiter unternehmen. Als wir aber nach Hause fahren, kommt mir eine Idee. Ich lade Jonas und Ida am Sandhaus ab, schreibe einen kleinen Brief und fahre zurück zum Friedhof. Der Brief ist beschriftet mit dem Namen des Unfallfahrers und die Nachricht ist eindeutig: "Wenn Sie Ihr Gewissen beruhigen wollen, suchen Sie uns im Sandhaus auf." Darun-ter steht noch die Adresse und für den Fall, dass er sich einen Besuch nicht zutraut, habe ich noch die Sandhausfestnetznummer aufgeschrieben. Natürlich erzähle ich meinen Leuten sofort nach der Rückkehr von diesem Brief, aber niemand macht mir einen Vorwurf, im Gegenteil. Jonas und Ida finden die Idee sogar gut.

Wir sind in der Küche versammelt, als das Telefon am Donnerstagnachmittag klingelt. Frauke nimmt ab, spricht kurz und reicht den Hörer an Jonas weiter, der erst zuhört, blass wird und anschließend sagt: "Wenn Sie möchten, dürfen Sie heute noch vorbeischauen." Er legt auf, sieht Ida und mich an und sagt: "Das war Marius Körner."

Ich schlucke, Majas Totfahrer hat sich tatsächlich gemeldet und wie es aussieht, kommt er heute noch im Sandhaus vorbei. Keine Frage, dass ich deshalb das Schwimmtraining ausfallen lasse, aber als Ben fragt, ob er ebenfalls hierbleiben soll, lehne ich ab. Das schaffen Ida, Jonas und ich schon allein ... hoffe ich zumindest.

Es dauert eine Ewigkeit und niemand erscheint. Das ärgert mich natürlich maßlos, weil ich deshalb meine Schwimmeinheit ausfallen lassen musste. Aber als ich gerade aufspringe, um als Ersatz einfach eine Runde zu laufen, klingelt es an der Tür. Ich öffne und lasse Herrn Körner ins Haus, bitte ihn, sich zu setzen, stelle ihm ein Glas vor die Nase und biete Wasser und Saft an. Dann legt er sofort los: "Sicher hassen Sie mich, das kann ich Ihnen nicht verdenken. Ich habe mich unmöglich benommen, habe im Verkehr nicht richtig aufgepasst und während der Ver-handlung war ich ziemlich arrogant. Ich war der Meinung, es könnte mir nichts passieren."

"Ich war wütend, als ich die drei Anwälte gesehen habe", gebe ich zu.

"Das war die Idee meines Vaters. Im Knast habe ich jeden Tag an das kleine Mädchen ge-dacht, obwohl ich gar nicht weiß, wie sie aussah. Ich habe sie ja kaum gesehen."

"Sie sah aus wie ein Engel", sagt Ida leise.

"Ich bin hier, weil ich mich entschuldigen möchte. Nicht für den Unfall, dafür gibt es keine Entschuldigung, aber mein Verhalten im Gerichtssaal ist mir unendlich peinlich."

"Und trotzdem haben Sie wieder ein richtig cooles Auto", werfe ich ein.

"Ich hatte direkt nach dem Gefängnisaufenthalt eines, das stimmt. Aber inzwischen habe ich es verkauft. Ich fahre nicht mehr selbst Auto."

"Oh", sagt Jonas überrascht.

"Ich hoffe, Sie können mir irgendwann verzeihen."

"Es ist lange her", murmelt Ida, ich nicke, Jonas auch.

"Das heißt ...?"

"Sie sind noch jung, kaum älter als unser Sohn und unsere ältere Tochter. Sie haben das Leben noch vor sich und sollten etwas daraus machen. Wenn Sie aufrichtig bereuen, denke ich, können wir Ihnen verzeihen."

"Es vergeht kein Tag, an dem ich mir nicht die größten Vorwürfe mache", verteidigt sich Herr Körner, aber ich denke an das Posting im Internet und hake nach: "Als uns klar wurde, dass Sie irgendwann entlassen werden, habe ich im Internet recherchiert. Ich habe ein Foto Ihres neuen Autos gesehen und gelesen, wie Sie mit diesem Auto prahlen. Das hat mich mordswütend gemacht."

"Es war eine Phase, die ich schnell überwunden habe. Ich erwarte nicht, dass sie es verstehen, aber ich war endlich wieder frei und brauchte etwas Positives. Mir ist aber schnell aufgefallen, dass die Raserei nicht mehr mein Ding war. Ich hatte ständig dieses tote Kind vor Augen. Wie gesagt – inzwischen fahre ich nicht mehr selbst."

Verlegen weicht er unseren Blicken aus, dabei bleibt er an der Fotowand hängen, weist auf ein Foto und fragt: "Ist sie das?"

Ich drehe mich um, deute auf Majas Foto und sage: "Das hier ist Maja ... war sie, meine ich."

"Sie war wirklich süß."

"Inzwischen wäre sie neun Jahre alt."

"So jung", antwortet Herr Körner mit Tränen in den Augen. Ida springt sofort auf, um ihm eine Packung Taschentücher zu reichen, ich schenke noch mal Wasser nach. Wir sitzen jetzt ziemlich verlegen in unserer eigenen Küche, denn der Mann, der uns das Liebste genommen hat, sitzt an unserem Tisch und heult. Wir haben Mitleid mit ihm und möchten ihn am liebsten trösten, aber niemandem fallen die richtigen Worte ein ... zunächst zumindest. Aber dann räuspert sich Ida und streckt eine Hand zur Versöhnung aus: "Sie haben genug gebüßt, Herr Körner."

"Können Sie mich bitte Marius nennen?"

"Natürlich. Ich heiße Ida."

"Jonas", brummt mein Vater.

"Dominik."

"Danke. Wo ist denn eure andere Tochter?"

"Linda liegt im Krankenhaus. Sie hatte einen Autounfall."

"Tut mir wirklich leid", sagt Marius erschrocken.

"Es geht ihr deutlich besser als noch vor vier Wochen."

"Erzählen Sie ihr bitte, dass ich hier war?"

"Damit sollten wir lieber noch warten."

"Ich würde jetzt gern gehen. Darf ich vielleicht irgendwann wiederkommen?"

"Ja", sagt Ida leise und begleitet unseren Gast zur Tür, auf der Schwelle allerdings dreht er sich noch einmal um und fragt: "Hätten Sie vielleicht ein Foto für mich?"

Jonas und ich schauen verblüfft hoch, aber Ida ist schon auf dem Weg nach oben, um die Fotoalben zu holen, aus denen er sich ein Foto von Maja aussuchen darf. Er nimmt eines, das mir selbst besonders gut gefällt: Maja trägt ein weißes Sommerkleid und hat Blumen im Haar. Natürlich trägt sie keine Söckchen und keine Schuhe, wie meistens im Sommer.

"Wie kommst du denn nach Hause?", frage ich.

"Ich fahre mit dem Bus."

"Ich muss sowieso noch nach Kiel, ich muss Ben am Schwimmbad abholen. Wenn du willst, nehme ich dich mit", biete ich an.

"Das wäre super!"

"Dann komm", fordere ich ihn auf, hole Jacke und Autoschlüssel und bringe unseren Gast nach Kiel. Auf dem Rückweg sammele ich Ben am Schwimmbad ein und berichte ihm von dem kurzen Besuch und der Veränderung, die Marius durchgemacht hat, seit ich seine Prahlereien im Internet gelesen habe.

"Vielleicht hat er nur geschauspielert", mutmaßt Ben.

"Nein, ich denke, das war echt. Am Ende hat er sogar geheult. Du hättest mal Ida sehen sollen, sie hätte ihn am liebsten in den Arm genommen."

"Das hätte ich nicht gepackt. Wenn jemand Benni-Two umgebracht hätte, den hätte ich gekillt. Mindestens!"

"Ida ist anders."

"Das stimmt allerdings. Und wie geht es jetzt weiter?"

"Keine Ahnung. Ich glaube, er kommt bald noch mal vorbei."

"Meinst du, ich soll es Linda erzählen?"

"Lieber noch nicht, lass uns erst mal abwarten."

Wir sind zu Hause, setzen uns noch in die Küche und unterhalten uns mit Frauke, die für den Kindergarten Kekse backt. Mimo hat morgen nämlich eine Party im Kindergarten, zu der jeder etwas mitbringen soll. Ich bedanke mich bei Frauke, dass sie Ella diese Arbeit abnimmt. Aber Frauke lächelt nur und sagt: "Das ist doch keine Arbeit, das tue ich doch gern."

"Wenn wir dich nicht hätten!", schmeichle ich ihr. Frauke grinst und hält uns die Schüsseln zum Teigschlecken hin. Manchmal behandelt sie uns wirklich noch wie kleine Kinder.

Am Freitag findet eine Party an der Uni statt, aber weil Linda nicht mitkommen kann, sagt auch Ella ab. So fahre ich mit Ben und Robin allein und genieße es mal, eine Party zu feiern, die weder bei mir zu Hause stattfindet noch ich allein finanzieren muss. Das ist mal eine nette Abwechslung. Natürlich fließt hier der Alkohol in Strömen und am Anfang langen wir auch ordentlich zu, aber dann steigen wir auf Softdrinks um, denn morgen haben wir unser Heimspiel gegen Dresden und wir wollen unbedingt siegen. Für unsere Zuschauer.

Am Spieltag komme ich verhältnismäßig easy aus dem Bett. Vor der Alkoholvernichterei haben wir nämlich ordentlich geschlemmt und uns so eine vernünftige Grundlage geschaffen. Das Spiel beginnt um acht Uhr, die gegnerische Mannschaft bringt eine enorme Fangemeinde mit, so dass wir über eintausenddreihundert Zuschauer haben. Wir gehen heute mit einem Gefühl der Unbesiegbarkeit ins Spiel, denn wir haben während der ganzen Woche perfekt trainiert. Ich selbst bin inzwischen bei meinen alten Werten angelangt und auch in der Halle lief endlich alles perfekt. Während der Trainingsspiele konnten wir unser gesamtes Spektrum zeigen, mit dem wir heute die Dresdner beeindrucken wollen.

Satz eins beginnt bilderbuchmäßig. Wir gehen sofort in Führung und spätestens jetzt schnallt jeder, dass wir heute bis in die Haarspitzen motiviert sind. Das liegt nicht nur daran, dass wir endlich aus dem Tabellenkeller raus wollen, nein, es liegt an Ben, der heute zu unserer moralischen Unterstützung den Co-Trainerposten übernommen hat und uns während der Auszeiten und Satzpausen die Trinkflaschen reicht. Wir gewinnen den Satz zu einundzwanzig und wechseln die Seiten.

Satz zwei beginnt ebenfalls erfolgreich. Ich habe Aufschlag und bringe drei Granaten in Folge durch, der vierte murmelt mir leider ins Netz und der Aufschlag wechselt. Robin allerdings steht stabil im Block, wehrt gleich den ersten Ball ab und sichert uns den Punkt. Der Satz geht zu achtzehn auf unser Konto, es steht zwei zu null. Jetzt fühlen wir uns natürlich wie die Kings, was wahrscheinlich der Grund dafür ist, dass wir etwas gemächlicher an die Sache herangehen und so den dritten Satz herschenken, was wirklich unnötig ist. Jannis ärgert sich maßlos und ich kann das vollkommen nachvollziehen. Wir holen uns in der Satzpause eine fette Predigt ab und Jannis nimmt sich die Übeltäter des Vergehens noch mal einzeln vor. Micha, Yorck und Lasse landen als Konsequenz ihrer Schusseligkeiten auf der Bank und Jannis fordert uns auf, das Spiel vernünftig nach Hause zu bringen.

Die Ansage zeigt Wirkung: Mit unseren harten Aufschlägen, der perfekten Annahme und den konsequent eingesetzten Blocks bringen wir unsere Gegner zur Verzweiflung und gewinnen Satz vier zu sechzehn. Dann ist erst mal Jubeln angesagt. Immerhin haben wir soeben unser erstes Saisonspiel gewonnen und das auch noch sehr souverän ... sieht man mal vom dritten Satz ab. Um zehn verlassen wir die Halle, aber erst kurz nach Mitternacht die Umkleiden. Sowohl Robin und Timm als auch ich sind natürlich komplett fahruntüchtig und Ben traut sich noch nicht wieder ans Steuer. Deshalb quetschen wir uns in ein Taxi, zwingen den Fahrer zu einem kurzen Stopp beim Amerikaner, versorgen uns mit Proviant und erreichen gegen ein Uhr das Sandhaus.

Natürlich steht uns am nächsten Tag wieder Aufregung ins Haus. Wäre ja auch langweilig, wenn hier mal einen Tag lang nichts passiert. Die aktuelle Aufregung ist aber positiv: Farmor und Farfar haben sich zu einem Besuch angekündigt und werden hier zur Mittagszeit erwartet. Natürlich muss jetzt ein Festmahl auf den Tisch, denn meine schwedischen Großeltern sind richtige Schlemmermäuler, deshalb holt Ida einen Rehrücken aus dem Gefrierfach und Frauke geht die Gemüsevorräte durch. Ben und ich werden zum Kartoffelschälen und Gemüseputzen eingeteilt, während Ella einen leckeren Nachtisch zaubert. Ich bin jedenfalls fest davon überzeugt, dass er lecker wird; sie verarbeitet nämlich drei Tafeln Schokolade und vier Becher Sahne, das klingt doch nach mehr! Ben und ich springen sofort auf, als Ella die fertige Masse in Dessertschälchen füllt. Wir hoffen, dass wir probieren dürfen, aber meine Frau ist eine miese kleine Verräterin – sie ruft nach Mimo, der freudestrahlend mit der Schüssel ins Wohnzimmer läuft, um sich den Rest mit Benni-Two zu teilen. Ella grinst auch noch hinterhältig, weil sie Ben und mich durchschaut hat. "Schmollt nicht", ärgert sie uns, Ben wirft ein Handtuch nach ihr und ich muss ihr unbedingt noch einen mitgeben: "Du setzt deine Prioritäten aber komisch."

"Hey, Mimo ist der wichtigste Mann in meinem Leben", grinst sie.

"Aha", lache ich. "Und was bin ich dann?"

"Du bist ein Kind, zumindest benimmst du dich manchmal so."

"Pfff", antworte ich nur und schnappe mir meine Frau. Wenn ich schon keine Schokoladencreme kriege, will ich mindestens einen Kuss – besser noch zwei. So erwischen uns meine schwedischen Großeltern, die in diesem Moment ankommen. Und weil ich offensichtlich so gut drauf bin, verzichtet Farmor darauf, meine Augenfarbe zu kontrollieren. Den Spaß will ich mir allerdings nicht entgehen lassen, deshalb starre ich sie direkt an und fordere meine Oma frech auf, mal richtig hinzusehen.

"Perfekt!", lobt sie mich und kneift mir wie ein kleines Kind in die Wange, was Ella gleich wieder zum Lachen bringt. Natürlich wollen meine Großeltern erst mal sehen, wie es Benni-Two geht, dann verteilen sie die Geschenke, die sie für die Kinder mitgebracht haben. Um halb eins essen wir und gleich danach fahren Oma und Opa mit Ben ins Krankenhaus, während Ella und ich mit den Kindern an die frische Luft gehen. Johannes hat uns für Benni-Two einen Kinderrollstuhl besorgt, in dem wir ihn schieben können – mit seinen Gehhilfen kommt er nämlich überhaupt nicht klar. Der kleine Pirat genießt den Ausflug und will unbedingt zum Hafen, wo wir Lisa treffen, meine ehemalige Internatsmutti. Natürlich muss sie den Kindern gleich Süßigkeiten kaufen, deshalb stürmen wir den Kiosk und Lisa lässt sich von den Kindern ausnehmen wie eine Weihnachtsgans. Sie schleppen Riesentüten mit Süßigkeiten nach draußen. Auf einer freien Bank finden wir alle Platz. Aber Hanna sitzt nicht lange still. Sie will mit den Möwen spielen und läuft lachend hinter ihnen her. Ich habe sie im Auge, während ich Lisas Erzählungen lausche. Sie berichtet von dem Jubiläumstreffen der Internatsschüler, das ohne uns stattgefunden hat. Wir waren zu der Zeit in Malmö im Ausnahmezustand. Danach berichtet sie von den neuen Internatsschülern, von den Erwartungen, die die Trainer an sie stellen, und von Florian, der gestern angerufen hat. Das bringt uns natürlich gleich auf Jessica und ihre Schwangerschaft.

"Jessica geht es sehr gut. Es wird ein Mädchen, das haben sich beide gewünscht."

"Sie soll Laura heißen", erkläre ich leise.

"Ich weiß. Ich finde, das ist eine schöne Idee."

"Meinst du, sie kommen vor der Geburt noch einmal nach Schilksee?"

"Darüber haben wir kurz gesprochen, aber Jessica möchte lieber spontan etwas planen, sie weiß ja nicht, wie die Schwangerschaft weiter verläuft."

"Das ist vernünftig", sagt Ella und sammelt die Süßigkeitentüten ein, damit die Kinder sich nicht den Magen verderben. Natürlich erntet sie dafür ein dreistimmiges Genöle, aber sie setzt sich durch. Als alle Neuigkeiten ausgetauscht sind, verabschieden wir uns von Lisa, drehen noch eine kleine Runde und kehren ins Sandhaus zurück, wo wir gemeinsam mit den Krankenhausbesuchern eintreffen. Nach dem Abendessen erzählen Oma und Opa, dass sie gern bis Weihnachten bleiben wollen, was mich riesig freut. Ich habe sie gern hier im Haus und außerdem verfolge ich ja noch den Plan, sie für immer nach Schilksee zu locken. Auch Jonas möchte seine Eltern nach wie vor in der Nähe haben und um die Sache jetzt mal zu klären, äußert er gleich ein paar Ideen: "Was haltet ihr davon, wenn ihr euch eine kleine Wohnung nehmt? Oder ihr zieht in unsere Wohnung und Ida und ich suchen uns wieder ein Haus?"

"Wir hatten uns etwas anderes vorgestellt", erklärt Farmor amüsiert.

"Was denn?", frage ich aufgeregt.

"Wir dachten, wir kaufen ein Zweifamilienhaus und ziehen dort mit Ida und Jonas ein."

"Das ist eine tolle Idee", freut sich Ida, aber Jonas schränkt ein: "Da gibt es nur einen Haken. Im Sandhaus gibt es dann nämlich leere Räume und damit kommt euer Lieblingsenkel einfach nicht klar."

"Ich wüsste aber eine Lösung", lache ich.

"Und die wäre?", fragt Jonas.

"Ist doch logisch: Frauke übernimmt eure Wohnung."

"Dann ist aber Fraukes Zimmer frei, wen willst du dort unterbringen?"

"Das wird zum Gästezimmer."

"Ihr habt doch schon eins."

"Davon kann man nie genug haben", grinse ich. "Stellt euch mal vor, unsere Freunde besuchen uns alle gleichzeitig: Hayden und Taylor mit Claire und Chelsea, Jessica und Florian mit dem Baby, Trixie ..."

"Oder meine spanischen Freunde, die möchte ich auch zu gern mal einladen."

"Das darfst du in der Sekunde machen, in der Jonas und Ida ihre letzte Kiste im Umzugswagen verstaut haben."

"Im Ernst?"

"Klar."

"Du bist der Beste, Chico."

"Ich wundere mich sowieso, dass du es nicht schon längst mal getan hast."

"Ich dachte, dass es hier dann einfach zu voll wird."

"Hier kann es gar nicht voll genug sein", grinse ich.

"Ich rufe morgen jedenfalls einen Makler an", schlägt Ida vor. "Hoffentlich gibt es ein passendes Objekt in der Nähe."

"Es gibt aber noch eine andere Möglichkeit", überlegt Ben.

"Ja?", fragen wir wie aus einem Mund.

"Ja. Farmor und Farfar kaufen meinen Anteil am Sandhaus und ziehen in unsere Wohnung. Mama, Linda, Benni-Two und ich ziehen dann aus."

"Aber ...", beginne ich enttäuscht, doch Ben unterbricht mich gleich: "Ich finde es logisch. Das Sandhaus würde dann wieder komplett dir gehören, langfristig gesehen ist das doch eine vernünftige Lösung."

"Das stimmt", bestätigt Jonas. "Wir bräuchten dann auch nur noch ein einziges Klingelschild, schließlich heißen im Sandhaus dann alle Nordgren."

"Dann könnten wir es auch in 'Villa Nordgren' umtaufen", lacht Ida, aber das lehne ich gleich ab. Schließlich hat Frauke dem Sandhaus den Namen gegeben, da gibt es für mich nichts zu rütteln und Linda wäre mit Sicherheit mit einer Umbenennung ebenfalls nicht einverstanden.

Ben hat am nächsten Tag mit dem ersten Anruf bei einem Makler Glück. Herr Jaspersen hat tatsächlich einige Zweifamilienhäuser im Programm, zwei davon sogar direkt in Schilksee, die bereits in dieser Woche besichtigt werden können. Das geht Ben allerdings zu schnell, denn schließlich muss er ja erst Linda von dieser Idee überzeugen und das traut er sich noch nicht recht. Schließlich wissen wir nicht, wie Linda reagiert. Als ich sie am Donnerstag vor unserer Schwimmstunde allerdings mit Ben besuche, plane ich dafür zu sorgen, dass sie selbst auf diese Idee kommt. Ich beginne damit zu erzählen, dass Farmor und Farfar nach Schilksee ziehen wollen, worüber Linda sich wirklich freut. Dann erkläre ich Linda, dass ich es besser fände, wenn sie nicht allein wohnen müssten, schließlich sind sie ja nicht mehr die Jüngsten.

"Schade, dass im Sandhaus kein Platz ist", geht Linda auch gleich auf mich ein.

"Ich kann ja niemanden vor die Tür setzen", grinse ich.

"Wenn Ben so reich wäre wie du, würde ich ihn dazu bringen, mir auch eine schicke Villa zu kaufen."

Jetzt hat Ben seinen Einsatz: "Ich habe ja damals das Geld aus meinem Erbe in den Anbau gesteckt, wenn ich das ausgezahlt kriege, könnte ich dir ein richtig schönes Haus kaufen."

"Und wer soll dir das Geld geben?", fragt Linda. "Domi jedenfalls nicht. Er hat sein ganzes Kapital mit den Hallen gebunden."

"Da gibt es zwei Möglichkeiten", springe ich ein. "Ich könnte eine Hypothek aufnehmen."

"Auf gar keinen Fall!", schimpft Linda.

"Oder Farmor und Farfar könnten euch euren Anteil abkaufen."

"Dann fragt sie gleich mal", ruft Linda übermütig, aber dann stöhnt sie vor Schmerzen auf. Verdammt! Wir hätten wirklich besser aufpassen müssen; sie darf sich doch noch nicht aufregen! Nach einer Minute ist Linda aber wieder auf dem Posten: "Ruft sie gleich an."

"Nein, das klären wir morgen. Wir müssen jetzt sowieso los", schwindelt Ben.

Nach dem Schwimmtraining schlafen leider schon alle, aber am nächsten Tag klären wir mit meiner Familie die Finanzierung des neuen Hauses für Bens kleine Familie. Ben erzählt, wie hoch die Summe aus seinem Erbe war, die er in den Umbau gesteckt hat, meine schwedischen Großeltern stocken den Betrag noch ordentlich auf und Ben lässt sich vor Freude strahlend von mir ins Krankenhaus fahren. Wir kommen mit Linda überein, dass Ben die Häuser ohne sie besichtigen und die Entscheidung über den Kauf ohne sie treffen soll.

"Und hinterher verprügelst du mich, weil du es hässlich findest", stöhnt er.

"Aber nein, du nimmst einfach deine Mutter, Mama, Ella und Farmor mit, da kann nichts schiefgehen."

So machen wir es letztendlich auch. Am Donnerstag wird bereits das erste Haus besichtigt, am Freitag das zweite. Beide stehen in Schilksee und eines davon sogar in unmittelbarer Nähe.

Obwohl dieses Haus deutlich kleiner ist als das andere und der Garten einen ziemlich ungepflegten Eindruck macht, entscheidet Ben sich natürlich für dieses, denn so sind wir fast Nachbarn und alles ist gut. Er nimmt am Freitagabend Fotos mit ins Krankenhaus und Linda ist spontan begeistert. Sie fordert Ben auf, sofort einen Notartermin abzusprechen, aber das müssen wir verschieben, denn zunächst steht unser Auswärtsspiel in Berlin an. Ben hat die ganze Woche lang mit uns trainiert und Jannis und Amy sind begeistert, wie gut er physisch drauf ist.

Anpfiff ist um vier Uhr und die Vorzeichen auf unserer Seite sind alles andere als günstig: Wir stehen auf dem letzten Tabellenplatz, haben noch nie gegen die Berliner gewonnen und sind von dem Bollwerk an Zuschauern, die uns eindrucksvoll niederbrüllen, total eingeschüchtert. Außerdem sind die Berliner als eines der Topteams der Liga sogar an schlechten Tagen in der Lage, jede Mannschaft zu schlagen. Vor allem auch eine, die bisher erst eine Partie gewonnen hat. Wir haben heute keine Chance, was gleich zu Beginn auch jeder merkt. Der Block funktioniert so gut wie gar nicht, die Annahme wackelt gehörig und als auch noch Finn verletzt ausgewechselt werden muss, geht der erste Satz den Bach runter. Im zweiten Satz steigern wir uns allerdings ein wenig, mobilisieren alle Kräfte und funktionieren als Team. Wir zwingen die Berliner in die Verlängerung, verlieren aber trotzdem. Satz drei startet mit einer Aufschlagserie, die uns eine Vierpunkteführung einbringt, dann allerdings wendet sich das Blatt. Aber wir wehren uns und lassen die Berliner punktemäßig nicht davonziehen, zweimal gehen wir sogar in Führung, doch letztlich setzt sich die Berliner Qualität durch. Sie haben nicht umsonst unzählige Nationalspieler in ihren Reihen, während wir Kieler zusammengerechnet genau null Nationalspiele auf dem Konto haben.

Nach dem Spiel ist die Stimmung nicht unbedingt schlecht – besonders gut allerdings auch nicht. Wir fahren ziemlich bedröppelt nach Hause, aber irgendwann macht Jannis uns klar, dass wir nicht gegen eine Kirmesmannschaft verloren haben, sondern gegen ein richtig starkes Team. Die Stimmung wird sofort deutlich besser. Ich sitze neben Robin, weil Ben in Schilksee geblieben ist. Gern würde ich mich mit ihm unterhalten, aber wir werden ständig unterbrochen. Grund dafür ist sein Handy, das jede zweite Sekunde klingelt und eine Nachricht ankündigt.

"Wem schreibst du da ständig?", frage ich irgendwann missmutig, weil ich keine Lust auf so ein anstrengendes Stop-and-Go-Gespräch habe.

"Meiner Freundin", grinst er.

"Äh ... du hast eine Freundin?"

"Ja, seit gestern."

"Erzähl mal", fordere ich ihn neugierig auf und spitze die Ohren.

"Ich habe eine bessere Idee: Ich bringe sie morgen mit ins Sandhaus", wehrt Robin ab und stöpselt sich die Ohren zu. Er grinst und ich schmolle. Von meiner Schmollerei ist am nächsten

Tag allerdings nicht mehr zu sehen. Meine Gefühle gehen nämlich viel, viel tiefer und Schmollen wäre vergleichsweise harmlos. Es ist nämlich keine angenehme Überraschung, die Robin uns da auftischt. Seine neue Freundin ist nämlich eine alte Bekannte und sie ist im Sandhaus alles andere als willkommen.

Kapitel 7

Immer weniger!

Mir bleibt beinahe das Sonntagsbrötchen im Hals stecken, als ich sehe, wen sich der kleine Robin da als schmückendes Beiwerk ausgeguckt hat: Es ist Janina. Richtig, genau die! Die dumme Gans, die mir damals einen miesen Strick daraus gedreht hat, dass ich nichts mit ihr anfangen wollte. Und genau die, die mich vor ein paar Wochen in Berlin mit ihrer Anwesenheit aus dem Gleichgewicht brachte. Die Janina, die inzwischen als Fotomodel arbeitet, und zwar ausgerechnet bei Alexandra. Das kann doch alles kein Zufall sein, oder?

Ben rappelt sich als Erster wieder zusammen und stänkert: "So sieht man sich wieder."

"Ist das nicht schön?", fragt Janina zuckersüß.

"Richtig, Janina, das ist nicht schön", antworte ich und wende mich dann an Robin: "Wie kommst du ausgerechnet an diese hohle Nuss?"

"Alter! Hör auf, meine Freundin zu beleidigen", ruft Robin angriffslustig und ballt die Fäuste, aber Janina nimmt seine Hand und beruhigt ihn: "Nick ist nur so aufgebracht, weil wir vor Jahren ein Erlebnis haben."

"Ich heiße nicht Nick, wie oft muss ich das noch sagen?", rufe ich sauer, aber Robin fragt neugierig: "Woher kennt ihr euch überhaupt?"

"Das weißt du doch", mischt sich Frauke ein.

"Äh ... und woher bitteschön?", fragt Robin dusselig.

"Du hast es gelesen."

"Was?"

"Domis Manuskript, du Idiot", motzt Jonas, aber Robin scheint immer noch auf dem Schlauch zu stehen, deshalb hilft Ida nach: "Janina Bergemann, Robin, sie war auf Domi scharf, aber er wollte sie nicht, verstehst du? Dann hat sie mit ihren Lügen dafür gesorgt, dass er von der Schule suspendiert wurde und vom Internat geflogen ist. Na? Klingelt es irgendwo?"

"Janina Bergemann?", fragt Robin dümmlich.

"Genau!", bestätigt Ben.

"Aber du heißt doch gar nicht Bergemann!"

"Nicht mehr."

"Du warst verheiratet?", will Robin wissen, Janina verneint: "Silver ist mein Künstlername."

"Janina Silver?", kichert Ben. "Warum nicht gleich Gold?"

"Oder Goldstern", lästert Ella. "Oder Glitzerlady."

"Und warum nicht gleich Schlampe? Das passt doch!", motze ich.

"Ihr seid albern", erwidert Janina gekränkt, ihre Augen blitzen gefährlich, das kenne ich nur zu gut. Und weil ich nicht will, dass sie hier über irgendjemanden Geschichten erfindet, ziehe ich die einzig logische Konsequenz: "Du verschwindest jetzt, Janina. Ich will dich hier nicht sehen, nicht im Haus und nicht auf dem Grundstück. Und du, Robin, setzt dich und erklärst uns das Ganze mal. Ich habe nämlich das Gefühl, hier gerade im völlig falschen Film zu sein."

"Wenn du Janina rauswirfst, gehe ich mit!", droht der Kleine, aber Ben lacht ihn nur aus: "Mach dich nicht lächerlich, du wohnst hier."

"Wenn ihr Janina hier nicht haben wollt, ziehe ich aus!"

"Lass den Quatsch", meldet sich Ida zu Wort. "Sie nutzt dich doch nur aus."

"Das ist Unsinn", wehrt sich Robin. "Wieso sollte sie?"

"Wahrscheinlich will sie sich rächen", klärt Ella unser Strandgut auf. "Wahrscheinlich hat sie noch nicht genug. Oder, Janina? Erzähl uns doch einfach, was du von Robin willst. Von diesem Jungen, der mindestens sechs Jahre jünger ist als du. Was willst du von ihm, hm?"

"Ich ..."

"Ich weiß ganz genau, was du von ihm willst, Janina. Gar nichts, stimmt's? Du benutzt ihn nur, damit du hier einen Fuß in die Tür kriegst, aber ich habe jetzt zwei Nachrichten für dich, die du dir gut merken solltest: Du bist hier nicht willkommen und du lässt die Finger von Robin. Er gehört zu uns und wir passen auf ihn auf, verstanden? Und jetzt geh bitte."

Im Gegensatz zu uns ist Janina allerdings von Ellas Rede ziemlich unbeeindruckt. Sie bewegt sich keinen Millimeter. Dafür bewegt sich Robin, er greift nach Janinas Händen und zieht sie aus dem Raum. Wir anderen bleiben zunächst sprachlos zurück, aber als Mimo nach einer guten Stunde völlig verwirrt aus dem Garten gelaufen kommt, überrascht uns die Nachricht, die er hat: "Fährt Robin in den Urlaub?"

"Wieso?"

"Er hat zwei große Koffer dabei und eine komische Frau, die ich nicht kenne."

Wow, Strandgut macht wohl wirklich Ernst. Zumindest sieht es so aus. Er verabschiedet sich noch nicht einmal, sondern zieht einfach aus. Ohne ein Wort. Jetzt sind wir natürlich noch sprachloser als sowieso schon, falls das überhaupt noch möglich ist. Ich selbst bin natürlich vollkommen ratlos und grüble über mein Verhalten. Zugegeben: Janina ist wirklich die Letzte, die ich hier im Haus haben will. Aber was ist, wenn sie wirklich in Robin verliebt ist? Ich meine, das kann ja immerhin sein, oder? Robin ist schließlich ein knuffiger Typ, die Mädchen stehen auf ihn und warum sollte ausgerechnet Janina seinem Charme gegenüber blind sein? Aber dass er sich von allen Mädchen dieser Welt ausgerechnet in Janina vergucken musste, ist wirklich übel.

"Nicht grübeln", mahnt Ella und schubst mich an.

"Das ist doch ein ziemlich schräger Zufall, oder?"

"Es ist kein Zufall", mutmaßt Ben.

"Ich meine, warum muss sie sich ausgerechnet bei Alexandra bewerben?", frage ich.

"Weil es keine andere Agentur in Kiel gibt."

"Dann wäre sie eben weggezogen!"

"Der Verlust hätte sich zumindest in Grenzen gehalten", stänkert Ella.

"Eben! Aber nein, sie muss sich unbedingt bei Lexie Dresses bewerben und Alexandra hat nichts Besseres zu tun, als sie in die Kartei aufzunehmen. Bei Alexandra trifft sie Robin ... das alles kann doch kein Zufall sein!"

"Du siehst Gespenster, Domi", beruhigt mich Ben.

"Mag sein, aber wieso schnappt sie sich unbedingt den Kleinen?"

"Weil er süß ist", grinst Frauke. "Unser Strandgut ist ein hübscher Junge."

"Sie ist sechs Jahre älter", beschwere ich mich.

"Nun lehn dich mal nicht allzu weit aus dem Fenster", lacht Ella.

"Das mit uns ist etwas ganz anderes", verteidige ich mich, aber Ella kontert: "Ja? Vielleicht habe ich dich ja auch nur deshalb ausgewählt, weil ich so in Ben verschossen bin."

"Das ist ein blöder Witz, Ella", maule ich, aber jetzt fordert Mimo seine Antwort: "Fährt Robin in den Urlaub?"

"Nein, Robin zieht aus. Er wohnt jetzt woanders", erklärt Frauke.

"Das ist doof", schmollt mein Sohn und will noch etwas hinzufügen, aber Ben lenkt ihn ab: "Sieh doch mal nach, ob Benni-Two wach ist, ja?"

"Ja!", antwortet Mimo-Baby eifrig und stürmt los. Er kehrt gerade zurück, um Ben zu erzählen, dass Benni-Two wach ist, als auch Farmor und Farfar in der Küche erscheinen. Sie haben heute ausgeschlafen und wollen gleich nach dem Frühstück ins Krankenhaus fahren. Das Krankenhaus ist auch Bens Ziel und natürlich will er Benni-Two mitnehmen. Das sind vier Besucher und eigentlich schon zu viele für das kleine Zimmer, deshalb ist für den Rest der Sandhausbewohner ziemlich klar, dass mehr Besuch zumindest am Vormittag nicht möglich ist. Weil ich aber nicht komplett auf meinen Krankenbesuch verzichten will, melde ich mich gleich für die nächste Schicht an: "Ich fahre am Nachmittag."

"Ich komme mit", schließt sich Ella an und auch Frauke will uns begleiten, aber jetzt brauche ich Bewegung und frage meinen Sohn, ob er Lust auf eine Runde Radfahren hat. Ich will nämlich joggen. Mimo ist sofort dabei; er liebt sein neues Fahrrad und ist schon ganz schön schnell damit unterwegs. Manchmal muss ich ihn sogar zurückpfeifen, weil er ordentlich in die Pedale tritt. Hinterher ist er kaum außer Atem und mir ist jetzt schon klar, dass er eine enorme Kondition besitzt.

Mimo gibt schon nach der ersten Kurve richtig Gummi, regelmäßig muss ich ihn zurückrufen. Deshalb bin ich froh, als wir endlich am Feldweg eintreffen, wo zu dieser Jahreszeit keine Autos und Trecker mehr fahren. Außerdem ist der Weg gerade und übersichtlich, sodass ich in Ruhe joggen kann und nicht ständig auf Mimo achten muss. Der Verrückte fährt hin und her, überholt mit wildem Klingeln links und rechts und brettert durch jede Pfütze. Ich selbst bin schon voller Schlamm, aber Mimo sieht aus wie ein Kind, dass in eine Matschpfütze gefallen und dort erst mal gemütlich eine Stunde liegengeblieben ist. So ähnlich kommt es dann auch noch – als hätte ich es beschrien: Mimo fährt über einen Stein, verliert das Gleichgewicht und platscht mit seiner ganzen Körperlänge in die größte Pfütze weit und breit. Jetzt ist er natürlich klitschnass, aber er scheint einen riesengroßen Spaß an dieser Aktion zu haben. Mit ausgestreckten Armen und verstellter Stimme marschiert er auf mich zu und grunzt: "Ich bin ein Monster, ich fresse dich!"

"Dich stecken wir gleich mit Klamotten in die Badewanne", lache ich und sehe zu, dass er mich nicht in seine dreckigen Pfoten bekommt, hebe sein Fahrrad auf und stelle es mit dem Lenker in Richtung Heimat. Mimo ist nämlich nass bis auf die Knochen und muss dringend nach Hause.

Der Rückweg dauert ewig. Das liegt vor allem daran, dass Mimo jedem, der uns begegnet, ausführlich erzählt, was er gerade für einen tollen Hechtsprung hingelegt hat. Als wir uns allerdings dem Sandhaus nähern, wird er ganz schön kleinlaut: "Mama schimpft bestimmt."

"Nein", beruhige ich ihn. "Wir müssen nur aufpassen, dass wir im Haus keinen Dreck machen. Du ziehst dich schnell auf der Treppe aus und läufst ins Badezimmer. Wenn wir großes Glück haben, merkt sie gar nichts."

Allerdings hätte ich meine Frau besser kennen müssen. Sie hält nämlich schon Ausschau nach uns, als wir gerade in die Straße einbiegen. Aber zum Glück hat sie heute einen guten Tag und lacht, als sie uns sieht. Dann scheucht sie uns ins Bad und mahnt uns, das Badezimmer nicht zu verlassen, bevor nicht jeder Zentimeter steril ist. Zuerst schnappe ich mir einen Wäschekorb, dann lasse ich Wasser in die Wanne. Mimo zieht sich inzwischen aus und ich auch. Die Kleidung landet im Korb und wir in der Wanne. Schaum ist auch dabei ... mächtig viel Schaum, mächtig, mächtig, mächtig viel Schaum und Mimo kippt immer noch Schaumbad nach.

"Das reicht jetzt, Pirat!", fordere ich ihn auf.

"Och!", schmollt er.

"Es ist genug, Mimo. Ich kann dich ja kaum noch sehen."

"Das ist Nebel", grinst er.

"Aha."

"Oder ... nein ... wir sind in einem Schneesturm. Ich bin ein Schneemonster. Uhuuu!"

"Ich habe Angst", sage ich mit gespielt schlotternder Stimme.

"Und ich fresse dich."

"Mami!", jammere ich. "Papi!"

"Die hören dich nicht und ich fresse dich." Dann stürzt der Zwerg sich auf mich, das Wasser schwappt über, wir balgen uns, ich tauche ihn unter, er taucht mich unter und gerade als ich wieder auftauche und noch ein Wasserfall den Weg auf die Fliesen findet, muss Ella auftauchen.

"Jungs!", schimpft sie. "Es ist Sonntag! Ich habe heute wirklich keine Lust zum Putzen."

"Das mache ich gleich", beruhige ich meine Frau.

"Ja, ja!", winkt Ella ab und holt schon Eimer und Tuch. Mimo ist sofort still, als er das wütende Gesicht seiner Mutter sieht. Das Schneemonster hat sich verzogen und die gute Laune auch. "Nicht schimpfen", bittet er mit piepsiger Stimme.

"Ich schimpfe nicht", sagt Ella genervt, hebt Mimo aus der Wanne, trocknet ihn ab und hüllt ihn in den Bademantel. "Jetzt geh in dein Zimmer und zieh dich an. Ich habe dir schon Sachen auf dein Bett gelegt."

Mimo flitzt sofort los, um aus Ellas Kampfzone zu verschwinden, aber ich bin hier gefangen. Vorsichtig, weil der Boden immer noch glatt ist, steige ich aus der Wanne, lasse mir von meiner Frau ein Handtuch reichen und ziehe mich an. In der Zwischenzeit wischt Ella den Boden und obwohl ich ihr mindestens achtzigtausend Mal sage, dass ich das eigentlich machen wollte, ignoriert sie mich. Deshalb muss ich auf einem anderen Weg Schadensbegrenzung anbieten: "Hast du Lust auf einen Spaziergang, Ella?"

"Mit dir?", fragt sie staunend.

"Hmmmm."

"Wie kommst du denn jetzt da drauf?"

"Ich dachte nur ..."

"Ja ... klar ... ich hätte große Lust."

"Nur wir beide?", frage ich hoffnungsvoll.

"Willst du mir irgendetwas beichten?", bohrt sie.

"Äh ... nein."

"Aha."

"Wieso fragst du?"

"Weil ich so überrascht bin. Seit wann stehst du auf Sonntagsspaziergänge?"

"Gar nicht", antworte ich. "Aber wir haben so wenig Zeit zusammen. Und jetzt sind genug Leute im Haus, die auf die Kinder aufpassen können."

"Wann willst du denn los?"

"Sobald ich angezogen bin."

"Ich warte unten."

Wir starten Richtung Süden, folgen dem Hohen Ufer bis zum Möwenweg, überqueren die Straße, winken im Klabautermanngang Lisas Schwager zu, der hier wohnt und gerade aus dem Fenster schaut, biegen erst rechts in die Schlimbachallee, dann links in die Seestraße, überqueren die Fördestraße, halten uns dann rechts und folgen dem Salzwiesenweg bis zu seinem Ende, überqueren wieder die Fördestraße, folgen Tempest und Drachenbahn, studieren kurz das Schwarze Brett am Olympiazentrum und biegen zum Schluss in die Strandpromenade ein, in der Bens neues Haus steht und an deren Ende, am Übergang zum Hohen Ufer, sich das Sandhausgelände befindet. Und während des ganzen Spaziergangs hatten wir Glück: Wir sind trocken geblieben, aber kaum schließe ich die Haustür auf, fängt es an, wie aus Eimern zu schütten. Jetzt muss schnell ein Stimmungshoch her, bevor Ella auf Gedanken kommt, deshalb schlage ich ihr vor, dass sie den nächsten Kinofilm aussuchen darf. Zwar habe ich keine Ahnung, wann unser nächster Kinoabend sein soll, denn im Moment sind wir vollauf mit Training beschäftigt. Aber im Zweifel schwänze ich einfach einen weiteren Donnerstagabend in der Schwimmhalle ... Kein Ding, für Ella tue ich schließlich alles.

Wie geplant fahre ich am Nachmittag mit Frauke ins Krankenhaus. Ella sagt in letzter Sekunde ab, aber Linda schläft. Wir bleiben zwar über eine Stunde, doch meine Schwester wacht nicht für eine Sekunde auf. Das ist Pech, aber nicht zu ändern. Trotzdem bin ich ein wenig geknickt, dass wir ohne ein Wort nach Hause fahren müssen. Ella hat inzwischen einen Kinofilm ausgesucht und auch schon die Karten bestellt. Der Film beginnt in zwei Stunden. Heute wohlgemerkt! Deshalb machen meine Frau und ich uns bald schon wieder auf den Weg nach Kiel. Ich glaube, ich habe in diesem Jahr schon zigtausend Euro für Benzin ausgegeben.

Am Montag geht's nach dem Joggen erst mal in den Kraftraum. Jonas hat Termine, deshalb bewacht Amy unsere Anstrengungen. Nach dem vorschriftsmäßigen Aufwärmen lässt sie uns Kniebeugen mit der Langhantel machen. Dann sollen wir explosiv reißen und stoßen. Amy will uns heute so richtig schwitzen sehen, das ist sicher! Nach einer kurzen Trink- und Verschnaufpause schickt sie uns auf die Hantelbank für ein spezielles Wadentraining, das wir insgesamt dreimal wiederholen. Dann ist die Stunde auch schon um, die Dusche wartet und die Uni. Nach der Uni lasse ich Ben am Krankenhaus aussteigen und fahre weiter nach Hause. Ich will nämlich nachsehen, ob Robin wirklich ausgezogen ist, oder ob er gestern einfach nur bockig war. Eine Kontrolle in seiner Wohnung zeigt allerdings, dass alle wichtigen Dinge – wie Zahnbürste, Handy und Laptop – weg sind. Verdammt!

Völlig genervt rufe ich ihn auf dem Handy an, aber er drückt mich gleich weg. So was hasse ich wie die Pest und das werde ich ihm heute Abend beim Training mal ganz deutlich sagen. Allerdings taucht er nicht auf. Ist er jetzt komplett irre, oder was? Er kann doch nicht einfach das Training schwänzen! Wir haben am Sonntag schließlich ein Auswärtsspiel gegen Düren und wollen dort auf jeden Fall gewinnen. Wieder versuche ich es auf seinem Handy, aber weil er nicht drangeht, bitte ich Jannis, dort mal nachzufassen. Jannis wird zu unserer Überraschung aber ebenfalls weggedrückt, das bedeutet eindeutig Krieg!

Ich nehme mir fest vor, Robin morgen vor dem Training bei Alexandra abzuholen und an seinen eigenen Ohren in die Halle zu schleifen. Allerdings wird daraus nichts, denn eine gute Stunde vorher taucht Marius hier auf. Ida bittet mich zu bleiben, das passt mir überhaupt nicht. Schließlich muss ich noch Ben abholen, bevor ich bei Robin aufkreuze, aber Ida bittet mich nicht oft um einen Gefallen und deshalb bleibe ich natürlich. Marius hat uns eine Menge zu sagen. Er fängt wirklich bei Adam und Eva an und ich frage mich, wann er denn endlich zum Punkt kommt, damit wir ihn beruhigen können und Ida mich anschließend endlich von der Angel lässt. Aber Marius kommt nicht zum Punkt, jedenfalls nicht bis zu dem Moment, an dem ich endlich losfahren muss. Ben wartet schließlich auf mich; das Problem mit Robin müssen wir eben morgen klären. Die Robinproblemlösung fällt allerdings auch am Mittwoch ins Wasser. Denn entgegen meiner Annahme, dass Robin mit der Nervensäge zu Alexandra gezogen ist, weiß Robins Mutter noch nicht einmal etwas von dem Auszug.

„Er ist bei euch ausgezogen? Einfach so?", wundert sich die Modeexpertin.

„Nein, nicht einfach so", erkläre ich. „Es ist … es ist wirklich verrückt. Wir hatten einen Streit wegen seiner neuen Freundin."

„Bitte? Er hat eine neue Freundin? Davon weiß ich gar nichts."

„Ja, Janina. Sie arbeitet für dich."

„Janina Silver? Aber sie ist doch mindestens fünf Jahre älter."

„Es sind sechs Jahre", stellt Ben richtig. „Und sie heißt nicht Silver, sondern Bergemann."

„Janina Bergemann?", überlegt Alexandra. „Moment, der Name sagt mir irgendwas."

„Ben und ich kennen sie aus der Schule."

„Ah … ja … ich erinnere mich! Sie kam in deiner Biografie vor, oder?"

„Genau, du hast sie ja gelesen."

„Sie war das Mädchen, das dich …"

„Richtig."

„Du meine Güte. Und jetzt hat sie sich Robin geschnappt?"

„Sieht so aus. Wir dachten, sie wohnen hier bei dir."

„Nein, ich habe Robin seit Tagen nicht mehr gesehen."

„Kennst du ihre Adresse?", fragt Ben.

„Was habt ihr vor?"

„Wir wollen ihn zum Training abholen, er war gestern nicht da."

„Er war nicht beim Training?", wundert sich Alexandra. „Das sieht ihm aber überhaupt nicht ähnlich."

„Er war schon ziemlich sauer, als er am Sonntag abgedüst ist."

„Aber trotzdem … das Training schwänzen? Das passt nicht zu ihm."

Alexandra scheint sich wirklich Sorgen zu machen, sie überlegt einen Moment und erzählt uns dann erst mal ein paar Neuigkeiten über Janina: „Wisst ihr, Janina ist bildhübsch, aber mehr hat sie nicht zu bieten."

„Das war früher nicht anders", stänkert Ben.

„Bei den anderen Mädchen eckt sie nur an. Sie stellt das Vermögen ihres Vaters zur Schau und ist ziemlich unbeliebt. Wenn ich gewusst hätte, dass sie ein Auge auf Robin geworfen hat, dann …"

„Vielleicht gibst du uns einfach die Adresse, Alexandra. Wir holen ihn zum Training ab und danach können wir hoffentlich reden."

„Gut, ich schreibe euch die Adresse auf."

Ben greift sich das Blatt und schon sind wir unterwegs. Janinas Wohnung befindet sich in einem hypermodernen Wohnkomplex und ich zweifle stark daran, dass sie sich die Miete hierfür von ihren Modelgagen leisten kann. Auf unser Klingeln öffnet niemand, was ziemlich frustrierend ist. Wir sind nämlich extra früh genug in Schilksee losgefahren, damit wir rechtzeitig beim Training sind. Jetzt haben wir noch eine Stunde Zeit, die wir ziemlich angefressen im Bistro neben der Trainingshalle abbummeln. In der Halle erkundigen wir uns bei Jannis, ob er irgendetwas von Robin gehört hat. Er verneint und ich überlege einen Moment, ob ich ihm Janinas Adresse geben soll, aber ich lasse es lieber. Auch am Donnerstag erreichen wir Robin nicht – er geht nicht ans Handy und ist auch nicht in Janinas Wohnung anzutreffen; sie übrigens auch nicht. Deshalb fange ich langsam an, mir Sorgen zu machen. Verdammt! Was ist nur los mit diesem Typen? Bis letzte Woche war doch alles okay, warum fährt er jetzt diese harte Schiene und warum denkt er nicht an uns? Er wird sich doch denken können, dass wir uns Sorgen um ihn machen. Seit wann ist er so egoistisch? Natürlich könnte ich es mir jetzt leicht machen und alle Schuld auf Janina schieben, aber Robin ist kein kleines Kind mehr und weiß genau, was er tut.

Am Wochenende steht hier allerdings endlich mal wieder die Stimmung auf Juhu! Der Grund dafür ist simpel: Wir fahren am Sonntagmittag als Team minus Robin nach Düren und kommen spät in der Nacht als Team minus Robin, dafür aber plus Sieg nach Kiel zurück. Und als wäre das alles noch nicht cool genug, werde ich schon wieder als bester Spieler ausgezeichnet. Als ich todmüde ins Bett falle, wacht Ella auf, die sich an mich schmiegt und mich in den Schlaf flüstert. Dafür hat sie sich eine Belohnung verdient! Das Joggen lassen wir ausfallen, das Krafttraining ebenfalls, aber die Uni ist Pflicht, wir haben diese Woche wichtige Vorlesungen.

Am Montagabend aber hat die ganze Mannschaft frei, Ella und ich gehen mit Ida und Jonas zu unserem Lieblingsspanier, vorher besuchen wir Linda, die heute gut drauf ist. Sie lächelt, freut sich, uns zu sehen und stellt viele Fragen zu Benni-Two. Aber als Jonas und Ida kurz mit der Schwester sprechen und Ella auf den Flur geht, um für Linda eine neue Wasserflasche zu holen, raunt meine Schwester mir zu: "Ich muss dich dringend allein sprechen!"

"Wieso?", wundere ich mich.

"Komm bald mal allein her, ja?"

"Wieso denn?"

"Bitte, Bruderherz."

"Ich versuche es."

"Versprich es mir."

"Ja, ich verspreche es."

Die Schwester verlässt das Zimmer, Ella kehrt zurück und wir machen uns jetzt auf zum Spanier. Das Essen ist hervorragend, die Unterhaltung auch. Schon lange habe ich Ida und Jonas nicht mehr so entspannt gesehen. Ida trinkt sogar ein Glas Rotwein mit Ella, sie stoßen lachend an und lästern über Jonas und mich, weil wir nur Wasser bestellt haben. Dann aber wird es problematisch: Wir reden über Robin und sind verschiedener Meinung. Während Ella und Jonas vollkommen verstehen, dass ich Janina nicht auf meinem Grundstück haben will, schlägt sich Ida plötzlich auf Robins Seite: "Versteht ihn doch mal. Er ist verliebt, er schwebt auf rosa Wolken und ihr sagt ihm, dass euch seine Freundin nicht passt. Wie sollte er da reagieren?"

"Jedenfalls nicht so", maule ich. "Er hat gleich die Koffer gepackt und ist ausgezogen. Seitdem kommt er nicht mehr zum Training und das Spiel hat er auch vergessen."

"Lasst ihn doch ein paar Tage schmollen ..."

"Er ist doch kein kleiner Junge", verteidigt sich Jonas. "Wir haben ihm nicht das Spielzeug weggenommen."

"Trotzdem ... wartet einfach noch ein paar Tage ab."

"Und wenn er nicht wiederkommt?", frage ich leise.

"Er wird wiederkommen. Er ist ein Sandhausbewohner und er ist Strandgut. Er gehört nach Schilksee, du wirst sehen, er kommt bald wieder."

"Und was soll ich tun, wenn er Janina mitbringt?"

"Wenn er sie wirklich liebt, kannst du gar nichts tun. Du darfst ihm den Umgang nicht verbieten."

"Ich will sie nicht auf meinem Grundstück haben."

"Wenn Robin sie liebt, musst du sie dulden, Domi."

114

Ich stöhne genervt und sehe ein, dass sie natürlich recht hat. Aber warum muss ich eigentlich immer derjenige sein, der überall nachgibt? Warum kann Janina nicht einfach ihr wahres Gesicht zeigen? Und warum sieht Robin nicht ein, dass ich Janina besser kenne? Warum musste er gleich so drastisch reagieren und ausziehen? Egal, wir wechseln jetzt das Thema und sprechen über Weihnachten. Ich weiß, es ist noch lange hin, aber dieses Jahr plane ich, wieder nach der ersten Sandhaustradition zu feiern: mit Wichtelgeschenken und vielen Gästen. Oma und Opa wollen bis Weihnachten bleiben; ich hoffe, ich ziehe meinen Opa, damit ich ihm ein richtig tolles Geschenk kaufen kann. Ich frage mich, ob Robin Weihnachten dieses Jahr mit uns feiern wird ... im Moment kann ich es mir allerdings nicht vorstellen.

Es ist elf Uhr durch, als wir das Restaurant verlassen. Ella und ich fallen sofort in unsere Betten, aber ich bin um sechs wieder wach und laufe mit Ben. Der Rest des Sandhausmorgens verläuft wie immer ... mit einer Ausnahme: Als ich nämlich an der Uni parke, tue ich so, als hätte ich meine Hausarbeit vergessen, die wir heute abgeben müssen. Deshalb schwindle ich Ben an, jetzt gleich noch mal nach Hause zu müssen, um sie zu holen. Meine Hausarbeit liegt aber in einer Hülle unter dem Beifahrersitz und mein Ziel ist das Krankenhaus. Linda wollte nämlich mit mir reden und Linda lässt man besser nicht warten. Sie strahlt wie das Christkind, als ich gleich mit einer Ansage ins Zimmer schneie: "Wir haben nicht viel Zeit."

"Setz dich, Bruderherz."

"Was ist denn los?"

"Das wollte ich dich fragen."

"Wieso?"

"Ich wollte dich fragen, was im Sandhaus so los ist. Ben behauptet immer, dass alles in Ordnung ist, aber das glaube ich nicht so recht. Immerhin hatten wir diesen schrecklichen Unfall. Ben macht sich bestimmt große Vorwürfe und ihr hattet doch sicher alle eine Heidenangst."

"Das stimmt."

"Was ist passiert, als ihr die Nachricht bekommen habt?"

"Es war vier Uhr morgens. Jonas und ich waren in der Küche, wir haben darauf gewartet, dass ihr euch meldet."

"Ihr seid extra auf geblieben?"

"Natürlich. Wir haben uns schreckliche Sorgen gemacht. Dann haben wir die anderen geweckt. Ida hat sofort das Kommando übernommen und befohlen, dass Ella und ich bei den Kindern in Schilksee bleiben. Ich habe getobt wie Rumpelstilzchen, aber Ida hat sich durchgesetzt."

"Ich habe gemerkt, dass jemand bei mir war."

"Ich glaube, du warst auch nicht eine einzige Sekunde allein."

"Ich habe auch gespürt, dass Ben plötzlich nicht mehr da war. Ich habe es nicht verstanden, wieso er weggeht."

"Er hat Benni-Two nach Kiel begleitet."

"Ja, ich weiß. Jetzt weiß ich es."

"Ein Wochenende warst du ganz allein mit Ida."

"Ja?"

"Ja, ich war mit Jonas in London. Hayden hat ein Benefizturnier organisiert und ich habe da mit Jonas gespielt."

"Cool. Wie ist es ausgegangen?"

"Hayden und sein Dad haben uns im Endspiel geschlagen."

"Hmmm. Du, hör mal, ich muss etwas wissen."

"Was denn?"

"Wir ziehen doch bald aus, ja?"

"Hmmm."

"Du möchtest es nicht, oder?"

"Nein, ich möchte aber auch nicht, dass Oma und Opa allein wohnen und ich möchte nicht, dass ein anderer auszieht. Ben hatte die Idee mit dem Haus und ..."

"Hey, du musst dich nicht verteidigen, Bruderherz."

"Wir sind fast Nachbarn."

"Das ist gut. Ich werde jeden Tag zehnmal im Sandhaus aufkreuzen."

"Das will doch auch stark hoffen!"

"Du hast uns also nicht ausquartiert, oder?"

"Was? Nein! Du wärst die Letzte, die ich nicht im Haus haben wollte."

"Danke. Das wollte ich hören."

"Hast du etwa daran gezweifelt?", frage ich verletzt.

"Es tut mir leid, Bruderherz."

"Dachtest du etwa ...?"

"Ich weiß nicht ... nein ... eigentlich nicht, aber es kam so plötzlich und ..."

"Du bist mein Lieblingsfamilienmitglied, Linda, daran hat sich nichts geändert."

"Ach ja? Dein Lieblingsfamilienmitglied? Und was ist mit Ella? Mit Mimo Baby und Klein Hanna?", lächelt meine Schwester.

"Die laufen außer Konkurrenz."

"Und du läufst auch gleich außer Konkurrenz, wenn du nicht bald in der Uni bist."

"Stimmt. Ich muss los. Bis später, kleine Schwester."

"Fahr vorsichtig, Bruderherz!"

Natürlich fahre ich vorsichtig, das mache ich immer so. Aber seit dem Unfall in Malmö fahre ich noch viel vorsichtiger. Und ich bin blöd genug, meine Hausaufgabe im Auto liegen zu lassen, was bei Ben für ein verdutztes Gesicht sorgt: "Ich denke, du bist extra deswegen noch mal nach Hause gefahren?"

"Hmmm. Und jetzt liegt das Zeug auf dem Beifahrersitz", schwindele ich.

"Schussel."

"Ja, ja!"

Am Dienstagabend ist Robin wieder nicht beim Training und diesmal kocht sogar Ben: "Alter, wir fahren sofort nach dem Training zu dieser Angeberhütte und dann reden wir Klartext mit dem Kleinen. Weiß der Idiot eigentlich, was er sich alles kaputtmacht? Glaubt er vielleicht, dass Jannis das alles so hinnimmt?"

Wir duschen in Windeseile und springen ins Auto. Ziel ist Robins neue Heimat. Ben klingelt Sturm und nach einer Dreiviertelewigkeit summt es. Die Tür öffnet sich und wir laufen ein paar Etagen nach oben. Im Türrahmen steht Janina, sie ist so gut wie nackt. Ich schlucke ein paar Mal und schiebe Ben vor, der die Nuss gleich anpflaumt: "Wo ist Robin?"

"Bis eben hat er geschlafen."

"Lass uns rein!"

"Wieso? Ich darf doch auch nicht auf euer heiliges Grundstück."

"Halt die Klappe und lass uns rein!"

"Bitte", stöhnt Janina genervt und tritt zur Seite. Ben stürmt gleich das Liebesnest, während ich mich vorsichtig an dieser Verrückten vorbeischiebe. Ich habe nämlich keine Lust, ihre dreckigen Hände an meinem Körper zu spüren. Sie weiß das ganz genau und rückt mir gleich auf die Pelle: "Hey, Nick."

"Nimm die Finger von mir!"

"Warum so empfindlich?", grinst sie und schmiegt sich an mich. Ich stoße sie weg und folge Ben ins Schlafzimmer. Dort ist inzwischen ein richtig schöner Streit im Gange. Das Ganze ist ein wenig peinlich, denn Ben führt sich auf wie ein Vater und Robin liegt nackt im Bett, während er versucht, sich gegen Bens Schimpftiraden zu wehren. Ich höre den beiden ein paar Minuten staunend zu. Bei denen fliegen wirklich die Fetzen, ich bin gespannt, wer diese Diskussion gewinnt. Neben dem Bett ist ein großer Frisierspiegel und in diesem Spiegel sehe ich Janina hinter mir stehen, sie lächelt hinterhältig und ich will, dass Robin dieses hinterhältige Lächeln sieht, denn es zeigt die wahre Janina. Deshalb bin ich jetzt an der Reihe: "Robin, ich bitte dich gleich um etwas."

"Was soll das denn jetzt?", fragt er genervt.

"Ich will dir die Augen öffnen, wenn du bereit dazu bist, dann tust du gleich genau das, was ich dir sage."

"So ein Quatsch!", schimpft er. Ich kontrolliere im Spiegel, ob Janina immer noch ihr Spiel mit Robin spielt, fühle mich sofort bestätigt und bitte Robin mit fester Stimme: "Sieh schnell in den Spiegel!"

"Hä?", fragt Robin, aber er sieht Janina und die Kinnlade fällt ihm herunter.

"Was siehst du?", frage ich ihn ruhig.

"Sie lacht über euch", grummelt er.

"Nein, sie lacht über dich!", korrigiere ich ihn. "Stimmt's, Janina? Du lachst über Robin, über den kleinen Jungen, der dir nicht das Wasser reichen kann und den du eigentlich auch gar nicht haben willst, oder? Was willst du, Janina?"

"Du spinnst", antwortet sie.

"Was willst du von ihm, hm? Was hast du ihm versprochen? Was hast du ihm vorgelogen?"

"Gar nichts", ruft Robin vom Bett aus, aber ich bin noch nicht fertig: "Jetzt hast du doch deinen Spaß mit ihm gehabt, Janina. Bald lässt du ihn gehen, oder? So ist es doch immer mit dir. Ein oder zwei Tage, dann hast du genug und suchst dir den Nächsten."

"Sei still!", schreit sie mich an.

"Und wenn dich einer nicht will, dann belagerst du ihn, dann lauerst du ihm überall auf. Und wenn er dich immer noch nicht will, dann erzählst du Lügen über ihn und hoffst, damit durchzukommen."

"Verschwindet hier, Leute! Ich rufe sonst die Polizei!"

"Was willst du von Robin, Janina? Willst du dich rächen, weil ich dich damals zurückgewiesen habe? Das ist so krank, weißt du? Du bist echt gestört."

"Verschwindet jetzt!"

"Weißt du keine Antwort auf meine Fragen, Janina? Hm, was erwartest du von Robin?"

"Geld!", ruft sie verächtlich.

"Was?", fragt Robin verwirrt.

"Geld! Was denn auch sonst? Mein Vater hat mir den Hahn zugedreht, seit ich selbst verdiene, aber das Leben ist teuer, wisst ihr? Diese Wohnung muss noch abbezahlt werden, und Alexandra ist Robin gegenüber ganz schön großzügig, das muss man ihr lassen. Euer kleiner Freund hier kauft mir alles und dafür gibt es tolle Belohnungen, stimmt's, Robin. Wir profitieren beide davon."

"Du bist wegen meiner Mutter mit mir zusammen?", fragt Robin gekränkt und er sackt noch mehr in sich zusammen, als Janina antwortet: "Natürlich! Warum wohl sonst?"

"Aber ..."

118

"Und weil ich dich liebe", sagt sie mit einem falschen Lächeln, aber ihr glaubt hier niemand mehr, noch nicht einmal Robin, der völlig verzweifelt ist.

"Was wirst du jetzt tun, Robin?", frage ich leise.

"Keine Ahnung!"

"Wir müssen reden, Süßer", sagt Janina, Robin zuckt die Schultern und sieht uns fragend an. Dann schickt er uns aus dem Zimmer. Er sagt, er will sich morgen melden, aber wir sollen jetzt gehen. Das tun wir natürlich, obwohl mir nicht ganz wohl bei der Sache ist. Ich bin sicher, Janina wird den Kleinen jetzt so richtig um den Finger wickeln und anschließend wird er wahrscheinlich noch nicht einmal mehr seinen Namen wissen, geschweige denn, dass er zu uns gehört ... ins Sandhaus. Aber wir müssen auf seine Intelligenz vertrauen, auch wenn es in letzter Zeit ziemlich schwer war, bei ihm irgendein Anzeichen davon zu entdecken.

Missmutig fahren Ben und ich nach Hause und treffen dort auf Jonas, dem wir gleich von unserem peinlichen Aufeinandertreffen mit Janina erzählen. Mein Vater schickt uns ins Bett mit der Aufforderung, nicht die ganze Nacht zu grübeln, aber das ist wohl eher in meine Richtung gedacht. Ella schläft zumindest schon und ich habe das jetzt auch vor.

Mittwochmorgen habe ich eine Nachricht von Robin auf meinem Handy: "Ich ziehe erst mal zu Alexandra, aber ich komme heute Abend zum Training."

"Danke!", ist meine Antwort. Ich weiß zwar nicht genau, wofür ich mich bedanke, aber ich freue mich, dass er zumindest ans Training denkt. Ich werde dafür sorgen, dass Jannis ihm nicht gleich den Kopf abreißt. Aber mein Vater hat schon vorgesorgt. Als wir nämlich am Abend in der Halle eintreffen, erwartet mein Trainer uns mit einer Neuigkeit, die Jonas uns auch selbst hätte erzählen können. Aber mein Dad liebt es anscheinend, mich auf die Folter zu spannen. Jonas hat nämlich inzwischen mit Jannis telefoniert und ihm die derzeitigen Probleme unseres Krümels gesteckt, der deshalb nichts von Jannis zu befürchten hat. Noch nicht einmal eine Sondertrainingseinheit steht für ihn auf dem Plan! Unser Strandgut hat wirklich mehr Glück als Verstand!

Zuerst weicht Robin uns aus, aber in der Kabine greift sich Ben den Kleinen und erklärt ihm ein paar Regeln: "Hör mal, Robin, es war nicht fair, dass du nicht auf unsere Anrufe reagiert hast. Wir haben uns Sorgen gemacht."

"Tut mir leid."

"Wann kommst du wieder?", frage ich angespannt.

"Ins Sandhaus? Weiß nicht ... vielleicht gar nicht."

"Aber ...", setze ich an, doch Ben unterbricht mich: "Wohnst du jetzt bei deiner Mutter?"

"Vorübergehend. Vielleicht suche ich mir eine eigene Wohnung."

"Du weißt, dass du jederzeit zurückkommen kannst ...", starte ich einen neuen Versuch, aber wieder unterbricht mich Ben: "Im Sandhaus bist du besser aufgehoben. Außerdem steht Timm jetzt völlig auf dem Schlauch. Er weiß gar nicht, wie er die Saison planen soll!"

"Ich spiele nächste Saison mit Timm."

"Willst du es ihm selbst sagen?", frage ich.

"Habe ich vorhin schon", antwortet Robin und will gehen, aber ich halte ihn auf: "Robin?"

"Ja?"

"Es tut mir leid ... die Sache mit Janina ... weißt du, ich ..."

"Schon gut."

"Es tut mir wirklich leid, Robin."

"Bis morgen!"

Der Kleine lässt uns einfach stehen, aber Ben ist der Meinung, wir hätten alles geklärt, was sich auf die Schnelle hätte klären können. "Wir dürfen ihn nicht drängen, Domi. Er muss jetzt erst mal seine Wunden lecken!"

"Ich will nur nicht, dass er allein ist."

"Er will jetzt aber allein sein, das musst du akzeptieren."

"Seit wann bist du so vernünftig?", maule ich.

"Manche Dinge ändern sich eben", antwortet er leise.

Bis Mittwoch hat sich allerdings gar nichts geändert, zumindest nicht, was Robin betrifft. Das ist ziemlich heikel, während unseres Krankenbesuchs bei Linda erkundigt sie sich nämlich, warum Robin sie nicht mehr besucht. Jetzt müssen wir ihr natürlich reinen Wein einschenken. Ich bin froh, dass Ben diese Aufgabe übernimmt: "Robin ist vorübergehend zu Alexandra gezogen. Wir hatten da so ein Problem, weißt du?"

"Ein Problem? Mit Robin? Was habt ihr mit ihm gemacht?"

"Er hatte eine neue Freundin!"

"Hatte?"

"Ja, es ist schon wieder vorbei."

"Und deshalb ist er ausgezogen?"

"Nein, das war schon vorher."

"Kannst du bitte mal in ganzen Sätzen mit mir reden, Ben? Ich verstehe überhaupt nichts."

Ich nehme meinem Kumpel diese Aufgabe ab und erkläre meiner Schwester den Zusammenhang. Dann ist sie erst mal sprachlos, so wie oft in den letzten Tagen. Daran muss ich mich wirklich erst gewöhnen. Aber schließlich hat sie Mitleid mit Robin: "Der Arme! Er muss sich jetzt schrecklich allein fühlen."

"Wahrscheinlich!", antworte ich.

"Und bei dir ist ein Zimmer frei, Bruderherz!"

"Sogar eine halbe Wohnung."

"Schickt doch Robin mal bei mir vorbei, ja? Ich möchte mit ihm reden."

"Du sollst dich nicht aufregen", bremst Ben seine Frau, aber sie lässt sich nicht bremsen: "Ich will ihn doch nur mal sehen, Jungs. Ich will wissen, wie es ihm geht."

"Bestimmt besser als dir."

"Das will ich doch stark hoffen", sagt Linda leise und schickt uns aus dem Zimmer.

Die nächste Überraschung erwartet uns am Donnerstagabend: Robin will mit uns schwimmen! Allerdings will er nicht reden, aber ... hey, wir sind Männer, wir reden sowieso nicht gern. Was wir dafür perfekt beherrschen, ist Schweigen. Wir schweigen, bis wir wieder in der Umkleide sind, wir schweigen unter der Dusche, beim Anziehen und auf dem Weg zu den Autos, aber dann wird das Schweigen gebrochen. Der Schweigegelübdebrecher ist Robin und seine Message hätte ich dann doch lieber nicht gehört: "Ich komme nicht zurück ins Sandhaus."

Meine Enttäuschung darüber kann ich nicht verbergen. Ich brauche einen Moment, um mich zu sammeln, deshalb übernimmt Ben meinen Part: "Du hast immer einen Platz bei uns, das weißt du."

"Ja! Danke!", antwortet Robin, aber dabei sieht er mich an, nicht Ben. Ich weiche seinem Blick aus und steige in mein Auto. Langsam fahre ich nach Hause und fange an zu rechnen: Fünf Personen ziehen aus: Linda, Ben, Benni-Two und Frauke ... und jetzt auch noch Robin. Dagegen ziehen nur zwei Personen ein: Oma und Opa. Das macht im Endeffekt minus drei. Und wieder bestätigt sich meine Angst vor dem Alleinsein: Wir werden immer weniger im Sandhaus ... immer weniger!

Kapitel 8

Bergauf

Es ist still am Freitagmorgen im Sandhaus. Als Ben und ich vom Joggen zurückkehren, scheinen noch alle zu schlafen. Das kommt uns komisch vor, denn normalerweise wuselt um diese Zeit ein Großteil der Sandhausbewohner in der Küche herum, aber heute ist hier niemand. Dafür liegt ein Zettel auf dem Küchentisch: "Jungs!", steht da in Fraukes schnörkeliger Handschrift, "Kommt ins Bistro, wir frühstücken heute auswärts. Es scheint einen Grund zum Feiern zu geben."

Ben und ich glotzen uns verdutzt an. Ein Grund zum Feiern? Was soll das denn jetzt? Wir haben keine Zeit, Frauke kennt doch unseren Terminplan!

Weil wir hier aber niemanden antreffen, den wir fragen können, duschen wir und machen uns auf ins Bistro am Olympiagelände. Die Meute, die wir dort antreffen, erfreut sich an unseren bedröppelten Gesichtern.

"Was ist denn mit euch los?", fragt Ben in die Runde, aber außer Jonas und Ida weiß wohl niemand irgendetwas. Ben und ich sind also nicht die einzigen Ahnungslosen. Jetzt warten wir alle gespannt darauf, was mein Dad und Ida uns zu erzählen haben, aber sie begnügen sich erst mal damit, sich stundenlang anzukichern, dann küssen sie sich. Aber als ich einen nervösen Blick auf die Uhr werfe, weil unser Tagesablauf gerade ganz schön durcheinander gerät, setzt Jonas zu einer kleinen Rede an: "Ihr könnt euch sicher an meine Krankheit erinnern, oder?"

"Oh ... ja ... allerdings", antworte ich.

"Es war für uns alle keine leichte Zeit."

"Das stimmt", bestätigt Ida.

"Ihr wisst, ich lasse mich regelmäßig untersuchen, das ist wichtig."

"Unbedingt!", bejaht Frauke.

"Die letzte Untersuchung hat genau das Ergebnis hervorgebracht wie alle vorherigen auch."

"Du bist gesund, oder?", frage ich hoffnungsvoll.

"Ja", bestätigt mein Dad lächelnd. "Es hat seit fünf Jahren keinen Rückfall mehr gegeben. Deshalb gelte ich ab sofort als geheilt, und ich dachte, das feiern wir einfach mal."

"Jetzt kann nichts mehr passieren?", frage ich aufgeregt, aber Jonas wiegelt ab: "Passieren kann immer etwas."

"Ich meine ..."

"Ich weiß, was du meinst, aber eine Gewissheit gibt es nie. Die Mediziner benutzen die Fünfjahresregel als magische Grenze und die habe ich seit einiger Zeit überschritten. Ida hat sich gestern daran erinnert, ich hatte das irgendwie verdrängt. Aber jetzt möchte ich mit euch feiern."

"Willst du Geschenke?", grinst Ben.

"Nein, danke", lacht Jonas. "Außerdem haben wir noch mehr Gründe zum Anstoßen."

"Stimmt", sagt Ben. "Linda geht es inzwischen gut, Benni-Two auch."

"Und dir?", fragt Frauke leise.

"Na ja ... geht so. Ich mache mir eben Sorgen."

"Du musst dir keine Sorgen machen, Ben", beruhigt Ida meinen Kumpel. "Linda geht es gut, Johannes hält Kontakt zum Krankenhaus und wir hören jeden Tag gute Nachrichten. Sie kommt bald nach Hause, Benni-Two kann bald wieder richtig toben und dann wird es dir auch endlich wieder besser gehen."

"Manchmal bin ich mir da nicht so sicher, aber das ist jetzt egal. Wir feiern heute Jonas' Gesundheit."

"Es ist nicht egal", widerspricht mein Dad. "Wir sind eine Familie, wenn es jemandem von uns schlecht geht, sind wir für ihn da ... Feier hin oder her! Also, was hast du auf dem Herzen?"

"Ich mache mir Sorgen, ob alles wieder so wird wie vorher."

"Ganz bestimmt", tröstet Frauke ihren Sohn. Sie leidet mit ihm, das ist offensichtlich.

"Ich meine, ihr kennt sie ja ... also so, wie sie mal war ... was ist, wenn sie sich verändert hat?"

"Wieso glaubst du das?", fragt Ida.

"Also, wenn sie im Krankenhaus Besuch hat, benimmt sie sich wie immer. Aber wenn ich allein mit ihr bin, spricht sie kaum. Sie weicht meinem Blick aus und ich weiß, dass sie mir insgeheim Vorwürfe macht."

"Das ist Unsinn, Junge", beschwichtigt Jonas. "Das redest du dir ein."

"Am liebsten möchte ich sie direkt fragen, aber ich traue mich nicht. Was ist, wenn ich recht habe? Was ist, wenn ...?"

"Ich frage sie für dich", springe ich Ben bei.

"Wirklich?"

"Ja, klar!"

"Wann?"

"Wir fahren nach dem Frühstück zu ihr."

"Und die Uni?"

"Wir schwänzen heute."

"Dann lasst uns mal frühstücken", fordert Ida uns auf und scheucht uns zum Buffet.

Wir sitzen gerade wieder an unseren Plätzen und stoßen mit dem inzwischen servierten Sekt an, da tastet Farmor nach Farfars Hand und fängt an zu weinen. Mein Opa sieht meine Oma erst fragend, aber dann verständnisvoll an. Er weiß, warum Oma weint, aber wir verstehen im Moment gar nichts. Und als mein Opa dann auch noch anfängt, wundern wir uns wirklich.

123

"Was ist los mit euch?", frage ich nervös.

"Wir sind ... wir sind einfach nur dankbar", schnieft mein Opa, Oma bestätigt: "Wir sind erleichtert, dass du gesund bist, Jonas. Wir hatten immer Angst, dass du wieder krank wirst. Wenn wir ein paar Tage nichts aus dem Sandhaus gehört haben, haben wir uns sofort Sorgen gemacht, dass es dir nicht gut geht. Aber jetzt ... jetzt wissen wir, dass du gesund bist. Du wirst nicht vor uns sterben, Jonas."

"Heute wird nicht vom Sterben geredet", erwidert mein Vater verlegen lächelnd, Opa widerspricht: "Doch, einmal müssen wir heute noch vom Tod reden."

Ich verschlucke mich vor Schreck an meinem Kaffee und Jonas wird leichenblass. "Warum?", fragt er ängstlich.

"Es ist wegen Maja", erklärt Opa. "Ihr habt mit Herrn Körner gesprochen, das hat euch geholfen, oder?"

"Hm", zweifle ich, aber Ida nickt: "Ja, das hat es. Jetzt, wo wir wissen, dass Marius die Sache nicht auf die leichte Schulter nimmt, dass er leidet und oft an sie denkt ... ja, mir hat es geholfen. Ich glaube, ich kann mich jetzt mit Majas Tod aussöhnen."

In diesem Moment muss ich an die Worte des Pastors bei der Beerdigung denken, er sprach davon, dass wir dem Menschen, der uns Maja genommen hat, irgendwann verzeihen können. Ich erinnere mich, dass ich damals wütend wurde und mir geschworen habe, diesen Mann für immer zu hassen. Aber als ich ihn so verzweifelt in meiner Küche sitzen sah, als ich gemerkt habe, dass er sich nicht schont und einen großen Hass auf sich selbst hat, wurde mir klar, dass ich ihn nicht länger verurteilen kann. Also gut, mit diesem Gedanken werde ich mich wohl anfreunden müssen.

Es ist unglaublich, dass wir fast bis zwölf Uhr hier sitzen und frühstücken. Aber dann brauche ich wirklich ein wenig Bewegung, deshalb fahren Ben und ich ins Krankenhaus. Mein Kumpel wartet auf dem Flur und ich werde meiner kleinen Schwester jetzt ein paar Auskünfte aus der Nase ziehen.

"Hey", grüßt sie mich, als ich das Zimmer betrete. Dann verrenkt sie den Hals: "Ist Ben nicht dabei?"

"Nein, er kommt später."

"Was ist denn los?"

"Ich habe ihm gesagt, dass ich mit dir reden möchte", schwindele ich.

"Worüber?"

"Über euch."

"Was genau meinst du?"

"Es ist doch alles in Ordnung zwischen euch, oder?"

"Im Moment ist gar nichts in Ordnung, das weißt du doch."

"Das wird aber alles und dann ..."

"Ben hat sich verändert", fällt sie mir ins Wort.

"Wie meinst du das?"

"Wir können nicht mehr vernünftig miteinander reden. Wenn ich über unsere Zukunft sprechen will, blockt er immer ab. Dann beruhigt er mich mit irgendwelchen Phrasen, die ich nicht hören will. Dabei möchte ich doch nur wissen, wie es mit uns weitergeht. Er weicht meinem Blick aus, sieht mich gar nicht mehr an. Ich habe Angst, dass er mich nicht mehr attraktiv findet."

"Manchmal bist du wirklich eine hohle Nuss, Linda."

"Bitte?"

"Was glaubst du denn, warum Ben dir ausweicht?"

"Das weiß ich doch nicht."

"Weil er Angst hat, Linda."

"Wovor soll er Angst haben? Es ist doch alles gut. Benni-Two geht es gut, ich bin auch bald zu Hause ... wovor also soll er Angst haben?"

"Er hat Angst, dass er für dich nicht mehr wichtig ist."

"Das ist doch Quatsch!"

"Er hat Angst, dass du ihm Vorwürfe machst."

"Das ist totaler Unsinn!", regt sie sich auf.

"Beruhige dich", rufe ich erschrocken, als sie schmerzhaft ihr Gesicht verzieht.

"Es geht schon, aber du redest wirklich dämliches Zeug. Ben hat überhaupt keinen Grund, sich Vorwürfe zu machen. Er hat keine Schuld an dem Unfall."

"Er glaubt, weil er unverletzt ist ..."

"Das musst du ihm ausreden, Bruderherz!"

"Warum redest du es ihm nicht selbst aus?", schlage ich vor.

"Ich weiß nicht, was ich ihm sagen soll."

"Sonst quasselst du doch auch pausenlos! Aber jetzt, wo dir etwas wichtig ist, erwartest du, dass er errät, was du denkst. Findest du das logisch? Er denkt, dass du ihm Vorwürfe machst, und du denkst, dass er dich nicht mehr schön findet ... ihr solltet wirklich mal miteinander reden!"

"Ja, das glaube ich auch."

"Haben wir das endlich geklärt?", grinse ich.

"Ja", lächelt Linda. "Du darfst ihn jetzt reinschicken. Ich denke, er wartet auf dem Flur, oder?"

"Genau."

"Ihr seid mir zwei Helden", lacht sie, aber dann wird sie ernst: "Okay, ich denke, wir müssen wirklich miteinander reden. Und ich glaube auch, dass du nicht auf Ben warten musst. Wir reden wahrscheinlich den Rest des Tages."

"Er soll anrufen, wenn er nach Hause kommt."

"Das kann dauern. Hol ihn doch heute Abend zum Training ab."

"Okay!", stimme ich im Schein zu, aber ob und wann Ben abgeholt werden will, soll er doch wirklich selbst entscheiden. Ich verabschiede mich von Linda und suche Ben auf dem Flur. Er steht am Fenster am Ende des Gangs und fährt herum, als ich ihn anspreche.

"Was hat sie gesagt?"

"Es ist alles in Ordnung, Ben. Aber ihr müsst mal miteinander reden, dann muss der eine nicht raten, was der andere denkt oder glaubt. Sie meint, du findest sie nicht attraktiv und deshalb ..."

"Das ist doch Quatsch!"

"Musst du ihr schon selbst sagen. Ruf an, wenn ich dich abholen soll, ja?"

"Du fährst nach Hause?"

"Ja. Linda meint, ihr bräuchtet ein paar Stunden."

Ich will mit einem ruhigen Gewissen Richtung Schilksee fahren, aber dann fällt mir ein, dass ich gleich ein wenig einkaufen könnte. Bald ist Weihnachten, wir haben noch keine Geschenke für die Kinder, aber jetzt habe ich Zeit. Ich rufe Ella an und frage, was ich besorgen soll. Sie zählt tausend Dinge auf, die ich mir nicht merken kann, deshalb schlägt sie vor, mir eine Liste aufs Handy zu schicken. Ich steuere schon mal ein Parkhaus an und mache mich dann auf zum Spielzeugladen, da meldet sich auch schon mein Handy mit Ellas Wunschkatalog. Die Liste ist ziemlich lang, aber ich finde alles, was wir brauchen. Ich muss noch nicht einmal einen Verkäufer bemühen, das wundert mich selbst am allermeisten. Fast ein wenig stolz auf mein Einkaufstalent verstaue ich alles in meinem Auto und überreiche Ella im Sandhaus die abgehakte Liste. "Alles dabei!", grinse ich.

"Im Ernst?", staunt Ella.

"Klar!", gebe ich eine Runde an.

"Wir holen die Sachen heute Abend rein, wenn die Kinder schlafen."

"Nach dem Training?"

"Ach so ... nein, dann mache ich es wohl allein."

"Aber ich helfe dir beim Einpacken."

"Wann denn?", fragt sie mit hochgezogener Augenbraue.

"Äh ... weiß nicht."

"Eben. Ich mache es allein."

"Was wünschst du dir denn?", frage ich meine Frau.

126

"Also, ich dachte, wir wichteln wieder. Wie im ersten Jahr, das hat doch super funktioniert."

"Stimmt. Wir müssen aber erst die anderen fragen."

"Ja, und vor allem müssen wir wissen, wen wir einplanen dürfen."

"Ich rufe morgen Mama an."

"Und was ist mit Robin?"

"Ich fürchte, Robin feiert dieses Jahr anders."

"Tut mir leid."

"Schon okay."

"Aber dafür sind Farmor und Farfar da."

"Und Linda kommt hoffentlich vorher nach Hause."

"Ganz bestimmt. Johannes rechnet fest damit."

Die Sandhausbewohner haben das Mittagessen heute ausfallen lassen. Alle sind noch satt vom Frühstück, aber wir legen eine Kaffeerunde ein, danach tobe ich mit Mimo im Garten. Benni-Two sieht uns vom Wohnzimmerfenster aus zu, aber er sieht nicht traurig aus – eher müde. Ich hoffe, die beiden Piraten können bald wieder zusammen durch den Garten rennen. Mimo will unbedingt Fußball spielen und ich soll der Torwart sein. Deshalb stelle ich mich zwischen zwei Eimer, die wir mit Sand füllen und lasse mich von meinem Krümel abschießen. Er lacht sich scheckig, weil ich keinen Ball mit dem Fuß abwehren kann und es am Ende ungefähr dreißigtausend zu null steht. Die Null steht natürlich auf meiner Seite.

Am Abend hole ich Ben im Krankenhaus ab. Ich bin erleichtert, dass er gute Laune hat und dass alle Probleme beseitigt sind. Zumindest die, die Ben und Linda betreffen.

"Sie kommt auf jeden Fall noch vor Weihnachten nach Hause."

"Das ist super!", freue ich mich mit ihm.

"Ich brauche ein sensationelles Geschenk. Hast du eine Idee?"

"Ich dachte, wir wichteln wieder."

"Das geht nicht. Ich muss Linda unbedingt etwas schenken."

"Das kannst du ja zusätzlich machen."

"Du meinst, in deinem strengen Plan ist Platz für eine Ausnahme?", grinst Ben.

"Wenn es um Linda geht, gibt es immer eine Ausnahme", lache ich. "Aber eine Idee habe ich nicht."

"Hm ... ich glaube, ich frage mal Ida. Wenn ich Glück habe, ziehe ich Linda sogar, dann muss ich nur ein Geschenk kaufen. Obwohl ... ich würde auch gern Mama ziehen oder dich!"

"Hoffentlich nicht mich!", rufe ich gespielt erschrocken. "Ich weiß doch, dass du dein Geld nur für wertlosen Krempel ausgibst."

"Du bist ja auch so anspruchsvoll", antwortet Ben sarkastisch grinsend.

127

"Eben. Ich wünsche mir dieses Jahr Goldbarren!"

"Ich glaube, irgendwo kann man Goldbarren aus Schokolade kaufen."

"Blöder Witz."

"Und wen willst du ziehen?"

"Johannes."

"Warum ausgerechnet Johannes?"

"Weil er super ist!"

"Was ist, wenn du Robin ziehst?"

"Ich glaube, Robin müssen wir dieses Jahr ausklammern."

"Fürchte ich auch."

"Wenn ich Linda ziehe, tausche ich mit dir. Das muss dann aber unter uns bleiben."

"Okay, und wenn ich Johannes ziehe, tausche ich mit dir."

"Cool."

Wir parken vor der Halle und lassen uns ordentlich scheuchen. Zum Aufwärmen dürfen wir einen Parcours für ein Zirkeltraining aufbauen. Dann lässt Jannis uns ordentlich schwitzen. Wir dürfen Medizinbälle werfen, über Kisten springen, Liegestütze machen, von einer Bank herunter- und sofort wieder raufspringen. Er lässt uns Blocksprünge am Netz machen und über verschieden hohe Böcke springen. Nach jeder Zirkelstation haben wir eine Minute Pause, die wir auch brauchen. Nachdem wir jede Station zweieinhalbmal durchlaufen haben, hat Jannis noch nicht genug gespielt. Jetzt markiert er farbige Felder auf dem Boden, auf die wir unsere Aufschläge zirkeln sollen. Wer ein Feld nicht trifft, soll zwei Runden durch die Halle laufen und sich hinten wieder anstellen. Zuerst sollen wir das rote Feld treffen, das Jannis mittig auf dem gegnerischen Feld platziert hat und groß genug ist, von jedem von uns getroffen zu werden, dann ist das gelbe Feld unser nächstes Ziel. Das gelbe Feld befindet sich direkt an der rechten Seitenauslinie und ist deutlich kleiner. Das ist aber noch nicht alles, denn Jannis baut noch eine Schikane ein: Wer den Ball ins Aus aufschlägt, läuft drei Runden und stellt sich hinten wieder an. Das grüne Feld platziert unser Trainer, den wir heute alle ganz besonders lieb haben, kurz hinter dem Netz und wieder baut Jannis eine Falle ein: Wer das Netz trifft, läuft drei Runden und tritt sofort zum nächsten Aufschlag an. Das ist mörderisch und Jannis lässt uns das Ganze so oft wiederholen, bis jeder von uns mindestens einen Aufschlag ins Netz gesemmelt hat.

Die Trinkpause haben wir alle nötig und weil Jannis mit uns zufrieden ist, dehnt er sie auf fünf Minuten aus. Dann teilt er uns in Mannschaften ein und lässt uns zwei Sätze spielen. Ich bin mit Yorck, Micha, Finn, Timm und Lasse in einem Team. Auf dem anderen Feld stehen Ben, Robin, Dirk, Janik, Max und Philip. Das Spiel geht unentschieden aus. In der Kabine erhalten wir Anweisungen für unsere Tagesabläufe am Samstag: Regeneration ist angesagt und Jannis droht allen Ernstes, dies auch zu kontrollieren. Wahrscheinlich hat er sich schon längst mit Jonas abgesprochen.

Aus diesem Grunde ist am Samstag auch Stillhalten angesagt, aber das macht nichts. Ben hängt sowieso den ganzen Vormittag bei Linda, während ich mit unseren Kindern auf den Spielplatz gehe. Ella packt in der Zwischenzeit schon ein paar Weihnachtsgeschenke ein und hat eine Überraschung, als wir zurückkehren: "Deine Mutter hat angerufen. Ich habe sie für heute eingeladen, dann können wir gleich über Weihnachten sprechen."

"Stimmt, ich wollte sie ja anrufen."

"Ich habe alle für drei Uhr in die Küche bestellt, dann klären wir alles."

"Hast du Robin auch angerufen?", frage ich hoffnungsvoll.

"Ja", antwortet Ella und weicht meinem Blick aus.

"Er kommt nicht, oder?"

"Nein. Wir müssen dieses Jahr ohne ihn feiern."

Als das Auto meiner Mutter in die Einfahrt biegt, gehe ich meiner Hamburger Familie entgegen und lasse mich von Greta abküssen, dann flitzt sie sofort zu Mimo, der mit ihr zu Benni-Two ins Wohnzimmer läuft. Mama hat gekauften Kuchen dabei, Johannes trägt einen Koffer. "Wir übernachten hier", erklärt er auf meinen verdutzten Blick. "Dann können wir morgen euer Spiel sehen."

"Unseren Sieg", verkündet Ben lachend. "Wir gewinnen morgen."

"Spielst du schon wieder?", fragt Johannes staunend.

"Ja, morgen ist mein erstes Spiel. Jannis hat mir eine Garantie gegeben."

"Glaubst du, das ist zu früh?", frage ich Johannes vorsorglich, aber er schüttelt den Kopf: "Nein, nein. Auf keinen Fall."

"Habt ihr noch was im Auto?"

"Ja, eine Tasche mit den Sachen für Greta."

"Wo wollt ihr überhaupt alle schlafen?", überlege ich. "In Idas Gästezimmer schlafen Farmor und Farfar."

"Greta kann bei Mimo schlafen, wir nehmen dein Gästezimmer."

"Da stapeln sich die Weihnachtsgeschenke für die Kinder", schränke ich ein.

"Dann müssen wir eben abschließen."

"Das wird Mimo wundern. Du weißt doch, dass er euch gern morgens aus dem Bett zerrt."

"Vielleicht bringen wir alles in den Keller, wenn die Kinder schlafen."

"Gut, und jetzt ab in die Küche. Ich glaube, es warten schon alle."

Frauke ist schon dabei, unsere Namen auf grüne Zettel zu schreiben und bittet mich, noch einmal die Regeln zu erklären.

"Im Grunde ist alles ganz einfach: Jeder zieht einen Zettel mit einem Namen. Im ersten Jahr hatten wir gleich unsere drei Wünsche auf die Seiten geschrieben, das hat diesmal zeitlich nicht geklappt. Deshalb müssen wir uns etwas anderes ausdenken. Hast du noch mehr von diesen grünen Seiten, Frauke?"

"Einen ganzen Block, wieso?"

"Ich schlage vor, dass sich jeder eines dieser Blätter nimmt und heimlich drei Wünsche aufschreibt. Diesmal sind auch Gutscheine erlaubt. Dann stecken wir die Blätter in Briefumschläge und schreiben unsere Namen drauf. Die Briefe legen wir in eine Kiste und jeder holt sich den Umschlag mit dem passenden Namen heimlich ab."

"Was machen wir mit Linda?"

"Linda muss einfach den Zettel nehmen, der am Ende übrig bleibt."

"Und wenn es ihr eigener Name ist?", muss Mama die Sache unbedingt kompliziert machen.

"Das ist doch eher unwahrscheinlich, Mama", nörgele ich auch gleich los.

"Wieso? Die Chance, dass sie sich selbst zieht, ist immerhin da."

"Okay!", gebe ich nach. "Dann bitten wir eben Timm, ob er den letzten Zettel kontrolliert. Und wenn Lindas Name darauf steht, ziehen wir alle nochmal, wenn es dich beruhigt, Mama."

"Feiert Timm nicht mit uns?", wundert sich Johannes.

"Nein, er fährt zu seinen Eltern."

"Ich rufe ihn", unterbricht Frauke unsere kurze Diskussion und sucht das Telefon. Timm ist in wenigen Minuten bei uns, sodass wir endlich anfangen können. Ich ziehe Ben und sehe an seinem Gesichtsausdruck, dass er Linda gezogen hat. Ich selbst hatte ja gehofft, ein Geschenk für meinen verrückten Stiefvater kaufen zu dürfen, aber mit Ben habe ich ebenfalls ein tolles Los gezogen; ich möchte gar nicht mehr tauschen. Am Abend laden Mama und Johannes Ella und mich zum Essen ein. Wir fahren nach Kiel, Mama hat ein Restaurant mit deutscher Speisekarte im Stadtteil Gaarden ausgesucht. Weil Greta im Sandhaus bleibt – und noch nicht einmal deswegen schmollt –, können wir länger bleiben und haben so genug Zeit, uns einmal wieder ausgiebig zu unterhalten. Zuerst bedienen wir uns aber am Vorspeisenbuffet, dann stoßen wir an. Johannes will natürlich sofort wissen, wen wir gezogen haben, aber Mama verdirbt ihm den Spaß: "Ich schlage vor, wir fragen erst mal, ob jemand jemanden gezogen hat, der hier mit am Tisch sitzt. Falls ja, bohrst du nicht weiter, Johannes!"

"Och", mault mein Stiefpapi.

"Das ist die Bedingung", spricht Mama ein Machtwort und fragt mich: "Hast du jemanden gezogen, der hier am Tisch sitzt, Dominik?"

"Nein."

"Du, Ella?"

"Ja, tut mir leid, Johannes", erklärt sie grinsend.

"Dann sagst du eben nicht, wen du gezogen hast", bettelt Johannes.

"Ende der Diskussion", bestimmt meine Mutter energisch. Johannes schmollt, Ella und ich kichern. Ich bestelle ein Rumpsteak, Johannes nimmt das Pfeffersteak, Ida und Ella bestellen Fisch. Aber zum Nachtisch sind wir uns alle einig: Blaubeerpfannkuchen mit Vanilleeis und Sahne! Johannes versucht noch zweimal, uns die Wichtelnamen aus der Nase zu ziehen, aber Mama spricht ein Machtwort. Dann erzählt sie aus Gretas Kindergartenalltag, berichtet, wie zufrieden die Kindergärtnerinnen mit ihr sind, und erklärt stolz, dass meine ganz kleine Schwester alle Schuleignungstests sensationell gut bestanden hat. Johannes ist angesichts der Prahlerei ein wenig verlegen. Als das Thema Kindergarten abgefrühstückt ist, erfahren wir noch alles Wissenswerte über Gretas Freizeitprogramm und jetzt klinke ich mich aus. Ich habe nämlich Angst, wieder eifersüchtig zu werden, wenn Mama jetzt aufzählt, was sie Greta alles bietet. Ella merkt natürlich sofort, dass ich mich einigele. Sie hat eine eingebaute Antenne, was meine Stimmung angeht. Deshalb legt sie eine Hand auf meine, um mich zu beruhigen.

"Es ist okay", sage ich, damit sie sich entspannt. Es ist wirklich okay – ich habe nur keine Lust, mir all das anzuhören. Mama verstummt allerdings sofort und entschuldigt sich hastig: "Entschuldige, Dominik."

"Schon gut, Mama. Du weißt es einfach nicht besser."

"Es tut mir wirklich leid."

Ich hebe meine linke Hand. Das ist ein Zeichen, das Mama und ich vor einiger Zeit abgesprochen haben, und ich glaube, sie hat es verstanden. Die nächsten zwanzig Minuten sagt sie jedenfalls gar nichts. Dafür redet Johannes umso mehr. Wir lachen über seine Witze, den Tratsch über seinen Alltag im Krankenhaus und die Panne, die er sich am letzten Wochenende beim Kochen geleistet hat. Mama und er hatten nämlich Gäste, Kollegen aus dem Krankenhaus, und Johannes wollte zeigen, was er in der Küche so draufhat. Leider ist ihm bei der Herstellung des Nachtischs ein Missgeschick passiert: Er hat Zucker und Salz verwechselt, was dafür gesorgt hat, dass der Pudding niemandem schmeckte. Wir lachen uns scheckig über diese Geschichte und jetzt beteiligt sich auch meine Mutter wieder an der Unterhaltung.

Am Ende des gelungenen Abends chauffiere ich die Meute nach Hause, wünsche Mama und Johannes eine gute Nacht und folge Ella ins Schlafzimmer. Sie schickt mich zuerst ins Bad und dann ins Bett. Kurze Zeit später legt sie sich zu mir ... nackt. Ich freue mich über diese Überraschung und reagiere sofort.

"Pssst!", bremst Ella meine Bemühungen. "Wir müssen leise sein!"

Das stimmt allerdings, denn meine Mama schläft direkt nebenan. Ella kichert, als sie mir die Hand auf den Mund hält, um mein Stöhnen zu unterdrücken. Ich beiße ihr spielerisch in die

131

Hand, sie lacht und verschließt meinen Mund mit ihrem. Das gefällt mir. Was mir überhaupt nicht gefällt, ist die Tatsache, dass alles ziemlich schnell vorbei ist. Aber Ella gönnt mir nur eine oder zwei Minuten, dann läutet sie die nächste Runde ein.

Es ist keine Frage, dass wir uns am nächsten Morgen von Johannes eine nette Bemerkung anhören dürfen: "Hat sich angehört, als hättet ihr heute Nacht noch eine Trainingseinheit eingelegt."

"Neidisch?", frage ich. Mama wird rot, Ella lacht und Greta hat eine Frage an mich: "Papa will wissen, ob du seinen Namen gezogen hast"

Ich grinse: "Sag deinem Papa, ich habe Rumpelstilzchen gezogen."

"Und du, Ella?"

"Ich habe Frau Holle gezogen."

"Ihr seid so witzig", jammert mein Stiefvater, aber weil wir nicht nachgeben und unsere Geheimnisse hüten, quetscht er die anderen aus, die allerdings auch dichthalten.

Unser Spiel gegen das Team aus Mitteldeutschland beginnt bereits um vier Uhr. Um zwei fahren wir hier los, wärmen uns auf, begrüßen die Leunaer, quatschen kurz mit unseren Beachkumpels auf der gegnerischen Seite, spielen uns ein und nehmen uns vor, unseren Zuschauern ein tolles Spiel zu bieten. Ben steht mit mir, Finn, Lasse, Micha und Timm in der Startmannschaft, die von Yorck, unserem Libero, komplettiert wird. Robin sitzt auf der Tribüne als logische Konsequenz dafür, dass er nach dem Auszug aus dem Sandhaus die Trainingseinheiten geschwänzt hat. Er trägt diese Strafe wie ein Mann, der kleine Robin.

Eigentlich hatten wir vorgehabt, das Spiel von Anfang an zu dirigieren, doch das Team auf der anderen Seite sieht es anscheinend gar nicht ein, hier Gastgeschenke zu verteilen. Verteilt werden erst mal die Bälle, und zwar auf beiden Seiten. Erst führen wir, dann die anderen, aber schließlich geht der erste Satz an uns. Genauso knapp endet auch Satz zwei, diesmal aber zugunsten der Leunaer. Das Ganze wiederholen wir und auch, wenn sich das ziemlich unspektakulär anhört, sind die Sätze drei und vier mehr als spannend. Satz drei endet beim dreißig zu achtundzwanzig, Satz vier beim Stand von zweiunddreißig zu vierunddreißig und wir enden erst mal auf der Bank. Der Schiedsrichter zeigt nämlich Erbarmen und gönnt uns ganze drei Minuten zusätzliche Pause. Wir trinken ausreichend, essen Bananen und Salzstangen und stehen zum Tie-Break bereit, der uns alles abfordert. Beide Mannschaften spielen jetzt hoch konzentriert, niemand wagt ein Experiment, deshalb sind die Ballwechsel lang und ohne große Spannung. Aber das Publikum ist fair und feuert uns an. Leider verletzt sich Lasse am Sprunggelenk und kurz danach muss sich Timm auswechseln lassen. Er ist auf seinen Arm gefallen, der jetzt stark anschwillt und schnellstens gekühlt werden muss. Mit Lasse und Timm fehlen uns zwei Leistungsträger, die durch Janik und Dirk nicht zu hundert Prozent ersetzt werden können. Jannis rauft sich angesichts dieses Pechs die Haare, aber er treibt uns weiter an, das Spiel auf jeden Fall sicher nach Hause zu bringen. Unser Nachteil ist, dass wir jetzt mehr oder weniger mit dem Rücken an der Wand stehen. Aber unser Vorteil ist, dass ich jetzt Aufschlag habe und mich selbst zu einer Superserie motivieren kann. Ich schlage ein Ass, dann spielt Ben einen Block, wieder spiele ich ein Ass und Michas direkte Abwehr beschert uns den vierten Punkt in Folge – es steht fünfzehn zu fünfzehn. Der nächste Aufschlag geht mir allerdings ins Netz, verdammt! Kurz geärgert und dann Kopf hoch, weiter geht's! Micha nimmt perfekt an und Ben macht einen starken Punkt. Wieder Gleichstand. Die Leunaer nehmen ihre Auszeit, Jannis schwört uns noch einmal ein, aber wir können die Vorgaben nicht umsetzen. Beim Stand von neunzehn zu neunzehn wechselt das Team aus Mitteldeutschland zwei neue Spieler ein, die im Gegensatz zu uns natürlich frisch und ausgeruht sind. Das könnte ein Nachteil für uns sein, ist es aber nicht. Ben fängt nämlich plötzlich das Zaubern an, erst erreicht er einen Ball, der schon fast den Parkplatz hinter der Halle erreicht hat, dann spielt er einen Block kurz vor dem Erreichen des Hallendachs und sichert uns den Sieg. Wow, das Tier ist wieder da! Und wie!

Es ist gar keine Frage, dass mein Beachkumpel gleich bei seinem ersten Saisoneinsatz zum wertvollsten Spieler gewählt wird, und ebenfalls ist es keine Frage, dass ich ihm als Erster gratuliere und diesen Titel von ganzem Herzen gönne. Ebenfalls gönne ich ihm die Lobreden des Sponsors, der uns zum Abendessen ins Steakrestaurant einlädt. Aber Ben und ich verabschieden uns direkt nach dem Essen und nehmen Micha mit nach Schilksee. Ich will nämlich viel Zeit mit Ella verbringen, weil unsere nächste Woche ziemlich kurz wird. Schon am Freitagnachmittag fahren wir Richtung Berlin. Dort sind zwei Spiele in Folge angesetzt, nämlich am Samstag gegen die Mannschaft aus Königs Wusterhausen und am Sonntag gegen das Stützpunktteam der Bundeshauptstadt. Das ist aber Zukunftsmusik, der Takt spielt im Moment im Sandhaus und es wird sogar getanzt dazu. Benni-Two ist nämlich am Montag wieder auf den Beinen und spielt mit Mimo im Garten. Der kleine Wolf darf den Oberpiraten auf dem großen Schiff geben und ist glücklich über seine Rolle. Ben und ich werden erst mal profimäßig mit Kanonenkugeln abgeschossen, als wir von der Uni kommen. Dann ist Benni-Two aber müde, er geht mit Ben nach oben und soll sich ausruhen. Mimo gefällt das natürlich überhaupt nicht. Er bettelt stundenlang, dass wir ihn nach oben gehen lassen, aber Ella ist stur und ich bin es zwangsläufig auch. Mimo schmollt, aber dann hat Farmor die Idee, ein paar Weihnachtskekse zu backen, die Mimo morgen mit in den Kindergarten nehmen soll. Der Zwerg ist sofort überzeugt und kramt die Waage aus dem Schrank. Ich hoffe, dass ich Teig schlecken darf, und wundere mich nicht, dass Mimo großzügig mit mir teilt. Er will mir sogar die größere Portion überlassen, weil ich doch so ein Riese bin. Aber ich sage ihm, dass er noch wachsen muss und sein Anteil deshalb größer sein darf als meiner. Farmor rollt den Teig aus und bittet Mimo, die Ausstechformen auszuwählen, die in einer Holzbox liegen. Mimo wählt ein Reh, einen Stern und ein Haus und sagt, ich solle mir auch drei Formen aussuchen. Ich nehme den Mond, ein Schweinchen und einen Schneemann. Meine Oma gibt die Teigflächen frei und mein Sohn und ich starten einen Wettkampf im Teigausstechen. Ich verliere freiwillig und erkläre Mimo-Baby zum Meister der Weihnachtskekse-Ausstech-Meisterschaft. In der Zwischenzeit hat Farmor den Ofen vorgeheizt und Verzierkram aus den Schubladen geholt. Wir schmücken unsere Teiglinge also noch mit bunten Kugeln, Herzen und Sternen und schieben drei volle Bleche in den Ofen. Zehn Minuten später haben wir einen ordentlichen Schwung Kekse fertig, die auf der Arbeitsplatte abkühlen. Mein Sohn sucht mit äußerster Sorgfalt zwei ganz besonders schöne Kekse aus, von denen er einen Ella bringt, die oben mit Ida Knusperhäuschen für die Kinder bastelt, und einen Benni-Two auf den Nachttisch legt. Dann kehrt er zurück und scheint sich unterwegs etwas ausgedacht zu haben. Wir wundern uns nämlich ein wenig, als er Farmor nach einer kleinen Dose fragt und diese mit gelungenen Keksen füllt. Als die Dose voll ist, reicht er sie mir und sagt: "Die sind für Robin."

"Oh ...", stammele ich überrumpelt. "Da freut er sich bestimmt."

"Er soll mich besuchen."

"Das werde ich ihm nachher sagen."

"Ganz bestimmt, Papa?"

"Ganz bestimmt, Pirat."

Robin staunt natürlich nicht schlecht, als ich ihm am Montagabend die Dose mit den Weihnachtskeksen überreiche. "Danke", sagt er verlegen.

"Die sind von Mimo. Er möchte, dass ... ach ... egal."

"Sag schon."

"Er möchte, dass du ihn besuchst."

"Tut mir leid, aber ..."

"Ich weiß, schon gut. Du musst nicht denken, dass ich ihn gedrängt habe oder so."

"Das denke ich auch nicht, aber irgendwie ... ich weiß nicht ..."

"Ich sage ihm einfach, dass du dich gefreut hast."

"Das habe ich auch. Wirklich, die Kekse sind toll. Sag ihm das, ja?"

"Klar!", antworte ich und will mich schon abwenden, um mich aufzuwärmen, aber Robin fasst mich am Arm. Ich drehe mich zu ihm um.

"Domi, ich ... das hat alles nichts mit dir zu tun, glaub mir."

"Tut mir leid, aber das glaube ich nicht."

"Es ist nur ... es ist alles so verzwickt. Ich fand Janina wirklich toll, weißt du? Aber als ihr dann bei uns aufgetaucht seid und sie ihr wahres Gesicht gezeigt hat, da war ich sauer auf dich. Ich weiß, das ist verrückt. Schließlich war sie doch diejenige, die mich ausgetrickst hat. Du wolltest mir nur die Augen öffnen. Aber trotzdem ... immer, wenn ich daran denke, dann glaube ich, das mit Janina und mir hätte funktioniert, wenn eure Vergangenheit nicht gewesen wäre."

"Denkst du das wirklich?"

"Ja, du nicht?"

"Nein, tut mir leid."

"Du hast sie mir nicht gegönnt, oder?"

"Das ist Quatsch, Robin."

"Ja, entschuldige. Es war dumm, das zu sagen."

"Glaubst du das wirklich?"

"Das ist ja das Problem. Ich weiß nicht, was ich glauben soll. Ich weiß nur, dass am Anfang alles toll war. Ich wusste nicht, dass ihr euch kennt. Und als ich dann den Zusammenhang erfahren habe, war ich sauer. Ich weiß, ich hätte auf sie sauer sein müssen, aber komischerweise war ich auf dich sauer."

"Ich denke, es hat nichts mit mir zu tun?", hake ich nach.

"Ich war geschockt, als sie mir die Wahrheit gesagt hat. Das hast du bestimmt bemerkt."

"Ja, habe ich. Aber ich habe mich auch gewundert, dass du uns dann weggeschickt hast."

"Ich musste mit ihr reden. Allein!"

"Und was hat es gebracht?"

"Nichts. Ich bin noch am selben Tag ausgezogen."

"Zu deiner Mutter, ich weiß."

"Ich konnte nicht ins Sandhaus kommen."

"Warum nicht?"

"Weil ich mir wie ein Idiot vorgekommen bin."

"Ach, Robin."

"Ich komme nicht zurück, Domi."

"Und Weihnachten?"

"Weihnachten auch nicht, nimm es mir nicht übel."

"Du kannst es dir noch überlegen."

"Ich komme nicht, Domi."

Ich will unbedingt noch etwas sagen, aber Jannis pfeift uns zu sich: "Gibt es irgendeinen Grund, hier so herumzugammeln?"

"Sorry", entschuldige ich mich.

"Wärmt euch auf, Jungs."

Mimo ist neugierig, als er am Dienstagmorgen in die Küche stürmt: "Hast du Robin die Kekse gegeben?"

"Ja, er fand sie ganz toll. Ich soll dir Danke sagen."

"Wann kommt er uns besuchen?", fragt er hoffnungsvoll.

"Nicht so bald. Er hat wenig Zeit, weißt du?"

"Oh!", sagt Mimo traurig. Es ist wirklich zum Jammern. Erst verliert er mit Benni-Two seinen Spielkumpel, dann zieht auch noch Robin aus, der gern und oft mit den Kleinen getobt hat. Das ist wirklich nicht fair! Robin weiß doch, wie unsere Jungs an ihm hängen. Er kann sie doch nicht dafür bestrafen, dass Janina und ich Probleme miteinander haben! Mimo versteht auch überhaupt nicht, wieso Robin nicht mehr mit ihm spielen will. Er spricht ganz leise, als er mich fragt: "Ist Robin böse auf mich?"

"Nein, Mimo. Robin hat dich lieb."

"Soll ich ihm ein Bild malen?"

"Da würde er sich bestimmt freuen, Pirat."

Mein Sohn stürmt sofort los, holt Blätter und Stifte. Dann legt er los. Die ersten vier Bilder sind ihm nicht gut genug, aber das fünfte wird richtig klasse. Mimo hat die Sandhausbewohner gemalt. Hinten stehen Farmor und Farfar, die daran zu erkennen sind, dass Farmor winzig klein und Farfar groß wie ein Riese ist. Daneben stehen Ida und Jonas. Links neben Jonas stehen Frauke, Ben und Linda. Dann kommen Ella und ich. Vorn spielen Benni-Two, Klein Hanna und Mimo Baby mit Robin.

"Das ist sehr schön", lobe ich meinen Kleinen. Er schnieft: "Gibst du das Robin?"

"Natürlich, Schatz."

"Und sagst du ihm ...?"

"Ich sage ihm, dass er dich besuchen soll."

Am Abend überreiche ich Robin das Bild. Er stöhnt auf, schüttelt den Kopf und sagt: "Sag Mimo, dass ich ihn besuche, aber nicht heute und auch nicht morgen, ja?"

"Er glaubt, dass du wütend auf ihn bist."

"Wieso das denn?"

"Na ja ... er ist ein Nordgren. Wahrscheinlich bezieht er jedes Problem auf sich."

"Du meinst, er ist so ein Grübler wie du?"

"Sieht zumindest so aus."

"Armer Kerl!"

"Ganz genau."

Mein Sohn löchert mich am Mittwochmorgen wieder, aber diesmal kann ich ihn ein Stück beruhigen: "Robin sagt, dass er dich bald besucht. Er hat wenig Zeit im Moment, aber bald kommt er ins Sandhaus. Er hat es versprochen, Mimo."

"Ja?", fragt der Kleine schüchtern. Ich nicke: "Ja, Pirat. Robin kommt dich bald besuchen."

136

"Das ist toll!", freut sich Mimo und läuft sofort zu Benni-Two, um die sensationelle Nachricht zu überbringen. Ben und ich schauen kurz bei Linda rein, bevor wir zum Krafttraining fahren und uns in der Uni volltexten lassen. Ich fühle mich schlapp, fahre nach der ersten Vorlesung nach Hause und lege mich sofort ins Bett. Ella ist besorgt, aber ich beruhige sie, dass ich einfach nur müde bin, und verspreche ihr, dass ich morgen wieder auf der Matte stehe. Das Training am Abend sage ich ab.

Am Donnerstag geht es mir aber wieder gut, ich laufe mit Ben, gehe zum Krafttraining, fahre in die Uni und besuche auf dem Rückweg Linda, die uns aufträgt, ihr doch den letzten Zettel mit den Wünschen zu bringen, damit sie sich schon mal Gedanken machen kann. Da fällt mir auf, dass ich meine Wünsche noch gar nicht aufgeschrieben habe. Ben allerdings auch nicht, wie er mir im Auto verrät. Wir holen das Versäumte sofort nach, aber ich muss lange überlegen. Was ich mir wünsche, kann mir nämlich niemand schenken, meine Wünsche sind mehr ideell. Aber ich selbst habe die Regel mit den drei Wünschen aufgestellt, deshalb kann ich mich da nicht ausklinken. Ich überlege, dann schreibe ich: "Ich wünsche mir einen neuen Bademantel in blau, ein Abendessen mit Ella bei unserem Lieblingsspanier und eine Hängematte für den Garten."

Den Umschlag lege ich in die Box, Ben wirft seinen ebenfalls ein. Außer unseren Wunschzetteln befinden sich noch zwei weitere in der Kiste, die mit den Namen von Linda und Jonas beschriftet sind. Und weil ich weiß, dass Ben Linda beschenkt und ich ein Geschenk für ihn kaufen muss, ist es leicht zu erraten, dass Linda entweder mich oder unseren Vater gezogen hat. Und Ben wird auch intelligent genug sein zu raten, dass ich ihn gezogen habe. Er bestätigt mich auch gleich: "Wehe, du kaufst mir irgendwelchen Schrott."

"Wenn du Schrott aufgeschrieben hast", grinse ich und entfalte Bens Wunschzettel. Ich schlucke, als ich sehe, dass er sich unter anderem eine Uhr wünscht. Mein erster Weg am nächsten Morgen führt mich zu der Box. Der Umschlag mit meinem Namen ist nicht mehr da, das heißt, Linda kauft ein Geschenk für Jonas, aber wer beschenkt mich? Plötzlich kann ich Johannes' Neugierde verstehen, denn auf einmal will ich unbedingt wissen, wer meinen Wunschzettel gezogen hat.

Wir laufen heute nicht. Ich nicht, weil ich schon wieder müde bin, und Ben nicht, weil Benni-Two heute Nacht schlecht geschlafen hat und Ben ihn beruhigen muss. Nach der Uni fahren wir direkt Richtung Berlin. Wir haben vor, beide Spiele an diesem Wochenende zu gewinnen und die Hinrunde auf einem guten Tabellenplatz abzuschließen. Am kommenden Wochenende beginnt bereits die Rückrunde, die Ben und ich noch bis Ende Februar spielen. Dann geht es für uns wieder in den Sand.

Kapitel 9

Siege und Niederlagen

Auf dem Weg nach Berlin schlafe ich fast die ganze Zeit, ich bin wirklich müde. Immer noch! Oder schon wieder? Nach der Fahrt bin ich richtig groggy, fühle mich wie erschlagen und bin deshalb froh, dass heute kein Programmpunkt mehr ansteht. Ich gehe nach dem Abendessen sofort ins Bett und bitte Ben, leise zu sein, wenn er irgendwann nachkommt. Ben erklärt mir allerdings, dass er ebenfalls müde ist und auch ins Zimmer will. Es dauert nur wenige Minuten, dann schlummere ich weg und wache erst am Samstagmorgen wieder auf. Ausgeschlafen fühle ich mich allerdings nicht. Am Vormittag legen wir eine leichte Einheit ein, anschließend besichtigen wir ein Museumsdorf. Im Kräuterladen kaufe ich für Ella ein Massageöl, im Glasladen für Hanna eine Kette aus Glasperlen und für Mimo bunte Murmeln. Auch Ben kauft Geschenke. Danach stürmen wir die Cafeteria.

Um fünf Uhr sind wir in der Halle – das Spiel beginnt um sieben. Ben und ich stehen mit Timm, Finn, Micha, Dirk und Janik in der Startsechs plus Libero Yorck und das Ziel, das Jannis ausgibt, ist deutlich: Alles andere als ein Sieg kommt heute nicht in Frage!

Schon beim Aufwärmen zeigen wir selbstbewusst, wie man richtig tolle Granaten schlägt. Timm, dessen Arm zum Glück längst wieder seinen normalen Umfang erreicht hat, schießt mit seinem Aufschlag sogar den gegnerischen Libero von der Platte ... unabsichtlich natürlich. Nach ein paar angespannten Minuten signalisiert der coole Typ jedoch, dass er nach wie vor einsatzbereit ist, und nimmt von Timm die ehrlich gemeinte Entschuldigung entgegen.

Dann ist endlich Anpfiff und das Kieler Ensemble schindet gleich mal ordentlich Eindruck. Die Jungs auf der anderen Spielfeldseite scheinen anfangs sogar in Ehrfurcht zu erstarren, aber dann spielen sie mit. Ich spiele auch mit – zumindest im ersten Satz, aber dann breche ich ein. Auf einmal bin ich nämlich körperlich so erledigt, dass ich zur Mitte des zweiten Satzes ausgewechselt werde und mir den Rest des Spiels von der Bank aus ansehen darf. Meine Kumpels schlagen die Königs drei zu null.

Im Spielerhotel besuchen mich Jannis und der Doc in unserem Zimmer und unser Trainer nimmt mich ins Kreuzverhör: "Was ist los mit dir?"

"Weiß nicht."

"Du warst gestern schon so müde."

"Vielleicht werde ich krank."

"Irgendwelche Symptome?"

"Nein, ich bin nur müde."

"Hast du Probleme beim Einschlafen?"

138

"Nein, überhaupt nicht. Ich könnte jetzt sofort einschlafen."

Der Doc schiebt Jannis an die Seite und nimmt die Sache in die Hand: "Wir messen jetzt erst mal Blutdruck und Fieber. Am Montag kontrollieren wir deine Blutwerte, aber ich denke, du bist einfach nur erschöpft."

"Das ist ja auch kein Wunder", meldet sich Ben. "Bei dem Stress, den wir im Moment haben."

"Ich hatte nicht diesen Unfall", verteidige ich mich.

"Ja, aber deine Sorgen wegen Ella ... und wegen Robin ..."

"Hast du abgenommen?", unterbricht der Doc unser Privatgespräch.

"Nein, ich glaube nicht."

"Isst du normal?"

"Ja, wie immer."

Das Thermometer piepst und ich lese die digitale Zahl ab: "Achtunddreißigkommafünf."

"Hm, und der Blutdruck etwas niedrig. Wir kontrollieren am Montag noch deinen Blutzucker und die Blutwerte, aber ich denke wirklich, du bist einfach nur erschöpft."

"Du hast einfach zu viel um die Ohren, Junge. Wenn du nicht besser auf dich aufpasst, klappst du uns noch richtig zusammen", gibt Jannis noch einen Kommentar ab.

"Sprecht ihr von einem Burnout?", fragt Ben erschrocken.

"Nein. So weit ist es noch nicht."

Doc und Trainer verlassen das Zimmer und ich verschwinde sofort im Bad, danach ins Bett und Nullkommanix im Land der Träume. Aus irgendwelchen Gründen träume ich heute von Toten. Ich träume von Oma, von Maja, aber auch von Opa und Rübe und ganz zuletzt sogar noch von Kerstin. Als ich aufwache, bin ich noch genauso müde wie am Abend zuvor. Trotzdem steige ich in meine Joggingklamotten, werde in der Lobby aber sofort zurück ins Zimmer geschickt. Das Joggen fällt heute für mich aus.

Weil mir langweilig ist, gehe ich schon mal frühstücken und warte im Speisezimmer auf die anderen. Nach dem Frühstücken ist Spazierengehen angesagt. Wir sehen uns den Ort an, fahren um zwei zur Halle des Olympiastützpunkts Berlin und spielen uns ein. Hier am Stützpunkt zu spielen, ist immer irgendwie anders. Es sind keine hundert Zuschauer da, die ältesten Spieler sind gerade mal achtzehn, manche erst sechzehn. Aber trotzdem schwört Jannis uns darauf ein, dass ganze bloß nicht als eine Art Trainingsspiel zu sehen. Wir sollen alles geben ... also alle außer ich. Ich sitze nämlich erst mal auf der Bank und sehe Ben, Timm, Robin und Co beim Siegen zu.

Zum Ende des dritten Satzes darf ich ein paar Minuten mitspielen, aber die Punkte haben wir schon längst in der Tasche. Ich selbst hätte da nicht mehr allzu viel verbocken können. Bereits nach siebzig Minuten gehen wir als Sieger vom Platz. Wir fahren direkt nach Hause und erreichen kurz nach zehn Schilksee. Jonas erwartet uns bereits. Ich hätte mir ja denken können, dass Jannis inzwischen bei uns angerufen hat, um meinem Papi von meiner kleinen Pause zu berichten. Mein Dad ist natürlich besorgt und fragt mich nach den Symptomen. Als ich alles über meine Schlappheit, Müdigkeit und dem bisschen Fieber erzähle, fragt er mich immer wieder danach, ob ich in letzter Zeit abgenommen habe und fummelt hektisch an meinem Hals herum.

"Was machst du denn da?", frage ich genervt.

"Ich taste deine Lymphknoten ab."

"Und wozu?"

"Nur zur Sicherheit. Was ist mit deiner Haut? Juckt sie? Musst du dich kratzen?"

Jetzt ist mir klar, worauf mein Vater hinauswill, und ich erschrecke bis ins Mark: "Du glaubst, ich habe ...?"

"Nein, ich will nur sicher sein. Also, du hast nicht abgenommen?"

"Nein."

"Und deine Haut?"

"Alles in Ordnung."

"Geschwollene Knoten kann ich auch nicht fühlen", sagt mein Dad erleichtert.

"Du machst mich fertig, weißt du das?", stöhne ich auf, aber mein Vater entschuldigt sich sofort: "Tut mir leid, aber ich habe sofort Angst bekommen, als Jannis die Symptome geschildert hat. Bei mir fing es doch damals auch damit an, dass ich mich ausgebrannt gefühlt habe. Ich war ständig müde und den ganzen Tag erschöpft."

"Ich soll morgen ins Zentrum kommen. Der Doc will das Blut untersuchen."

"Ja, ich weiß. Ich komme mit."

"Musst du nicht."

"Ich will es aber. Und jetzt geh ins Bett. Schlaf morgen, so lange es irgendwie geht, okay?"

"Okay."

Bis neun Uhr liege ich am Montag im Bett, aber als ich aufstehe, fühle ich mich gut. Vorsichtshalber messe ich Fieber, die Temperatur ist normal. Ich habe auch keine Kopfschmerzen mehr, gehe aber trotzdem zum Arzt. Der Doc nimmt mir literweise Blut ab und Jonas drängt ihn, mich an einen Spezialisten zu überweisen, der eine Gewebeprobe entnehmen soll. Ich werde an einen befreundeten Kollegen überwiesen, der mich sofort dazwischenschiebt, deshalb fahren Jonas und ich nach Kiel. Das Ergebnis sollen wir am Mittwoch erhalten.

Mein Vater und ich essen mittags in einem Imbiss und wollen anschließend unsere Weihnachtsgeschenke kaufen. Ich erfahre zwangsläufig, dass Jonas meinen Opa gezogen hat, und erzähle ihm, dass ich ein Geschenk für Ben brauche. Ben wünscht sich eine Uhr, deshalb gehe ich mit meinem Vater in das kleine Schmuckgeschäft, in dem ich auch unsere Eheringe gekauft habe. Auf dem Weg dorthin erzähle ich meinem Dad die Geschichte um die alte Dame, die hin und wieder den Laden hütet. Auch heute ist sie da, was mich wirklich freut. Ich bin sicher, sie findet die perfekte Uhr für Ben.

"Schön, dass Sie mich mal wieder besuchen", begrüßt sie mich. Ich reiche ihr die Hand und stelle Jonas vor: "Das ist mein Vater, Jonas Nordgren."

"Womit kann ich helfen?"

"Ich suche eine ganz besondere Uhr. Sie sollte dieser hier möglichst ähnlich sehen", erkläre ich und zeige ihr Martins alte Uhr.

"Ein sehr schönes Modell. Woher haben Sie sie?"

"Sie ist ein Erbstück."

"Ich fürchte, dieses Modell gibt es längst nicht mehr, aber bestimmt finden wir ein Folgemodell. Ich hole eben einen Katalog der Firma, dort werden wir bestimmt fündig. Falls nicht, werde ich ein paar Telefonate führen; ich bin sicher, ich kann Ihnen helfen." Die Dame schlurft ins Nebenzimmer und kehrt kurze Zeit später mit drei Katalogen zurück. Einen reicht sie mir, einer ist für Jonas bestimmt, den dritten durchblättert sie selbst. Jonas findet die Uhr als Erster: "Das ist sie, oder? Seite 138, unten rechts."

"Ja", rufe ich aufgeregt. "Sie ist fast identisch."

Auch die Ladenhüterin bestätigt mir, dass es sich um das Folgemodell von Martins Uhr handelt, dann seufzt sie: "Billig ist sie nicht."

"Es gibt kein Limit, was den Preis angeht", sage ich sofort, aber als sie ihn nennt, muss ich doch erst schlucken: "Zweitausendfünfhundert Euro."

Verblüfft lasse ich mich auf den nächsten Suhl fallen, aber meine Entscheidung treffe ich sofort: "Bitte besorgen Sie sie. Ich muss diese Uhr unbedingt haben."

"Zweitausendfünfhundert Euro, Domi! Das ist wirklich zu viel", beschwert sich Jonas.

"Ich nehme sie", widerspreche ich. "Können Sie sie besorgen?"

"Ja. Es dauert aber ein paar Tage."

"Kein Problem. Rufen Sie mich einfach an, sobald sie da ist."

Wir verlassen den Laden und kümmern uns um Farfars Geschenk. Farfar hatte die Idee, gleich das Praktische mit dem Nützlichen zu verbinden, und plant mit seinen Wünschen schon sein Leben in Schilksee. Er will wieder regelmäßig ins Schwimmbad gehen und seine Wünsche haben alle mit Schwimmen zu tun: Badeschuhe, Badehose, Bademantel, Badehandtuch, Schwimmbrille, fertig! Wir gehen deshalb in ein Sportgeschäft, Jonas erfüllt seinem Vater alle Wünsche, kauft zusätzlich noch eine Sporttasche, in der er die Geschenke verstauen will und ersteht in einer Drogerie noch Duschgel und Creme für die Pflege danach. Erst um vier Uhr sind wir wieder im Sandhaus.

Ich gehe heute nicht zum Training, dass musste ich dem Doc versprechen, aber am Dienstag bin ich wieder am Start. Morgens jogge ich, mache leichte Übungen im Kraftraum und schlafe in der Uni nicht ein. Ich fühle mich richtig gut und bin sicher, dass mein Schwächeanfall längst Geschichte ist. Mittwochmorgen hole ich mir die Bestätigung der Ärzte ab: Sowohl unser Teamarzt als auch der Kollege, der die Gewebeprobe entnommen hat, bescheinigen mir die beste Gesundheit. Ich plane bereits, wieder richtig ins Training einzusteigen, als der Doc mir unbedingt noch etwas mit auf den Weg geben will: "Dein Zusammenbruch war ein Warnsignal, Domi."

"Zusammenbruch klingt etwas übertrieben", wiegele ich ab.

"Du weißt, was ich meine. Du warst körperlich und psychisch total erschöpft, Domi. Du solltest es wirklich ein wenig langsamer angehen lassen."

Auch Jonas, der mich zu den Terminen begleitet, springt auf diesen Zug auf: "Du musst deine Batterien wieder aufladen, Junge."

"Und wie soll ich das machen?"

"Du machst einfach Urlaub."

"Jetzt?", frage ich entsetzt. "Das geht nicht, wir wollen Weihnachten ..."

"Dann eben nach Weihnachten, aber du reduzierst dein Training."

"Pfff", maule ich, aber Jonas diktiert meinen neuen Wochenplan: "Montags nimmst du dir komplett frei, zweimal in der Woche darfst du joggen, zweimal in den Kraftraum. Meinetwegen darfst du donnerstags schwimmen, aber das Hallentraining reduzierst du drastisch. Zweimal Halle, okay?"

"Ich kann auch gleich ganz aufhören", motze ich.

"Das wäre sowieso das Beste für den Moment."

"Aber nicht im Dezember."

"Dann eben im Januar, überleg es dir."

"Und die Uni?"

"Was hat die Uni mit dem Training zu tun?"

"Also, wenn ich schon Urlaub habe, will ich auch verreisen."

"Das nenne ich mal eine gute Idee", grinst mein Dad.

Zu Hause warte ich auf Bens Rückkehr von der Uni, dann bitte ich ihn, mich nach draußen zu begleiten – ich habe da nämlich eine gute Idee.

"Hör mal, der Doc will, dass ich eine längere Pause mache. Er spricht von einem ganzen Monat."

"Ausgerechnet du", grinst Ben.

"Am liebsten würde ich mit Ella und den Kindern in die Karibik fliegen."

"Nimmst du uns mit?", lacht mein Kumpel.

"Ich habe mir überlegt, die Uni zu schmeißen."

"Bin dabei!"

"Wir machen einfach eine Trainerausbildung außerhalb des Studiums."

"Ich informiere mich gleich mal."

"Und ich frage Ella, was sie von vier Wochen Karibik hält."

Als wir ins Sandhaus zurückkehren, schaut Ella gerade aus dem Küchenfenster und stöhnt: "Wie ich dieses Wetter hasse!"

"Was sagst du, wenn ich eine Überraschung für dich habe?"

"Eine Überraschung? Erzähl!"

"Was hältst du von einem Monat Karibik?"

"Jetzt sofort?"

"Nach Weihnachten, vielleicht im Januar."

"Und wer?"

"Du, die Kinder und ich."

"Das ist ein doofer Witz, Domi. Ich habe mich schon fast gefreut."

"Nein, ich meine es wirklich ernst."

"Hast du da nicht etwas Wichtiges vergessen?"

"Training und Uni?"

"Genau."

"Das Training setze ich einen Monat aus und die Uni schmeiße ich. Ben übrigens auch."

"Wann hast du das geplant?"

"Gerade eben."

"Du bist der Allerbeste, Chico."

"Ich weiß, Engel."

"Wir fliegen in die Karibik?"

"Vier Wochen!"

"Und wohin genau?"

"Das überlasse ich dir."

"Ich gehe sofort ins Reisebüro."

"Du könntest auch erst die Sjörgrens anrufen, vielleicht wollen sie mit."

"Das ist eine gute Idee. Ich rufe erst die Sjörgrens an, lasse mir ihr Budget nennen und gehe dann ins Reisebüro."

Ella rennt sofort zum Telefon und während sie telefoniert, bespreche ich meine nähere Zukunft mit Jonas, der sich – genau wie Ben – sofort an den Computer setzt, um unsere Ausbildung zu planen. Wir können im nächsten September beginnen und melden uns gleich an.

Am Donnerstag verabreden wir Termine in der Uni und stoßen dort erst mal auf Unverständnis. Aber schließlich unterbreiten wir unser selbst erarbeitetes Ausbildungskonzept und verlassen die Uni als freie Männer. Das muss natürlich gefeiert werden, allerdings wollen wir auch noch schwimmen, deshalb verschieben wir die Party auf morgen. Ben und ich wollen mit den Jungs aus unserem Team in die Stadt und so richtig einen draufmachen, so lautet der Plan.

Ella hat auch Pläne: Mimos Verlobte und seine Eltern haben große Lust, uns im Urlaub zu treffen, allerdings haben sie nur zwei Wochen Zeit. Meine Frau hat natürlich schon gebucht, wahrscheinlich hatte sie Angst, dass ich mir das Ganze noch einmal überlege. Weil ich kein Preislimit angegeben habe, ist die Rechnung ziemlich hoch und das Gebiet sehr exklusiv. Zielflughafen ist Nassau, die Unterkunft befindet sich auf Paradise Island. Wenn das mal nicht nach Urlaub klingt! Ich sehe mir gleich die Homepage an, und als ich den Fitnessbereich sehe, gebe ich sofort mein Okay. Ella grinst, sie wusste ganz genau, wie sie mich an die Angel kriegt. Dieses kleine Biest.

Ben ist neidisch, als ich ihm auf dem Weg zum Schwimmbad von unserem Urlaub erzähle. Aber weil der Hauskauf bevorsteht, möchte er lieber sparen, damit noch das eine oder andere Möbelstück gekauft und der Garten auf Vordermann gebracht werden kann. Ein Notartermin steht noch nicht fest, da Linda ebenfalls unterschreiben soll und die Unterschrift in den Büroräumen des Notars geleistet werden muss. Farfar begleitet uns heute zum Schwimmen. Weil er nicht weiß, dass ich weiß, dass er demnächst wieder regelmäßig schwimmen will, wundert er sich auch nicht über meine Frage: "Warum schwimmst du eigentlich nicht jeden Donnerstag mit uns? Du bist so gut in Form."

"Vielleicht mache ich das bald ... mal sehen."

"Du musst ja nicht mit uns mithalten."

"Pah, mit dem richtigen Training hänge ich euch bald ab."

"Ja sicher", grinst Ben und zieht das Tempo ein wenig an. Wir schwimmen noch eine langsame Bahn, dann pfeift uns Amy auf die Startblöcke. Es ist laut heute im Schwimmbad, eine Weihnachts-Beachparty steht an, aber die Veranstalter waren so nett, uns zwei Bahnen am äußersten Beckenrand zu blockieren und mit Markierungsleinen abzugrenzen. Den Partyleuten passt das nicht so ganz, aber wir haben auch Zuschauer, die uns anfeuern. Nach unserem geschwommenen Kilometer mischen wir noch ein wenig bei der Party mit, aber ich spüre schon wieder diese elendige Erschöpfung, deshalb fahren wir um elf nach Hause.

144

Am Freitag ist schon wieder Spaß angesagt, nach dem Training fährt die komplette Mannschaft in eine Disco. Ein paar der Jungs haben ihre Freundinnen und Frauen dabei, aber Ella wollte nicht mit und Linda konnte ja nicht. Wir sind noch nicht richtig im Saal angekommen, da wird Ben schon von einer Horde Mädchen angebaggert. Auch Robin ist hier heiß begehrt und zieht gleich mit einer Blondine auf die Tanzfläche. Die erste Runde Getränke besorgt Daniel aus der Mannschaftskasse, die an unserem vorbestellten Tisch im VIP-Bereich serviert werden. Ben taucht mit zwei Mädchen auf, Robin hat sogar eine Handvoll Begleiterinnen in seinem Kielwasser, als er an unseren Tisch zurückkehrt. Yorck, der ebenfalls allein hier ist, und ich haben schon drei Mixgetränke geschluckt; mir wird schon langsam schwummerig, aber ich bestelle trotzdem noch eins. Um halb drei steige ich mit Micha ins Taxi nach Schilksee, Ben will noch bleiben. Wann Ben nach Hause kommt, weiß ich nicht. Zum Frühstück taucht er jedenfalls nicht auf und beim Mittagessen hängt er ziemlich durch. Jonas verordnet ihm deshalb einen Mittagsschlaf. Um sechs fahren wir in die Halle, das Spiel gegen Rottenburg beginnt um acht. Das Hinspiel haben wir verloren, was daran lag, dass Ben bei Linda in Malmö war und ich noch argen Trainingsrückstand hatte. Es war mein erstes Spiel dieser Saison und sonderlich rund lief es noch nicht. Heute läuft es aber alles andere als unrund, wir spielen die Rottenburger an die Wand und gewinnen drei zu null. Lasse ist wieder am Start, Robin ebenfalls und Ben hat seinen Kater überwunden. Ich selbst habe noch nicht einmal einen gehabt, deshalb ist das Sandhausquartett komplett einsatzbereit. Lasse, Finn und Micha komplettieren die erste Wahl des Trainers. Heute haben wir eintausendfünfhundert Zuschauer, die einen ordentlichen Lärm machen. Der DJ heizt den Leuten heftig ein und wir werden so laut empfangen, dass man kaum unsere Namen durch die Lautsprecher hören kann. Mama und Johannes sind mit Maria und Klaus aus Hamburg angereist, Greta schläft bei einer Freundin. Meine Mutter hat ein Plakat für unser Team gemalt und schwenkt es wild hin und her. Es ist kaum zu übersehen, wie stolz sie auf mich ist. Johannes ist auch stolz auf mich, er feuert mich laut an und übertönt sogar den Hallensprecher. Halb zehn ist es, als Robin den letzten Punkt macht und der Sieg eingetütet ist. Wir feiern mit den Zuschauern, gehen dann unter die Dusche, sprechen im Foyer noch mit meiner Hamburger Familie und nehmen einen Absacker mit dem Team in der Sportsbar. Um Mitternacht sind wir am Sandhaus.

Am Sonntagmorgen besuchen wir Linda, bevor wir mit den Jungs zum Weihnachtsmarkt fahren. Zufällig treffen wir Micha und Lasse ... und leider auch Janina, die sich gleich an mich klammert. Ich stoße sie weg, aber als sie sich gleich wieder an mich ranmacht, droht Micha mit der Polizei. Das ist zwar absolut übertrieben und sogar ein wenig peinlich, aber Janina hat den Wink verstanden und zieht ab. Mimo und Benni-Two parken wir in einem Kinderkarussell, drücken ihnen eine Tüte voll Fahrchips in die Hand und gönnen uns erst mal eine Schnitzelpfanne und einen Glühwein. Weil wir die Zwerge an Bord haben, muss es bei diesem einen Heißgetränk leider auch bleiben, aber ich schlage Ben vor, den süßen Mädels am Glühweinstand einfach die eine oder andere Flasche abzukaufen und heute Abend im Sandhaus eine Glühweinparty zu schmeißen. Die Mädchen lassen sich nicht lange bitten, wir müssen nur einmal mit den Augenwimpern klimpern, schon schieben sie uns eine ganze Kiste über den Tresen, die Ben bezahlt. Ida hat die Idee, die Glühweinparty draußen im Garten stattfinden zu lassen, es schneit nämlich leicht. Deshalb stecken wir die Kinder in Schneeanzüge, ziehen uns auch warm an und stellen uns an das Feuer, das Jonas inzwischen entzündet hat. Frauke hat noch Stockbrotteig vorbereitet und Ella bringt eine Platte mit Würstchen, die wir über dem offenen Feuer grillen. Ida schneidet inzwischen Brötchen auf, in die wir die fertig gegrillten Würstchen legen. Dann schickt sie Ben in die Küche, um Tee und Kakao für die Kinder zu kochen. Es wird eine lustige Party, zumindest bis zu dem Moment, als die ersten Schaumstoffgeschosse im Feuer landen. Mimo fehlen jetzt ein paar Kanonenkugeln, was er nicht ganz so witzig findet. Aber schließlich war er derjenige, der an der Feuerwaffe stand und auf das Feuer gezielt hat. Das sieht er natürlich ein, aber blöd ist es trotzdem. Langsam wird uns kalt, deshalb wandern wir weiter ins Wohnzimmer, in dem schon der Kamin brennt.

Am Montag bin ich richtig fit! Ich laufe, gehe zum Krafttraining und hole anschließend die Uhr ab, nachdem ich Ben ins Krankenhaus gefahren habe. Ich habe ihm gesagt, dass ich ihn dort in etwa einer Stunde wieder abhole. Die Uhr, die ich vom Ladenbesitzer entgegennehme, sieht wirklich toll aus, aber sie ist eben neu. Ihr fehlen die charakterlichen Eigenheiten, die Martins Uhr aufweist. Bei Martins Uhr ist das Leder nämlich abgegriffen, es ist rau. Mit der neuen Uhr hat noch niemand etwas erlebt, das lässt sie fast langweilig aussehen. Aber egal, ich habe sie bestellt und deshalb kaufe ich sie auch.

Ben und Linda haben eine Überraschung für mich, als ich in Lindas Zimmer auftauche: Meine Schwester soll nämlich noch in dieser Woche aus dem Krankenhaus entlassen werden. Ben hat inzwischen mit Amy telefoniert, die zugesagt hat, Lindas Physiotherapie im Sandhaus durchzuführen. Auch einen Termin beim Notar hat mein Sandkumpel schon abgesprochen.

Ich freue mich riesig, dass meine Schwester an Weihnachten zu Hause sein wird. Jetzt sind es nur noch sieben Tage bis zum Fest. Wenn wider Erwarten auch noch Robin zusagt, sind wir komplett, aber Robin wird nicht zusagen, da bin ich ganz sicher.

Die ganze Woche geht es hier drunter und drüber: Mittwoch wird Linda entlassen und von Benni-Two und Mimo Baby profimäßig umsorgt. Jonas hat inzwischen einen Rollstuhl besorgt, in dem Linda viele Stunden täglich sitzt. Wir fahren mit ihr zum Hafen, wo ein kleiner Weihnachtsmarkt aufgebaut ist und schieben sie durch den verschneiten Ort. Am Freitag fahre ich Ben und Linda zum Notar. Ben fährt immer noch nicht wieder Auto und Linda scheint auch erleichtert zu sein, dass ich die Fahrt übernehme. Nach der Unterschrift will meine Schwester unbedingt feiern und lädt uns zum Mittagessen ein, aber dann müssen wir zurück nach Schilksee, wir fahren nämlich noch heute Richtung Süden. Morgen steht unser nächstes Spiel an: in Haching.

Ich erinnere mich noch zu gut an unser erstes Saisonspiel, bei dem die Hachinger in unserer Halle zu Gast waren. Wir haben haushoch verloren und hinterher trotzdem gefeiert. Auch heute gehen wir mit einer deutlichen Niederlage vom Platz. Wir schaffen es gerade mal, einen Satz zu gewinnen, aber dann brechen wir total ein. Jannis haut uns immer wieder dieselben Parolen um die Ohren: "Ihr spielt zu berechenbar, ihr müsst schneller angreifen, mehr Druck, ihr müsst variantenreicher spielen ..."

Leider können wir diese Aufgaben nicht umsetzen.

Das Jahr endet sportlich also mit einer schmerzhaften Niederlage, aber privat stehen alle Zeichen auf Jippijajey: Weihnachten steht vor der Tür, unser Urlaub auf den Bahamas ist gebucht, Linda ist wieder zu Hause, meine schwedischen Großeltern ziehen hier ein und Ella scheint ihre Depressionen überwunden zu haben. Alles ist gut – aber wird auch alles gut bleiben? Das zeigt die Zukunft, für die ich haufenweise Pläne habe. Nach dem Urlaub will ich sofort mit Ben ins Beachtraining einsteigen. Meine Ziele sind hoch, aber ich wette, sie decken sich zu hundert Prozent mit denen von Ben. Ich bin sicher, dass er ebenfalls die Word Tour spielen will und ich bin sicher, dass es sein größter Wunsch ist, bei der Deutschen Meisterschaft in Timmendorf ganz oben auf dem Treppchen zu stehen.

Am Sonntagabend ziehen alle männlichen Sandhausbewohner los in den Wald, um den Baum zu finden. Farfar ist es, der plötzlich glaubt, genau das richtige Gewächs gefunden zu haben. Von uns ist niemand einverstanden, denn die Tanne ist viel zu klein für mein Wohnzimmer, aber Farfar bleibt hartnäckig. Er bricht sogar einen kleinen Streit vom Zaun und besteht darauf, genau diesen Baum mitzunehmen. Ich wundere mich über seinen Eigensinn, aber als er mich grimmig anstarrt, gebe ich nach. Wer will sich schon mit seinem Opa streiten? Einen Tag vor Weihnachten?

Die weiblichen Sandhäusler wundern sich über diese mickrige Tanne, aber Farmor strahlt über das ganze Gesicht. Irgendwas ist hier komisch! "Das ist genau der richtige Baum!", freut sie sich. Ich muss ihr da unbedingt widersprechen: "Dieser Baum ist ein Witz, Oma. Der Förster hat sich kringelig gelacht, dass wir dafür sogar noch bezahlt haben."

"Der Baum ist perfekt, genau so habe ich ihn mir vorgestellt."

"Ich nehme an, du hast eine Erklärung", fordert Jonas seine Mutter zu einem Statement heraus. Farmor lächelt und sagt: "So habe ich ihn im Traum vor mir gesehen. Genau so sah er aus. Er ist unvollkommen, genau wie wir."

"Du bist wirklich verrückt", lacht Ida, aber Farmor redet unbeirrt weiter: "Das ist genau der richtige Baum für die Sandhausbewohner. Er prahlt nicht, versteht ihr. Er ist klein, er ist unauffällig, aber wenn wir ihn geschmückt haben, wird es der schönste Baum sein, den ihr jemals gesehen habt. Ich habe es im Traum ganz genau gesehen."

"Dann musst du uns erklären, wie wir ihn schmücken sollen", erklärt Ella, aber meine Oma bittet darum, ihn allein schmücken zu dürfen und wir sind kaum überrascht, als sie uns aus dem Wohnzimmer scheucht, um sofort damit zu beginnen. Den Großteil der Kisten, die wir ihr durch einen Türspalt reichen müssen, gibt sie uns sofort zurück mit den Worten: "Das brauche ich alles nicht." Aber die kleinen Einkaufstüten aus unserem Supermarkt, die Farfar schelmisch grinsend aus dem Gästezimmer holt, nimmt sie lächelnd an: "Danke, Mikael!"

Ich nutze die Zeit, Bens Geschenk einzupacken, dafür brauche ich aber noch einen Karton: "Ella? Haben wir irgendwo einen kleinen Karton?"

"Welche Größe?"

"Am besten wäre ein Schuhkarton."

"Ja, welche Größe brauchst du?"

"Na, einen Schuhkarton eben."

"Wir haben tausende von Schuhkartons im Keller, Chico, aber deine sind viel größer als zum Beispiel die von Hanna."

"Egal, ich sehe selbst nach."

Ich nehme einen schlichten Karton, lege ihn mit Servietten aus, fülle Süßigkeiten hinein und lege die neue Uhr obenauf. Darüber lege ich einen Zettel mit der Aufschrift 'Du weißt: Es gibt immer einen Plan B!' Ich bin gespannt über Bens Gesicht, wenn er diese Nachricht liest.

Gern hätte ich auch mein Gesicht gesehen, als wir am Heiligen Abend zur Bescherung endlich ins Wohnzimmer gehen dürfen. Der Baum kommt mir nämlich unheimlich bekannt vor. Er ist ausschließlich mit Süßigkeiten geschmückt. Meine Oma kann wirklich hellsehen.

"Danke, Oma", stottere ich auch völlig konfus, als ich ihn sehe.

"Ich wusste, dass er dir gefällt. Er ist perfekt, oder?"

"Ja! Absolut! Woher wusstest du es?"

"Kann uns mal jemand aufklären?", fragt Jonas, aber Oma spricht immer noch mit mir: "Es ist dein Kindheitstannenbaum, Dominik. Es ist der Baum, den du niemals hattest. Genau so hast du ihn dir vorgestellt, oder?"

"Ja, genau so. Es ist verrückt. Woher weißt du das?"

"Ich habe es gesehen!"

"Wie denn?"

"Ich habe es gespürt."

"Das ist total schräg!", antworte ich und muss mich erst mal setzen.

Vom Sofa aus sehe ich zu, wie die Kinder ihre Geschenke auspacken, damit sie spielen können, während wir Großen an der Reihe sind. Meine Oma nimmt mir ungefragt den Chefposten ab und macht die Moderation dazu: "Ich habe Dominik gezogen und sein erstes Geschenk hat er schon bekommen: Den Baum."

"Er ist wirklich perfekt. Unglaublich, aber ungeschmückt sah er extrem hässlich aus."

"Ich habe dir aber auch die anderen Wünsche erfüllt", erklärt Oma und reicht mir meine Geschenke – den Bademantel, den Gutschein für das Essen beim Spanier und die Hängematte, auf der sogar mein Name eingestickt ist. Das ist wirklich cool!

Die Regel bestimmt, dass ich jetzt mein Geschenk überreichen muss. Ich bin gespannt über Bens Gesichtsausdruck. Natürlich wundert sich mein Kumpel über die Nachricht und will sofort wissen, wie Plan B aussieht.

"Plan B ist, dass du dir alternativ diese hier aussuchen darfst", erkläre ich und zeige ihm Martins Uhr an meinem Handgelenk mit den Spuren von Martins Leben. Ben schnappt nach Luft und zögert nicht eine Sekunde: "Wenn du wirklich nichts dagegen hast, nehme ich Papas Uhr."

Ich reiche ihm das für mich wertvolle Stück und nehme dafür die neue Uhr, die ich selbst tragen werde. Es ist zwar nicht Martins, aber sie wird mich trotzdem an ihn erinnern. Frauke schnieft gerührt: "Ich freue mich, Ben. Ich habe nie verstanden, warum du sie nicht tragen wolltest."

"Ich auch nicht", sagt Ben leise. "Es ist doch wirklich okay, Domi, oder?"

"Klar. Sie gehört dir. Er war dein Vater, nicht meiner."

"Falls du sie mal brauchst, darfst du sie dir jederzeit ausleihen."

"Das ist ein Deal."

Nach diesem emotionalen Moment brauchen wir erst mal einen Svagdricka, dann geht's weiter: Ben hat ein Geschenk für Linda, Linda beschenkt Jonas, Jonas überreicht seinem Vater die verpackte Sporttasche mit dem kompletten Schwimmequipment. Farfar überreicht Ida ein keines Päckchen und Ida beschenkt Ella. Ella hat Johannes gezogen, was meinen Stiefvater zum Lachen bringt: "Deshalb wolltest du neulich im Restaurant nichts sagen."

"Ich kenne niemanden, der so neugierig ist wie du, Johannes. Mimo und Benni-Two eingerechnet."

Johannes beschenkt Frauke, Frauke hat für Mama etwas gekauft und Mama überreicht Farmor ein kleines Päckchen. Jetzt weiß ich, warum ich unbedingt anfangen sollte. Farmor hat geschickt kombiniert, wer wen beschenken sollte und sie wollte wohl unbedingt, dass ich mein Geschenk als Erster bekomme. Am liebsten würde ich sofort mit Ella einen Termin für unser Tapas-Essen abstimmen, aber zwei Dinge halten mich davon ab: Erstens klingelt es gerade an der Tür und

149

zweitens erscheint Ida mit dem Weihnachtsbrei. Während Ida die Schüsseln verteilt, öffne ich die Haustür und freue mich riesig über unseren Besuch: Robin ist da.

"Komm", bitte ich ihn überrascht ins Haus. "Ich freue mich, dass du uns besuchst."

"Ich lasse mir doch nicht das Sandhausweihnachtstraditionsfest nehmen", grinst er verlegen.

"Komm rein."

Gemeinsam betreten wir das Wohnzimmer und müssen abwarten, bis Robin von jedem stürmisch begrüßt wurde. Mimo springt ihm gleich an den Hals und weicht den Rest des Abends nicht mehr von seiner Seite. Wir genießen erst mal den Nachtisch, der wirklich lecker ist. Plötzlich finde ich die Mandel in meiner Schale. Ich will sie unbemerkt verschwinden lassen, aber da platzt Linda schon heraus: "Mein Bruderherz hat die Mandel gefunden! Es trifft doch immer die Richtigen!"

Plötzlich reden alle durcheinander: "Was wünschst du dir?"

"Das darf man doch nicht sagen", wehre ich verlegen ab.

"Und ob! Meine Wünsche haben sich fast alle erfüllt!", ruft Robin aufgeregt. "Nun sag schon!"

"Ich glaube nicht an so was. Es ist nur eine Mandel, mehr nicht."

"Ich weiß sowieso, was du dir wünschst, soll ich es sagen?", fragt Linda.

"Okay, du Nervensäge, ich wünsche mir, dass du ..."

"Nein!", wehrt Linda energisch ab. "Du wirst doch deinen Wunsch nicht an mich verschwenden. Ich bin wie Unkraut, das wird alles schon wieder: Wirst sehen, bald mache ich euch Beine, Jungs!"

"Dann wünsche ich mir, dass Benni-Two und Mimo richtig tolle Volleyballer werden!"

"Das werden sie doch sowieso, das liegt ihnen in den Genen!", grinst Frauke.

"Dann wünsche ich mir, dass Ben und ich Deutsche Meister werden!"

"Wer denn sonst?", wundert sich Linda. "Gegen euch hat doch sowieso bald keiner mehr eine Chance. Nun komm schon, Domi. Das ist doch alles gar nicht wichtig!"

"Ist es wohl, und außerdem sind es doch meine Wünsche, oder? Ich darf mir wünschen, was ich will."

"Denk an deinen größten Wunsch, Bruderherz!"

"Das sind alles große Wünsche!"

"Aber es gibt doch noch einen anderen, oder?", bohrt Linda.

Wir sehen uns an, Linda, meine kleine Schwester, und ich. Sie nickt mir zu und ich antworte leise: "Ja, schon, aber ich will nicht egoistisch sein."

"Nun sag es schon, sonst tue ich es!"

"Also gut, ich ... ich wünsche mir Ella."

150

"Bitte?", fragt Ella überrascht.

"Ich wünsche mir, dass du immer bei mir bleibst!"

"Ach, Chico, hast du immer noch Angst?"

"Immer, wenn es regnet, wenn es diesig ist oder kalt. Immer, wenn ich morgens aus dem Fenster sehe ..."

"Du Dummchen, ich gehe nicht weg."

"Dann hat sich mein Wunsch schon erfüllt."

"Was soll ich irgendwo auf der Welt, wo du nicht bei mir bist?"

"Das frage ich mich auch."

Wir stoßen noch einmal an und dann soll Robin erzählen, was er in der Zwischenzeit getrieben hat. Robins Geschichte ist schnell erzählt: Er ist von Janinas Wohnung direkt zu Alexandra gezogen und hat dort seine Wunden geleckt. Dann hat er sich von meinen schwedischen Großeltern einbläuen lassen, was Dankbarkeit heißt. Ich schiele entsetzt zu Oma und Opa, die noch nicht einmal rot werden, als Opa sagt: "Wir haben ihn mehr oder weniger dazu genötigt, heute im Sandhaus aufzutauchen."

"Aber ..."

"Es stand zwar nicht auf deinem Wunschzettel, aber ich wusste, dass es einer deiner größten Wünsche war."

"Das stimmt, aber ihr dürft doch niemanden zwingen, uns zu besuchen."

"Es war aber wichtig und Robin hat es auch schnell eingesehen, oder?"

"Ja, eigentlich habe ich sowieso nach einem Grund gesucht, hier aufzutauchen. Farmors Erpressungsversuch war der richtige Anstoß."

"Du hast den Kleinen erpresst?", fragt Jonas lachend.

"Ich hatte keine andere Wahl. Wir wollen doch alle nicht, dass Domi gerade an Weihnachten mit seinem Kummergesicht herumläuft, oder?"

"Das stimmt allerdings", bestätigt Frauke und wieder werden die Gläser gefüllt, aber endlich gibt es Essen. Robin fährt nach dem Essen zurück zu Alexandra, aber am ersten Weihnachtstag kehrt er nachmittags zurück, um mit Benni-Two und Mimo zu spielen. Greta kümmert sich um Klein Hanna, die heute ihr Kind ist. Am Abend, als meine Hamburger Familie nach Hause fährt, fährt Hanna mit. Das war nicht meine Idee, aber Greta hat so lange genervt, bis Mama nachgegeben hat, und weil wir sowieso morgen in Hamburg eingeladen sind, haben wir nichts dagegen.

Wir fahren am zweiten Weihnachtstag ziemlich spät Richtung Hamburg. Das liegt daran, dass wir einfach nicht aus dem Bett gekommen sind, was wiederum daran liegt, dass wir am Abend – oder eher gesagt: am frühen Morgen – einfach kein Ende gefunden haben. Eigentlich waren wir zum Mittagessen eingeladen, aber das schaffen wir zeitlich auf gar keinem Fall. Vorsichtshalber rufe ich Mama an und bitte sie um Entschuldigung. Aber Mama ist heute Mrs Cool: "Wir können auch heute Abend essen, dann gibt es gleich Kaffee, wenn ihr hier seid. Fahr bitte vorsichtig; es ist glatt. Es reicht, wenn ihr um drei hier seid."

Wir schaffen es bis halb vier, dafür übernachten wir bei Mama, was vor allem Johannes freut, der gleich eine Idee hat: "Wir gehen heute Abend zu einem Kumpel von mir."

"Du und ich?", frage ich vorsichtshalber.

"Klaus ist auch dabei. Deine Mutter hat ein Programm für Ella, Maria und sich aufgestellt, da stören wir sowieso nur."

"Was denn für ein Programm?", erkundigt sich Ella und lässt sich von Mama aufklären: "Ich habe die Sauna und den Whirlpool für heute reserviert. Wir saunieren erst, dann gehen wir in den Pool und hinterher gibt es eine Gesichtsmaske und eine Haarkur, wie klingt das?"

"Das klingt nach dem perfekten Abend."

Der Abend liegt wirklich nah dran, perfekt zu werden. Aber als ich nach dem Abendessen aufstehen will, damit wir Männer losgehen können, wird mit auf einmal schwindelig. Ella kann mich gerade noch so festhalten, bevor ich zu Boden sinke, wo ich vorsichtshalber gleich liegen bleibe. Johannes ist sofort bei mir, fühlt Puls, kontrolliert die Pupillen und stellt tausend Fragen, die ich alle mit demselben Satz beantworte: "Ich bin müde."

Ella bringt mich ins Bett, die Männer wollen zu Hause bleiben, aber Mama schickt sie einfach weg: "Ihr stört bei unserem Schönheitsprogramm. Domi kann auch ohne euch schlafen."

"Du rufst sofort an, wenn irgendetwas ist, ja?"

Was sonst noch diskutiert wird, weiß ich nicht, aber ich weiß, was ich träume: Ich träume vom Fliegen. Ich springe mit Jonas aus dem Flugzeug, aber wir haben keine Fallschirme. Diesmal haben wir Flügel. Wir sind Adler und kreisen am Himmel, steigen immer höher und höher, fliegen immer weiter und weiter. Wir fliegen bis nach Schweden, nach Göteborg. In Göteborg treffen wir komischerweise Maja, die keine Socken und Schuhe trägt und jetzt vom Boden abhebt, um zu uns zu fliegen. "Ich fliege mit euch nach Hause!", ruft sie. Ich will gerade antworten, da wache ich auf.

Es ist noch stockdunkel draußen, aber ich habe keine Uhr um, deshalb weiß ich nicht, wie spät es ist. In der Wohnung ist es still, ich schleiche in die Küche und lese an der Wanduhr die Zeit ab: halb sechs – viel zu früh zum Aufstehen. Leise gehe ich ins Bad, putze mir die Zähne und lege mich wieder ins Bett. Ella wird dabei wach und kuschelt sich an mich.

Um zehn weckt uns Mimo, Johannes will mit ihm ins Schwimmbad fahren und er will wissen, ob wir eine Badehose eingepackt haben. Natürlich haben wir das nicht. Ich habe keinen Gedanken daran verschwendet, heute schwimmen zu gehen. Mimo ist natürlich traurig, aber Mama schlägt vor, einfach eine neue zu kaufen. Hanna möchte nicht mit ins Schwimmbad, aber Maria will sie und Greta mit zum Markt nehmen, um frisches Gemüse zu kaufen. Ich bin immer noch erschöpft, schlurfe im Schlafanzug zum Frühstück, trinke literweise Kaffee und lasse mich von Mama überreden, dass wir noch eine Nacht hierbleiben und ich gleich wieder ins Bett gehe. Weil Ella mit der Übernachtungsverlängerung einverstanden ist, lege ich mich sofort wieder waagerecht, aber einschlafen kann ich nicht. Am Abend geht es mir wieder gut, ich gehe mit Johannes und Klaus ins Kino, danach kehren wir noch in eine Bar ein und sind kurz vor Mitternacht zu Hause. Am Samstag fahren wir nach dem Frühstück ins Sandhaus, wo Mimo schon von Benni-Two erwartet wird und Ella von Frauke und Ida. Die Silvesterplanung steht nämlich auf der Tagesordnung. Weil Linda Ruhe braucht, Frauke gesundheitlich etwas angeschlagen ist und Farmor unbedingt kochen möchte, wollen wir im Sandhaus feiern. Ist mir recht, ich habe sowieso nicht vor, mich irgendwo sinnlos zu betrinken, dafür bin ich nämlich schon wieder viel zu müde. Die Frauen schieben gleich ab, um alles Nötige einzukaufen, den ganzen restlichen Samstag und den halben Sonntag verbringen sie in der Küche, um tausend Dinge zu kochen, zu backen, zu braten und was weiß ich noch alles. Ich verbringe die meiste Zeit auf dem Sofa, aber allein bin ich nie. Erst will Mimo mit mir kuscheln, dann Hanna und am Ende Ella. Silvester ist am Montag und beginnt hier mit einem Sprung aus dem Bett: Ich bin fit und hätte jetzt tatsächlich Lust auf eine richtig tolle Party, aber wir feiern als Familie, das lässt sich jetzt nicht mehr ändern. Die Frauen haben ein sensationelles Buffet gezaubert. Farmor hat schwedische Spezialitäten zubereitet, Ella hat für spanische Tapas gesorgt, Ida probierte sich an englischen Gerichten und Frauke hat alles hergestellt, was unsere Kinder lieben. Ben und ich besorgen Getränke, Jonas kümmert sich um Musik, Farfar geht mit den Kindern noch einmal auf den Spielplatz, damit sie sich austoben können und nicht allzu spät ins Bett gehen. Um Mitternacht wollen wir sie wecken, damit sie sich das Feuerwerk über der Förde ansehen können. Die Party ist gerade in vollem Gange, als Robin auftaucht, um uns einen guten Rutsch zu wünschen. Leider kann er nicht bleiben, weil Angelika eine Party schmeißt, bei der er erwartet wird. Ich freue mich trotzdem, dass Robin hier kurz hereingeschaut hat. Das zeigt mir nämlich, dass er mir endlich verziehen hat, obwohl es eigentlich nichts zu verzeihen gibt, finde ich. Das Jahr endet zumindest mit einem Feuerwerk und das neue Jahr wird genauso gigantisch beginnen: Wir fliegen in die Karibik – jippijajey!

Kapitel 10

Eins, zwei und zweimal drei

Wir fliegen am Montag nach Neujahr und machen einen Zwischenstopp in London, um Hayden und Taylor zu treffen. Die Jungs sind natürlich schon wieder voll im Beachtraining, aber ich sehe ihnen nur zu. Befehl von ganz oben! In der Zwischenzeit geht Ella mit Claire und Chelsea shoppen. Klein Hanna lassen wir bei Claires Mutter, während wir Mimo mit in die Halle nehmen. Er spielt den Balljungen und macht seine Sache wirklich gut. Mittwoch fliegen wir weiter nach Nassau und beziehen unser Quartier. Wir sind noch nicht eine Sekunde da, schon läuft Mimo an den Strand, der direkt vor unserer Terrassentür beginnt. Ella schickt mich mit, damit er nicht allein ins Meer geht, aber Mimo begnügt sich damit, die Seetauglichkeit seines neuen Piratenschiffs zu testen. Ich lege mich auf eine Sonnenliege und beobachte meinen Sohn von dort aus. Der Kleine schließt sofort Freundschaft mit Zwillingen aus Berlin, die mit ihren Eltern ebenfalls erst heute angekommen sind und den Bungalow neben uns bewohnen. Ich mache mich mit Chantal und Kevin bekannt, lade sie ein, sich zu mir zu setzen, und gemeinsam sehen wir Mimo, Joel und Elias beim Spielen zu. Ella bringt Erfrischungen mit und ich stelle stolz meine Frau und meine süße kleine Tochter vor. Kevin und Chantal sind zehn Jahre älter als wir, haben aber spät die Zwillinge bekommen. Sie wollten unbedingt Karriere machen und das mit den Kindern war eigentlich eher ein Unfall, wie Chantal kichernd erzählt. Sie war Moderatorin eines Musiksenders, ist aber nach der Geburt der Kinder zu Hause geblieben. Kevin leitet Berlins größten Sportartikelladen und spitzt die Ohren, als Ella von meinem Nationalkaderstatus erzählt. Ich wiegle alles ab, aber Kevin, der ebenfalls sehr sportlich ist, fordert mich gleich zu einem Wettkampf heraus. Ich habe aber vor, die aufgetragene Regenerationszeit von mindestens einer Woche, die Jonas und Jannis mir vorgeschrieben haben, auch einzuhalten. Deshalb vertröste ich Kevin auf nächste Woche. Dann ist auch Linus mit seiner Familie hier und wir können uns gemeinsam heiße Wettkämpfe liefern. Ich wette, Linus hat fleißig trainiert. Kevin ist so heiß auf diese sportlichen Vergleiche, dass er gleich ein Programm aufstellt: Tennis, Schwimmen, Laufen. In dieser Woche läuft für mich allerdings nichts, was ich gleich nochmal deutlich mache, aber dann zähle ich auf, was ich mir so vorstelle: "Also, ich laufe spätestens um acht, will mindestens zwei Kilometer am Tag schwimmen, abends vielleicht Tennis spielen, aber auch Beachvolleyball, schließlich ..."

"Stopp!", bremst mich Ella. "Ich habe von deinem Dad und dem Trainer den Befehl, auf ausreichend Pausen zu achten."

"Ich passe schon selbst auf mich auf, Engel. Du weißt doch, was Ben und ich dieses Jahr vorhaben. Ich weiß schon, was ich tue."

"Deshalb bist du ja neulich auch so schön zusammengeklappt."

"Und genau deswegen mache ich jetzt Pause. Aber nächste Woche darf ich mich wieder bewegen. Ich habe Jonas extra gefragt."

"Ich habe Jonas auch gefragt, aber eine ganz andere Antwort erhalten. Zumindest war keine Rede von dem Trainingsplan, den du gerade so selbstbewusst aufgestellt hast."

"Wenn du willst, schreibe ich ihm eine Mail und warte auf seine Bestätigung."

"Ja, das will ich."

"Dann hole ich den Laptop."

Ich schlurfe durch den Puderzuckersand in unseren Bungalow, hole mein Handy und schreibe an Jonas: "Daddy, es ist doch okay, wenn ich ab nächster Woche wieder laufe? Deine Schwiegertochter legt mir hier nämlich gerade Fußfesseln an und ich habe versprochen, mir dein Okay abzuholen. Ich plane außerdem, abends Tennis zu spielen und zwei Kilometer am Tag zu schwimmen. Beachen muss ich natürlich auch. Es wäre eine Sünde, diesen geilen Sand, der direkt vor unserer Tür liegt, so sträflich zu ignorieren. Das siehst du bestimmt ein, oder? Dein Lieblingssohn"

Mein Dad antwortet ziemlich schnell: "Hey Kleiner, Laufen ist okay, Schwimmen auch. Den Rest lässt du lieber bleiben. Du weißt, ich habe dir eine Spionin mitgeschickt, die mir bestimmt bereitwillig Bericht erstattet. Halt die Ohren steif und beschäftige dich einfach mal anders ... ich habe gehört, man kann in der Karibik herrlich relaxen. Ich weiß, dass du dieses Wort nicht kennst, aber Entspannung soll wirklich cool sein. Grüße, Dein Alter"

Mein Dad ist wirklich eine Spaßbremse, aber in Wirklichkeit hat er ja Recht. Ich habe nicht umsonst den Klappmann gemacht und außerdem fühle ich mich hin und wieder immer noch schlapp. Vielleicht ist es wirklich besser, das Ganze möglichst langsam anzugehen. Diese Woche jedenfalls ist erst mal Entspannung angesagt und Ella darf die Tagesordnungspunkte bestimmen. Tagesordnungspunkt Nummer eins ist in den nächsten Tagen das morgendliche Familienknuddeln in unserem großen Doppelbett, anschließend ein gemeinsames Frühstück und gleich darauf der Weg zum Strand, wo wir bis zum Mittagessen bleiben. Nach dem Mittagessen befiehlt meine Frau eine Mittagsruhe, die strikt bis drei Uhr einzuhalten ist. Ich lege mich während dieser zweieinhalb Stunden mit Mimo auf eines der vielen Tagesbetten, die die Hotelcrew im Garten und sogar am Strand aufgestellt hat. Wir ziehen die lichtdurchlässigen Vorhänge zu und kuscheln uns in die Kissen. Mimo und ich schlafen jedes Mal so tief und fest, dass Ella uns wecken muss. Während mein Sohn und ich uns die Augen von innen betrachten, schlummert Ella mit Klein Hanna in unserem Hotelbett. Den Nachmittag verbringen wir wieder am Strand mit unseren Berliner Freunden, aber die Abende gehören Ella und mir allein. Wir engagieren Babysitter und besuchen die besten Restaurants der Insel. Jeden Tag essen wir frischen Fisch, knackiges

Gemüse, leckeres Fleisch und spitzenmäßige Nachspeisen. Dann aber ist die erste Woche vorbei, die Sjörgrens reisen an und Ella löst meine Fußfesseln.

Ab sofort laufe ich wieder jeden Morgen, die Kuscheleinheit auf unserem Bett fällt für mich aus, aber die Mittagsruhe mit Mimo bleibt im Programm. Am Nachmittag schwimme ich mit Linus, der in Schweden tatsächlich ordentlich trainiert hat. Trotzdem schafft er es kein einziges Mal, mich zu besiegen. Den zweiten Kilometer schwimme ich meistens allein. Kevin sieht uns bei unseren Wettkämpfen zu. Als er von einem Schwimmwettkampf sprach, meinte er nämlich ein Hundert-Meter-Rennen und keine Langstrecke. Am letzten Tag unserer zweiten Woche hat er uns überredet. Das Rennen soll am nächsten Tag stattfinden und Kevin erklärt sich schon vorher zum Sieger. Linus und ich finden das ziemlich arrogant, deshalb beschließen wir, am Samstagnachmittag Sprints zu trainieren. Kevin behauptet, dass er die hundert Meter im Freistil in 51 Sekunden schafft, das lässt uns stutzen. Der deutsche Rekord liegt nämlich bei knapp über 48 Sekunden, deshalb glauben wir Kevin nicht, dass er so schnell ist. Linus und ich stoppen abwechselnd unsere Zeiten, meine schnellste Zeit liegt am Ende des Tages bei 56 Sekunden, Linus liegt sogar noch ein paar Zehntel darunter. Am Sonntagabend startet unser Rennen, Ella, Tilda und Chantal stoppen unsere Zeiten. Linus gewinnt vor mir, Kevin wird Dritter, die Unterschiede liegen allerdings im Zehntelsekundenbereich. Ich gönne Linus den Sieg, den ich sogar mit ihm feiern würde, aber Kevin dreht jetzt total ab. Er beschimpft seine Frau aufs Übelste, die Zeit nicht richtig gestoppt zu haben und sich mit Technik einfach nicht auszukennen. Chantal tut uns entsetzlich leid, deshalb schlagen wir Kevin vor, das Rennen am nächsten Tag zu wiederholen. Kevin ist einverstanden, besteht aber darauf, die Stoppuhren diesmal den Animateuren in die Hand zu drücken, weil seine Frau einfach zu dämlich ist.

Am Montagabend stehen wir also wieder auf den Startblöcken, aber das Ergebnis ist identisch: Linus siegt vor mir, Kevin wird abermals Dritter. Seine Laune ist dementsprechend mies, deshalb finden wir es auch nicht weiter schlimm, dass er mit seiner Familie direkt in seinem Bungalow verschwindet. Am nächsten Tag sehen wir die Berliner noch beim Frühstück, aber dann reisen sie ab. Die Sjörgrens und wir haben noch eine gute Woche Zeit, die wir gemeinsam verbringen.

Mimo und Elin sind unzertrennlich, Klein Hanna ist kaum aus dem Wasser zu kriegen und wir Erwachsenen sitzen an den Abenden auf unseren Terrassen und trinken Cocktails. Schließlich reisen die Sjörgrens wieder ab, wir Nordgrens genießen unsere letzte Woche und fliegen über Köln zurück. Wir wollten Jessica mit einem Besuch überraschen, erreichen aber weder sie noch Florian. Wir sitzen gerade in einem Bistro, um eine Kleinigkeit zu essen, als mein Handy klingelt. Es ist Linda, die nachfragen möchte, wo wir gerade sind.

"Wir sind noch in Köln, unser Flieger geht in drei Stunden."

"Und was macht ihr so?"

"Wir langweilen uns."

"Fahrt doch zu Jessica, das Baby ist da. Ich habe gerade mit Florian telefoniert."

"Das Baby ist da?", wiederhole ich. Klar! Deshalb niemand ans Telefon.

"Ja. Jessica hat eine Tochter, sie heißt Laura."

"Wow. Dann besuchen wir sie natürlich."

Ich lasse mir von Linda den Namen und die Straße des Krankenhauses geben, dann beende ich das Gespräch und erzähle Ella von dem neugeborenen Baby. Ella will natürlich sofort ein Geschenk kaufen und schießt los, dann rasen wir zum nächsten Taxistand und fahren ins Krankenhaus. Die Kinder müssen wir natürlich auf dem Flur warten lassen, aber zum Glück ist Trixie gerade zu Besuch, die sich um die Zwerge kümmert. Wir bewundern Jessicas Tochter, überreichen das Geschenk und entschuldigen uns dafür, dass wir nur so wenig Zeit haben. Dann düsen wir auch schon wieder zum Flughafen. Wir erreichen Kiel um zehn Uhr abends und unsere Betten eine Sekunde später.

Als wir aufwachen, regnet es, aber Ella hat trotzdem gute Laune. Ist ja auch kein Wunder, schließlich hat sie vier Wochen lang Sonne getankt. Wir frühstücken mit Farmor und Farfar und ich studiere Bens momentanen Trainingsplan, der an der Pinnwand in der Küche hängt. Nach diesem Plan läuft er morgens um sieben, also eine Stunde später als gewöhnlich. Von halb fünf bis sechs hat er Krafttraining und von sechs bis acht ist er in der Halle. Das klingt nach einem logischen Plan. Donnerstags ist weiter Schwimmen angesagt, montags ist – außer dem Joggen am Morgen – komplett frei. Mit diesem Plan kann ich mich arrangieren und auch Ella findet ihn super: "Du hast jeden Montag Zeit für mich und die Kinder, Chico."

"Und abends bin ich auch viel eher zu Hause", grinse ich.

"Das klingt nach einem Luxusleben."

"Wahrscheinlich komme ich um vor lauter Langeweile."

"Ich schicke dich einfach jeden Tag in den Supermarkt mit einer langen Einkaufsliste. Du hast ja Weihnachten schon gezeigt, wie gut du einkaufen kannst."

"Haha."

Ben kehrt gerade vom Jogging zurück, im obersten Stockwerk rühren sich jetzt auch die anderen und als endlich alle in der Küche sind, lasse ich Ella minutiös von unserem Urlaub erzählen. Jonas rümpft die Nase, als Ella von meinem Schwimmwettkampf erzählt.

Wir gehen den Trainingsplan durch, den ich absegne. Morgen soll es losgehen – endlich wieder Training.

Als ich nach eineinhalb Stunden Krafttraining endlich wieder barfuß in der Halle stehe, fühle ich mich einfach großartig. Ich weiß, wir können dieses Jahr alles schaffen. Alles! Allerdings haben wir ziemlich viel Freizeit, die wir aber nutzen. Ben und ich machen mit Mimo und Benni-Two einen Schwimmkurs am frühen Montagnachmittag und begleiten sie zum Kindersport am Donnerstagnachmittag. Der Turnlehrer, der diese Stunden ehrenamtlich gibt, überredet Ben und mich, interessierten Jungs Ballspiele für Anfänger anzubieten. Wir klären das kurz mit unseren Frauen, die sich freuen, dass wir eine sinnvolle Beschäftigung gefunden haben. Ab sofort wird die Sportstunde in zwei Bereiche eingeteilt: Jungs, die einfach nur mit dem Ball spielen wollen, werden von Ben und mir betreut. Die anderen Jungs, die ein anderes sportliches Interesse haben, turnen weiter bei Max. Nach ein paar Wochen müssen wir allerdings einsehen, dass unsere Jungs viel zu laut sind und die anderen Kinder stören, deshalb weichen wir in unsere kleine Sandhalle aus. Die Kinder haben einen Riesenspaß im Sand. Wir spielen Ballfangspiele, Fußball im Sand, Völkerball im Sand und hin und wieder sogar Volleyball mit ziemlich niedrigen Netzen. Anfang März müssen wir diese Freizeitbeschäftigung allerdings unterbrechen, denn unser erstes Saison-trainingslager steht an. Es geht nach Teneriffa.

Auf Teneriffa sind wir die Trainingspartner von Niels und Tim, Deutschlands erstem Natio-nalteam. Zwei Wochen lang lassen wir uns regelmäßig von ihnen vermöbeln, aber hin und wieder machen wir es ihnen ganz schön schwer. Am Ende der zweiten Woche können wir sie sogar zweimal hintereinander eindrucksvoll schlagen. Als wir nach Kiel zurückkehren, ist auch Ben endlich sommerbraun und sieht neben mir nicht mehr wie eine Kalkleiste aus. Wir kehren gerade ins Sandhaus zurück, als Linda ihre Physiotherapie mit Amy beendet. Meine Schwester braucht längst nicht mehr den Rollstuhl, sie schafft schon lange Spaziergänge und muss sich kaum noch ausruhen, deshalb will sie beim nächsten Trainingslager, das in zehn Tagen beginnt und auf Mallorca stattfindet, unbedingt mitreisen. Auch Ella springt auf diesen Zug auf. Wir sind nämlich in Alcudia stationiert, und während Ben und ich im Spielerhotel angemeldet sind, wollen Ella, Linda und die Kinder in unserem Ferienhaus wohnen. Das klingt einerseits nach Spaß, andererseits aber auch nach einer enormen Ablenkung. Aber unsere Frauen wissen, was wir vorhaben und lassen uns in Ruhe trainieren. Wieder haben wir Niels und Tim als Trainings-partner dabei. Diesmal sind aber auch Hayden und Taylor am Start, mit denen wir uns heiße Duelle liefern. Wir schlagen unsere Londoner Freunde mehrfach und gelegentlich gelingt es uns auch, Niels und Tim zu besiegen. Nach zwei Wochen kehren wir zurück nach Deutschland, trainieren im Kraftraum und in der Halle, laufen regelmäßig, sorgen im Schwimmbad für den nötigen Ausgleich und reisen am letzten Wochenende im April zu einem letzten Trainingslager mit Hayden und Taylor nach London. In London ist natürlich Londonwetter angesagt, während es in Schilksee schon frühlingshaft warm ist. Deshalb bleiben die Frauen und Kinder in Deutsch-land und wir trainieren in der Halle. Die Sandhäusler nehmen in der Zwischenzeit die letzten

Renovierungsarbeiten in Bens neuem Haus vor, sodass der Umzug direkt nach unserer Rückkehr aus London stattfinden kann.

Es ist komisch, jetzt nicht mehr mit Ben, Linda, Frauke und Benni-Two unter einem Dach zu wohnen. Ben und ich können uns abends nicht mehr in der Küche treffen, wenn ich jetzt etwas von ihm will, muss ich ihn entweder anrufen oder besuchen. Auch Frauke ist nicht mehr rund um die Uhr für mich erreichbar. Am schlimmsten aber ist für mich, dass meine kleine Schwester nicht mehr bei mir wohnt. Ich vermisse sie schrecklich, obwohl ihr neues Zuhause weniger als fünfzig Meter von meinem entfernt ist. Das Sandhaus kommt mir leer vor und ich ertappe mich immer wieder dabei, dass ich in die obersten Räume schleiche, um nachzusehen, ob sie irgendetwas vergessen haben, das ich ihnen gleich bringen kann. Auch Mimo findet es schade, dass Benni-Two nicht mehr mit uns frühstückt, aber die Kinder arrangieren sich mit diesem Umstand besser als ich. Sie flitzen mehrmals täglich vom Sandhaus zum Wolfsbau, wie Linda das neue Haus getauft hat, und wieder zurück. Ich selbst war nach dem Umzug noch nicht in Lindas neuem Zuhause, irgendwie fehlte mir immer die Zeit, aber heute möchte ich mal wieder mit ihr reden, deshalb besuche ich sie nach dem Frühstück. Meine Schwester hat gerade Benni-Two in den Kindergarten gebracht und freut sich auf meinen Besuch. Ich sitze draußen auf der Eingangstreppe, weil die Sonne scheint. Linda setzt sich neben mich, sieht mich wissend an und beginnt das Gespräch, weil mir die Worte fehlen: "Was willst du mir sagen, Bruderherz?"

Ich weiche ihr aus: "Gefällt es dir in deinem neuen Haus?"

"Was hast du auf dem Herzen?"

"Gar nichts."

"Nun komm schon. Was ist es?"

"Es ist so leer im Sandhaus."

"Das stimmt. Endlich hast du wieder Luft zum Atmen, oder?"

"Es ist viel zu leer", widerspreche ich.

"Es klingt so, als würdest du dort allein wohnen."

"Ist ja auch fast so."

"Ach, komm schon, Bruderherz. Du bist doch nicht allein."

"Es fühlt sich aber so an."

"Jetzt hör mir mal zu, es ist völlig normal, dass man mit seiner Frau und seinen Kindern allein in einem Haus lebt. Aber bei dir wohnt noch dein Vater und dazu auch noch deine Stiefmutter. Und außerdem deine Großeltern. Du lebst mit vier Generationen unter einem Dach und willst behaupten, dass du einsam bist?"

"Wir werden immer weniger."

159

"Hör auf, Domi. Das stimmt doch gar nicht. Du bist pausenlos mit Ben zusammen. Ihr macht Schwimm- und Sportkurse mit den Jungs, bald gehen die Turniere wieder los, dann bist du rund um die Uhr mit Ben zusammen. Du hast doch kaum genug Luft zum Atmen, Domi. Du bist nicht allein."

"Aber ..."

"Komm her, du einsames und vernachlässigtes Kind", grinst Linda und nimmt mich fest in den Arm. "Du weißt doch, dass du jederzeit in den Wolfsbau kommen darfst. Und wenn du ganz große Sehnsucht hast, darfst du auch hier übernachten, aber ich will nie wieder hören, dass du einsam bist, Domi. Du bist nicht allein. Ich kenne niemanden, der so viele Menschen kennt, die für ihn morden würden."

"Morden?", frage ich und kann mir ein schiefes Grinsen nicht verkneifen.

"Wir alle würden für dich morden, Domi. Du kannst jeden fragen."

"Du bist verrückt, Linda."

"Siehst du, du kannst doch nicht unbedingt mit mir unter einem Dach leben wollen, wenn ich verrückt bin."

"Du weißt, was ich meine."

"Genau!", sagt sie und streckt mir die Zunge heraus. "Komm mit ins Haus."

"Nein, ich gehe lieber."

"Warum?"

"Das willst du nicht wissen."

"Doch, natürlich!"

"Ich hasse dieses Haus."

"Was?", fragt Linda verblüfft.

"Ich hasse dieses Haus."

"Aber ... warum?"

"Weil es nicht auf dem Sandhausgrundstück steht", grinse ich schief.

"Wer von uns wohl verrückt ist", sagt Linda, aber sie lächelt nicht dabei. Ich verabschiede mich niedergeschlagen und suche Ella, die gerade Pläne schmiedet. Wir spielen am Wochenende nämlich unser erstes Turnier in Kiel und sie überlegt, dort beim Service zu helfen. Allerdings kann sie Mimo und Hanna nirgendwo unterbringen, denn sowohl die Sandhausbewohner als auch die Leute aus dem Wolfsbau wollen in Kiel zusehen. Ich schlage ihr vor, Mama und Johannes einzuladen und ihnen die Kinder aufzuhalsen. Ella springt sofort ans Telefon und überredet Mama zu einem Schilkseebesuch am Wochenende. Johannes muss leider arbeiten, aber das Sandhaus platzt trotzdem aus allen Nähten. Mama und Greta schlafen natürlich hier, aber auch Lennart und Bennet haben wir im Haupthaus einquartiert. Gern hätte ich auch Tobi und Max aus

München bei mir untergebracht, aber Max hat sich geweigert und Tobi wollte seinen Spielpartner nicht unnötig verärgern. Seine schlechte Laune ist schon übel genug.

Das Turnier beginnt am Freitag um zwei Uhr und sowohl Ben und ich als auch Lennart und Ben, Thore und Marten und Robin und Timm starten mit einem Freilos ins Turnier, weil wir hoch gesetzt sind. Nur Tobi und Max müssen in der ersten Runde spielen, gewinnen ihr Match aber ohne große Probleme. Ab fünf Uhr läuft die zweite Gewinnerrunde, deren Spiele alle auf dem Centrecourt stattfinden. Beim Spiel um sechs Uhr haben es Thore und Marten mit Tobi und Max zu tun. Max präsentiert sich mal wieder von seiner schlechtesten Seite, er provoziert nicht nur Thore und Marten, sondern auch den Schiedsrichter und am Ende sogar das Publikum. Natürlich sind die Kieler auf der Seite unserer Freunde aus Schilksee, das ist doch sonnenklar. Aber sie applaudieren auch fair, wenn Tobi oder Max starke Punkte machen. Max sieht das allerdings anders und belohnt die Zuschauer nach seiner Niederlage mit einem obszönen Fingerzeig. Tobi ist das Ganze ziemlich peinlich, er entschuldigt sich bei Thore und Marten, beim Schiedsrichter und über Mikrofon auch noch bei den Zuschauern. Dann schnappt er sich Max und staucht ihn vor aller Augen und Ohren so richtig zusammen. Am Ende des Tages wird noch eine Verliererrunde ausgespielt, die wir interessiert verfolgen. Dann ist Feierabend. Wir ziehen uns ins Sandhaus zurück, bedienen uns großzügig am Grill, um den sich Farfar kümmert und hauen uns auf die aufgebauten Liegestühle. Ich selbst entere meine Hängematte, die ich mir mit Mimo teile.

Am Samstagmorgen sind wir bereits um halb zehn an der Reihe. Wir spielen gegen das auf Rang neun gesetzte Team und haben am Anfang ordentliche Schwierigkeiten. Bei unseren Gegnern allerdings geht so richtig die Post ab, sie holen sich den ersten Satz und ich hole mir eine Ansage von Ben: "Was ist los mit dir? Schläfst du noch?"

"Quatsch!", wehre ich mich ärgerlich. Was muss er mich hier so doof anmachen? Wir haben schließlich nur einen Satz abgegeben, also ist noch nichts verloren. Ich schnappe mir den Ball und gehe zur Aufschlaglinie, um Ben zu zeigen, dass ich voll da bin. Mir gelingt ein spektakuläres Ass und gleich noch eins. Ben grinst, klatscht mich ab und sagt: "Dass man immer erst schimpfen muss!"

Satz zwei geht knapp an uns, aber den dritten dominieren wir wie die Weltmeister. Wir gönnen unseren Gegnern nur neun Punkte und stehen sicher in der vierten Gewinnerrunde. Sowohl Thore und Marten als auch Robin und Timm machen uns das nach. Auch Lennart und Bennet sind eine Runde weiter, während Tobi und Max sich eindrucksvoll durch die Verliererrunde quälen. Sie spielen um elf, um eins und um drei und gewinnen jedes dieser Spiele bemerkenswert deutlich. Direkt nach ihrem letzten Spiel in der Verliererrunde geht es für uns weiter im

Winnerpool. Unsere Gegner sind Thore und Marten, die uns beim Einspielen eine nette Ansage machen: "Lust auf eine Niederlage?"

"Bist du verrückt?", lacht Ben. "Domi und ich müssen in der Bahnhofsmission schlafen, wenn wir euch nicht besiegen. Unsere Frauen lassen keine Waschlappen ins Haus."

Dass wir nicht nur ein großes Maul haben, sondern heute wirklich gut drauf sind, zeigt das Ergebnis im ersten Satz: Wir gewinnen zu zehn. Als Marten dann aber anfängt, seine Sportart zu verwechseln und seinen nächsten Aufschlag direkt in die Zuschauer zu schießen, bricht das Team total ein und schenkt uns beinahe Satz zwei. Wir räumen jetzt das Feld für Robin und Timm, die es mit Lennart und Bennet zu tun haben. Unsere Kleinen sind von ihren älteren und erfahreneren Gegnern völlig unbeeindruckt. Robin ist so selbstbewusst wie ein Fuchs vor dem Kaninchenbau und Timm ist sowieso obercool. Beide zeigen ihre Routine in völliger Ruhe und Eintracht und schicken unsere ehemaligen Konkurrenten um die Plätze in den Jugendnationalteams mit einem respektablen Vorsprung in den Verliererpool.

Ben und ich haben für heute Feierabend, deshalb duschen wir schon mal und wollen uns anschließend die restlichen Spiele im Loserpool ansehen. Lennart und Bennet gewinnen deutlich, aber Thore und Marten verlieren ihr Spiel gegen Tobi und Max. Thore und Marten sind also auf dem fünften Platz ausgeschieden, aber Tobi und Max haben es über den Verliererpool bis ins Halbfinale geschafft. Das fordert Anerkennung, aber Max will unsere Glückwünsche nicht annehmen. Wir warten, bis sich unsere Sandhausgäste umgezogen haben, dann kehren wir zurück, essen eine Kleinigkeit und entspannen noch ein wenig im Garten.

Am Sonntag regnet es wie aus Eimern, als wir am Turniergelände ankommen. Wir laufen uns in strömendem Regen warm, spielen uns im wolkenbruchartigen Regen ein und bestreiten unser Halbfinalspiel im sintflutartigen Regen. Das ist aber egal, wir sind sowieso nass und Zuschauer, die ebenfalls nass werden könnten, sind nicht anwesend. Wir spielen vor leeren Rängen gegen Lennart und Bennet. Um es kurz zu machen: Wir haben es ihnen nicht leicht gemacht, aber gewonnen haben sie trotzdem. Wir gratulieren fair und verziehen uns mit klappernden Zähnen ins Spielerzelt, wo wir versuchen, uns irgendwie aufzuwärmen. Das Spiel von Robin und Timm gegen Tobi und Max sehen wir uns durch ein Fenster in der Zeltwand an. Unsere Kleinen haben keinerlei Respekt, aber Max scheint auch nicht ganz auf der Höhe zu sein. Zwar diskutiert er nicht mit dem Schiedsrichter und mit den Zuschauern auch nicht – es sind ja keine da! –, aber er nimmt kurz hintereinander die Auszeiten und lässt sich am Rücken behandeln. Die Behandlungspause nutzt das Team aus, während Robin und Timm sich weiter in Bewegung halten, um nicht zu frieren. Der Regen ist nämlich nass und der Wind weht stark in Böen. Aufgrund der Verletzung gewinnen Robin und Timm dieses Spiel und stehen tatsächlich im Finale gegen Lennart und Bennet, während wir im Spiel um Platz drei hoffentlich Max Großmaul besiegen.

Von der Verletzung scheint am Anfang auch nichts mehr zurückgeblieben zu sein, Max drischt nämlich mit voller Wucht die Bälle über das Gitter und hinterlässt tiefe Krater in unserer Sandhälfte. Zumindest beim Einspielen. Nach dem Anpfiff des Schiedsrichters ist er allerdings nicht mehr so gut drauf. Wieder nimmt er die Auszeiten in kurzer Folge, dann gibt das Team auf. Wir werden Dritte, obwohl wir noch nicht einmal einen Satz gespielt haben. Besorgt erkundigen wir uns bei Max, was ihm denn fehlt, aber er lässt seine Laune an uns aus: "Verzieht euch, ihr Spinner!"

Gut, das kann er haben, schließlich wollten wir nur freundlich sein. Jetzt sehen wir aber zu, dass wir ins Trockene kommen. Wir duschen, sehen uns das Endspiel der Damen an und drücken anschließend Robin und Timm die Daumen. Es ist halb vier, als Timm Aufschlag hat, der ihm gleich ins Netz geht. Wir stöhnen alle laut auf, aber Timm hat die Ruhe weg. Diese kleine Nervensäge grinst sogar. Den zweiten Satz hat der Sandhausnachwuchs sicher und das Spiel beginnt bei Null. Robin und Timm setzen sich gleich ab, lassen keine Fehler mehr zu und bringen Lennart und Bennet an den Rand der Verzweiflung. Als Lennart dann sogar einen Angriff unter das Netz murmelt, steht dem Sandhaussieg nichts mehr im Wege. Robin und Timm gewinnen das erste Turnier der Schleswig-Holsteinischen Tour und lassen sich wie Superhelden feiern. Am Abend ziehen sie Ben und mich noch damit auf, dass wir zwei Plätze hinter ihnen gelandet sind, aber wir lassen uns heute nicht ärgern, dafür ist unsere Laune viel zu gut.

Während der Joggingrunde am Montag treffen wir auf Thore und Marten, die am Abend mit uns trainieren wollen. Natürlich haben wir nichts dagegen und laden sie in unsere Halle ein. Ben und ich haben nämlich keine Lust mehr auf einen freien Montag. Beim Krafttraining auf dem ursprünglich für Martin gebauten Podest betreut uns heute Amy, weil Jonas mit Farfar unterwegs ist. Amy scheint es inzwischen aufgegeben zu haben, Ellas Nachfolgerin zu werden. Mir fällt auf, dass sie mich kaum ansieht, zumindest nicht öfter als Ben und die anderen. Dafür quält sie uns heute ziemlich fies mit den Langhanteln. Rechtzeitig zum Beachtraining taucht aber Jonas auf und übernimmt die Aufpasserrolle. Auch Jonas nimmt uns hart ran, schließlich wollen wir am Wochenende in Münster gut punkten. Die Nationalteams sind in China und reisen von dort aus weiter nach Argentinien. Ein Zwischenstopp in Deutschland ist nicht eingeplant, deshalb stehen Ben und ich auf Rang eins in der Setzliste. Inzwischen trainieren wir wieder täglich im Sand, deshalb können wir nicht mehr mit Mimo und Benni-Two zum Schwimmen und zum Ballsport gehen, aber unsere Frauen vertreten uns. Linda bekommt die Bewegung im Wasser sehr gut. Bereits am Freitagmorgen fahren wir nach Münster, sehen uns die Qualifikationsspiele an und schließen Freundschaft mit Juan und Nelson aus Brasilien, die hier eine Wildcard ergattert haben und morgen im Hauptpool spielen. Wir selbst eröffnen die Hauptrunde gegen das letztgesetzte Team auf dem Centrecourt, während die Brasilianer zeitgleich auf dem Nebenfeld spielen. Wir gewinnen ebenso deutlich wie Juan und Nelson und haben danach genug Zeit, uns die Siege von Christian und Jan auf dem Centrecourt sowie Stefan und Felix auf Feld drei anzusehen. Auch unser zweites Spiel findet zeitgleich mit dem Match von Juan und Nelson statt. Das ist schade, ich möchte sie nämlich zu gern mal spielen sehen. Wir selbst brauchen zwei ziemlich anstrengende Sätze zu unserem Sieg, aber Juan und Nelson gewinnen erst im Tie-Break. Auch Christian und Stefan gewinnen in Runde zwei und sind in Runde drei Gegner. Wir selbst haben es mit unseren neuen brasilianischen Freunden zu tun. Es ist schwül, ein Gewitter droht, die Hitze ist mörderisch, aber Juan und Nelson haben kein Problem mit diesem Wetter ... Ben und ich schon. Trotzdem machen wir es den Brasilianern so schwer wie möglich. Der erste Satz ist heiß umkämpft und erst beim Stand von achtundzwanzig zu neunundzwanzig verbockt Ben einen Block und ich kann den Ball nicht mehr erreichen. Satz eins geben wir also ab. Der zweite Satz ist noch viel härter, inzwischen nieselt es, das Gewitter steht kurz vor dem Ausbruch, Wind ist aufgekommen und auf einmal haben wir hier Schilkseebedingungen, die wir anfangs auch nutzen. Es steht ebenfalls achtundzwanzig zu neunundzwanzig, als Juan ein Ass schlägt, das mit einer solchen Geschwindigkeit über das Netz gebrettert kommt, dass ich den Ball nicht einmal sehe. Wir landen also im Verliererpool, aber verloren ist noch gar nichts. Im Verliererpool landen auch Christian und Jan, die sich von Stefan und Felix in drei Sätzen haben schlagen lassen. Zum Glück ist das Turnier für heute beendet – gerade rechtzeitig zu dem Wolkenbruch, der jetzt einsetzt. Wir stellen uns in den Regen, danach unter die Dusche und später an die Bar. Keine Frage, dass wir ordentlich Durst haben. Außerdem gehen Ben und ich unsere Strategie für morgen durch. Wenn wir das nächste Spiel gewinnen, landen wir im Halbfinale, das ist unser Mindestziel. Unser wirkliches Ziel ist aber das Endspiel und dort sogar der Sieg. Schließlich sind wir auf Platz eins gesetzt und da steht man nicht einfach so. Weil wir am Sonntag alles geben wollen, sind wir schon um zehn im Bett, telefonieren noch einmal kurz mit unseren Frauen und sind am nächsten Morgen topfit. Um zehn Uhr sind wir am Start und gewinnen deutlich. Auch Christian und Jan haben keine großen Probleme mit ihren Gegnern. Im Halbfinale stehen sich also ausschließlich alte und neue Bekannte gegenüber. Auf dem Papier sieht das so aus: Juan und Nelson spielen gegen Christian und Jan, Stefan und Felix spielen gegen Ben und mich. Weil wir aber nicht nur gegen einen ganz normalen Stefan spielen, sondern gegen einen Stefan, der hier unbedingt besser abschneiden will als sein ehemaliger Teampartner Christian, fordert uns das Spiel alles ab. Wieder müssen wir in jedem Satz in die Verlängerung gehen und wieder geht das Spiel zu unseren Ungunsten aus. Wir stehen im kleinen Finale, während Stefan und Felix im Endspiel sind ... genau wie Christian und Jan. Wir selbst spielen gegen die Brasilianer, die uns gleich mal zeigen, dass wir zwar Freunde sind, aber man Freunden nicht unbedingt Siege schenkt. Den ersten Satz verlieren wir zu vierzehn und sind ehrlich gesagt mehr als frustriert. In der Satzpause lassen wir uns aber vom Publikum aufmuntern und plötzlich läuft alles besser. Wir gewinnen Satz zwei und auch der Tie-Break geht an uns, so sind wir schon zum zweiten Mal in dieser Saison Dritte. Es ist trotzdem keine Frage, dass wir uns unbedingt das Endspiel von Christian gegen Stefan ansehen wollen. Auch Juan und Nelson sitzen mit uns auf der Tribüne und feuern beide Mannschaften an. Ben hat sie zwischenzeitlich darüber aufgeklärt, dass Stefan und Christian früher einmal ein Topteam waren, das sogar den Nationalkaderstatus hatte, aber dann haben sich die Jungs zerstritten und inzwischen scheinen sie sich regelrecht zu hassen. Ich habe keine Ahnung, warum das so ist. Wir fragen die Jungs immer wieder, haben aber noch nie eine Antwort bekommen. Ich bin wütend darüber, dass sie Martins Andenken so in den Dreck ziehen, das nehme ich ihnen übel! Christian und Stefan gönnen sich gegenseitig keinen einzigen Punkt. Beide diskutieren pausenlos mit dem Schiedsrichter, der fleißig Karten verteilt. Aber schließlich gewinnt Stefan im Tie-Break und das Turnier ist beendet. Kurz vor der Siegerehrung drücke ich Juan mein Handy in die Hand, damit er ein Foto für die Homepage schießen kann. Ich schicke dieses Foto gleich an Ella und Linda und grinse wehmütig, als das Foto auf unserer Seite hochgeladen ist. Die Unterschrift stammt bestimmt von Linda. Sie lautet: "Martins Boys auf den Plätzen eins, zwei und zweimal drei!"

Wir bleiben über Nacht in Münster, feiern noch ein wenig mit Juan und Nelson und fahren am Montagvormittag zurück Richtung Norden. Am Dienstag gibt Jonas uns frei. Wir gehen mit den Kleinen ins Schwimmbad und gammeln den Rest des Tages. Ich entere meine Hängematte und lasse mich mit Schaumstoffbällen aus dem Piratenschiff abschießen. Ben und Linda sind in ihrem Garten beschäftigt, Benni-Two gibt auf dem Piratenschiff das Kommando. Ich höre gerade, wie er zu Mimo sagt: "Wir können die Bälle mit Juckpulver einschmieren, dann muss sich Mimo den ganzen Tag kratzen." Ich gehe schnell in Deckung und verschwinde im Sandhaus. Ida kocht gerade Kaffee, reicht mir eine Tasse und überbringt mir die neuesten Nachrichten von Mama: "Ich habe gerade mit deiner Mutter telefoniert."

"Was wollte sie?"

"Sie plant das nächste Wochenende."

"Was hat sie denn vor?"

"Stell dir vor, sie will mit euch verreisen."

"Das geht nicht, wir spielen in Laboe."

"Sie meinte, ihr hättet vielleicht frei, weil doch Pfingsten ist." Ich schüttle nur den Kopf und Ida grinst: "Ja, ja! Deine Mutter."

"Was hast du ihr gesagt?"

"Ich habe ihr gesagt, dass ihr in Laboe spielt."

"Wie ich sie kenne, bucht sie da jetzt eine Ferienwohnung."

"Nicht ganz. Sie sprach von einem Luxushotel. Johannes hat frei und fährt mit."

"Johannes? Das ist super. Endlich hat er mal wieder Zeit."

Meine Mutter erwartet mich schon, als wir am Freitagabend in Laboe anreisen. Sie hat einen Tisch im Hotelrestaurant bestellt und leider haben wir die schlecht gelaunte Greta beim Abendessen am Hals. Sie ist muffelig, weil Benni-Two und meine Kinder nicht dabei sind. Aber unsere Familien reisen erst am Samstagmittag an, das wusste Mama auch. Das Essen ist wegen Gretas Maulerei ziemlich ungemütlich, das finde ich vor allem für Johannes schade, mit dem ich mich gern mal wieder richtig unterhalten hätte. Johannes aber stellt Mama vor eine schwierige Situation: "Ich gehe noch mit Jonas und den Jungs weg."

"Und ich?", fragt Mama erstaunt. Solche Ansagen kennt sie von ihrem Mann nämlich nicht.

"Du bringst Greta ins Bett. Man sieht ja, wie müde sie ist."

"Sie ist traurig, weil ...", beginnt Mama und Johannes beendet den Satz: "Weil es nicht nach ihrer Nase geht."

Wir wechseln das Lokal, weil uns das Hotelrestaurant einfach zu exklusiv ist, und landen in einer gemütlichen Bar. Johannes bestellt Bier für uns, und weil wir morgen erst um elf an der Reihe sind, genehmigen wir uns auch ein zweites. Das Turnier beginnt am Samstagmorgen mit dem Technical Meeting und den anschließenden ersten Runden. Ben und ich sind hellwach, aber genauso wach wie wir sind unsere ersten Gegner im Spiel um elf Uhr, das auf Feld drei ausgetragen wird. Die Jungs gewinnen den zweiten Satz und prügeln uns im Tie-Break in die Verlängerung. Dann aber zeigt sich der Sandhausehrgeiz und wir sind eine Runde weiter. Es ist kurz vor zwölf, gerade reist unsere Heimatunterstützung an, und weil wir dreieinhalb Stunden Zeit haben, bis unser nächstes Match angepfiffen wird, haben wir genug Zeit, uns um unsere Leute zu kümmern. Die Kinder wollen natürlich ein Eis haben, deshalb wird zuerst die nächste Eisdiele angesteuert. Robin und Timm, die ebenfalls gewonnen haben, begleiten uns. Im nächsten Spiel haben wir unseren eigenen Fanclub auf der Tribüne sitzen. Mimo Baby, Benni-Two, Greta und sogar Klein Hanna haben einen eigenen Gesang angestimmt: "Los! Benni-One! Los! Mimo Boss!" Das Publikum stimmt lachend ein, aber wir hätten wahrscheinlich sowieso gewonnen, denn unsere Gegner schlagen sich nicht gerade wacker. Auch beim nächsten Spiel um halb sieben haben wir unseren Chor dabei, aber diesmal feuern sie auch unsere Gegner an. Es handelt sich nämlich um Robin und Timm, die uns heute mal so richtig fertigmachen wollen. Diesmal lautet der Fangesang so: "Los! Benni-One! Los! Mimo-Boss! Los! Kleiner Robin! Los! Timmi!"

Robin und Timm finden die Gesänge lustig und winken unseren Kindern nach jedem erspielten Punkt zu. Das Spiel findet auf dem Centrecourt statt, deshalb sehen viele Zuschauer zu, die größtenteils in den Gesang einstimmen. Als Robin und Timm uns aber respektlos den ersten Satz abnehmen, ruft Mimo Baby auf den Platz: "Ihr dürft nicht gegen Papa gewinnen!" Mein Sohn ist so erbost, dass er Robin und Timm sogar die Zunge raussteckt, was Greta ihm gleich nachmacht. Nur Benni-Two fragt: "Wieso nicht?"

"Weil Papa gewinnen soll!"

"Ja. Papa und Mimo sollen gewinnen, Robin!", ruft jetzt Benni-Two auf den Platz.

Das Publikum hat seinen Spaß an unseren Kindern und wir brauchen eine neue Strategie. Unsere neue Strategie heißt: den Gegner überraschen. Aber zur Mitte des zweiten Satzes sind wir es, die überrascht werden. Als Ben nämlich ein spektakulärer Block gelingt, hüpft Benni-Two so freudestrahlend auf, dass er nicht sieht, wo er hintritt. Tollpatschig purzelt er die komplette Treppe herunter und bleibt heulend liegen. Jetzt ist Bennileins Konzentration natürlich im Eimer, weil er sich große Sorgen um den Kleinen macht. Robin und Timm nutzen die Chance und kassieren den zweiten Satz. Zur gleichen Zeit besiegen Lennart und Bennet Stefan und Felix auf dem Platz neben uns. Eigentlich sollte unser Spiel gegen Robin und Timm unser letzter Einsatz für heute gewesen sein, aber weil wir verloren haben, landen wir im Loserpool, in dem heute noch eine Runde gespielt wird. Es ist Viertel nach sieben, als wir auf einem Nebenplatz an den Start gehen. Diesmal lassen wir uns allerdings von nichts und niemandem ablenken – weder von singenden Kindern noch von purzelnden Zwergen und Sorgen machen wir uns auch nicht. Der Sieg gehört uns. Auch Stefan und Felix, die ihr Verliererspiel auf dem Centrecourt austragen, gehen als Sieger vom Platz. So sind schon wieder ausschließlich Freunde und Bekannte im Halbfinale, das morgen ausgespielt wird.

An morgen denken wir jetzt aber nicht, denn wir haben einen Riesenhunger. Es ist inzwischen nämlich acht Uhr und unsere Mägen sind leer. Mama ist inzwischen mit Greta im Hotel, die Sandhaus- und Wolfsbaubewohner haben sich längst auf den Rückweg nach Schilksee gemacht, aber Jonas, Johannes, Ben und ich suchen uns ein Bistro. Robin und Timm sind mit Alexandra irgendwo eingekehrt. Im Bistro treffen wir Lennart und Bennet, die morgen im Halbfinale unsere Gegner sind. Im Grunde sollte uns um unseren Sieg nicht bange sein, aber wir haben heute gegen unsere Kleinen verloren, deshalb ist auch morgen für Lennart und Bennet alles möglich. Daran mag ich allerdings überhaupt nicht denken. Ich will ins Endspiel!

Auf dem Weg in unsere Pension, als wir uns von Johannes vor dem Hotel getrennt haben, kommt Ben noch einmal auf Benni-Twos Sturz zu sprechen: "Als er da so lag ... da habe ich richtig Angst gehabt."

"Ich auch. Es sah schlimm aus."

"Und hat sich schrecklich angehört."

"Zum Glück waren die Sanis gleich vor Ort."

"Ja, und zum Glück ist nichts weiter passiert."

"Dein Sohn hat einen dicken Schädel, das weißt du doch."

"Muss er von den Nordgrens haben."

"Woher sonst?", lache ich und jetzt ist auch Ben beruhigt. Trotzdem ruft er noch einmal im Wolfsbau an und erkundigt sich nach Benni-Two. Der Kleine schläft aber längst und deshalb haben auch Ben und ich eine ruhige Nacht.

Wir haben auch einen ruhigen Morgen, denn die Halbfinalspiele beginnen erst um halb elf. Deshalb können wir ausgiebig frühstücken und haben danach noch genug Zeit, Robin und Timm beim Einspielen zuzusehen. Unsere Kleinen sehen ausgeschlafen aus und haben schon wieder eine große Klappe. Stefan und Felix, ihre Gegner, wollen aber ebenfalls siegen, deshalb erwarte ich ein spannendes Spiel. Leider können wir nicht zusehen, denn wir sind direkt danach ebenfalls an der Reihe und müssen uns ordentlich vorbereiten. Robin und Timm unterliegen knapp im dritten Satz, die Mannschaften räumen das Feld und machen uns Platz. Lennart und Bennet beginnen äußerst zögerlich, die Aufschläge sind lasch, das Blockspiel oft nur angetäuscht. Die ersten Punkte landen bei uns. Unsere Kinder stimmen wieder ihre Anfeuerungsrufe an und pushen uns damit nach vorn. Wir erspielen uns sechs Satzbälle, von denen Lennart den ersten abwehrt, aber dann kommt Ben unglücklich auf, verdreht sich den Fuß und muss behandelt werden. Zwangsläufig geben wir das Spiel verloren und hoffen, dass die Sanis Bens Fuß wieder in Ordnung bringen, damit wir zum Spiel um Platz drei gegen Robin und Timm antreten können. Wir haben dafür knapp zwei Stunden Zeit, die auch genutzt werden. Bens Fuß wird behandelt, gekühlt und hochgelagert, dann können wir nur noch warten. Vorsichtig spielen wir uns ein, Ben hat kaum Beschwerden, aber der Fuß ist dick bandagiert. Robin und Timm haben Oberwasser, sie rechnen mit einem eindeutigen Sieg, weil sie uns schließlich gestern schon geschlagen haben. Aber heute kommt es anders. Wir lassen uns doch nicht zweimal hintereinander von solchen Nervensägen abschießen! Auf gar keinen Fall! Wir schicken die Kleinen mit einem Zweisatzsieg vom Platz und haben die Bronzemedaille gewonnen.

Im Endspiel stehen sich jetzt Stefan und Felix auf der einen Seite und Lennart und Bennet auf der anderen Seite gegenüber. Unser ehemaliger Hamburger Trainingspartner gewinnt dieses Duell auf dem Centrecourt. Wir gratulieren Stefan und Felix, die natürlich supergut drauf sind und uns im Endspiel am kommenden Wochenende auf Norderney schlagen wollen. Wir werden auf Norderney wieder hoch gesetzt sein, denn die Nationalteams spielen in Argentinien. Trotzdem wird das Turnier gut besetzt sein, vor allem die Konkurrenz aus Niedersachsen und Schleswig-Holstein ist am Start.

Pfingstmontag ist ein Feiertag und deshalb habe ich frei. So zumindest lautet die Ansage, die Mama meinem Dad gegenüber ausbringt. Jonas ist über diese Forderung so verdattert, dass er mich regelrecht in Mamas Arme treibt. Meine Mutter hat allerdings die schräge Idee, diesen Tag einfach nur faul am Strand zu verbringen, wozu ich überhaupt keine Lust habe. Ich breche deshalb einen kindischen Streit vom Zaun und springe mit Mimo, Benni-Two und Johannes in die Wellen. Greta will mit, aber unsere Toberei ist ihr zu wild. Wir spielen nämlich lebende Kanonenkugeln. Johannes und ich sind die Kanonen, Benni-Two und Mimo die lebenden Kugeln. Wir werfen die Jungs immer wieder im hohen Bogen in die Wellen und sie kommen immer wieder zu uns zurück, um sich noch einmal abfeuern zu lassen. Greta zieht sich bald schmollend zu Mama zurück, die uns nach unserer Rückkehr aus dem Wasser auch vorwurfsvoll anblinzelt: "So habe ich mir den Tag nicht vorgestellt."

Johannes und ich zucken nur grinsend die Schultern, dann hauen wir uns in die Sonne und lassen uns trocknen. Ziemlich mürrisch fährt Mama am Abend das Auto aus meiner Einfahrt und hupt, damit Johannes endlich einsteigt. Aber mein Stiefvater hat die Ruhe wirklich weg. Vollkommen gelassen erklärt er mir, dass er am übernächsten Wochenende frei hat und deshalb das komplette Turnier in Hamburg verfolgen wird. Ich freue mich riesig, dass er mich bei dieser schweren Aufgabe unterstützt, denn in Hamburg werden auch die Nationalteams anwesend sein, deshalb können wir jede Hilfe gebrauchen, und wenn es nur peinliche Anfeuerungsgesänge sind. Hamburg, ist aber Zukunftsmusik, erst mal steht nämlich das Turnier auf Norderney an und vorher gibt es noch eine Überraschung von Linda.

Kapitel 11

Lindas schräge Wirklichkeit

Entsprechend einer Anweisung von ganz oben – also von Jonas – soll Ben seinen Fuß unbedingt noch einen Tag schonen, deshalb bleibt er im Wolfsbau und lässt sich von Frauke verwöhnen. Linda allerdings taucht schon am frühen Morgen im Sandhaus auf und schleicht nervös um mich herum. Jedem ist sofort klar, dass sie sich entweder eine Panne geleistet hat oder irgendetwas Schräges plant. Beides wäre im Moment nicht so gut. Denn wir haben ein paar harte und anstrengende Wochen vor uns, da gilt es jede Störung zu vermeiden. Eigentlich will ich auch gar nicht wissen, was Linda so ausgeheckt hat, aber komischerweise bin anscheinend ich es, der es als Erster erfahren soll. Als wir nämlich von ihrer Herumdruckserei ziemlich genervt sind und Ida fragt, ob sie denn nun nicht endlich sagen will, was sie schon wieder ausgefressen hat, bin ich es, mit dem sie unbedingt reden will. Allein. Ich folge ihr notgedrungen zum Strand. Sie hält an der Stelle an, an der sie Robin vor ein paar Jahren das Stück Treibholz überreichte und an dem ich mich nach einem hässlichen Streit mit ihr ausgesöhnt habe. Ich durchschaue diesen Trick sofort: "Ausgerechnet hier, ja?"

"Ja. Dieser Ort hat uns schon oft Glück gebracht."

"Dann leg mal los. Was hast du angestellt?"

"Es geht um Ben."

"Sein Fuß?"

"Also, in Wirklichkeit geht es um Ben und mich."

"Habt ihr Streit?"

"Noch nicht."

"Aber bald?"

"Vielleicht ... vielleicht auch nicht!"

"Sag mir doch einfach, was los ist, Linda."

"Ich habe etwas angestellt."

"Das war mir schon klar!", seufze sich und setze mich in den Sand. Linda setzt sich neben mich und redet weiter: "Dein Kumpel wird mächtig sauer auf mich sein, das ist sicher."

"Wahrscheinlich werden wir alle sauer auf dich sein, oder?"

"Nein, bestimmt nicht. Ähm ... am Anfang vielleicht, aber wenn alles funktioniert, dann ... vielleicht sind dann alle glücklich. Nein, es sind bestimmt alle glücklich, wenn es funktioniert. Vor allem Ben. Wenn es aber nicht funktioniert, dann ..."

"Was ist dann?"

170

"Dann ...", schnieft sie und putzt sich geräuschvoll die Nase. Ich ziehe sie in meinen Arm und dränge sie: "Nun sag schon."

"Ich will noch ein Kind."

"Linda!", protestiere ich, aber sie erstickt meinen Protest: "Ich will es, Bruderherz! Kannst du das nicht verstehen?"

"Du weißt, wie gefährlich es ist. Die Ärzte haben gesagt ..."

"Das haben sie bei Mama auch gesagt und trotzdem hat sie Maja bekommen."

"Es ist besser, wenn ..."

"Ich habe mich entschlossen, die Pille nicht mehr zu nehmen und es Ben einfach nicht zu sagen."

"Das geht nicht, Linda. Wenn er es erfährt, dann dreht er durch vor lauter Angst. Außerdem killt er mich, weil ich davon wusste und ihm nichts gesagt habe."

"Es ist sowieso zu spät", antwortet sie zerknirscht.

"Was?"

"Ich bin bereits schwanger."

"Linda!"

"Ich weiß nur nicht, wie ich es ihm sagen soll!"

"Das überlegt man sich auch vorher!"

"Ich brauche deine Hilfe, Domi."

"Wieso?"

"Kannst du es ihm nicht einfach sagen?"

"Linda!"

"Bitte, Bruderherz!"

"Ich komme mit, aber sagen musst du es ihm allein."

"Bitte, Bruderherz!"

"Nein, Linda!"

"Bitte!"

"Nein!"

Linda bohrt und bohrt, aber ich gebe nicht nach. Diesmal nicht, denn schließlich hat sie sich die Suppe allein eingebrockt, und diesmal sogar absichtlich. Linda kennt es allerdings nicht, dass ich mich ihr verweigere und ihre Wünsche abschmettere, deshalb schaut sie erst mal völlig verdutzt aus der Wäsche. Aber schließlich sieht sie ein, dass sie einen Ersatzplan braucht. Sie überlegt kurz und hat sofort Plan B parat: "Darf ich es ihm im Sandhaus sagen?"

"Meinetwegen."

"In der Küche, wenn alle versammelt sind?"

"Und die Kinder?"

"Die schicken wir nach draußen."

"Und was ist, wenn Ben nicht einverstanden ist?"

"Dann hoffe ich, dass du auf meiner Seite bist."

"Das kann ich dir nicht versprechen, Linda."

"Aber Mama wird auf meiner Seite sein. Mama versteht mich."

"Dann frage ich mich, wieso du nicht gleich zu ihr gegangen bist. Wieso musstest du unbedingt mit mir sprechen?", wundere ich mich.

"Weil du mein Bruderherz bist."

"Ach, Linda, du wirst nie erwachsen, weißt du das?"

"Will ich auch gar nicht."

"Nach dem Unfall hatte ich Angst, dass du dich verändert hast."

"Ich habe mich nicht verändert."

"Im Moment wünsche ich mir, es wäre anders gewesen."

"Das geht vorüber, glaub mir."

"Ja, wahrscheinlich."

"Kommst du jetzt mit? Ich rufe Ben an, dass er ins Sandhaus humpeln und Frauke mitbringen soll. Benni-Two ist sowieso schon bei euch."

"Okay, dann trommle ich die Leute in die Küche."

Es dauert nicht lange, bis alle versammelt sind. Und es ist kein Wunder, dass alle wie ein Flitzbogen gespannt sind. Schließlich hat Linda sich vorhin ziemlich aufgeregt verhalten und dass sie unbedingt mit mir allein reden wollte, hat die Neugierde nur noch angestachelt. Komischerweise bin ich es aber, der zunächst ausgefragt wird. Aber dann mache ich den Zuhörern klar, dass es Linda ist, die etwas Wichtiges loswerden will. Vorsichtshalber fordere ich Ben auf, sich gemütlich und umkippsicher irgendwo hinzusetzen, dann erteile ich Linda das Wort.

Normalerweise sollte man glauben, dass meine Schwester jetzt verzweifelt versucht, die richtigen Worte zu finden. Man sollte doch annehmen, dass sie sich ihre Formulierung gut überlegt und auch gleich ein paar stichhaltige Argumente bereithält, aber Linda ist eben Linda. Sie legt gleich los: "Ich bin schwanger."

In der Küche herrscht eine Totenstille. Ben sitzt verdattert auf seinem Stuhl, Jonas und Frauke schnappen überrascht nach Luft. Ella wirft einen fragenden Blick von Linda zu Ben und wieder zurück, aber Ida lächelt. "Das ist wunderschön!", freut sie sich und erntet von allen Seiten ungläubige Blicke. Jonas fängt sich als Erster: "Das ist nicht wunderschön, Ida. Es ist gefährlich! Das solltest du am allerbesten wissen!"

172

Ida ignoriert meinen Vater aber gekonnt und nimmt Lindas Hände. "Was sagt denn deine Ärztin?"

"Ich soll vorsichtig sein."

"Und was genau meint sie damit?"

"Ich soll möglichst viel liegen und Stress vermeiden."

"Und wieso läufst du dann hier herum?", fragt Jonas.

"Es geht mir gut, Papa. Mach dir keine Sorgen." Dann steht sie auf, zieht Ben auf seine Füße und sagt: "Wir bekommen noch ein Baby, Ben. Freust du dich?"

"Ich weiß nicht", stammelt er. "Es kann so viel passieren."

"Es wird nichts passieren."

"Das haben wir schon oft gedacht, und dann ..."

"Diesmal wird nichts passieren, Schatz. Ich lege mich sofort aufs Sofa und bewege mich nur noch, wenn es unbedingt sein muss."

"Ich habe Angst, Linda", gibt Ben zu.

"Ich auch, Ben."

"Wie weit bist du denn?"

"Schon sehr weit", gesteht sie. "Anfang November ist der Termin."

"Wie konntest du es so lange verheimlichen?"

"Ich wollte nicht, dass ihr mich zu einem anderen Schritt drängt."

"Du meinst ...?"

"Es gibt genug Möglichkeiten, aber jetzt ist es zu spät."

"Du spielst mit deinem Leben, Linda", mahnt Frauke.

"Und mit unseren Nerven", stöhnt mein Dad und fordert Linda auf, sich im Wohnzimmer aufs Sofa zu legen. Aber Linda will lieber mit Ben allein sein. Deshalb geht meine Schwester mit meinem allerbesten Freund zurück in den Wolfsbau, während wir uns um Benni-Two kümmern, der seine Eltern aber gar nicht vermisst. Erst nach dem Abendessen, als Frauke mit ihm nach Hause gehen will, fällt ihm auf, dass er seine Eltern den ganzen Tag noch nicht gesehen hat. Das bringt Ida auf die Idee, Benni-Two wieder im Sandhaus einziehen zu lassen. Mimo findet das Ganze natürlich klasse und bietet eine Ecke in seinem eigenen Kinderzimmer an. Jonas nimmt sich vor, die Sache morgen einmal mit Linda und Ben zu besprechen.

Ben und ich haben am nächsten Tag auch etwas zu besprechen – die Zukunft nämlich. Mein Kumpel macht sich verständlicherweise große Sorgen und will so viel Zeit wie möglich bei Linda verbringen. Es nützt da auch nicht viel, dass ich ihn auf unseren Plan hinweise, diese Saison europaweit und bestenfalls sogar weltweit zu spielen. Wir gehen unseren Terminplan durch und ändern ein paar Kleinigkeiten, melden uns bei einigen Turnieren ab, bei anderen dafür an und sagen Jonas vorsichtshalber noch nichts davon.

Das Turnier am Wochenende auf Norderney bleibt allerdings in unserem Kalender stehen. Schließlich wollen wir möglichst alle Turniere der Deutschen Tour spielen, damit wir in Timmendorf hoch gesetzt sind. Außerdem freuen wir uns darauf, am Gelände auf viele gute Freunde zu treffen. Wir sind wegen der Abwesenheit der Nationalteams wieder auf Platz eins gesetzt. Wir haben Robin und Timm gemeldet, außerdem sind Thore und Marten am Start. Beide Teams müssen allerdings am Freitag durch die Qualifikation, die sie aber souverän meistern. Deshalb stehen alle, die mal im Sandhaus gewohnt haben, im Hauptfeld. Ben und ich natürlich, aber auch Lennart und Bennet, die schon oft bei uns übernachtet haben. Außerdem Christian und Jan sowie Stefan und Felix. Tom und Julian sind heute mal wieder dabei, genau wie Marco und Ralf, die wir noch aus Hamburger Tagen kennen. Tobias und Max sind ebenfalls am Start. Die Organisatoren lassen vier Spiele gleichzeitig stattfinden. Robin und Timm besiegen Tobi und Max, Thore und Marten schlagen Marco und Ralf. Wow, die Schilkseegang zeigt gleich zum Auftakt, dass wir ein eingebautes Siegergen haben. In der zweiten Gewinnerrunde kommt es jetzt zwangsläufig zu für uns spannenden Konstellationen: Lennart und Bennet haben es mit Christian und Jan zu tun, Stefan und Felix nehmen sich Tom und Julian vor und unsere Kleinen messen sich mal wieder miteinander: Robin und Timm stehen Thore und Marten gegenüber, während Tobi und Max Marco und Ralf in der Verliererrunde aus dem Turnier werfen. Das ist eine Überraschung, denn Marco und Ralf waren hinter uns auf Rang zwei gesetzt und scheiden nun als Dreizehnte aus. Sie fahren sofort nach Hause, was ich schade finde. Ich hatte nämlich vorgehabt, Martins ehemalige Schützlinge an einem Ort zu sammeln, damit wir mal wieder über die guten alten Zeiten reden können. Es sind aber noch genug andere Spieler aus Martins Trainingsgruppe im Turnier, deshalb wird der Abend bestimmt nicht langweilig. Vor allem schon allein deshalb nicht, weil Stefan und Christian immer noch verfeindet sind. In der Verliererrunde gewinnen alle unsere Freunde ihre Spiele, aber in der dritten Gewinnerrunde geht jetzt wirklich die Post ab. Ben und ich haben es mit Christian und Jan zu tun. Robin und Timm spielen gegen Stefan und Felix, denen sie natürlich stark unterlegen sind. Klein-Robin und der untröstliche Timm verlassen das Spielfeld mit hängenden Köpfen und lassen sich von Ben mit einem Eis aufmuntern. Für heute steht nur noch die Verliererrunde auf dem Plan. Wer jetzt verliert, scheidet aus und wird Siebter. Das wollen weder Tom und Julian, die gegen Thore und Marten in drei Sätzen gewinnen, noch Bennet und Lennart, die Tobi und Max allerdings unterliegen. Für heute ist Feierabend, was wir wörtlich nehmen. Wir feiern nicht nur unsere eigenen starken Spiele, sondern auch, dass Robin und Timm noch im Rennen sind. Das Rennen ins Bett gewinnen sie jedenfalls schon mal. Wir haben kaum das Abendessen beendet, da verabschieden sie sich bereits. Man spürt, dass die morgen Großes vorhaben.

Ben und ich frühstücken an unseren Fingernägeln als Timm um zehn Uhr Aufschlag hat. Die Knabberei ist allerdings gar nicht nötig, denn Robin holt die Keule raus und schießt Tobias und Max die Bälle nur so um die Ohren. Timms Aufschläge sind knallhart; Tobi und Max verlieren und werden Fünfte. Das Prozedere sieht jetzt leider vor, dass wir Robin und Timm schlagen müssen. So jedenfalls erwarten es alle von uns. Robin und Timm erwarten allerdings etwas Anderes. Sie wollen uns heute vom Platz fegen und im Endspiel stehen. Ben lacht sie laut aus, aber Robins Gesichtsausdruck ist eine reine Kampfansage, die wir annehmen. Im ersten Satz machen wir sie platt, im zweiten Satz zeigen sie uns, wie gering ihr Respekt ist, aber Satz drei ist ein wahres Sahnebonbon. Die Zuschauer hält es nicht auf ihren Sitzen, alle springen auf, als Ben nach einem enorm langen Ballwechsel ein bühnenreifer Block gelingt. Uns allen geht die Puste, ich habe kaum noch Kraft im Arm, deshalb murmele ich den nächsten Aufschlag direkt ins Netz. Ben baut mich sofort wieder auf, ich spiele die Annahme direkt zurück und hole den nächsten Punkt. Satz drei scheint kein Ende zu nehmen, wir haben inzwischen alle Auszeiten genommen und schnaufen im Chor, aber dann ziehen uns Robin und Timm das Fell über die Ohren und stehen tatsächlich im Endspiel, während wir es im Spiel um Platz drei mit Tom und Julian zu tun haben.

Es ist wirklich frustrierend, sich von diesen Zwergen schon wieder besiegen zu lassen und noch frustrierender ist, dass sie bei ihrer ersten Teilnahme auf der Deutschen Tour im Endspiel stehen, während wir bestenfalls die Bronzemedaille gewinnen können. Das haben wir uns ganz anders vorgestellt. Die ganze Jammerei nützt uns allerdings gar nichts, wir müssen uns auf die Situation einstellen und das gelingt uns auch ganz gut. Tom und Julian gewinnen zwar den ersten Satz, aber die beiden anderen gehören uns. Wieder werden wir Dritte, aber freuen können wir uns diesmal nicht. Zumindest nicht über unsere eigene Leistung. Dafür freuen wir uns mit Robin und Timm, die nun ihr Endspiel bestreiten. Sie scheinen nicht die Bohne aufgeregt zu sein, haben im Endeffekt aber keine Chance. Das Spiel geht verloren, aber als Zweitplatzierte haben sie sowieso mehr erreicht, als wir alle zu hoffen gewagt haben. Es ist keine Frage, dass wir trotzdem feiern, und so schlimm ist unser dritter Platz jetzt auch nicht, dass man den Kopf in den Sand stecken müsste, oder?

In den Sand stecken müsste man jetzt eigentlich nur Linda. Meine Schwester geht uns mit ihrer Schwangerschaft nämlich tierisch auf die Nerven. Sie hat sich einen Befehlston zugelegt, dem niemand widersprechen mag. Benni-Two ist froh, aus der Schusslinie zu sein, weil er inzwischen bei uns wohnt, aber Ben kriegt von seiner Frau ordentlich Futter. Es braucht schon Fraukes Einsatz, bis Linda endlich einsieht, dass sie sich das Ganze selbst eingebrockt hat.

Frauke reicht es nämlich irgendwann, sie baut sich vor dem Sofa auf, stemmt die Hände in die Hüften und trichtert meiner Schwester mit ruhiger Stimme ein paar Benimmregeln ein: "Linda, du hast deinen Willen gekriegt, jetzt gib Ruhe."

"Bitte?"

"Du hast deinen Willen durchgesetzt und auf niemanden Rücksicht genommen. Jetzt musst du die Konsequenzen tragen."

"Was meinst du?"

"Ich meine, dass Ben nichts dafür kann. Du hast ihm keine Wahl gelassen, deshalb ist es nicht fair, dass du deine Laune an ihm auslässt. Ich habe übrigens auch keine Lust mehr, den ganzen Tag von dir herumgescheucht zu werden. Also, benimm dich bitte, ja?"

Natürlich setzt meine Schwester sofort die Kraft des Wassers ein. Linda kann auf Befehl losheulen, das muss man mal erlebt haben. Als sie sich aber beruhigt, ist sie plötzlich ganz kleinlaut und schnieft: "Tut mir leid, Ben."

Ben nickt nur, dann stößt er mich an. Wir müssen zum Training.

Unser nächstes Turnier ist in Hamburg, diesmal sind alle Nationalteams am Start, Robin und Timm spielen in Schilksee, genau wie Thore und Marten. Wir reisen bereits am Freitagnachmittag nach Hamburg, trainieren noch einmal am Olympiastützpunkt mit Niels und Tim und lassen uns am Abend von Mama bekochen. Ben und ich sind allein unterwegs. Ella will sich um Linda kümmern, Frauke und Ida sind mit den Kindern am Strand, um Robin und Timm zuzujubeln. Jonas ist mit den U18-Jugendnationalkadern unterwegs, die Meisterschaft stehen nämlich an. Aus diesem Grund wird er auch Mimos Geburtstag nächste Woche verpassen, aber mein Zwerg hat meinem Dad versprochen, ihm ein Stück Torte aufzuheben.

Lennart und Bennet haben sich am Freitag durch die Qualifikation ins Hauptfeld gekämpft und sind am Samstagmorgen auf dem Centrecourt die Gegner von Niels und Tim. Niemand wundert sich, dass sich das Nationalteam durchsetzt und Lennart und Bennet direkt in die Verliererrunde schickt. Auch Christian und Jan sowie Julian und Tom folgen ihnen in den Loserpool. Wir gewinnen unser erstes Spiel und auch das zweite, dann haben wir sechs Stunden Zeit, deshalb verabschieden wir uns zum Mittagessen und fahren mit Mama und Johannes zu Maria und Klaus, die für uns gekocht haben. Als wir knapp vier Stunden später mit Johannes, Maria und Klaus zum Gelände zurückkehren, sind die Verliererrunden bereits ausgespielt. Niels und Tim spielen gerade gegen Stefan und Felix die ersten Bälle in der dritten Gewinnerrunde, aber wir können uns das Spiel nicht ansehen, weil wir uns selbst vorbereiten müssen. Niels und Tim gewinnen, wir ebenfalls. In der Verliererrunde kommen Christian und Jan weiter, genau wie Tom und Julian.

Wir kommen auch weiter, bis zu Mamas Wohnung nämlich. Dort brennt ein Feuer auf der Terrasse, Mama legt gerade die ersten Fleischstücke auf, die für Ben und mich reserviert sind. Wir bleiben lange auf, denn die Halbfinalspiele beginnen morgen erst um zwölf Uhr, weil vorher die letzte Verliererrunde ausgespielt wird. Ben und ich sind sogar erst um eins an der Reihe, deshalb habe ich die Möglichkeit, mal in Ruhe mit Mama zu sprechen. Sie sieht mich nämlich schon den ganzen Abend neugierig an und ich will wissen, was in ihrem Kopf vorgeht. "Ist irgendwas, Mama?"

"Nein, alles ist gut. Und bei dir?"

"Auch. Aber du willst doch irgendetwas loswerden, oder?"

"Nein, schon gut", wiegelt sie ab.

"Nun komm schon. Ich merke doch, dass etwas nicht stimmt."

"Das willst du sowieso nicht hören", verteidigt sie sich leise.

"Nun sag schon."

"Gut, aber du darfst nicht schimpfen."

"Ich verspreche es."

"Ich will mehr von dir haben."

"Oh", antworte ich schuldbewusst.

"Ich weiß, wir hatten eine Absprache. Ich soll dich nicht nerven, aber ich möchte gern mehr Zeit mit dir verbringen. Allein, verstehst du?"

"Ja."

"Ich weiß, das steht ganz weit unten auf deiner Wunschliste."

"Hmmm."

"Ich weiß auch, dass es ganz allein meine Schuld ist."

"Ja."

"Aber ich möchte dir so gern sagen, wie stolz ich auf dich bin."

"Danke, Mama."

"Ich wünschte, ich könnte die Zeit zurückdrehen."

"Das ist nicht möglich."

"Ich weiß. Ich will dich auch nicht länger belästigen."

"Das tust du nicht."

"Du sollst nur wissen, dass ich stolz auf dich bin."

"Danke."

Ich umarme meine Mutter ehrlich, aber sie setzt sich gleich wieder zu den anderen. Anscheinend soll niemand merken, dass sie mir schon wieder auf den Wecker gefallen ist, aber diesmal empfinde ich es gar nicht so. Es tut mir gut zu wissen, dass meine Mutter mich liebt und stolz auf mich ist. Es fühlt sich gut an. Als ich im Bett liege, denke ich über Mamas Wunsch nach. Was spricht dagegen, etwas Zeit allein mit ihr zu verbringen? Eigentlich nichts außer der Tatsache, dass ich einfach keine Zeit habe. Allerdings nehme ich mir vor, ihr bald einmal zu sagen, dass sie mir überaus wichtig ist. Mehr kann ich ihr im Moment leider nicht anbieten.

Die Gelegenheit zu diesem Gespräch bietet sich bereits am nächsten Morgen. Ben ist gerade im Gästebad verschwunden, Johannes und Greta holen Brötchen, Mama ist in der Küche. Ich helfe ihr bei den Vorbereitungen für das Frühstück und nehme dankend die erste Tasse Kaffee entgegen, dann räuspere ich mich und sage, was ich auf dem Herzen habe: "Du bist mir wichtig, Mama."

"Entschuldige, ich habe dich schon wieder zum Grübeln gebracht."

"Nein, hast du nicht. Du hast recht, wir haben nicht viel Zeit miteinander."

"Und wenn wir Zeit haben, dann nerve ich dich."

"Manchmal, ja. Aber du bist mir trotzdem wichtig. Ich brauche dich."

"Wirklich?", fragt sie und wischt sich eine Träne aus den Augen. Ich nehme sie in den Arm und tröste sie: "Ja, wirklich."

"Danke", schnieft sie und erwidert meine Umarmung, dann werden wir gestört: Johannes und Greta kehren zurück. Mama und ich zwinkern uns verschwörerisch zu und setzen uns an den gedeckten Tisch. Auch Ben taucht auf, wir frühstücken und fahren anschließend zum Gelände. Johannes und Klaus begleiten uns, Mama, Greta und Maria wollen später nachkommen. Als wir am Gelände eintreffen, ist gerade die Verliererrunde beendet. Tom und Julian haben gewonnen und stehen jetzt im Halbfinale, wo Niels und Tim ihre Gegner sind. Wir selbst spielen eine Stunde später gegen Stefan und Felix. Niels und Tim zeigen Tom und Julian eindrucksvoll, wie groß der Unterschied zwischen einem Nationalteam und einer Mannschaft aus dem Landeskader ist: gigantisch groß! Beide Sätze gewinnt die deutsche Nummer eins zu fünfzehn und ist im Endspiel, das wir ebenfalls erreichen wollen. Stefan und Felix scheinen auch gar nicht großartig etwas dagegen zu haben. Sie machen in zwei Sätzen ebenfalls nur dreißig Punkte, die allerdings anders aufgeteilt sind. Im Grunde ist das aber nebensächlich, denn Ben und ich stehen im Endspiel und haben die Chance, auf dem Centrecourt ein Nationalteam zu schlagen. Wenn das mal nicht motiviert. Die Zuschauer sind inzwischen informiert, dass sie gleich richtig was geboten kriegen, was die Stimmung steigen lässt. Die Stimmung bei Ben und mir wird sogar noch besser, als wir gleich anerkennend deutlich in Führung gehen. Wir liegen nicht ein einziges Mal zurück und gewinnen den Satz zu achtzehn. Während der Satzpause besprechen wir, einfach so weiter zu machen und auch den zweiten Satz zu gewinnen. Ben ist ein wenig überrascht, weil ich so optimistisch bin, und stellt mir deshalb gleich eine Glaubensfrage: "Glaubst du, dass wir heute gewinnen können?"

Ich antworte mit einer Wissensphrase: "Ich weiß, dass wir heute gewinnen können ... es sei denn, du verbockst es noch."

"Hast du heute Morgen etwas genommen?"

"Frühstück bei Mama", grinse ich nur und werfe meiner Mutter auf der Tribüne eine Kusshand zu. Sie strahlt, zeigt mir zwei erhobene Daumen und ruft laut: "Das ist euer Spiel, Jungs!"

Recht hat sie, meine Mom. Das ist unser Spiel – wir lassen uns den Sieg nicht nehmen und schlagen das erste Nationalteam. Es ist so geil! Es ist so unanständig klasse!

Wir lassen uns von jedem feiern und von jedem umarmen, zuerst natürlich von Niels und Tim, dann von allen anderen. Es ist uns auch egal, dass wir während der Siegerehrung literweise Sekt ins Auge gespritzt kriegen und ebenfalls ist es uns egal, dass wir hinterher riechen wir ein Schnapsladen. Außerdem ist es uns egal, dass wir auf dem von Mama geschossenen Foto für unsere Homepage aussehen wie zwei Geisteskranke. Heute ist wirklich alles egal, nur Mimos Geburtstag nicht. Mein Sohn wird morgen vier Jahre alt und das ist auch der Grund, warum wir heute noch nach Hause fahren. Schließlich gibt es morgen Torte im Sandhaus und wir wollen ja nicht, dass Linda und Ella uns alles wegfuttern, oder? Außerdem ist es wichtig, dass ich an Mimos Geburtstag zu Hause bin, schließlich muss er schon auf Opa Jonas verzichten, der mit Robin und Thore zur U23-Weltmeisterschaft nach Polen gereist ist. Robin und Thore haben wirklich Glück, dass es diese Meisterschaft inzwischen gibt. Zu unserer Zeit gab es in dieser Altersklasse nämlich nur die Europameisterschaft, dafür steht jetzt die U22-Europameisterschaft auf dem Spielplan, für die Robin und Thore allerdings zu alt sind. Beide werden noch in diesem Jahr 22 Jahre alt.

Jetzt steht aber Mimos Geburtstag auf dem Programm. Wir feiern im Garten, Linda liegt auf einer Liege und lässt sich von Benni-Two und Mimo verwöhnen. Ich glaube, unsere Jungs werden irgendwann einmal im Pflegebereich arbeiten, so ernst nehmen sie ihre Aufgabe. Als meine Hamburger Familie anreist, überreicht Greta ein Geschenk für meinen Sohn, aber auch Benni-Two und Hanna bekommen Geschenke. So verpeilt meine Mutter manchmal auch ist, Benni-Two geht bei Geschenken niemals leer aus. Die Jungs freuen sich über die riesigen Wasserpistolen mit den großen Tanks, die sie sich auf den Rücken schnallen können. Sofort werden diese Dinger gefüllt und wir sind kurze Zeit später alle nass. Robin hätte wirklich seinen Spaß gehabt.

Schon am nächsten Tag fahren wir nach Heidelberg, wir sind dort mit Niels und Tim zum Training verabredet und lassen unsere Frauen zurück in Schilksee. Unser Training mit Niels und Timm läuft richtig gut, aber schlagen können wir sie nicht. So oft wir auch gegen sie spielen, wir kassieren eine Packung nach der anderen. Aber Training ist Training und Turnier ist Turnier.

Das Turnier in Heidelberg beginnt am Freitag mit der Qualifikation und am Samstag mit dem Hauptfeld, für das wir auf Rang drei gesetzt sind. Die erste Runde wird ausgelost und wir haben Glück, dass wir gegen ein tief gesetztes Team antreten. Robin und Thore sind in Polen ebenfalls auf Rang drei gesetzt und haben ihre Gruppenphase schon erfolgreich abgeschlossen. Außerdem stand für sie gestern noch das erste Spiel der Hauptrunde an, das sie gegen das Team aus Costa Rica gewinnen konnten. Direkt nach unserem Sieg in der zweiten Gewinnerrunde klingelt mein Handy. Es ist Jonas, der von dem deutlichen Sieg unserer Kleinen gegen das kanadische Team schwärmt. Dann beglückwünscht er uns zu unserer Leistung und verabschiedet sich mit dem Wunsch, dass wir hier ordentlich abschneiden. Ich fühle mich aber nicht mehr von meinem Vater unter Druck gesetzt, diese Zeiten sind längst vorbei.

Während die beiden Verliererrunden ausgespielt werden, ziehe ich mit Ben durch die Geschäfte. Ben will etwas für Linda kaufen, ich selbst schlurfe als Begleiter und Berater mit. Um vier Uhr sind wir wieder an den Courts und um sechs sind wir um eine Erfahrung reicher: Marvin und Thomas, die letzte Woche so peinlich gepatzt haben, haben inzwischen fleißig trainiert und uns ziemlich locker geschlagen. Jetzt müssen wir den beschwerlichen Weg durch den Loserpool gehen. Zum Glück haben wir die ganze Nacht Zeit, uns von diesem Schlamassel zu erholen und am nächsten Morgen neu durchzustarten. Wir haben vor, es Robin und Thore einfach nachzumachen, die gestern mit ihrem letzten Sieg das Halbfinale erreicht haben. Leider sind wir übermotiviert, erkennen uns im ersten Satz kaum wieder und geben diesen auch noch ziemlich peinlich ab. Aber dann hole ich mir Kraft aus meinen Gedanken. Ich denke an Jonas, den ich heute einfach nicht enttäuschen will. Denn falls Robin und Thore das Halbfinalspiel irgendwie verbocken sollten, will ich Jonas mit unserem Sieg aufmuntern. Das will ich Ben gerade klar machen, als der Schiedsrichter anpfeift, deshalb kann ich nur eine kurze Ansage machen: "Alles andere als ein Sieg kommt nicht in Frage, Ben!"

"Äh ... okay."

Wunsch und Wirklichkeit liegen heute allerdings weit auseinander. Wir gewinnen zwar das Spiel in der Verliererrunde, aber im Halbfinale unterliegen wir Niels und Tim und im Spiel um Platz drei schlagen uns Stefan und Felix. Wir werden Vierte und hoffen, dass Robin und Thore besser drauf sind als wir heute.

Wir hätten es wirklich wissen müssen, dass Robin und Thore bei solchen Turnieren extrem cool sind. Trotzdem hetzen wir eilig an unsere Handys, um den Stand der Dinge in Polen abzuchecken, und jubeln laut auf als wir feststellen, dass unsere Kleinen ihr Halbfinalspiel ziemlich deutlich gewonnen haben. Ich wünsche mir Scotty herbei, damit er Ben und mich nach Polen beamen kann, aber Scotty ist nicht real. Robin und Thore hingegen schon. Ich rufe Jonas an, der ganz aus dem Häuschen ist: "Die Jungs sind so lässig, wie ihr damals. Es ist unglaublich!"

"Wir sind nur Vierte geworden."

"Ich weiß, habe ich schon gesehen. Geht's dir gut?"

"Ja. Alles in Ordnung. Wir sehen uns jetzt das Endspiel an und kleben am Ticker."

"Drückt den Jungs die Daumen."

"Das ist doch gar nicht nötig", grinse ich, Jonas lacht. Dann legen wir auf.

Hier in Heidelberg läuft gerade das Endspiel der Damen, das wir uns anschauen. Dann holen wir Getränke und suchen uns einen guten Platz auf der Tribüne. Beide umklammern wir unsere Handys und hypnotisieren den Ticker. Als das Spiel in Polen endlich losgeht, sind wir mehr als nervös. Die Gegner im Endspiel gegen den Sandhausnachwuchs sind Brandon und Liam, das Team, das Jonas und ich beim Vater-Sohn-Turnier in London kennengelernt haben. Damals waren sie ziemlich stark, aber gegen Robin und Thore haben sie keine Chance. Unsere Jungs sind einfach stärker, machen deutlich mehr Punkte und gewinnen das Spiel. Robin und Thore sind Jugendweltmeister!

Wir selbst fahren von Heidelberg direkt nach Den Haag, wo bereits am Dienstag die Qualifikation für das Hauptfeld ausgespielt wird. Leider verlieren wir die ersten beiden Spiele und können gleich am Dienstagabend wieder abreisen. Natürlich könnte ich das jetzt freie Wochenende mit Mama verbringen, damit wir uns endlich mal richtig aussprechen können. Andererseits will ich erst mal Robin und Thore knuddeln und zu ihrem Weltmeistertitel beglückwünschen und wenn wir sowieso zu Hause sind, könnten wir uns auch gleich zum Turnier der Schleswig-Holsteinischen Tour in Damp anmelden. Und weil die Nationalteams und alle unsere größten Konkurrenten sich in Den Haag besser geschlagen haben als Ben und ich, sind wir in Damp die großen Favoriten und nehmen uns fest vor, das Turnier zu gewinnen.

Als wir in der Nacht von Dienstag auf Mittwoch in Schilksee eintreffen, fallen wir müde in unsere Betten und schlafen am Mittwoch aus. Ich werde erst wach, als ich Mimo Baby und Benni-Two durch den Garten toben höre. In der Küche ist noch frischer Kaffe, ich bereite mir mein Frühstück, lege alles auf ein Tablett und frühstücke im Garten. Die Sonne scheint, die Kinder toben, Ella und Ida buddeln im Gemüsebeet und ich genieße das Nichtstun. Zumindest bis zu dem Moment, als die Kinder mich entdecken und gleich unter Beschuss nehmen. Zum Glück ist das Wasser aus den Wasserpistolen nicht kalt und duschen muss ich sowieso. Aber bevor ich unter die Dusche steige, schnappe ich mir noch die beiden Wasserspritzer und werfe sie in das Schwimmbecken. Rache muss schließlich sein. Jetzt sind wir alle nass, ziehen uns auf der Terrasse aus und besetzen kichernd das Badezimmer. Nach der Dusche ziehe ich mich an und hänge unsere nasse Kleidung im Garten auf die Leine. Ella und Ida haben in der Zwischenzeit Tomaten und Salat geerntet. Beides legen sie mir mit einer Schüssel, einem Schneidebrett und einem scharfen Messer auf den Terrassentisch und fordern mich auf, einen Salat für das

Mittagessen zuzubereiten. Mimo und Benni-Two wollen natürlich helfen, aber Ella hat eine bessere Idee. Sie überreicht den Jungs einen Korb voller reifer Tomaten und bittet sie, Lisa im Sportinternat zu fragen, ob sie dafür Verwendung hat. Und wenn Lisa unsere Jungs erst mal bei sich hat, lässt sie sie nicht so schnell wieder gehen. So ist es meistens.

Mit meiner Salatfabrikation komme ich gut voran. Als ich fertig bin, frage ich nach einem Folgeauftrag, aber es gibt hier nichts weiter für mich zu tun. Deshalb sage ich meiner Frau, dass ich kurz zu Ben rüberschleiche. Ben ist gerade dabei, Lindas Wünsche zu erfüllen. Meine Schwester liegt auf einer Liege im Halbschatten des kleinen Gartens. Ben bringt ihr gerade einen Saft, dann sieht er mich und winkt mich zu sich: "Kannst ruhig herkommen, Linda ist heute ganz zahm."

"Ha ha", lacht sie und ich grinse: "Mit tut sie sowieso nichts. Ich bin ihr Lieblingsbruder."

"Was machen wir heute?"

"Ich dachte, wir feiern die Jungs, aber die pennen wohl noch. Jonas habe ich auch noch nicht gesehen."

"Die Jungs haben schon genug gefeiert", lacht Linda. "Deshalb schlafen sie ja noch. Gestern sind sie mit Timm und Marten nach Kiel gefahren und alle kamen ziemlich knüppeldicke nach Hause. Ich weiß das, weil sie hier vorbeigekommen sind und unbedingt noch klingeln mussten. Frauke hat ihnen ein paar Takte erzählt, aber Robin hat wohl gesagt, dass sie mit euch feiern wollten. Sie waren der Meinung, dass ihr schon wieder zu Hause seid."

"Dann lassen wir sie lieber schlafen", bestimmt Ben.

"Was macht denn unser Kleiner?", fragt Linda, ich erzähle ihr vom Tomatentransport und verspreche, heute Nachmittag mit Benni-Two vorbeizukommen. Ben begleitet mich zurück ins Sandhaus, schließlich müssen wir ja klären, was trainingsmäßig heute so ansteht. Wir treffen Jonas an der Pforte, der uns den Terminplan diktiert: "Vierzehn Uhr Krafttraining, danach geht's an den Strand. Wir trainieren heute mit den Internatsschülern."

"Wir haben uns übrigens für Damp angemeldet", beichte ich meinem Dad.

"Ihr könntet auch eine Pause einlegen."

"Pausen sind langweilig", widerspricht Ben, Jonas lacht und gemeinsam gehen wir in den Garten. Ben und ich verstecken uns hinter meinem Vater, der den größten Teil der Wasserladung aus den Geschossen abkriegt. Mit einem lauten Indianergeheul stürzt er sich auf die Kleinen, schnappt sie sich und kitzelt sie durch. Das Gekreische ist herrlich, wir lachen mit und bringen uns hinter den Liegen in Sicherheit.

Am Freitagnachmittag geht es Richtung Damp. Wir übernachten mit Thore, Marten, Robin und Timm in einer kleinen Pension und sind um acht Uhr am Samstagmorgen zum Technical Meeting am Turniergelände. Das Turnier beginnt um neun, Ben und ich spielen um Viertel nach zehn gegen das Team auf dem letzten Platz der Setzliste. Wir gewinnen in Rekordzeit und sehen uns anschließend das Spiel von Thore und Marten an, das auf demselben Platz ausgespielt wird. Danach spielen Robin und Timm auf dem Nebencourt. Wir gewinnen alle unsere ersten Spiele am Morgen und auch die zweiten am frühen Nachmittag.

Um halb vier geht es für uns weiter auf dem Centrecourt, während Robin und Timm Thore und Marten ausschalten und in die Verliererrunde schicken. Leider verlieren sie auch dieses Spiel und scheiden als Fünfte aus. Vor dem Abendessen rufe ich Jonas an, während Ben mit Linda telefoniert. Sowohl im Sandhaus als auch im Wolfsbau scheint alles in Ordnung zu sein, deshalb gehen wir jetzt feiern. Die Playersparty ist gut besucht, wir mischen uns unter die Leute, sprechen mit befreundeten Teams, lernen ein paar neue Leute kennen und verlassen so ziemlich als Letzte die Veranstaltung.

Im Halbfinalspiel am Sonntagmorgen lassen wir uns beinahe verkloppen, aber wir werden im richtigen Moment wach und bringen das Spiel nach Hause. Robin und Timm gewinnen ebenfalls, das heißt, die kleinen Nervensägen sind unsere Gegner im Endspiel.

Das Endspiel ist spannend, was vor allem an Robins Ehrgeiz liegt. Er will einfach nicht gegen uns verlieren, weil es ihm einen riesengroßen Spaß macht, Ben und mich aufzuziehen. Wir wissen ganz genau, was wir uns die nächsten Jahre anhören müssen, falls wir hier tatsächlich verlieren. Das gilt es um jeden Preis zu vermeiden, deshalb legen wir gleich los. Unsere Pässe haben die Geschwindigkeit von Kanonengeschossen und anders als im Sandhaus üblich, sind sie nicht aus Schaumstoff. Der erste Satz gehört uns, der zweite leider nicht. Aber im dritten Satz holen Ben und ich die Brechstange heraus, geben den Kleinen eine Lehrstunde vor Publikum und gewinnen ziemlich deutlich. Robins Reaktion ist witzig: "Kleine Jungs ärgert man nicht."

"Ich kaufe dir ein Eis", lästert Ben, Robin schubst ihn in den Sand, die Jungs balgen sich wie kleine Kinder und Timm und ich sehen uns das Ganze lachend an.

Nach der Siegerehrung fahren wir sofort zurück ins Sandhaus, packen unsere Taschen aus, packen neue Kleidung ein und machen uns gleich auf den Weg nach Berlin zum einzigen Turnier der Word Tour in Deutschland. So ein hochrangiges Turnier ist für uns noch ziemlich neu, deshalb brauchen wir Jonas als Trainer, der uns begleitet. Wir kommen im Spielerhotel unter, sehen uns das Turniergelände an, das sich noch im Aufbau befindet und gehen abends ins Kino.

Am Dienstag und Mittwoch trainieren wir auf dem Gelände mit Niels und Tim, dabei haben wir Zuschauer, die uns nach Autogrammen fragen. Ben und ich haben noch nie Autogrammkarten besessen, aber Niels meint, es wäre langsam an der Zeit, welche zu besorgen. Ben hat gleich die Idee, Linda dafür einzuspannen. Sie soll aus den Trilliarden von Fotos, die sie bisher von uns geschossen hat, am Computer ein paar schöne Bilder aussuchen und Autogrammkarten herstellen. Da sie das alles von ihrer Liege aus erledigen kann, müssen wir uns auch keine Sorgen um ihre Gesundheit machen.

Das Turnier beginnt am Mittwoch mit der Qualifikation, durch die sich Jan und Christian sowie Stefan und Felix quälen müssen. Niels und Tim sind auf Platz fünf gesetzt, Marvin und Thomas auf Rang neun und Ben und ich auf Platz dreizehn. Ben und ich gehen am Mittwochabend früh ins Bett. Ich selbst, weil ich tierische Kopfschmerzen habe, und Ben, weil er einfach müde ist. Ich werfe mir ein starkes Schmerzmittel ein, kann aber die halbe Nacht nicht schlafen, während Ben pennt wie ein Stein. Aber als ich gegen vier Uhr endlich einschlafe, fängt Ben eine ziemlich nervige Husterei an. Wieder bin ich wach, mein Schädel dröhnt und die Laune ist wirklich im Keller. In so einer Stimmung kann man auf einem Turnier der Word Tour nichts gewinnen, das ist klar. Deshalb ist es auch kein Wunder, dass wir sowohl unser Spiel um zehn als auch das um vier verlieren. Im ersten Spiel gewinnen wir immerhin noch einen Satz, aber im zweiten Match verlassen uns die Kräfte. Jonas schickt uns sofort ins Bett, lässt nach einem Arzt rufen und will uns schon für morgen abmelden, aber der Doc versorgt uns mit Medikamenten und ist sich ziemlich sicher, dass es uns morgen besser gehen wird.

Am nächsten Morgen geht es uns tatsächlich besser. Es geht uns sogar so gut, dass wir das Spiel gegen die auf Platz vier gesetzten Brasilianer in drei Sätzen gewinnen können, aber ausgeschieden sind wir trotzdem, weil wir Letzter in der Gruppe werden. Auch Stefan und Felix sind ausgeschieden und machen sich gemeinsam mit uns auf die Heimreise. In Schilksee angekommen, schickt Jonas uns sofort ins Bett und ich wache am Samstagmorgen mit den schlimmsten Erkältungssyptomen auf. Auch Ben liegt flach, aber bei Ben ist es nicht nur eine Erkältung, sondern eine richtig dicke Grippe. Deshalb sagen wir das Turnier am kommenden Wochenende in der Schweiz ab.

Ich möchte die Gelegenheit nutzen, mit Ella und den Kindern Mama und Johannes in Hamburg zu besuchen, aber Ella ist der Meinung, ich solle ruhig allein fahren. Wenn ich mich mit Mama aussprechen möchte und es vielleicht zu emotional wird, wäre das für unsere Kinder wohl etwas verwirrend. Johannes würde schon dafür sorgen, dass meine Mutter ihre Grenzen einhält, und ich wäre ja auch kein kleiner Junge mehr und hätte in letzter Zeit ziemlich deutlich gemacht, dass ich mich auch ganz gut allein wehren und Entscheidungen treffen kann. Ich rufe deshalb in Hamburg an, um mich für das komplette Wochenende – also von Freitag bis Sonntag – bei Mama anzumelden. Mama ist allerdings nicht im Haus, aber Johannes freut sich diebisch. Er schlägt vor, meiner Mutter nichts zu sagen und sie einfach zu überraschen. Allerdings will er gleich nochmal einkaufen fahren, damit wir ordentliches Fleisch für den Grill im Haus haben, auch eine Kiste Bier soll gekauft werden. Dann fragt er, ob ich meinen Tennisschläger mitbringe und mein Badezeug.

"Stopp!", bremse ich seine Euphorie. "Ich besuche euch, weil ich mit Mama reden möchte. Der Sport steht hinten dran, Johannes."

"Bring trotzdem alles mit, Domi. Vielleicht lässt sie uns ja eine oder zwei Stunden vom Haken."

"Nervensäge."

"Tja ... du kennst mich eben."

Ich staune Bauklötze, als ich am Freitagnachmittag in Hamburg eintreffe und meine Mutter definitiv überrascht ist. Offensichtlich hat Johannes tatsächlich seine Klappe gehalten und ihr nichts verraten. Mama springt sofort aufgeregt aus ihrem Gartenstuhl und überlegt, was sie denn zum Abendessen anbietet. Aber Johannes beruhigt sie und zählt auf, was er alles eingekauft und im Keller zwischengelagert hat. Meine Mutter beruhigt sich sofort, aber als Johannes nach Greta ruft, um mit ihr in den Zoo zu gehen, damit wir Zeit für uns allein haben, wird sie wieder nervös. Als Greta und Johannes verschwunden sind, beginnt sie, hektisch ihre Finger zu kneten und nach den richtigen Worten zu suchen. Ich kann mir das nicht lange ansehen und beginne mit meiner Rede: "Du musst nicht nervös sein. Alles ist in Ordnung."

"Wieso bist du allein hier?", wundert sie sich.

"Damit wir reden können."

"Willst du mir den Kopf waschen?"

"Nein, ich will nur mit dir reden. Ich weiß, dass du mir schon lange ein paar Dinge erklären willst, aber ich wollte dir nie zuhören. Jetzt bin ich bereit. Wenn du willst, können wir reden."

"Was möchtest du hören?", fragt meine Mutter verlegen.

"Alles, was du mir sagen möchtest."

Mama beginnt zögernd, spricht von kurzem Glück, verlorener Jugend, Einsamkeit und Angst. Sie spricht von Rübe und seinen Drohungen, den sie nachgegeben hat. Dann spricht sie von Oma, an deren Tod sie mitschuldig ist, und von ihrer Dankbarkeit Martin und Frauke gegenüber, die mich aufgefangen haben. Kurz spricht sie auch von Kerstin, und ich spüre einen heftigen Schmerz, als ich an unsere Zeit denke, die im Nachhinein betrachtet einfach nur chaotisch war. Mama spricht auch von Jonas und der Angst, mich an ihn zu verlieren. Sie weiß, dass ihre Lügen ein Fehler waren und mir die Kindheit zerstört haben. Und sie erzählt mir, wie stolz sie auf meinen Ehrgeiz und meine Entwicklung ist. Ich selbst komme überhaupt nicht zu Wort, und immer, wenn ich etwas sagen will, hebt sie die linke Hand als Zeichen, dass ich sie bitte nicht unterbrechen soll. Sie entschuldigt sich dafür, dass ich unter Rübes Schlägen und Demütigungen leiden musste und sie nicht eingreifen durfte. Außerdem entschuldigt sie sich dafür, sich nicht gegen Rübe und seine Drohungen gewehrt zu haben. Zum Schluss bittet sie mich, ihr zu verzeihen, und verspricht mir, nun wirklich kein einziges Geheimnis mehr vor mir zu haben. Ich nicke: "Ja, ich verzeihe dir."

"Das habe ich nicht verdient", schnieft Mama jetzt. Überrascht bin ich nicht; ich wundere mich sowieso schon die ganze Zeit, dass sie noch nicht losgeheult hat, aber jetzt ist es wohl so weit. Ich irre mich aber, denn Mama putzt sich nur umständlich die Nase, lächelt entschuldigend und breitet die Arme aus. Wir umarmen uns lange und fest. Mama löst sich als Erste und sagt noch einmal: "Danke, Dominik. Du bist so großzügig."

"Alles ist gut", antworte ich verlegen und nehme das angebotene Wasser an. Ich trinke das Glas in einem Zug aus, reiche es Mama zurück und lasse noch einmal nachschenken, dann rufe ich Johannes an, dass er mit Greta nach Hause kommen darf. Meine Mutter und ich haben alles geklärt, von nun an gibt es keine Geheimnisse mehr zwischen uns und alles ist gut. Ist es doch, oder?

Kapitel 12

Wo kein Problem ist …

Johannes freut sich diebisch, dass wir alles so schnell haben klären können. Er hofft deshalb darauf, dass ich jetzt massenweise Zeit für ihn habe, aber ich bin nicht seinetwegen hier. Das mache ich ihm noch einmal klar. Natürlich schmollt er wie ein kleines Kind, weil er mich nicht auf den Tennisplatz schleifen kann, aber ich bleibe hart. Zumindest ein paar Minuten lang. Komischerweise ist es dann aber meine Mutter, die mich direkt in Johannes' Klauen schubst: "Geht ruhig, wir haben noch das ganze Wochenende Zeit."

Das ist ein Wort, das mein Stiefpapi nicht nur in seinem, sondern auch in meinem Namen annimmt. Sofort hängt er am Telefon und bucht einen Tennisplatz für Samstagvormittag, ohne mich überhaupt gefragt zu haben. Ich muss zugeben, dass ich am nächsten Tag ein klein wenig bockig bin, weil er mich einfach einplant, ohne mich zu fragen und deshalb überlege ich kurz, ihm für dieses Tennismatch einfach abzusagen. Aber Mama hebt nur lächelnd die Augenbraue und wiederholt: "Geht ruhig. Wir reden später noch mal."

Wir haben noch eine gute Stunde Zeit, als wir am Tenniscenter ankommen, deshalb setzen wir uns ins Bistro, bestellen Getränke und ziehen uns gegenseitig damit auf, wer wen gleich haushoch schlägt. Meine miese Laune habe ich vor der Tür gelassen, mir geht es schlagartig besser. Dann ziehen wir uns um, gehen in die Halle und warten darauf, dass unser Platz frei wird.

Johannes macht gleich ernst! Ich spüre, dass er heute keine Niederlage einstecken will, aber ich habe auch keine Lust, gegen diesen Greis zu verlieren. Außerdem will ich ihn schon allein deshalb schlagen, weil er gestern einfach so mir nichts dir nichts über meine Freizeit verfügt hat. In Windeseile gewinne ich den ersten Satz und eigentlich müsste Johannes aufgeben, so erbärmlich japst er. Aber er bedingt sich nur eine längere Pause aus und wagt einen zweiten Satz. Wieder verliert er deutlich, aber er scheint nicht die Bohne frustriert zu sein. Im Gegenteil fordert er sofort eine Revanche für morgen und bestellt gleich nochmal einen Platz. Ich folge ihm, mache die Platzreservierung rückgängig und antworte auf sein dämlich fragendes Gesicht: "Ich entscheide gern selbst über meine Freizeit und ich bin nicht deinetwegen in Hamburg."

"Bist du jetzt sauer?", fragt er verblüfft.

"Du kannst nicht einfach so über mich verfügen."

"Du hast keinen Ton gesagt."

"Du hast mich ja noch nicht einmal gefragt."

"Seit wann muss man dich fragen, wenn es um Sport geht?"

"Ich bin nicht deinetwegen hier!"

"Du wiederholst dich."

"Ich hatte ganz andere Pläne für dieses Wochenende."

"Wieso bist du heute so launisch?"

"Ich bin nicht launisch."

"Wie nennst du es sonst?"

"Ich weiß nicht ..."

"Also doch launisch", grinst Johannes, ich grinse mit. Er hat ja recht, oder? Ich benehme mich heute wirklich kindisch! Woher mein Missmut Johannes gegenüber herkommt, kann ich auch gar nicht so genau sagen. Natürlich stört es mich nicht, dass er Sport mit mir treiben will, im Gegenteil. Ich finde es toll, mich mit Johannes zu messen, und ich hätte auch überhaupt keine Probleme damit, wenn er mich besiegt. Deshalb weiß ich überhaupt nicht, was mit mir los ist. Und Johannes ist wohl ebenfalls ratlos. Als wir nämlich nach dem Duschen im Umkleideraum herumtrödeln, hakt er nach: "Was ist eigentlich los mit dir?"

"Ich weiß nicht."

"Du merkst aber schon, dass du irgendwie schräg drauf bist, oder?"

"Ja."

"Irgendwelche Ansatzpunkte, an die ich anknüpfen kann?"

"Nein."

"Nun komm schon! Und behaupte nicht, du hättest kein Problem. Das wäre nämlich absolut neu und unvorstellbar. Seit ich dich kenne, hast du immer mindestens eins, also wird es auch heute eins geben, oder?"

"Nein, es ist alles in Ordnung."

"Das bekommt dir nicht."

"Äh ... was?"

"Es bekommt dir nicht, dass du keine Sorgen hast, das merkt man doch."

"Hör auf, Johannes! Es ist nichts."

"Du kannst es mir ruhig sagen."

"Es ist nichts, wirklich."

"Ich verspreche, dass ich nichts verrate."

"Du nervst!"

"Dann sag es mir doch einfach."

"Hör endlich auf, mir unbedingt ein Problem einreden zu wollen, sonst werde ich wirklich sauer."

"Hast du Stress mit Ella?"

"Nein, verdammt!"

"Mit Linda?"

"Ich habe mit niemandem Stress. Außer mit dir im Moment."

"Mit mir?"

"Ja, du nervst! Hör endlich auf damit!"

"Ich will dir ja nur helfen."

"Dann hör endlich auf, mir auf den Keks zu gehen."

"Wenn du mir versprichst, dass wirklich alles in Ordnung ist?"

"Wenn du mich noch einmal fragst, hole ich die Axt, und spätestens dann haben wir beide ein Problem."

"Bin schon ruhig!", verspricht Johannes hastig, und das kann man wörtlich nehmen. Während des ganzen Heimwegs spricht er kein einziges Wort und auch nicht, als wir die Wohnung betreten. Wir haben Besuch, Maria und Klaus sind da. Beide bemerken sofort das angespannte Schweigen, das zwischen Johannes und mir herrscht. Nur Mama peilt mal wieder nichts, sie plappert gleich drauflos: "Wir haben uns überlegt, heute Mittag nur etwas Leichtes zu essen, dann könnt ihr Jungs gleich noch ein wenig Sport treiben. Heute Abend gehen wir zum Australier, Maria hat schon einen Tisch bestellt. Johannes sieht mich fragend an, ich schüttle nur den Kopf und sage: "Kein Sport heute, aber das mit dem Australier klingt gut."

"Kein Sport heute?", fragt Klaus überrascht, ich antworte immer noch genervt: "Kein Sport, zumindest nicht mit dem da!" Ich zeige mit meinem ausgestreckten Zeigefinger auf Johannes, der mich ziemlich dämlich anstarrt.

"Habt ihr Streit?", staunt Maria. "Unglaublich, ihr versteht euch doch sonst so gut."

"Heute anscheinend nicht", murmelt Johannes, um mich dann gleich in die Ecke zu drängen: "Warum das so ist, weiß ich allerdings nicht, da müsst ihr Domi schon selbst fragen. Mir erzählt er ja nichts."

"Habt ihr eine Axt im Haus?", frage ich angefressen und funkle Johannes genervt an. Er hebt sofort abwehrend die Hände und nuschelt: "Ich habe nur eine Frage beantwortet."

Jetzt ist auch Mama neugierig. Sie staunt über meinen rüden Ton und über Johannes' leise Verteidigung, dann bohren sich ihre Laseraugen in meine, als sie wissen will: "Hat Johannes dir irgendetwas erzählt?" Der Ton, in dem sie fragt, lässt mich sofort aufhorchen: "Was hätte er mir denn erzählen sollen?"

"Ich weiß nicht ... keine Ahnung, worüber ihr redet, wenn ihr allein seid."

"Nein, er hat mir nichts erzählt. Er hat nur zwanghaft versucht, mir ein Problem einzureden."

"Du hast ein Problem?", fragt Maria und ich explodiere: "Nein, habe ich eben nicht, aber Johannes hat nicht locker gelassen und jetzt nervt ihr auch noch. Können wir bitte mal das Thema wechseln? Es ist alles in Ordnung, aber ich weiß nicht, wie lange noch!"

189

"Warum bist du heute so aggressiv?", wundert sich Mama und mir reißt beinahe der Geduldsfaden: "Ich bin nicht aggressiv, aber ich werde es bald. Und überhaupt: Wenn hier jemand ein Problem hat, dann seid ihr es doch wohl, oder?"

"Äh ... wir?", stottert Johannes.

"Ja, schließlich ist Mama vorhin kreidebleich geworden, als sie wissen wollte, ob du mir was erzählt hast."

"Das musst du nicht ernst nehmen", sagt Mama hastig und wirft einen bittenden Blick zu Johannes. Die zwei Nervensägen glauben tatsächlich, dass ich dämlich genug bin, diesen Blick nicht zu bemerken, aber da haben sie sich geschnitten und jetzt bin ich der Quizmaster, der die Fragen stellt. Ich habe zwei Kandidaten: Johannes und meine Mutter; die Frage richte ich an beide: "Also? Was ist los?"

Beide antworten: "Nichts!" Da sind sie sich einig, was mich allerdings auch nicht wundert, aber ich habe ein Ass im Ärmel: "Ich denke, es gibt keine Geheimnisse mehr, Mama?"

"Ich habe kein Geheimnis", antwortet sie leise. "Bitte, lass es gut sein."

"Johannes?", frage ich, aber wieder bettelt meine Mutter: "Lass es gut sein, es bringt nichts."

Jetzt sind natürlich auch Johannes' Eltern neugierig, aber meine Mutter sagt nichts und Johannes ist unter Mamas strengem Blick ebenfalls verstummt. So sehr Maria, Klaus und ich auch drängen und nachfragen, können wir nichts aus den beiden herauskitzeln, was entsetzlich nervt. Eines ist klar: Es gibt eine Überraschung, aber ob sie gut ist oder schlecht, das kann ich noch nicht sagen.

Den Rest des Tages verbringen wir wie geplant, ich gehe sogar mit Johannes ins Schwimmbad, aber ich bin nicht richtig bei der Sache und lasse mich von ihm abhängen. Johannes freut sich nicht über den Sieg, denn er merkt, dass ich nicht alles gegeben habe und ist deshalb fast beleidigt. Das ist mir aber herzlich egal. Am Abend sitzen wir beim Australier, bestellen querbeet und reichen unsere Teller herum. Wir trinken australisches Bier in unüblichen Mengen und schieben den Streit vom Vormittag gekonnt beiseite. Erst in der Nacht fange ich das Grübeln an. Zuerst widme ich mich den Tatsachen: Irgendwas ist anders! Dann widme ich mich den Fragen: Ist es eine positive Überraschung oder eher eine negative? Zum Schluss gehe ich die Möglichkeiten durch: einer von beiden ist krank, vielleicht sogar beide? Oder Greta ist krank? Eigentlich sah meine Schwester heute aber kerngesund aus, also klammere ich diese Möglichkeit gleich wieder aus. Ich gehe sogar so weit, Greta aus der Problemlösung ganz herauszuhalten. Mit meiner Schwester ist alles in Ordnung, da bin ich mir ganz sicher. Welche Möglichkeiten gibt es noch? Mama hat Johannes belogen? Johannes hat Mama belogen? Beide belügen sich gegenseitig? Vielleicht schon seit Jahren? Haben sie Geldsorgen? Leben sie über ihren Verhältnissen? Wollen sie, dass ich ihnen das Geld aus dem Verkauf der Villa zurückzahle, damit sie sich ihren

190

luxuriösen Lebensstil beibehalten können? Und wenn ja – wie soll das gehen? Das ganze Geld steckt im Sandhausunternehmen! Ich kann ihnen nichts geben! Oder hat Johannes etwa Mama betrogen? Hat er eine neue Liebe? Oder Mama? Nein, bei meiner Mutter kann ich mir so was gar nicht vorstellen, sie kommt ja sowieso schon nicht mit ihrem Leben klar. Es ist daher für mich unvorstellbar, dass sie sich absichtlich so in die Klemme bringt. Außerdem hätte sie sich inzwischen längst verplappert! Ich grüble und grüble und komme auf keinen grünen Zweig, aber das Grübeln macht mich durstig. Deshalb wanke ich müde in die Küche, um mir ein Glas Wasser einzuschenken. Auf dem Rückweg höre ich meine Mutter und Johannes leise in ihrem Schlafzimmer diskutieren. Nur ein paar Wortfetzen dringen durch die Tür. Mama sagt: "Musst du dir überlegen!" Johannes flüstert: "Da gibt es nichts zu überlegen."

"Wenn du meinst, aber ich würde es lieber lassen." Dann stockt das Gespräch und ich erschrecke! Haben sie mich etwa gehört? Ich schleiche zurück ins Gästezimmer und stelle mich schlafend für den Fall, dass sie mir hinterherschnüffeln, aber niemand kommt, die Schlafzimmertür öffnet sich nicht.

Am Sonntagmorgen erwache ich total gerädert. Denn obwohl ich nicht mehr grübeln wollte, konnte ich mein Kopfkino einfach nicht ausschalten. Ausschalten lässt sich auch nicht Mamas gespielte gute Laune. Diese schlechte schauspielerische Leistung geht mir irgendwann so dermaßen auf die Nerven, dass ich mich freiwillig dazu bereiterkläre, mit Johannes ins Fitnesscenter zu gehen. Die Nervensäge lungert ständig um mich herum und versucht auszuloten, wie es heute um meine Laune bestellt ist. Um ehrlich zu sein: Ich bin ganz schön genervt! Dieses Wochenende habe ich mir nämlich komplett anders vorgestellt, aber Johannes hat mich ausgetrickst und ich habe mich austricksen lassen. Letzteres ärgert mich noch viel mehr! Was mich aber am allermeisten ärgert, ist, dass er mir am Ende unserer Einheit unbedingt etwas erzählen muss, was ich gar nicht hören will. Johannes beichtet mir nämlich ein Geheimnis, von dem ich wünschte, es wäre für immer ein Geheimnis geblieben. Ich sehe wahrscheinlich wirklich so aus wie jemand, der gerade einen mit dem Holzhammer verpasst bekommen hat, als ich Johannes' Geständnis höre, dass er noch nicht einmal in netten Worten verpackt, sondern mir einfach rotzfrech um die Ohren haut: "Ich habe deine Mutter betrogen." Im ersten Moment denke ich, mich verhört zu haben. Aber weil ich mir nicht sicher bin, frage ich vorsichtshalber nach: "Du hast Mama belogen?"

"Nein, nicht belogen! Ich habe sie betrogen und ich bin nicht stolz darauf."

"Aber ...", stammele ich und suche nach Worten. "Aber ... wieso?"

"Ich würde gern sagen, dass es einfach so passiert ist, aber das stimmt nicht. Es war geplant." Johannes stockt, dabei will ich doch einfach nur, dass er weiterredet. Er soll mir sagen, dass alles in Ordnung ist. Er soll mir sagen, dass er sich nicht von meiner Mutter trennt und wir – er und ich – Freunde bleiben, aber wirft mir nur einen fragenden Blick zu. Obwohl ... so richtig fragend ist sein Blick nicht; ich denke bittend trifft es eher. Ich glaube, er bittet mich um Entschuldigung, was natürlich Blödsinn ist. Denn schließlich bin ich ja nicht derjenige, den er hintergangen hat, sondern meine Mutter, die mir auf einmal entsetzlich leidtut.

"Weiß sie es?", frage ich deshalb und will die Antwort eigentlich gar nicht hören, aber Johannes bestätigt meine Frage: "Ja, ich habe es ihr sofort erzählt."

"Was genau hast du ihr erzählt."

"Alles. Die Wahrheit."

"Und wie sieht sie aus, deine Wahrheit?", frage ich bedrückt.

"Auf unserer Station arbeitet eine neue Assistenzärztin. Wir arbeiten oft zusammen und ... na ja ... sie ist ... ich denke, sie ist einsam. Zumindest hat sie mir von Anfang an klargemacht, dass sie auf mich steht. Das hat mir natürlich geschmeichelt."

"Du hättest ihr sagen müssen, dass du verheiratet bist."

"Ich weiß, aber die Versuchung war einfach da, verstehst du?"

"Nein, verstehe ich nicht."

"Deiner Mutter habe ich gesagt, ich müsste auf ein Seminar, aber in Wirklichkeit war es ein ... ein ..."

"Kurzurlaub?"

"Es war ein Liebesurlaub, Domi. Ich will es nicht beschönigen."

"Was ist dann passiert?"

"Als ich nach Hause kam, wirkte deine Mutter völlig ahnungslos, aber auf einmal hatte ich ein schlechtes Gewissen, ich habe ihr alles erzählt."

"Und dann?"

"Dann hat sie mir verziehen."

"Einfach so?"

"Ja."

"Das glaube ich nicht."

"Das kannst du aber. Sie hat mir verziehen und wollte nicht, dass es jemand erfährt. Deshalb hatte sie ja auch Angst, ich hätte dir alles gesagt."

"Sie wollte dich schützen?", wundere ich mich.

"Ja", antwortet Johannes kleinlaut.

"Warum?"

"Ja? Warum? Was glaubst du?"

"Sie muss dich sehr lieben."

"Oder sie hat Angst davor, allein zu sein ... genau wie du."

"Wir sind uns gar nicht so unähnlich, hm?"

"Ihr seid so verschieden wie Tag und Nacht, aber die Angst vor dem Alleinsein ist bei euch beiden gleich stark ausgeprägt, glaube mir."

"Sie hat dir einfach verziehen?"

"Ja, das hat sie."

"Ich bin nicht besser als du, weißt du?"

"Was genau meinst du?"

"Ich habe Amy geküsst ..."

"Was?"

"Es ist lange her und es hat mir auch nichts bedeutet, aber Ella ist ausgerastet. Sie hat Amy eine verpasst und ihr dabei die Nase gebrochen."

"Das ist heftig."

"Ja, ist es. Ella hatte ihre Rache, aber trotzdem denke ich manchmal, sie kann es nicht vergessen. Deshalb glaube ich nicht, dass Mama so cool reagiert."

"Wie es in Wirklichkeit in ihr aussieht, weiß ich nicht. Aber mir hat sie gesagt, dass sie mir verzeiht. Sie hat mir noch nicht einmal ein Versprechen abgenommen."

"Das ist absolut untypisch."

"Kann ich weder bestreiten noch bestätigen, ich bin kein Frauenversteher."

"Ich schon gar nicht."

"Ich weiß nur, dass dieser Ausrutscher einmalig war. Ich liebe deine Mutter, so nervig sie auch manchmal sein kann."

"Hast du kein schlechtes Gewissen?"

"Es quält mich Tag und Nacht und setzt mir ständig zu, aber deine Mutter profitiert davon."

"Wie denn?"

"Ich kaufe ihr ständig Blumen, Parfum, Schmuck, Süßigkeiten ..."

"Meine Mutter ist käuflich?"

"Sie durchschaut mich natürlich und jedes Mal, wenn sie mir sagt, dass ich genug gebüßt habe, geht es mir noch schlechter."

"Vielleicht solltest du aufhören, teure Geschenke zu kaufen und dafür irgendetwas mit ihr unternehmen? Fahrt doch mal zusammen weg, nur du und sie."

"Und Greta?"

"Greta kommt so lange zu uns."

"Das ist eine gute Idee, Kleiner!", grinst Johannes und boxt mich, ich boxe zurück, wir lachen und ich bin froh, dass das Problem geklärt ist. Von den Möglichkeiten, die ich mir heute Nacht ausgedacht habe, ist Johannes' Betrug nämlich eins der kleineren Übel. Niemand ist krank,

193

niemand wird sterben und niemand lässt mich allein zurück. Johannes hat seinen Fehler sofort eingestanden, Mama hat ihm unglaublicherweise verziehen und sonst geht diese Geschichte niemandem etwas an. So leicht ist das!

Trotzdem glaube ich nicht, dass Mama unter diesem Fehltritt nicht leidet. Sie behauptet das zwar hartnäckig, als ich sie einfach frage, aber ich bin sicher, dass sie sich selbst etwas vormacht. Die Idee mit der Reise ohne Greta findet sie allerdings großartig, sie hängt sich gleich an den Computer, lässt sich von Johannes die freien Wochenenden bekanntgeben und bucht eine sündhaft teure Reise nach Rom. Sie strahlt, als hätte sie gerade im Lotto gewonnen, und ich sollte mich eigentlich nicht darüber wundern. Schon immer hatte sie ein ausgesprochenes Talent, Probleme einfach auszusitzen und ihnen bestenfalls sogar von vornherein aus dem Weg zu gehen. Und sie glaubt tatsächlich, ich würde ihr ihre Gelassenheit so einfach abnehmen, aber da hat sie sich geschnitten. Ich warte nur noch auf die Gelegenheit, einmal in Ruhe mit ihr zu reden, und dieser Tag kommt bestimmt. Dann werde ich sie so lange löchern, bis sie zugibt, von Johannes' Verhalten enttäuscht zu sein, denn das wäre immerhin normal, oder? Die Gelegenheit zu einem Gespräch zwischen Mama und mir ergibt sich allerdings bis zu meiner Rückkehr nach Kiel nicht mehr, aber wir sehen uns am Dienstag wieder. Am Dienstag habe ich nämlich Geburtstag.

Meine Leute haben wieder einmal für ein Geschenk zusammengelegt und schenken mir etwas, das für unser Grundstück einfach perfekt ist: zwei riesengroße Palmen, die am späten Vormittag von einem Gartenbauunternehmen geliefert und eingepflanzt werden. Der Abstand zwischen den Palmen ist perfekt – meine Hängematte passt genau dazwischen. Was das Zeug gekostet hat, möchte ich lieber nicht wissen. Eine richtige Feier gibt es allerdings nicht, denn wir wollen morgen im Laufe des Tages Richtung Schweiz reisen. Am Samstag starten wir dort nämlich auf einem Turnier der Word Tour und auf dem Hinweg wollen wir Jessica in Köln besuchen. Einziger offizieller Tagesordnungspunkt an meinem Geburtstag ist die Tortenschlacht am Nachmittag, zu der auch Mama, Johannes und Greta anreisen. Ich hoffe, dass ich ein paar Minuten mit meiner Mutter allein verbringen kann, aber irgendwie scheint sie mir auszuweichen. Das kommt mir komisch vor. Auch Ella fällt Mamas seltsames Verhalten auf, glaube ich zumindest. Denn als die Gäste am Abend abgereist sind und wir das Geschirr in die Küche tragen, fragt sie neugierig: "Was läuft denn zwischen deiner Mutter und Johannes?" Ich seufze nur auf. Bingo! Ella mit ihrer Antenne für häusliche Probleme hat natürlich sofort geschnallt, dass hier eindeutig etwas nicht stimmt. Und weil ich keine Lust habe, sie zu belügen, erzähle ich ihr gleich die Wahrheit: "Johannes hat Mama mit einer Kollegin betrogen."

"Im Ernst?", fragt Ella ungläubig.

"Ja, er hat es ihr aber sofort gebeichtet."

"Und dann?"

"Dann hat Mama ihm verziehen."

"Das glaube ich nicht."

"Was glaubst du nicht?", fragt Jonas, der einen weiteren Schwung Geschirr für die Spülmaschine anschleppt. Ich will schon antworten, aber Ella kommt mir zuvor: "Das glaubst du nicht: Johannes hat Angelika betrogen. Mit einer Kollegin!"

"Ist das wahr?", fragt mich mein Dad, ich nicke: "Ja, aber es ist alles geklärt. Mama hat ihm verziehen und er lebt noch."

"Dann ist ja gut", erwidert Jonas, aber Ella kreischt hysterisch los: "Das scheint euch ja ziemlich egal zu sein!" Ich verteidige mich sofort: "Es ist mir überhaupt nicht egal, aber ich bin froh, dass sie noch zusammen sind."

"Ich auch", bestätigt Jonas. "Johannes ist ein cooler Typ. Es wäre schade, wenn sie sich trennen und wir Johannes nicht mehr zu sehen kriegen."

"Das ist ja mal wieder typisch Mann!", motzt Ella. "An Angelika denkt ihr wohl gar nicht!"

"Es ist ihr egal, Ella", verteidige ich mich, aber Ella geht gleich an die Decke: "So, es ist egal, ja? Ein Mann kann tun und machen, was er will, hm? Es ist alles egal, so lange es nur nach seiner Nase geht, oder?"

"Das hat niemand gesagt", beschwichtigt Jonas, aber Ella hat noch nicht genug Dampf abgelassen: "Ist ja klar, dass ihr auf seiner Seite seid!"

"Ich bin nicht auf seiner Seite. Aber ich habe Mama gefragt und sie hat mir klipp und klar geantwortet, dass es ihr egal ist. Sie hat ihm verziehen, Ella. Ich weiß nicht, wieso wir beide uns deshalb streiten müssen."

"Das ist so typisch!", motzt sie.

"Was genau ist typisch?", frage ich nach.

"Es ist typisch, dass ... ach ... ist doch egal!"

"Es ist nicht egal, Ella. Was genau ist typisch?"

"Dass du Johannes verstehst. Du bist ja schließlich auch nicht besser."

"Was soll das denn jetzt?", wundert sich Jonas, aber Ella stößt mir nur ein Messer zwischen die Rippen – zumindest fühlt es sich so an, als sie hysterisch loskreischt: "Dein Sohn hat Amy geküsst."

"Aber ... das ist über ein Jahr her!", ruft mein Vater.

"Behauptet er."

"Was?", frage ich verdutzt, aber Ella schneidet mir gleich das Wort ab: "Wie oft warst du danach noch mit ihr zusammen?"

"Gar nicht!"

"Und vorher?"

"Was soll das, Ella?"

"Und vorher?"

"Vorher nicht und nachher auch nicht. Das weißt du doch."

"Und woher soll ich das wissen?"

"Du kennst mich doch!"

"Eben!"

"Was?"

"Ich kenne dich!"

"Was?"

"Fehlen dir die Worte?"

"Ja, ich ... ich verstehe nicht ..."

"Ist ja auch egal, wenn du mich nicht verstehst. Hauptsache ist doch, du verstehst Johannes, oder?", fragt Ella bissig und ich bin auf einmal so sauer, dass ich ins Schlafzimmer renne, mir mein Bettzeug schnappe und ins Gästezimmer umziehe. Ich brauche Abstand von Ella und ihren verrückten Anschuldigungen!

Am nächsten Morgen fordere ich Ben und Jonas auf, so schnell wie möglich abzureisen, damit ich nicht unnötig lange mit Ella dieselbe Luft atmen muss. Meine Frau geht mir auch gekonnt aus dem Weg, aber der Abschied von Mimo und Hanna ist unangenehm. Beide spüren nämlich, dass irgendetwas nicht in Ordnung ist. Ich werfe Jonas den Autoschlüssel zu und steige hinten in den Wagen, dann stöpsele ich mir die Ohren zu und drehe die Musik voll auf. Bis wir am Nachmittag bei Jessica in Köln angekommen sind, rede ich kaum zwei Wörter, aber Jessicas Glück reißt mich aus meiner Lethargie. Stolz präsentiert sie uns die kleine Laura, die ich ja schon kenne. Ben schießt Fotos, die er gleich an Linda schickt, während Jonas sich nach Trixie erkundigt. Auf Florian müssen wir leider verzichten; er ist zu einem Wettkampf in Australien unterwegs und wird erst in zwei bis drei Wochen zurückerwartet. Dafür sind Jessicas Eltern da, die ihrer Tochter unter die Arme greifen. Andrea bezieht unsere Betten für diese eine Nacht, während Mark das Abendessen zubereitet.

Während der Nacht weckt uns Laura mindestens dreimal. Jonas spricht sogar von einer fünfmaligen nächtlichen Unterbrechung, aber Ben und ich wurden nur dreimal wach. Jessica behauptet, nicht richtig mitgezählt zu haben, dabei war sie es doch, die ständig aufstehen musste. Es ist deshalb fast ein Wunder, dass sie am Donnerstagmorgen fröhlich mit uns am Küchentisch herumscherzt. Direkt nach dem Frühstück fahren wir weiter, lassen uns an den Schweizer Mautstellen abzocken und erreichen am frühen Donnerstagabend Gstaad. Es ist keine Frage, dass wir jetzt an nichts anderes als Bewegung denken. Aber nach dem Laufen suchen wir Hayden und

Taylor, die ebenfalls heute angereist sind und mit uns, Niels und Tim am Freitag zwei Trainingseinheiten absolvieren wollen. Unsere Londoner Freunde haben schon einen Tisch in einem coolen Bistro für uns klargemacht. Wir quetschen uns zu ihnen auf die Bänke, bestellen Steaks und tauschen Neuigkeiten aus.

Während des Trainings am Freitag sind wir nahezu ungestört, es sind kaum Zuschauer an den beiden für Trainingseinheiten abgesperrten Courts anzutreffen. Dafür ist an den Hauptplätzen eine Menge los, hier wird nämlich die Qualifikation ausgespielt. Wir selbst haben Glück, dass drei deutsche Teams für das Hauptfeld zugelassen sind, und weil wir nach wie vor das dritte deutsche Team stellen, sind wir gesetzt. Wir starten am Samstag in die Gruppenphase, für die sich gestern leider kein weiteres deutsches Team qualifizieren konnte. Niels und Tim starten in Pool Q, Hayden und Taylor in P, während Ben und ich gleich von Beginn an Pech haben. In unserem Pool starten nämlich nicht nur Marvin und Thomas, sondern auch die aktuellen Weltmeister sowie die zweite Heimmannschaft. Wir sind allerdings selbstbewusst genug, um hier nicht gleich aufzustecken, sondern nehmen uns vor, mindestens ein Spiel zu gewinnen. Die Chance dazu ergibt sich gleich am frühen Samstagmorgen. Auf dem gegnerischen Spielfeld stehen uns Marvin und Thomas gegenüber, die in der Gruppe vor uns gesetzt sind. Wir haben schon oft gegen sie gespielt und gelegentlich sogar gewonnen. Deshalb hoffen wir auch heute auf einen Sieg, der unser Selbstbewusst sein noch um Kilometer nach oben schrauben würde. Im ersten Satz agieren wir sicher, wir tasten uns gegenseitig ab, obwohl wir uns schon sehr gut kennen. Satz eins verlieren wir nach einer anstrengenden Verlängerung, Satz zwei gewinnen wir zu neunzehn und im dritten Satz steht es inzwischen zwanzig zu zwanzig. Ben und ich sind noch einigermaßen gut drauf, aber Marvin ist eindeutig am Ende. Er greift immer wieder an seine Schulter, die er sich jetzt behandeln lässt. Wir nutzen die medizinische Auszeit, um ordentlich zu trinken und unsere Köpfe ein wenig in den Schatten zu halten, dann sind die fünf Minuten um und es geht weiter. Ich habe Aufschlag, Ben blockt den Angriff und wir machen den Punkt. Der zweite Punkt ist sogar noch leichter – ich schlage auf Marvin auf, der nicht annehmen kann und den Ball ins Aus spielt. Wir gewinnen also unser erstes Spiel und hoffen auf zwei weitere gute. Die Chance dazu ist teils gut, teils schlecht. Unsere nächsten Gegner sind die Schweizer, was eigentlich ein Nachteil ist, aber sie sind die am schlechtesten gesetzte Mannschaft in unserem Pool, das ist ein Vorteil und wir sollten sie eigentlich besiegen können. Im ersten Satz sieht es auch ganz danach aus, wir gewinnen zu fünfzehn und führen auch im zweiten Satz schon mit drei Punkten, als sich Bens Wade mal wieder meldet. Wir nehmen eine Auszeit, kühlen Bens Aua und spielen bald weiter. Leider macht Bens Wade aber weiterhin Theater, sie weigert sich, vernünftig zu funktionieren und als Ben Krämpfe kriegt, geben wir nach einem kurzen Blickwechsel mit Jonas auf. Das zweite Spiel müssen wir also verloren geben, aber verloren ist hier noch gar nichts. Wir kümmern uns um Ben, der bald darauf Einsatzbereitschaft signalisiert und – genau wie ich – im letzten Gruppenspiel gegen die amtierenden Weltmeister über sich hinauswächst. Wir sind kaum wiederzuerkennen, genau wie unsere Gegner. Während das bei uns aber positiv gemeint sind, gehen die Jungs auf der anderen Spielfeldseite baden: wir schlagen sie zu siebzehn und zu neunzehn. Wow! Das muss ich jetzt erst mal verarbeiten ... und begreifen ... und dann muss ich Ella anrufen. Oder ... nein, das geht ja nicht! Wir sprechen ja im Moment nicht miteinander. Das ist blöd! Bei wem soll ich denn jetzt angeben? Ah – ich weiß: Ich rufe Johannes an. Johannes meldet sich auch gleich euphorisch: "Na, Kleiner! Hast du alle Gegner schon in die Schranken gewiesen?"

"Nicht alle, aber die Wichtigsten. Wir haben gerade die Weltmeister verhauen."

"Ist nicht wahr?"

"Du zweifelst an mir?", grinse ich. Johannes lacht: "Nein, ich weiß doch, was du kannst."

"Ich rufe nur an, um eine Runde anzugeben."

"Das darfst du!"

Wir quatschen noch ein paar Minuten, dann ist mein Akku leer.

Den Feierabend haben wir uns heute redlich verdient. Wir sind alle weiter, aber weil Niels und Tim, Hayden und Taylor und wir zwei Gruppenspiele gewonnen haben, sind wir bereits in der zweiten Gewinnerrunde. Marvin und Thomas haben zweimal verloren, sind aber als punktbester Dritter ebenfalls weiter, starten allerdings wegen ihres Punkteverhältnisses bereits in der ersten Gewinnerrunde. In der Gewinnerrunde sind wir jetzt aber alle, denn Taylor ist heute in Spendierlaune und bezahlt nicht nur das Essen, sondern auch die Getränke. Nach der Feierei suchen wir das Hotel auf, holen uns die Glückwünsche von Robin und Timm ab, die in Grömitz spielen und beglückwünschen sie ebenfalls zum Erreichen des Halbfinales.

Marvin und Thomas haben in der ersten Runde entsetzliches Lospech: Sie müssen gegen die Europameister ran, sind aber frech genug, diese in zwei Sätzen zu schlagen. In der nächsten Runde haben wir es alle mit Brasilianern zu tun. Wir selbst haben das beste Los gezogen: Wir spielen gegen die Nummer dreiundzwanzig, Hayden und Taylor gegen die fünf, Niels und Tim gegen die sechs und Marvin und Thomas gegen die zwei. Die Platzierungen sind aber zweitrangig, denn wir spielen alle gegen Brasilianer und Brasilianer saugen Beachvolleyballerfolge schon mit der Muttermilch ein. Es keine Frage, dass wir alle verlieren und ausscheiden. Trotzdem wollen wir noch eine Nacht bleiben. Marvin und Ben nehmen noch einmal den Arzt in Anspruch, Ben lässt sich mit helfenden Getränken versorgen, aber Marvins Untersuchung dauert länger. Wir sehen ihn nicht mehr, hören aber von Thomas, dass die Schulter in Deutschland behandelt werden muss. Während wir hier feiern, gewinnen Robin und Timm das Turnier in Grömitz und ich gewinne eine Diskussion mit Ella. Sie ist nämlich am Telefon, als ich im Sandhaus anrufe. Inzwischen hat sie sich wieder abgeregt, entschuldigt sich wegen ihres Ausrasters und verspricht mir eine Belohnung. Wir fahren am Montagmorgen los, machen eine erste Pause in Karlsruhe und eine zweite Pause in Hannover, und erreichen Schilksee nach insgesamt vierzehn Stunden ziemlich genau um Mitternacht. Ella schläft schon.

Meine Überraschung bekomme ich dafür am Dienstagmorgen. Ella hat nämlich unseren Turnierplan studiert und festgestellt, dass wir nach dem Turnier in St. Peter-Ording zwei ganze Wochen frei haben. In der Woche danach steht nämlich die Europameisterschaft an, für die wir nicht qualifiziert sind. Wieder ein Wochenende später sind wir für ein Turnier der Word Tour gemeldet, das in Rom stattfindet. Deshalb hat sie eins und eins kombiniert, mit Jonas diskutiert, die Diskussion gewonnen und uns einen einwöchigen Urlaub in der Nähe von Neapel gebucht. Das heißt: Der Urlaub dauert nur eine Woche, ich selbst bleibe aber zwei. Denn in der zweiten Woche reisen Ben und Jonas nach, damit wir für das Turnier vernünftig trainieren können. Diese Überraschung ist super, ich freue mich riesig und bin erleichtert, dass Ella wieder mit mir redet und mir nicht den Kopf abreißt. Wir gehen am Dienstagabend aus, verbringen den Donnerstagnachmittag mit den Kindern im Schwimmbad und sprechen in der Nacht über Ellas Ängste. Mir ist unwohl dabei, als ich erfahre, dass Ella immer noch eifersüchtig auf Amy ist, obwohl ich unserer Physiotherapeutin so gut es geht aus dem Weg gehe. Ich schwöre Elle Stein auf Bein, dass ich nichts von Amy will, und irgendwann gibt sie Ruhe. Wir schlafen eng umschlungen ein und wachen am nächsten Morgen lächelnd auf. Leider müssen wir uns nach dem Frühstück trennen. Ben, Jonas und ich reisen nämlich nach St. Peter-Ording, während Ella mit den Kindern zu einem Frühlingsfest im Kindergarten geht. Am Samstag wollen sie nachkommen und uns laut anfeuern. Mimo hat schon ein Plakat gemalt und will eine Spielzeugtrommel mitbringen, die Farfar ihm gekauft hat. Benni-Two hat inzwischen natürlich auch eine und sie haben schon geprobt. Es war ... na ja, es war laut, sage ich mal. Sehr laut sogar!

In St. Peter erwartet uns eine Überraschung: Marvin und Thomas fehlen! Marvins Schulter ist immer noch nicht in Ordnung, Thomas hat auf die Schnelle keinen Ersatz für ihn gefunden und ist gar nicht erst angereist. Mit anderen Worten: Wir rutschen einen Setzlistenplan nach oben und sind direkt hinter Niels und Tim auf Rang zwei gesetzt.

Ich wiederhole mich wahrscheinlich, wenn ich jetzt sage, dass man als hochgesetztes Team in der ersten Runde immer ein leichtes Spiel hat. Es ist einfach so, dass man diese Spiele meistens gewinnt. So schlagen wir auch heute ein Team aus der Qualifikation und machen gerade unseren letzten Punkt, als Ella, unsere Kinder und Benni-Two am Spielfeldrand auftauchen. Das nenne ich ein gutes Timing, ich kann mir so nämlich gleich einen Siegerkuss abholen. Mimo und Benni-Two wollen sofort ins Wasser und weil wir fast drei Stunden Zeit haben, schnappen wir uns die Krümel und machen sie nass. Anschließend lassen wir uns in der Sonne trocknen, von den Kindern eincremen und von Ella mit Getränken versorgen. Dann geht's beachmäßig schon wieder in die nächste Runde.

Unser zweiter Sieg des Tages gelingt uns nicht ganz so eindrucksvoll, wir spielen über drei Sätze und gewinnen am Ende nur glücklich. Stefan und Felix, die nach uns auf Rang drei gesetzt sind, landen im Loserpool, verlieren auch dort und scheiden aus.

Am nächsten Tag machen wir uns selbst das Leben schwer, was uns einen dicken Anranzer von Jonas einträgt. Auf den Weg zu den Courts läuft uns nämlich ein Typ über den Weg, der aussieht wie Christopher. Ganz sicher sind wir uns allerdings nicht, aber wir beschließen sofort, dass wir ihm folgen wollen, damit wir Gewissheit haben. Der Fremde ist allerdings kurzfristig in der Menschenmenge verschwunden und wir müssen ein paar Minuten nach ihm suchen. Als wir ihn dann wieder sehen, stellen wir allerdings fest, dass wir uns beide geirrt haben. Leider kommen wir wegen unserer Suche zu spät zu den Courts. Jonas scannt schon nervös das Gelände und staucht uns erst zusammen, bevor er fragt, wo wir überhaupt abgeblieben sind: „Könnt ihr mir vielleicht mal erklären, warum ihr so spät seid?"

„Vielleicht wollten wir einfach mal wieder vor lauter Fremden angebrüllt werden", maule ich. Aber Ben beichtet ihm einfach unsere Verfolgung, danach zeigt Jonas Verständnis. Ein klein wenig zumindest. Wir haben jetzt nur noch wenige Minuten, um uns auf das nächste Spiel vorzubereiten, dann werden wir auch schon angekündigt. Wir schlagen unsere nächsten Gegner und besiegen im Halbfinale Nationalteam Nummer eins: Niels und Tim. Spätestens jetzt ist unser Trainer, also mein Dad, nicht mehr sauer wegen unseres kleinen Ausflugs am Morgen und spätestens jetzt ist uns klar, dass wir dieses Turnier gewinnen können. Es ist halb vier, als Chris seinen ersten Aufschlag über das Netz bringt und die Sandhaus- und Wolfsbaukinder ihre Anfeuerungsrufe starten. Die Zuschauer sind von unseren Krümeln begeistert und diese Begeisterung steigert sich noch, als Benni-Two Chris ganz süß fragt, warum er Papi und Mimo nicht einfach gewinnen lässt. Die Zuschauer lachen sich scheckig und wir gewinnen glatt in zwei Sätzen.

Direkt nach der Siegerehrung fahren wir nach Hause, packen Koffer, fahren nach Hamburg, übernachten bei Mama und lassen uns am Montagmorgen zum Flughafen bringen. Von dem Moment an, als das Flugzeug startet, mache ich mir selbst ein Versprechen: Ich will während der ersten Woche dieses Urlaubs voll und ganz für meine Familie da sein. Ich will mit den Kindern spielen, mit Ella Zeit verbringen und einfach nur Spaß haben. Mein Plan sieht so aus, dass ich zwar morgens laufe, danach aber direkt dusche, dann meine Familie wecke und anschließend mit ihnen gemütlich frühstücke. Über den restlichen Tagesablauf soll Ella bestimmen, und das wird sie auch, das ist so klar wie Kloßbrühe. Ella ist mit meiner Tagesplanung einverstanden. Klar, sie kann schließlich den ganzen Tag über mich verfügen, was im Sandhaus nie möglich ist. Dort muss sie mich immer teilen, aber hier stehe ich ihr rund um die Uhr zur Verfügung und das Tolle daran ist: bereits nach einem Tag habe ich mich daran gewöhnt. Und noch besser ist: Es gefällt mir.

Was mir außerdem gefällt, ist das Wetter und dieser sensationelle Strand, an dem wir die meiste Zeit verbringen. Ella hat zum Glück keine Lust auf Kultur, sondern will einfach nur Sonne tanken und im warmen Meer baden. Unsere Kinder sind damit beschäftigt, große Sandburgen zu bauen und im Wasser zu planschen. Leider schließen sie hier keine Freundschaften, aber sie scheinen sich sowieso nicht zu langweilen. Weil unsere Kinder so einträchtig miteinander spielen, haben Ella und ich viel Zeit zu zweit, die wir nutzen. Wir unterhalten uns über alles Wichtige, klammern kein Thema aus und ich für meinen Teil stelle jeden Tag aufs Neue fest, dass Ella die Richtige für mich ist. Sie scheint meine Gedanken zu lesen, aber das ist ja auch nicht neu, sie durchschaut mich ständig. Aber diesmal ist es richtig unheimlich, dass sie den Nagel so deutlich auf den Kopf trifft: „Ich hätte dich damals schon festhalten sollen."

„Ich war fünfzehn."

„Mit einem gefälschten Pass hätte das niemand gemerkt. Du sahst damals deutlich älter aus."

„Ich glaube, ich wäre bei dir geblieben."

„Und ich wäre mit dir nach Deutschland gekommen."

„Wirklich?"

„Ich weiß nicht genau, aber ja … ich glaube schon."

„Glaubst du, es hätte funktioniert?"

„Nein."

„Wieso nicht?"

„Na ja … im Internat hast du Jessica kennengelernt und vorher gab es noch Kerstin."

„Hm."

„Siehst du? Also haben wir alles richtig gemacht. Wir haben einfach abgewartet, bis du deine Erfahrungen gemacht hast und wir beide reif genug waren."

„Auf die eine oder andere Erfahrung hätte ich gern verzichtet."

„Ja, ich auch."

„Und was die Reife angeht: Ich war vorher schon reif", grinse ich. Ella grinst zurück: „Ja, du schon. Aber ich nicht." Wir lachen, wundern uns, welche Richtungen unsere Gespräche nehmen, lachen immer noch und nehmen uns vor, ab sofort nur noch in die Zukunft zu schauen. Das ist leicht, zumindest kommt es mir im Moment so vor.

Als wir uns nach einer Woche voneinander verabschieden, weil meine Trainingswoche mit Ben und Jonas beginnt, nehmen meine Kinder tränenreich Abschied. Auch Ella ist nicht glücklich, aber sie weint wenigstens nicht, als wir uns trennen müssen. Ich fahre mit dem Zug nach

Rom, treffe als Erster im Hotel ein, suche mir das beste Bett in unserem Zimmer aus und checke schon mal den Pool. Es ist ein reines Trainingshotel, das Gelände gibt nicht viel her, der Pool bietet keinen Spaß. Aber wir sind auch nicht zum Spaß hier. Wir wollen am Wochenende weit kommen und deshalb werden wir hier hart trainieren. Außer uns sind noch viele internationale Teams her, was ich dem Trainingsplan entnehme. Nach diesem Plan sind Ben und ich von neun bis elf und von fünf bis sieben am Start. Ich frage mich, wie Jonas es geschafft hat, für uns die besten Zeiten zu blocken. Aber ich gehe davon aus, dass er hier wieder jede Menge Leute kennt, die ihm gern einen Gefallen getan haben. Ben und Jonas tauchen auf, als ich gerade abtauchen will – im Pool. Ich wollte ein paar Bahnen schwimmen, weil ich mich hier gerade ganz schön nutzlos fühle. Daraus wird jetzt allerdings nichts, denn es ist halb fünf und wir sind bald mit dem Training dran. Ich frage meinen Dad, warum sie so spät sind, aber mein Vater flüstert mir nur zu: „Erkläre ich später." Später ist allerdings nur wenige Minuten später. Ich gehe nämlich schon eher zum Platz, weil ich bereits eine Badeshorts trage und schon eingecremt bin. Jonas zieht mich an die Seite und sagt: „Wir mussten einen Zwischenstopp einlegen. Ben hatte nämlich plötzlich Panik. Du weißt, er fährt nicht gern seit seinem Unfall und eigentlich hatten wir abge-macht, dass ich die ganze Strecke allein fahre. Aber dann dachte ich, es wäre eine gute Gelegen-heit, ihn wieder ans Steuer zu bringen. Als wir nicht mehr auf der Autobahn waren, habe ich behauptet, müde zu sein und ihn gebeten, die restlichen Kilometer zu fahren."

„Und dann?"

„Er hat Panik gekriegt."

„Was ist passiert?"

„Er hat das Lenkrad umklammert, gezittert und richtige Schweißausbrüche bekommen."

„Das klingt nicht gut."

„Nein, deshalb mussten wir eine Pause machen, damit er sich beruhigt. Sobald er wieder auf dem Beifahrersitz saß, war alles in Ordnung."

„Ich fürchte, er wird nie wieder fahren."

„Das wird er müssen."

„Nein, muss er nicht."

„Wie auch immer – sag ihm nicht, dass ich es dir erzählt habe, okay?"

„Okay."

Wir warten auf Ben, belegen unseren reservierten Platz und trainieren so gut wie immer. Die ganze Woche läuft richtig gut, wir liefern uns heiße Duelle mit anderen Athleten, verlieren gelegentlich, gewinnen hin und wieder und sind am Ende mehr als bereit für unser Turnier in Rom.

Kapitel 13

London: Sonne, 20 Grad

Am Abend vor unserem ersten Spiel in der Gruppenphase befreien wir uns aus Jonas' Klauen und lümmeln uns auf dem Balkon unseres Hotelzimmers. Von hier aus können wir den "Strand" sehen mit den Beachanlagen und der Vergnügungsmeile für die Zuschauer. Es sind Fernsehteams vor Ort, aber keine aus Deutschland. Deshalb wurden wir bisher auch kaum behelligt. Das ist zwar alles andere als ein Nachteil, aber komisch ist es doch. Nils und Tim spielen seit Jahren erfolgreich in der Welt ganz oben mit, genauso wie Marvin und Thomas. Wieso interessiert das niemanden? Ben und ich sind auch keine unbeschriebenen Blätter, auch wir haben schon eine Menge geleistet, aber die deutschen Fernsehsender beschränken sich nach wie vor damit, Minutenbeiträge mit Fernsehbildern aus der Schweiz oder Österreich zu senden – wenn überhaupt. Das Ganze ist schon mächtig frustrierend! Noch frustrierender allerdings ist Bens Stimmung. Natürlich kann er sich denken, dass Jonas mir von seiner Panikattacke erzählt hat. Aber nicht nur das scheint ihm Sorgen zu machen, glaube ich zumindest. Ich weiß, dass irgendetwas nicht stimmt, aber ich habe keine Ahnung, wo ich anknüpfen soll. Deshalb sitzen wir schweigend auf unserem Balkon, genießen den Sonnenuntergang und warten darauf, dass der andere etwas sagt. Normalerweise bin ich es, der Problemlösungen in Gang bringt, aber heute ist es Ben: "Jonas hat dir bestimmt erzählt, dass ich am Steuer durchgedreht bin, oder?"

"Er hat von Panik gesprochen."

"Das ist noch harmlos ausgedrückt."

"Ich glaube, da gibt es speziell geschulte Fahrlehrer, die ..."

"War ja klar, dass du dich schon informiert hast."

"Habe ich nicht, aber ich bin sicher, diese Fahrlehrer gibt es."

"Im Grunde ist es mir völlig egal, ob ich irgendwann wieder selbst Auto fahre, die Sache mit Linda und mir ist viel schlimmer."

"Wieso?", frage ich alarmiert.

"Wir leben uns auseinander."

"Was genau meinst du damit?"

"Es läuft überhaupt nichts mehr zwischen uns, wir reden kaum noch miteinander."

"Das ist ungewöhnlich für Linda."

"Eben. Aber ich kann sagen, was ich will, sie sagt immer, ich soll einfach alles so machen, wie ich es mir vorstelle."

"Hm ... na ja ... vielleicht sind es die Hormone."

"Wenn da mal Hormone wären ..."

203

"Äh ... was?"

"Na ja, wenn da Hormone wären, würden die mindestens Ramba-Zamba tanzen, aber im Moment tanzt gar nichts, verstehst du?"

"Nicht wirklich."

"Es läuft nichts zwischen uns."

"Aber ... ich meine ... sie ist doch schwanger. Vielleicht irre ich mich, aber ich glaube, das wird man nicht von allein!"

"Ein einziges Mal hat gereicht, Domi."

"Das ist übel!"

"Manchmal spiele ich mit dem Gedanken ..."

"Hm?"

"Zu jemandem zu gehen, verstehst du?"

"Zu jemandem gehen?"

"Ja, zu Amy vielleicht. Sie ist Single."

"Und dann?"

"Du weißt schon, du bist doch kein kleines Kind mehr."

"Das kannst du nicht bringen!"

"Wieso nicht?"

"Wieso nicht? Was ist mit Linda?"

"Ja, genau! Was ist mit Linda? Das ist doch wohl die große Frage?"

"Was soll mit ihr sein? Wie gesagt: Wahrscheinlich sind es die Hormone."

"Tatsache ist, dass sie mich von morgens bis abends zur Weißglut bringt. Sie jammert, sie meckert und ich bin an allem schuld. Dabei hat sie mich hintergangen, erinnerst du dich? Ich war nur dämlich genug, darauf hereinzufallen. Seit dem Unfall haben wir strikt auf unserer Seite des Bettes gelegen und auf einmal ist sie über mich hergefallen. Ich dachte, ich träume, Domi! Tja, dieses eine Mal hat leider gereicht, sonst wäre ich jetzt wahrscheinlich der glücklichste Mann auf der Welt und wir müssten nicht diskutieren."

"Ich dachte, ihr redet nicht mehr miteinander?"

"Über wichtige Dinge reden wir nicht mehr."

"Was soll ich dazu sagen?"

"Weiß ich auch nicht."

"Du willst sie wirklich betrügen?"

"Nein", nuschelt Ben niedergeschlagen. "Natürlich nicht. Entschuldige, es ist eine blöde Idee."

"Stimmt."

"Dabei hat sie mich selbst auf diesen Gedanken gebracht."

"Linda?"

"Ja, als ich ihr von Johannes' Betrug an deine Mutter erzählt habe, hatte sie vollstes Verständnis für ihn."

"Für Johannes?"

"Ist hier ein Echo?"

"Linda hat Verständnis für Johannes?"

"Ja."

"Ist ja auch klar, sie findet meine Mutter blöd. Das war schon immer so und wird auch immer so bleiben. Wahrscheinlich ist sie nur schadenfroh."

"Ich weiß nicht, sie sagte, dass Männer eben so sind und dass man nicht großartig darüber nachdenken sollte. Wir wissen angeblich, was wir wollen, aber sofern wir wieder nach Hause zurückfinden, ist doch alles in Ordnung."

"Das denkst du dir jetzt aus."

"Nein, so oder so ähnlich hat sie es gesagt."

"Das glaube ich nicht!"

"Dann frag sie selbst, aber ich glaube, sie wollte mir damit etwas sagen."

"Natürlich wollte sie damit etwas sagen, sie wollte sagen, dass sie unzurechnungsfähig ist!"

"Ich glaube, sie wollte mir einen Freifahrtschein geben!"

"Mit Sicherheit nicht!"

"Doch, ich denke ..."

"Und selbst wenn ... du weißt, dass sie ihre Meinung alle zwei Minuten ändert. Selbst wenn du ihre Erlaubnis hättest, heißt das nicht, dass sie inzwischen nicht anders darüber denkt."

"Ich weiß, du bist auf ihrer Seite."

"Ich bin auf gar keiner Seite!"

"Was ist das überhaupt für ein blödes Gespräch", grinst Ben schief.

"Ich habe nicht damit angefangen."

"Lass uns über was anderes reden, ja?"

"Ich habe eine bessere Idee: Lass uns gar nicht mehr reden und einfach Feierabend machen. Wir müssen morgen früh raus."

"Ja, ich bin sowieso müde. Und ... Domi?"

"Ja?"

"Nicht grübeln, okay?"

"Ja, ja!"

Ich grüble tatsächlich nicht. Das ist komisch. Ich grüble noch nicht einmal darüber, warum ich nicht grüble und das Ganze so locker nehme. Wahrscheinlich liegt es daran, dass ich weiß, wie vernarrt Ben in meine Schwester ist. Ich weiß, er wird sie niemals betrügen und wenn doch, macht sie ihn einen Kopf kürzer ... und mich auch, weil ich es wusste. Stopp ... jetzt war ich gerade so stolz darauf, nicht zu grübeln!

Ich bin fit, als ich am Donnerstagmorgen aus dem Bett springe. Ben sieht mich schräg von der Seite an, wahrscheinlich will er meinen Gemütszustand checken, aber ich beruhige ihn gleich, als ich ihm meine Ziele für diesen Tag anvertraue: "Zwei Spiele, zwei Siege, Kleiner! Verbock es heute nicht, okay?"

"Okay!", grinst Ben. Er scheint froh zu sein, dass ich nicht an unseren Plausch von gestern Abend anknüpfe oder ihm die Ohren langziehe, weil ich nach einer nächtelangen Grübelei zu einem Entschluss gekommen bin, der nicht gut für ihn aussieht.

Wir lassen diesen Tag ruhig angehen, denn unser erstes Gruppenspiel ist erst für drei Uhr angesetzt. Wir laufen ein wenig, lassen uns mittags verwöhnen und gehen gegen eins an den Strand. Sobald unser Court frei ist, spielen wir uns ein und nehmen uns anschließend die Chinesen vor, die drei Plätze schlechter gesetzt sind als wir. Allerdings ist das nicht ganz richtig, die Vorzeichen sind nämlich umgekehrt: Die Chinesen nehmen sich uns vor und schlagen uns in drei Sätzen, die noch nicht einmal spannend sind. Wir verlieren deutlich. Davon lassen wir uns allerdings nicht die Laune verderben, wir nehmen uns einfach vor, es im nächsten Spiel besser zu machen. Außerdem hat Jonas auch sofort analysiert, woran es lag: "Ich schlaft wohl noch, hm? Wie kommt es, dass zwei Jungs, die einen ganzen Kopf kleiner sind, höher springen, stärker blocken und besser annehmen als ihr?"

Ich bin von jetzt auf gleich richtig stinkig: "Vielleicht haben sie einen besseren Trainer!"

Jonas' Laune passt sich meiner an: "Geh sofort in dein Zimmer!"

"Das hättest du wohl gern!" Demonstrativ verschränke ich die Arme vor meinem Oberkörper und starre ihn herausfordernd an. Wir liefern uns ein scharfes Blickduell, das über drei Runden geht und er eindeutig verliert. Und weil ihm nichts anderes übrig bleibt, rudert er gleich ein paar Meter zurück: "Okay, zieht euch was über und setzt euch in den Schatten. Ich hole Getränke."

Den Getränkeservice übernimmt er auch für unser nächstes Spiel um halb acht, als die Sonne schon deutlich Richtung Horizont wandert. Es ist inzwischen kühl, also ... nicht kalt, aber deutlich unter zwanzig Grad. Auf dem Spielfeld stehen uns die Österreicher gegenüber, deshalb wissen wir, dass es Fernsehbilder geben wird – zumindest in unserem Nachbarland. Weil wir uns aus diesem Grunde besonders gut verkaufen wollen, spielen wir auch besonders gut. Ganz besonders gut sogar! Wir brauchen auch nur eine gute halbe Stunde bis zu unserem Sieg und ein paar Minuten länger bis zu unserem Interview. Es ist ein österreichischer Sender, der uns Fragen stellen möchte.

"Das war ja sehr eindrucksvoll, was wir eben gesehen haben."

"Danke!", antwortet Ben grinsend.

"Ihr habt gerade unser zweitbestes Team nach Hause geschickt."

"Tut uns leid, aber wir mussten gewinnen", gebe ich zu. "Wir haben das erste Spiel peinlich verloren und unser Trainer wollte uns schon mit Hausarrest bestrafen. Das konnten wir natürlich nicht riskieren."

"Euer Trainer schickt euch auf die Zimmer, wenn ihr nicht gewinnt?", werden wir lachend gefragt, Ben antwortet feixend: "Ja, er versucht es immer wieder. Danke übrigens, dass ihr das Spiel übertragen habt und danke für das Interview. Aus Deutschland ist nämlich niemand hier – wie immer."

"Das Interesse ist bei euch wohl nicht so groß, oder?", werde ich gefragt. Meine Antwort ist deutlich: "Es gibt hunderttausende Volleyballverrückte in Deutschland, aber leider wissen die Medien das anscheinend nicht."

"Ihr seid das dritte Nationalteam, aber hier seid ihr als zweites deutsches Team gesetzt, was ist mit Team zwei?" Weil er mich ansieht, antworte ich direkt: "Marvin hat ein Problem mit der Schulter und wird noch therapiert. Ich denke, nächste Woche in London ist er dabei, dann müssen wir wahrscheinlich durch die Qualifikation."

"Es sei denn, ihr kommt dieses Wochenende weit."

"Das ist unser Plan", grinst Ben.

Unser Plan ist es auch, jetzt erst mal was in den Magen zu kriegen, wir haben nämlich Hunger. Im Spielerhotel gibt es ein Buffet, wir füllen uns die Teller, spülen das Ganze mit Wasser herunter und setzen uns noch zu Niels und Tim in die Lounge. Die beiden haben es heute ähnlich gehalten wie wir: ein Spiel gewonnen, eins verloren und am Ende die Gewissheit gehabt, dass es morgen deutlich besser laufen muss. Allerdings haben sie nicht einen Trainer dabei, mit dem sie verwandt sind und der deshalb immer wieder erzieherische Maßnahmen einsetzen will. Jonas ist nämlich der Meinung, wir gehören ins Bett, weil es immerhin schon zehn Uhr ist und wir morgen gegen das auf Rang zwei gesetzte Team aus den Niederlanden antreten müssen. Aber das Spiel beginnt erst um zwei, wir starten gleichzeitig mit Niels und Tim. Das heißt: Nils und Tim starten gar nicht, Tim hat sich nämlich beim Einspielen das Knie verdreht und wird nun behandelt. Das alles erfahren wir allerdings erst nach unserem überraschenden Zweisatzsieg gegen die hoch favorisierten Niederländer. Trotz ihrer zweiten Niederlage schaffen es unsere Freunde aus dem Nationalteam noch mit Ach und Krach und mit mehr Glück als Verstand in die nächste Runde. Sie landen in ihrer Gruppe zwar nur auf dem dritten Platz, gehören aber zu den beiden besten Gruppendritten, weil sie ein Spiel gewonnen haben. Weil sie direkt in der ersten Runde starten, stehen sie heute noch einmal auf dem Platz und wir drücken von der Tribüne aus die Daumen. Es ist ein verdammtes Pech, dass sie ausgerechnet gegen die beiden Niederländer antreten müssen, die es uns vorhin so schwer gemacht haben. Aber Tims Knie funktioniert einwandfrei und auch sonst funktioniert alles. Die Jungs gewinnen und folgen uns in Runde zwei, in der es am Samstag heiße Spiele gibt. Eines dieser Spiele sehen wir uns am Morgen gemeinsam mit Niels und Tim an. Zwischen der ersten italienischen Mannschaft und dem auf Platz eins gesetzten Duo aus Brasilien geht es hoch her. Im Normalfall hätten die Italiener gegen die Brasilianer nicht den Hauch einer Chance, aber sie haben das Publikum hinter sich, das für Chancengleichheit sorgt. Heimspiele sind für die Gegner immer schwierig, Ben und ich können ein Lied davon singen. Hier jedenfalls haben die Zuschauer nicht laut genug gebrüllt, die Jungs vom Zuckerhut sind eine Runde weiter, die Italiener dagegen sind ausgeschieden. Wir scheiden nach dem nächsten Spiel leider auch aus: Ben und ich lassen uns von den mördermäßig starken US-Amerikanern schlagen, während Niels und Tim die Norweger nach Hause schicken. Es ist halb zwölf, als unsere Niederlage feststeht, und es ist halb eins, als wir im Auto Richtung Heimat sitzen. Das Navi zeigt sechzehn Stunden reine Fahrt an, wozu weder Jonas noch Ben und ich großartig Lust haben. Deshalb planen wir einen Zwischenstopp in München ein, melden uns bei Tobi an, heben dort am Abend ein paar Biere, verschlafen zwangsläufig am Sonntagmorgen und sind erst um zwölf wieder auf der Autobahn. Und weil wir so jung nicht wieder zusammenkommen, beschließen wir kurz vor Hamburg, noch einen Zwischenstopp bei Mama einzulegen. Mama hat uns natürlich nicht erwartet, aber Johannes explodiert beinahe vor lauter Ideen: "Wir gehen zum Italiener oder wir bestellen etwas beim Griechen!"

"Dann lass uns bestellen, sonst müssen wir uns noch umziehen", schlage ich vor. Wir tragen nämlich Schlumpfhosen und Gammelpullis, das ist beim Autofahren einfach bequemer. Johannes kramt nach der Speisekarte, wir bestellen, warten eine Ewigkeit auf das Essen und müssen dann zugeben, dass es sich jetzt auch nicht mehr lohnt weiterzufahren. Ich teile mir das Gästezimmer neben der Küche mit Jonas, während Ben und Johannes noch lange in der Küche sitzen und reden. Ich ahne schon, was das Thema ist, und hoffe, Johannes bringt Ben nicht auf schräge Gedanken. Mein Dad ist jedenfalls von meiner Herumwühlerei irgendwann so genervt, dass er mich löchert, ihm zu sagen, warum ich nicht schlafen kann. Weil ich ihm diese Neuigkeit auf keinen Fall erzählen will, verhalte ich mich von dem Moment an mucksmäuschenstill, atme gleichmäßig und simuliere einen Tiefschlaf, aus dem mich kein Erdbeben wecken würde. Dafür weckt mich der Kaffeeduft am nächsten Morgen, das heißt: Kein Jogging heute, Frühstück ist fertig!

Meine kleine Schwester sorgt für die nötige Unterhaltung am Frühstückstisch, während mein Stiefpapi schon zur Arbeit ist. Ich frage mich, wie er überhaupt aus dem Bett gekommen ist, denn er und Ben haben gestern Abend noch stundenlang gequatscht und Ben scheint hundemüde zu sein. Aber das ist nicht mein Problem. Wenn die Jungs kein Ende finden, müssen sie eben mit ihren dicken Augen leben, mir ist das egal. Egal ist mir auch, dass mein Dad mich auf der Heimfahrt unbedingt löchern will: "Was hast du dir heute Nacht schon wieder durch den Kopf gehen lassen?"

"Nichts!", schwindele ich.

"Du hast die ganze Nacht gewühlt."

"Ich habe tief und fest geschlafen."

"Träum weiter."

"Ja, geträumt habe ich auch."

"Was denn?", horcht Jonas auf, ich schwindele abermals: "Weiß ich nicht."

Wir erreichen das Sandhaus um elf und stellen fest, dass Linda da ist. Unsere Jungs sind im Kindergarten, Hanna in der Krippe und unsere Frauen im Garten. Sie lümmeln beide in meiner Hängematte zwischen meinen Palmen und machen mir den Platz streitig. Ich gönne ihnen diese Pause aber ... zumindest ein paar Minuten lang. Gerade will ich sie von meinem Döseplatz schubsen, da fordern sie Ben und mich einfach auf, doch bitte die Kinder vom Kindergarten und aus der Krippe abzuholen. Also ziehen wir los, umschiffen das gefährliche Thema und lassen uns von den Kindern beinahe die Luft abdrücken. Immerhin haben wir uns eine Woche nicht gesehen und ich glaube, mein Sohn ist in dieser Zeit zwanzig Zentimeter gewachsen – so kommt es mir jedenfalls vor. Hanna hat ebenfalls Fortschritte gemacht: Sie plappert jetzt in verständlichen Sätzen und fordert uns mit klimpernden Augenwimpern auf, doch bitte einen Umweg an der Eisdiele vorbei zu machen. Wir informieren kurz die Muttis, werfen unser Kleingeld zusammen und spendieren den Kindern jeweils zwei Kugeln. Wir selbst verzichten, denn Jonas hat noch zwei Trainingseinheiten angesetzt, von denen eine so ziemlich genau jetzt beginnt. Er wartet schon vor der Haustür auf uns, scheucht uns erst in unsere Klamotten und dann über den Sand. Wir trainieren erst an den Geräten und dann das, was wir in den Gruppenspielen in Rom seiner Meinung nach herrlich verbockt haben: Aufschläge, Annahmen, Blocks, oberes Zuspiel, unteres Zuspiel, Sideout ... also ... eigentlich alles außer Häkeln. Wir schwitzen ordentlich und das sogar zweimal an diesem Tag. Am späten Nachmittag fordert mein Dad uns nämlich noch mal auf, unsere Hintern zu bewegen, und zitiert uns an den Strand. Wir trainieren mit Robin und Timm, Thore und Marten und den Teams aus dem Sportinternat. Nach dem Training springen wir noch kurz in die Förde, duschen im Sandhaus und verkrümeln uns dann in den Fuchsbau. Frauke hat mich nämlich zum Abendessen eingeladen, weil meine Schwester mich unbedingt mal wieder länger als zwei Minuten am Stück sehen will. Wir essen im Garten, Frauke bewirtet uns mit einem Auflauf und Salaten, Linda lässt sich bedienen. Als Frauke und Ben den Tisch abräumen, sehe ich es als meine Pflicht an, ihr ein paar Benimmregeln einzurichtern: "Linda, wenn du ein Mann wärst, könnte man dich Pascha nennen."

"Wieso?"

"Du rührst hier keinen Finger."

"Ich soll mich ausruhen."

"Aber wenigstens bedanken kannst du dich."

"Wofür?"

"Dafür, dass du hier von hinten bis vorn bedient wirst."

"Ben und Frauke sind genau wie ich der Meinung, dass das Kind lebend zur Welt kommen muss."

"Ben und Frauke haben dich aber nicht ausgetrickst und ihre Dickköpfe durchgesetzt. Du könntest ruhig ein wenig dankbarer sein." Ärgerlich über meine Schwester springe ich auf, um in der Küche zu helfen, aber Frauke lehnt meine Hilfe ab und Ben fordert mich auf, zu Linda zurückzugehen, um mit ihr zu reden. Dabei wirft er mir einen verschwörerischen Blick zu, den ich entsetzt erwidere. Erwartet er jetzt allen Ernstes von mir, über einen möglichen Seitensprung mit ihr zu diskutieren? Sieht ganz so aus. Ich schüttele hektisch den Kopf, aber Ben nickt und schiebt mich wieder in den Garten. Dort angekommen, sortiere ich erst mal meine Gedanken. Was soll das überhaupt? Haben die hier alle eine Macke, oder was? Bin ich der einzig Normale in meiner Familie?

"Bist ja schnell zurück", empfängt mich meine Schwester zickig.

"Die haben mich weggeschickt", maule ich.

"Warum bloß?", fragt Linda sarkastisch.

"Wahrscheinlich wollten sie, dass ich mit dir mal Klartext rede, aber das können wir wohl vergessen, oder?"

"Du solltest lieber mal mit Ben Klartext reden."

"Wieso? Ben benimmt sich nicht wie eine Göttin und lässt sich Tag und Nacht bedienen."

"Was soll das denn?"

"Das fragst du mich?"

"Entschuldige", weint sie plötzlich und für mich völlig überraschend los. Natürlich bin ich total überfordert angesichts dieser Tränenflut und bemühe mich, Linda so schnell wie möglich zu beruhigen. Ich setze mich neben sie und frage: "Was ist denn los, Linda?"

"Ich habe mich mit Ben gestritten."

"Das kommt in letzter Zeit öfter vor, oder?"

"Das heißt, ich habe mich gestritten und Ben hat nicht zugehört."

"Wahrscheinlich kann er deine Vorwürfe nicht mehr ertragen."

"Ich habe ihm gesagt, er soll sich eine Ersatzfrau suchen, bis ich ihm wieder zur Verfügung stehe."

"Das meinst du aber nicht ernst, oder?"

"Du könntest wenigstens so tun, als wärst du jetzt überrascht."

"War ich auch, als ich es zum ersten Mal gehört habe. Allerdings habe ich gedacht, Ben nimmt mich auf den Arm."

"Er hat es dir erzählt?"

"Ja, hat er."

"Und?"

"Und was?"

"War er schon ... ich meine ... hat er schon ... du weißt schon ..."

"Nein, hat er nicht."

"Sicher?"

"Zu hundert Prozent."

"Und glaubst du, er wird ... also ..."

"Nein, wird er nicht", beruhige ich sie, aber ganz sicher bin ich mir da nicht. Jedenfalls nehme ich mir vor, Ben einmal vernünftig einzutrichtern, dass Linda eben Linda war, als sie ihm diesen völlig schrägen Vorschlag unterbreitet hat. "Aber du darfst ihn auch nicht auf solche dummen Ideen bringen."

"Ich wollte nur, dass er weiß, dass ich alles für ihn tun und ertragen würde. Alles."

"Und was soll das bringen?"

"Ich weiß nicht, aber deine Mutter hat es schließlich auch geschafft."

"Du bist aber nicht meine Mutter, Linda. Mama hat ein Talent darin, Probleme zu ignorieren oder einfach auszusitzen. Du könntest es nicht, Ben könnte es nicht und ich schon gar nicht."

"Wieso du? Was hast du denn damit zu tun?"

"Linda, wirklich ... kannst du bitte einmal nachdenken, bevor du plapperst?"

"Wieso? Es wäre doch nicht dein Problem."

"Du bist meine Schwester, Linda, und Ben ist mein bester Freund."

"Na und?"

"Na und? Sag mal, spinnst du jetzt komplett? Stell dir vor, Ben springt wirklich mit irgendeiner Frau ins Bett und du erfährst davon. Auf welche Seite soll ich mich stellen, wenn es dann Probleme gibt? Und Probleme wird es geben, mach dir da bloß nichts vor. Du wirst ihm nie wieder vertrauen können, Linda. Und er wird immer wieder versuchen, dein Vertrauen zurückzugewinnen. Du wirst mir Tag und Nacht die Ohren volljammern und Ben auch. Kannst du mir bitte mal erklären, was daran in Ordnung sein soll? Ich habe keine Lust, mir ständig eure Streitereien anzuhören und ich will nicht, dass ihr euch vielleicht sogar trennt."

"Wieso sollten wir uns trennen?"

"Hörst du mir nicht zu, verdammt?"

"Doch, aber ich verstehe nicht, warum wir uns trennen sollten."

"Es ist wirklich hoffnungslos mit dir, Linda."

"Ja, das sieht Ben wohl auch so."

"Das ist aber deine Schuld."

"Ja, ich weiß. Aber was soll ich machen?"

"Das überlegt man sich vorher."

"Du weißt, das ist nicht mein Ding."

"Stimmt."

"Weißt du, ich wollte unbedingt ein zweites Kind haben, genau wie ihr."

"Ich weiß, Linda."

"Ich bin nicht neidisch wegen Hanna, das darfst du nicht denken."

"Das glaube ich auch nicht."

"Aber ich finde sie so süß und Mimo ist so ein stolzer großer Bruder."

"Das stimmt."

"Benni-Two soll nicht als Einzelkind aufwachsen."

"Du bist ja auch noch da."

"Ich bin kein kleines Kind mehr", schmollt sie. Ich grinse: "Das ist Ansichtssache."

Linda streckt mir die Zunge heraus und lacht: "Ja, wahrscheinlich hast du recht ... wie immer. Wieso bist du eigentlich immer so vernünftig? Und wieso muss ich immer so ein verrücktes Chaos anrichten?"

"Ich habe keine Ahnung, aber ich wüsste es auch gern. Weißt du, mein Kumpel Ben hat in letzter Zeit genug durchgemacht. Erst dieser verdammte Unfall, dann die Angst um euch, die Schwierigkeit, in die Mannschaft zurückzukehren, dann die Probleme mit seiner Wade, deine Überraschung, die ihn total umgehauen hat, dann deine Idee, wie er sich abreagieren soll ... das alles ist ziemlich aufregend, Linda."

"Ich weiß", seufzt sie. "Es tut mir auch wirklich leid."

"Das sag ihm selbst und dann sei nett zu ihm. Wir müssen am Wochenende gut punkten und danach ist schon die Deutsche Meisterschaft. Wir wollen aufs Treppchen, aber beides schaffen wir nicht, wenn Ben in den Seilen hängt. Der Gute zieht mich nämlich mit runter und ich habe keine Lust, von unserem Dad abgekanzelt zu werden, nur weil Ben sich nicht unter Kontrolle hat. Aus irgendwelchen Gründen wird Jonas nämlich nicht glauben, dass du für den Schlamassel gesorgt hast. Er ist ja leider immer der Meinung, dass du sein Prinzesschen bist."

"Ja, ja! Gib's mir ruhig, Dominik Jonas Lessing aus Hamburg."

"Nordgren aus Kiel."

"Meinetwegen auch das", lacht meine Schwester.

"Das lernst du nie, Linda", grinse ich.

"Dabei ist es das Allerwichtigste überhaupt."

"Wieso?", wundere ich mich.

"Na ja, du wohnst in Kiel, nicht in Hamburg. In Kiel, so wie wir. Und du heißt Nordgren, ebenfalls genau wie wir. Das heißt: Wir sind ein Team, wir gehören zusammen."

"Du heißt Wolf, obwohl du noch nicht einmal ein Welpe bist."

"Haha."

"Und du wohnst tausende von Kilometern von mir entfernt. Eigentlich könnte ich wieder nach Hamburg ziehen."

"Es sind fünfzig Meter", grinst Linda.

"Viel zu weit weg."

"Sei froh, du hättest mich sonst ständig an der Hacke."

"Vielleicht will ich das ja?"

"Ach ja? Und wieso solltest du das wollen?"

"Ich könnte so dafür sorgen, dass du Ben nicht ständig nervst und ihn auf dumme Ideen bringst."

"Haha!"

"Und ich könnte dafür sorgen, dass du Frauke nicht hin und her scheuchst."

"Ach ja?"

"Ja, ich würde es Frauke einfach abnehmen und mich von dir herumkommandieren lassen."

"Ach ja? Und wieso solltest du das tun?"

"Weil du meine kleine Schwester bist, du Nervensäge."

"Soll ich dir mal was sagen?"

"Nein."

"Mir geht es gerade richtig gut."

"Mir auch."

"Du bist mein Lieblingsbruder."

"Und du bist eine meiner drei Lieblingsschwestern."

"Haha, du bist so witzig."

"Und du bist verrückt."

"Genau das liebst du doch an mir, oder?"

"Allerdings."

"Und du würdest alles für mich tun, oder?"

"Fast alles."

"Dann geh doch bitte in die Küche und gib Entwarnung. Ich laufe wieder auf normal und das Wetter ist zu schön, um es im Haus zu verbringen. Frauke und Ben sollen herauskommen, damit wir noch ein wenig quatschen können."

"Ich gehe nach Hause."

"Och, wieso?"

"Ich will Mimo und Hanna ins Bett bringen. Wir fliegen morgen nach London und ich sehe sie für den Rest der Woche nicht."

"Dann drück mich wenigstens zum Abschied, Bruderherz."

Wir knuddeln, ich gebe in der Küche kurz Bescheid, dass die Luft rein ist, dann verabschiede ich mich ins Sandhaus. Dort bringe ich die Kinder ins Bett, packe meinen Koffer, trinke noch ein Glas Rotwein mit Ella und erzähle ihr von meinem verrückten Gespräch mit Linda. Ella wundert sich über gar nichts; sie kennt meine Schwester ja inzwischen ziemlich gut. Aber sie ist überrascht, als ich ihr erzähle, dass Ben Lindas Aufforderung wirklich ernst genommen hat.

"Er wollte tatsächlich mit einer anderen Frau ...?"

"Nein, ich glaube nicht. Es war nur so ein Gedanke, weißt du."

"Ich bringe ihn um, wenn er Linda betrügt."

"Das wird sie schon selbst erledigen, Ella. Du kennst sie."

"Und du?"

"Was ist mit mir?"

"Hast du auch solche Phantasien?"

"Ich?", rufe ich erschrocken. "Nein! Überhaupt nicht."

"Versprochen?"

"Hoch und heilig."

"Dann komm mit."

"Was hast du vor?"

"Ich will uns die letzten gemeinsamen Stunden versüßen."

"Warum kommst du nicht einfach mit nach London?"

"Ihr habt doch gar keine Zeit. Hayden und Taylor sind da, Jonas wird euch scheuchen und außerdem könnt ihr doch gar keine Ablenkung gebrauchen."

"Du lenkst mich nicht ab, das weißt du. Du spornst mich richtig an."

"Hm ... das kannst du mir ja gleich zeigen."

Am Dienstag fahren wir Richtung Hamburg, steigen dort ins Flugzeug und landen gegen sechs Uhr abends in Heathrow. Dort werden wir von Taylors Dad abgeholt, der uns ins Spielerhotel kutschiert. Ich teile mir mal wieder ein Zimmer mit Ben und habe so die Gelegenheit, ihm gleich mal ein paar Fakten mitzuteilen: "Linda war nicht ganz bei sich, als sie dir diesen schrägen Vorschlag gemacht hat."

"Du zerstörst mir jede Illusion!", antwortet Ben ruhig. Ich glaube schon, mich verhört zu haben und will gerade nachhaken, da grinst er: "Das weiß ich doch. Wir haben gestern noch geredet."

"Ihr beide macht mich fertig, weißt du das?"

"Dazu fehlt nicht viel, Domi. Dich macht jeder fertig."

"Ich wünsche dir, mal einen Tag lang in meiner Haut zu stecken."

"Ich würde durchdrehen."

"Und ich bin fünfmal täglich kurz davor."

"Du solltest dich lieber aufs Wesentliche konzentrieren, Kerl", lacht Ben. Ich gehe auf seinen scherzhaften Ton ein: "Soll ich dir deine rosa Pillen reichen?"

"Haha."

"Bevor du hier noch Scherze machst, die nicht lustig sind, lass uns lieber die Meldeliste checken."

"Hoffst du etwa, dass Marvin und Thomas nicht hier sind, damit wir nicht durch die Quali müssen?"

"Entweder das oder darauf, dass es drei Startplätze gibt. Wenn schon keine Medienvertreter da sind, müssen immerhin wir in Rudeln auftreten."

"Nächste Woche ist das Fernsehen bestimmt da."

"Ja klar! Zum Endspiel, und das wird wahrscheinlich so schlecht zusammengeschnitten, dass man überhaupt nichts erkennt."

"Kann ich mir vorstellen. Wahrscheinlich werden die Teams beim Aufwärmen gezeigt, dann 30 Sekunden lang irgendwelche Promis im VIP-Bereich und am Ende der letzte Ballwechsel."

"Das wäre ja mindestens eine Minute."

"Hmmm."

"Du bist ja optimistisch."

"Bin ich immer, übrigens auch für dieses Wochenende. Wir zeigen es den Leuten, verstanden?"

"Also so wie immer, ja?"

"Vielleicht noch einen Ticken besser."

Wir sind sogar mehrere Ticken besser, als am Mittwoch die Poolspiele beginnen. Und das ist wirklich mehr als geil. Vor allem ist es überraschend. Wir haben nämlich die an Nummer eins gesetzten US-Amerikaner in unserem Pool und schlagen sie zwei zu eins. Das sorgt nicht nur bei uns für gute Laune, sondern auch bei Jonas, der gleich eine Belohnung für uns hat: "Für diesen Sieg habt ihr jeder zwei trainingsfreie Tage in der nächsten Saison gut."

"Egal, wann?", frage ich überrumpelt.

"Ja."

"Das will ich schriftlich", fordere ich meinen Vater auf.

"Kriegst du."

Marvin und Thomas besiegen in der Zwischenzeit die Chinesen, Niels und Tim schlagen die Schweizer, Hayden und Taylor das Duo aus Kanada. Wir sehen uns das Spiel unserer Londoner Kumpels an und sind wirklich beeindruckt, wie stark sie sich entwickelt haben.

Für uns alle geht es erst um sechs Uhr abends weiter, deshalb verkrümeln wir uns gemeinsam in den Spielerbereich, geben uns gegenseitig Tipps für den Fall, dass wir in den Gewinnerrunden auf die von uns geschlagenen Teams treffen und bedienen uns am Buffet. Am Tisch fachsimpeln wir weiter.

Die nächsten Gruppenspiele gewinnen Marvin und Thomas gegen die Neuseeländer, Niels und Tim gegen die Schweizer, Hayden und Taylor ziemlich beeindruckend gegen die Russen und wir gegen zwei obercoole Jungs aus Lettland, mit denen wir danach ein nettes Getränk kippen. Dann ist der Turniertag vorbei und wir um eine Erfahrung reicher: Ein Ticken reicht notfalls aus, aber mehrere Ticken sind noch deutlich besser. Wenn ich jetzt noch wüsste, wie wir es geschafft haben, diese Ticken aus uns herauszukitzeln, müsste ich mir beachmäßig nie wieder Sorgen machen. Ich weiß, dieser Gedanke ist mächtig schräg, aber das Getränk in meinem Glas hat es auch wirklich in sich.

Am Donnerstag bestreiten wir alle unser letztes Poolspiel, direkt danach ist die erste Gewinnerrunde angesetzt, die die Gruppenzweiten und die besten Gruppendritten ausspielen, um sich für die zweite Gewinnerrunde zu qualifizieren, in der die Gruppenersten gesetzt sind. Wir haben vor, Gruppenerster zu werden, und weil wir die Amerikaner geschlagen haben, dürfte das heute auch kein Problem sein. Auf dem Platz stehen uns Heiti und Maksim gegenüber, die bisher kein Spiel gewonnen haben und auch gegen uns verlieren. Wir erreichen also unser erstes Ziel, werden Gruppenerster und haben nach einer halben Stunde Schwitzen schon Feierabend. Das gibt uns die Gelegenheit, uns direkt zwischen zwei Courts zu postieren und die Spiele von Hayden und Taylor sowie Niels und Tim anzusehen. Hayden und Taylor sind als Erste fertig. Im wahrsten Sinne des Wortes. Sie verlieren tatsächlich gegen die Österreicher, während Niels und Tim die Italiener schlagen. Trotz ihrer unnötigen Niederlage sind Hayden und Taylor Gruppenerste, haben jetzt ebenfalls Feierabend und gleich eine gute Idee: Wir fahren direkt zu Taylors Eltern, besorgen auf dem Weg Grillfleisch, melden uns von unterwegs an, damit der Grill ange-

216

heizt werden kann, und verbringen einen lustigen Abend. Heute gibt es Fleisch pur. Männeressen sozusagen.

Am Freitag sind wir in der zweiten Gewinnerrunde alle nacheinander an der Reihe und zwar auf dem Centre-Court. Zuerst besiegen Hayden und Taylor das zweite schweizerische Team, dann besiegen Niels und Tim unsere neuen lettischen Kumpels und Marvin und Thomas schlagen die Polen. Eigentlich könnte es so weitergehen, das wäre wirklich klasse. Aber jede Serie hat mal ein Ende und leider ist es auch heute so. Wir verlieren gegen China zwei in drei hart umkämpften Sätzen, scheiden aus und sind mächtig frustriert. Ein Sieg war nämlich die ganze Zeit über möglich und wir können es uns wirklich nicht erklären, wieso wir schon wieder gegen die beiden Jungs aus China das Nachsehen haben. Diesmal allerdings lässt Jonas uns mit seinen dummen Sprüchen in Ruhe; er merkt selbst, wie angefressen wir sind.

Obwohl wir jetzt eigentlich nach Hause fliegen könnten, einigen wir uns sofort darauf, zumindest heute noch zu bleiben, um unseren Kumpels weiterhin die Daumen zu drücken. Immerhin soll heute noch die dritte Gewinnerrunde ausgespielt werden. Um vier Uhr haben wir die Qual der Wahl: Sollen wir Hayden und Taylor zusehen oder lieber Niels und Tim? Wir entscheiden uns für unsere Londoner Kumpels, aber das Spiel dauert nicht lang. Die Chinesen, die uns vorhin besiegt haben, sind von unserem Spiel noch völlig erledigt und müssen zur Mitte des ersten Satzes aufgeben. Wir wechseln deshalb weiter zu Court sechs und sehen dort Niels und Tim beim Verlieren zu. Ihre Gegner sind aus Brasilien und nicht nur das ... sie haben in ihrer Karriere schon sämtliche Meistertitel gewonnen. Olympia inklusive. Auch Marvin und Thomas verlieren, aber sie wehren sich heftig und zwingen ihre Gegner beinahe in die Knie ... aber nur beinahe. Jonas fordert uns jetzt auf, unsere Sachen zu packen und ihm nach Hause zu folgen. Der Typ ist wirklich lustig! Er glaubt tatsächlich, dass wir jetzt nach Hause wollen, obwohl Hayden und Taylor noch im Rennen sind. Wir lachen ihn aus, erklären, dass wir so lange bleiben, wie unsere Kumpels noch kämpfen, und schicken ihn allein zurück nach Deutschland. Auch die anderen deutschen Mannschaften reisen ab.

Im Halbfinale treffen Hayden und Taylor auf die US-Beachboys, die wir in der Gruppenphase geschlagen haben. Auch heute müssen sie eine Niederlage gegen ein Nachwuchsteam einstecken und landen im Spiel um Platz drei. Unsere Kumpels aus Jugendtagen stehen im Endspiel und haben es dort mit dem zweiten brasilianischen Team zu tun.

Das Spiel beginnt um drei bei strahlendem Sonnenschein. Es herrschen für London untypische Temperaturen deutlich im zweistelligen Plusbereich. Vorn steht eine zwei und von Regen ist weit und breit nichts zu sehen. Ben und ich schenken uns das Spiel um Platz drei, packen in der Zwischenzeit unsere Koffer im Hotel und wollen direkt nach der Siegerehrung mit dem Taxi zum Flughafen fahren. Heute gehen noch etliche Flieger Richtung Hamburg und in der Maschine um sechs Uhr ab Heathrow haben wir noch zwei Plätze bekommen. Jetzt gilt es aber erst mal, die Daumen zu drücken.

Hayden und Taylor sind richtig cool. Sie lassen sich durch nichts aus der Ruhe bringen, noch nicht einmal von den Fangesängen, die ihre Frauen, Eltern, Adoptiveltern und zwangsläufig auch Ben und ich anstimmen. Claire und Chelsea haben Banner gemalt, die wir eifrig schwenken und die Wellen, die Ben startet, gehen fünfmal um das Stadion. Leider sind wir Zuschauer besser drauf als Hayden und Taylor ... zumindest im ersten Satz. Sie verlieren zu vierzehn, lassen einen Moment ihre Schultern hängen, sich dann aber von Ben motivieren: "Jonas verhaut euch, wenn ihr das nächste Mal in Kiel seid!"

Das ist der Startschuss zu einer Leistung, wie ich sie einmal selbst vor solch einem grandiosen Publikum bringen möchte: Die Jungs zeigen plötzlich, was sie damals von Jonas und danach von Jay gelernt haben. Sie finden eindrucksvoll ins Spiel zurück, gewinnen den zweiten Satz zu zwölf und den dritten zu dreizehn. Dann knallen hier die Korken und der typische Londoner Regen setzt ein. Nein, es ist kein Sekt, der da auf uns niederprasselt, es sind wirkliche Tropfen, die uns alle bis auf die Haut nass machen. Nach der Siegerehrung müssen Ben und ich uns also noch mal umziehen, denn so lässt uns niemand in sein Taxi, geschweige denn ins Flugzeug. Aber dann müssen wir wirklich los, unsere Maschine wartet schließlich nicht und morgen ist Sonntag. Ella hat uns für Sonntag eine Überraschung versprochen, die wir nicht versäumen wollen. Wir wissen zwar nicht, um was es sich handelt, aber Linda hat versprochen, dass wir uns freuen werden. Ganz bestimmt. Eigentlich sollte uns das die größten Sorgen machen, aber wir sind einfach nur neugierig und schlittern so blauäugig ins nächste Abenteuer.

Kapitel 14

Und das ist erst der Anfang!

Vorsichtshalber erzählen wir meiner Mutter lieber nichts davon, dass wir über Hamburg fliegen. Ich habe nämlich keine Lust, von ihr abgeholt und gleich in ihre Wohnung gezwungen zu werden, damit ich dort übernachte. Deshalb fahren wir lieber mit dem Zug von Hamburg nach Kiel und mit dem Taxi von Kiel nach Schilksee. Dass wir erwartet werden, wussten wir ja schon, schließlich sprach Ella von einer Überraschung, die irgendetwas mit Linda zu tun haben soll. Weil Lindas Überraschungen aber meistens ein Angriff auf unser aller Nerven sind, schlottern mir ein wenig die Knie, als wir in das hell erleuchtete Sandhaus treten. Ben, der mindestens genauso neugierig ist wie ich, platzt gleich los: "Wo ist die Überraschung?"

"Sie sitzt hier", lächelt Linda.

"Du bist die Überraschung?", fragt Ben verdutzt.

"Richtig!"

"Bist du neu?", frage ich grinsend. "Ich glaube, wir kennen dich schon."

"Haha. Dominik Jonas ..."

"Nordgren aus Kiel, kleine Schwester. Nur für den Fall, dass du es wieder vergessen hast. Und jetzt sag uns, was die Überraschung ist."

"Ich bin die Überraschung."

"Jetzt mal ehrlich", drängt Ben, Linda grinst angesichts seiner Ungeduld, strahlt einmal in die Runde und sagt: "Meine Frauenärztin ist zufrieden mit mir, unser Sohn ist gesund und ..."

"Sohn?", unterbricht Ben.

"Ja, unser Sohn. Er ist gesund, ich bin es auch und ich muss mich jetzt nicht weiter schonen. Es ist alles in Ordnung, und deshalb komme ich am Wochenende mit nach Timmendorf."

Einerseits freut mich diese Überraschung, andererseits hatte ich vorgehabt, mit Ben und Jonas allein zur Deutschen Meisterschaft zu fahren. Dieses Jahr wollen wir nämlich ganz weit oben landen und dafür gilt es jede Störung zu vermeiden ... und Linda wäre ganz bestimmt eine! Sie kann gar nicht anders, selbst wenn sie wollte! Jonas hat wohl auch versucht, ihr die Sache auszureden. Jedenfalls sieht er mich nur entschuldigend an und räuspert sich: "Ich konnte es nicht verhindern."

"Wir nehmen dich nur mit, wenn du versprichst, keinen Terror zu machen", drohe ich ernsthaft. Linda verspricht es mir hoch und heilig und ich wende mich an Ella: "Ich nehme an, du willst dann ebenfalls mit?"

"Natürlich! Mimo und Hanna freuen sich schon auf den Strand und ..."

"Bitte, Ella, die Kinder lassen wir hier."

219

"Und wieso?"

"Wir brauchen Ruhe!"

"Wenn ihr Ruhe braucht, zieht doch ins Spielerhotel. Wir haben für uns schon ein Ferienhaus gebucht und machen einen richtig schönen Kurzurlaub."

"Und wen genau meinst du mit wir?"

"Linda und mich, die Kinder, Farmor, Farfar und deine Hamburger Familie."

"Mama und Ida nicht?", wundert sich Ben.

"Nein, Frauke ist froh, das Haus mal für sich allein zu haben, und Ida will sich um die Sandhausgäste kümmern."

"Danke, Ida", bedanke ich mich bei meiner Stiefmama, sie lächelt und antwortet: "Gerne doch."

"Wir stören euch nicht, Jungs", verspricht Ella. "Wir kümmern uns um die Kinder, feuern euch bei den Spielen an und ansonsten kriegt ihr uns kaum zu Gesicht."

"Ich habe da meine Zweifel", grinst Ben, bevor er Linda küsst ... zum ersten Mal seit Monaten, wenn ich das richtig sehe. Auch ich werde geküsst – von Ella. Bei mir ist es allerdings noch nicht so lange her.

Die Versammlung löst sich jetzt ziemlich schnell auf. Vor allem, als meine Frau lauthals verkündet, sich jetzt mal um den Kleinen kümmern zu wollen, und weil Mimo längst im Bett liegt, gehe ich davon aus, dass sie mich meint. Nichts dagegen. Überhaupt nichts!

Am Sonntag gehören wir voll und ganz den Kindern. Die Jungs wollen natürlich an den Strand, Ben und ich auch, aber Hanna möchte lieber die Möwen füttern, deshalb schicke ich Mimo mit Ben und Benni-Two an die Förde, während ich eine Tüte mit altem Brot hervorkrame, um mit meiner Tochter diese armen, fast verhungerten und überhaupt nicht nervigen Tiere vollzustopfen.

Ich hasse Möwen! Dieses laute Gekreische und diese aufdringliche Bettelei gehen mir jedes Mal tierisch auf die Nerven. Hanna aber liebt diese gierigen Tiere, die anscheinend niemals satt sind. Wir verfüttern eine ganze Tüte und werden trotzdem noch verfolgt und beinahe sogar attackiert, als wir den Jungs an den Strand folgen. Die Kleinen haben Ben inzwischen im Sand vergraben und fordern mich auf, ein Handy-Foto zu schießen. Weil es so ulkig aussieht, poste ich es gleich auf unserer Seite. Nach wenigen Minuten steht ein Kommentar von Niels darunter: "Tarnt euch ruhig, wir schlagen euch nächste Woche trotzdem."

"Große Klappe!", ist mein direkter Kommentar. Ich schieße noch ein Foto von den kleinen Jungs, lade es ebenfalls auf unserer Seite hoch und schreibe darunter: "Niels und Tim, auch das sind eure Gegner. Die Jungs machen euch kalt, wenn ihr uns nicht gewinnen lasst."

"Klein-Domi und Klein-Bennilein werden schnell lernen, dass ihr gegen uns keine Chance habt", antwortet Tim. Ich lache, zeige Ben, der sich inzwischen aus seinem Gefängnis befreit hat, die Nachrichten und springe mit Mimo und Hanna in die Wellen. Ben und Benni-Two folgen uns, wir albern herum, spritzen uns gegenseitig nass, tauchen die Jungs unter und stellen nach Rückkehr aus dem Wasser fest, dass Jonas an unserem Strandkorb auf uns wartet. Ben und ich fordern ihn gleich auf, auf unsere Krümel aufzupassen, und Sekunden später kraulen wir schon durch die Förde.

Am Montag bittet Jonas uns zweimal zum Training. Direkt nach Jogging und Frühstück zu einer Einheit im Kraftraum, dann zwei Stunden im warmen Sand von Schilksee und am Abend, als die Strandplätze belegt sind, in der kleinen Halle. Als Belohnung für unseren Fleiß serviert Farmor ein leckeres Abendessen, das die Kinder allerdings nicht mögen. Sowohl meine Kinder als auch Benni-Two stochern lustlos auf ihren Tellern herum und maulen, aber bei uns wird aufgegessen, was auf den Tellern ist. Die Kinder brauchen eine Ewigkeit und deswegen sitzen wir hier fest. Seit Farmor hier das Kommando hat, ist es ungeschriebenes Gesetz, dass alle auf ihren Stühlen kleben müssen, bis der Letzte aufgegessen hat.

Bereits am Mittwoch reisen wir nach Timmendorf, ziehen dort ins Spielerhotel, legen zwei Trainingseinheiten mit Niels und Tim ein, laufen am Donnerstag mit Lennart und Bennet, treffen am Rande des Geschehens auf Daniel Kaiser, unseren ehemaligen Trainer, verabreden uns mit ihm zum Abendessen, wenn er mal wieder in Schilksee ist, und springen anschließend in die Wellen. Am Donnerstagabend geht es hier richtig los. Wieder sind es Sandy und Dani, die die Teams auf die Bühne rufen. Für uns ist das Prozedere nicht neu, es ist bereits unsere vierte Teilnahme an diesem Turnier, aber nie waren wir so hoch gesetzt wie dieses Jahr. Unsere Begrüßung ist aber noch lustiger als sonst. Sandy macht den Anfang: "Was waren die kleinen Jungs doch schüchtern und süß, als sie vor vier Jahren das erste Mal auf dieser Bühne standen. Domi wollte nicht blocken, Ben nicht verteidigen, aber was sie dann in den Sand gezaubert haben, reichte aus, um bei uns allen den besten Eindruck zu hinterlassen. Die Mädchen sind scharenweise in Ohnmacht gefallen und wir haben gehört, dass ihr Unmengen an Heiratsanträgen bekommen habt." Wir grinsen verlegen, dann reicht Sandy das Wort an Dani weiter, die ebenfalls noch etwas zu sagen hat: "Auch außerhalb des Feldes waren die Jungs sehr fleißig und haben schon für die nächste Generation Strandjungs im Sandhaus in Schilksee gesorgt und es kommt noch besser. Deine Tochter ist in Timmendorf geboren, Dominik. Wie kam es dazu?"

"Erinnere mich nicht daran, alles ging so schnell und ich war kurz vor dem Durchdrehen. Es war am Tag nach dem Endspiel vor zwei Jahren. Wir wollten noch bis Mittwoch bleiben und dann zurück nach Kiel fahren. Tja, meine Tochter hatte es eilig und kam zwei Wochen zu früh zur Welt. Jetzt ist sie eine Timmendorferin. Vielleicht ist das später mal von Vorteil."

"Wird sie auch Beachvolleyballerin?"

"Wenn sie will."

"Und eure Söhne?"

"Die ganz bestimmt", grinst Ben. "Domis Sohn hat das Nordgren-Beacher-Muttermal und mein Zwerg macht Mimo alles nach. Die beiden werden ein starkes Team."

"Sind eure Kinder heute hier?"

"Nein, erst am Samstag."

"Übrigens heißt es, es sei euch zu verdanken, dass dieses Jahr einige Fernsehteams hier sind", erklärt Dani und hält mir das Mikro unter die Nase, deshalb antworte ich: "Tja, wir haben uns ziemlich weit aus dem Fenster gelehnt und ein wenig herumgemosert, vielleicht ist das an den richtigen Stellen angekommen."

"Dann zeigt den Leuten mal, wie cool ihr seid."

"Das ist unser Plan", lacht Ben, dann schieben uns Sandy und Dani von der Bühne.

Jetzt werden Marvin und Thomas ausgefragt, gefolgt von Niels und Tim, dann gibt es noch ein kleines Feuerwerk und der Spaß ist vorbei. Wir gehen mit den Spielern zurück ins Hotel, trinken noch etwas an der Bar und liegen bald darauf waagerecht.

Die ersten Rundenspiele sind für Freitagmorgen angesetzt. Die ersten Duelle stehen um elf Uhr an, wir selbst sind erst um zwei an der Reihe. Deshalb wandern wir zwischen dem Centrecourt und den Plätzen zwei und drei hin und her, um unsere direkten Konkurrenten auszuspionieren. Niels und Tim machen ihre Sache wie erwartet gut. Christian und Jan auch, aber Stefan und Felix verlieren im dritten Satz. Um zwei sind wir am Start, wir schlagen Lennart und Bennet in zwei Sätzen, während Marvin und Thomas auf dem Centrecourt gewinnen. Unser Sieg ist deutlich, aber das Spiel trotzdem nicht langweilig. Die Jungs kennen uns nämlich schon seit Jahren, haben oft gegen uns gespielt und wir haben häufig miteinander trainiert. Man kann sie deshalb schlecht austricksen, aber ihnen gelingt das mit uns auch nicht. Am Anfang lassen sie sich auch überhaupt nicht beeindrucken, weder von meinen Aufschlägen noch von Bens harten Angriffen. Auch dass wir den ersten Satz gewinnen, lässt sie vollkommen kalt. Zu Beginn des zweiten Satzes zeigen sie erbitterten Widerstand, holen Ben mehrfach im Block runter und erreichen jeden meiner Aufschläge, aber dann holen wir die Brechstange heraus, knüppeln ihnen die Bälle um die Ohren, bauen blockmäßig regelrecht Wände und zirkeln ein paar Asse in den Sand. Das erste Spiel geht an uns und die Glückwünsche unserer Gegner ebenfalls.

Wir haben jetzt drei Stunden Zeit, deshalb rufen wir kurz in Schilksee an, lassen uns über den grünen Klee loben und von Jonas auf das nächste Spiel einschwören. Auf der anderen Spielfeldseite wird nämlich nicht irgendjemand stehen, sondern die amtierenden Studentenweltmeister aus Berlin, die hier auf dem sechsten Rang gesetzt sind. Wir haben mit ihnen das schwerste Los in dieser Runde gezogen und dass sie nicht hier sind, um gegen uns zu verlieren, machen sie gleich beim Aufwärmen deutlich. Niels und Tim haben inzwischen gewonnen, Christian und Jan ebenfalls, Marvin und Thomas starten gleichzeitig mit uns. Wir starten gleich mal so richtig, unsere Jungs gegenüber allerdings auch. Sie wollen einfach nicht nachgeben, wehren sich aufs Heftigste und gewinnen fast den ersten Satz. Als uns aber auffällt, dass wir einer Satzniederlage unnötig nahe sind, holen wir den Hammer heraus, schlagen erbarmungslos zu und gewinnen Satz eins in der Verlängerung. Diese Hektik auf dem Feld hat uns richtig Kraft gekostet, das allein kann aber nicht der Grund sein, warum wir den zweiten Satz so dilettantisch abgeben. Wir machen nur sechzehn Punkte, rätseln auf der Bank laut über unser Versagen und einigen uns darauf, es jetzt bloß nicht unnötig spannend zu machen, sondern schnell und möglichst deutlich zu gewinnen. Der Plan geht auf, ich lege gleich eine Aufschlagserie hin, erkenne nach dem Wechsel mit geschultem Auge einen knapp ins Aus geschlagenen Aufschlag der Jungs gegenüber, bücke mich rechtzeitig, damit ich nicht abgeschossen werde und betrachte beruhigt die Anzeigetafel. Es steht fünf zu null. Der Wolf macht seine Sache auch richtig gut; er ist hungrig, das merkt hier jeder. Die Jungs gegenüber verlieren jetzt das letzte bisschen Selbstvertrauen, machen nur noch wenig Punkte und schicken uns in Runde drei, die inzwischen auch Marvin und Thomas erreicht haben.

Am Samstagmorgen stehen zwei Verliererrunden an, deshalb können wir ausschlafen. Stefan und Felix gewinnen in beiden Runden ihre Spiele und sind noch im Turnier.

Um halb eins beginnt unser Spiel gegen Marvin und Thomas, das gute fünf Minuten später mit unserer Niederlage beendet ist. Es geht deshalb so schnell, weil wir kaum Punkte machen. Ben verheddert sich nämlich bereits bei einem seiner ersten Blocks im Netz, bleibt mit der linken Hand in den Maschen hängen und geht mit dem restlichen Körper zu Boden. Während er vor Schmerzen aufschreit, kann ich nur frustriert stöhnen! Meine Güte! Warum immer wir? Es lief doch so gut! Wir hätten heute alles erreichen können. Alles!

Zum Glück ist sofort ein Doc zur Stelle, der Ben aufträgt, sein Aua zu kühlen und sich in einer Stunde noch einmal zu melden. Seine geschwollene Hand macht uns sogar die Freude, noch deutlich vor dieser Frist wieder auf Normalumfang zusammengeschrumpft zu sein. Ben holt sich das Okay vom Doc ab, das Turnier weiter zu rocken und lümmelt sich auf eine Liege, um sein Herzrasen auf Normal zu bringen. Ich bin mindestens genauso aufgeregt und mache deshalb die Liege neben Ben klar. Wir erholen uns schnell von dem unnötigen Schock, holen uns am Verpflegungszelt unser verspätetes Mittagessen und warten, bis es um fünf im Verliererpool für uns weitergeht. Bis dahin sind auch unsere Familien da, um uns anzufeuern. Ella geht sogar noch ein Stück weiter: Sie massiert mir gekonnt meinen Nacken, während Farmor meine Augenfarbe kontrolliert. Das ist schon ewig nicht mehr vorgekommen, aber heute scheint es ihr ungemein wichtig zu sein. Was sie sieht, gefällt ihr aber, denn sie nickt nur und lächelt mich an. Ich grinse zurück und frage scherzhaft: "Du gibst wohl nie auf, Oma."

"Niemals!", bestätigt sie. Und soll ich mal ehrlich sein? Diese Antwort beruhigt mich ungemein.

Um fünf geht es auf dem Centrecourt für uns weiter, während unsere Familien auf den Rängen alles geben. Greta, Benni-Two, Mimo und Hanna brüllen sich beinahe heiser, Ella und Linda schwenken Fähnchen, während Johannes einen peinlichen Fangesang anstimmt, den sofort unsere Kinder und meine ganz kleine Schwester aufnehmen: "Wer wird Deutscher Meister? Nur Benni-One und Mimo-Boss!" Das Ganze ist so peinlich, dass die Zuschauer herzhaft lachen, aber als der Schiedsrichter anpfeift, lassen wir uns nicht weiter ablenken. Unser Selbstvertrauen und unser Siegeswillen kennen keine Grenzen, als wir die ersten Punkte sicher haben. Auch das Duo gegenüber punktet, allerdings nicht so gut wie wir. Den ersten Satz spielen wir beinahe im Vorübergehen ein, aber dann wird es schwer. Ich vergurke zwei Annahmen in Folge, Ben lenkt zwei Bälle – ebenfalls in Folge – ins Aus und plötzlich ist Gleichstand. Zum Glück sitzt Jonas weit genug weg und unsere Kleinen toben so laut auf der Tribüne, dass wir sein Gemecker sowieso nicht hören würden. Wir sind jedenfalls ratlos und nehmen erst mal unsere Auszeit. Unsere neue Strategie lautet: Bälle über das Netz und alles andere wird sich zeigen. Die Strategie funktioniert, wir gewinnen auch den zweiten Satz und sind weiterhin im Rennen.

Im Rennen sind auch die Kinder. Farmor hat ihnen nämlich ein Eis versprochen, und das fordern sie jetzt hartnäckig ein. Und weil Ben und ich heute nichts Großartiges mehr vorhaben, lassen wir uns ebenfalls von meiner Oma einladen. Wir setzen uns in den Sand, schlecken unser Eis und toben anschließend mit den Jungs, während Greta und Hanna eine Sandburg bauen. Mama schießt Fotos.

Während bei uns jetzt Entspannung angesagt ist, verlieren Christian und Jan gegen ihre schlimmsten Feinde. Stefan und Felix, scheiden aus und werden Fünfte.

Ben, Jonas und ich folgen unseren Leuten in das gemietete Ferienhaus und lassen uns dort bekochen. Ich spiele mit Hanna im Sandkasten, lasse mir von ihr einen Meisterkuchen backen und spendiere ihr dafür einen Sandkakao. Dann will sie mit mir kuscheln, zieht mich auf eine Liege und wirft sich auf meinen Bauch. Müde spielt sie mit meinen Haaren und schlummert irgendwann weg. Ich trage sie vorsichtig in ihr Bett, säubere Gesicht, Hände und Füße und decke sie zu. Dann gehe ich wieder in den Garten.

"Hanna schläft", erkläre ich Ella. Meine Frau nickt: "Ist sie halbwegs sandfrei?"

"Ja, keine Krümel im Bett."

"Du bist ein guter Papa", sagt Ella schelmisch.

"Danke", grinse ich.

224

"Gute Papas haben ein besonderes Essen verdient."

"Her damit."

"Ist gleich fertig. Sag doch schon mal den anderen, sie können sich an den Tisch setzen. Es dauert noch zwei, drei Minuten."

"Mache ich", antworte ich salutierend, mache auf dem Hacken kehrt und informiere die Sandhäusler, die hungrigen Wölfe und meine Hamburger Familie. Greta sitzt auf meinem Schoß und füttert mich und als ich gerade satt bin, hat auch meine kleine Tochter ihren Zwischendenzeitenschlaf hinter sich gebracht. Ich schneide ihre Mahlzeit in kindgerechte Bissen, reiche ihr die Gabel und sehe ihr beim Essen zu. Sie will unbedingt, dass ich probiere, also tue ich ihr den Gefallen. Als sie mit dem Essen fertig ist, will sie auf meinen Schoß. Ich glaube, sie ist eifersüchtig auf Greta, aber das muss sie gar nicht. Ich bitte Greta, den Platz für Hanna zu räumen und komischerweise mault sie gar nicht, sondern macht sofort Platz für ihre kleine Nichte. Nach dem Essen ist Hanna noch fit genug, dass sie Ella und Linda begleiten kann, die uns ins Spielerhotel bringen. Vor der Eingangstür trennen wir uns.

In der Lobby treffen wir Trixie, die uns geheimnisvoll entgegengrinst. Zuerst fragen wir sie aber, wie sie bisher abgeschnitten hat, und wundern uns kaum über ihre Antwort: "Wir sind im Halbfinale."

"Hat Jessica sich mal gemeldet?", frage ich interessiert.

"Ja, wir haben uns Mittwoch noch gesehen. Sie hat eine Überraschung für euch, aber nur für den Fall, dass ihr das Endspiel gewinnt."

"Werden wir", gibt Ben grinsend an, ich lache mit. Aber eigentlich ist das Ganze nicht zum Lachen. Wir haben nämlich wirklich vor, hier zu gewinnen, das ist nicht bloß ein öder Witz.

Wir gehen noch mit Trixie in die Bar, treffen dort gute Freunde und fachsimpeln mit den anderen Spielern darüber, wer wohl ins Endspiel kommen wird. Manche haben uns auf dem Plan, die meisten aber tippen auf Niels und Tim, Marvin und Thomas. Mich ärgert das nicht, wenn ich nicht ich wäre, würde ich genauso wetten und Ben und mir keine Chance einräumen. Aber ich bin ich und deshalb sieht mein Tipp, den ich allerdings für mich behalte, ganz anders aus.

Am Sonntagmorgen tummeln sich nur noch die Teams der ersten vier Setzlistenplätze im Halbfinale: Niels und Tim, Marvin und Thomas, Stefan und Felix sowie Ben und ich, und in beiden Spielen gibt es eine Überraschung. Stefan und Felix besiegen Marvin und Thomas, Ben und ich schlagen Niels und Tim, aber während Marvin und Thomas im zweiten Satz einfach aufgeben und sich besiegen lassen, wehren sich Niels und Tim wie zwei zänkische Weiber auf Kriegspfad. Schon der erste Satz geht in die Verlängerung und endet beim Stand von achtundzwanzig zu sechsundzwanzig aus unserer Sicht. Im zweiten Satz wird es sogar noch heftiger. Es steht bereits dreißig zu dreißig, als das Schicksal seinen Lauf nimmt, und ausnahmsweise ist es mal auf unserer Seite – wer hätte das gedacht? Wind kommt nämlich auf – richtig heftiger Wind. Fast so heftig wie Fördewind, der unser Freund ist. Wir machen zwei schnelle Punkte, holen uns den Sieg über das erste Nationalteam und den Platz im Finale.

Das Spiel um Platz drei ist wenig spannend. Das Interessanteste dabei ist noch die Konstellation auf dem Feld. Dort stehen sich nämlich die ersten beiden Nationalteams gegenüber, die sich eigentlich einen heißen Kampf liefern müssten. Aber bei Marvin und Thomas ist die Luft raus. Schon im Halbfinale haben sie einen Gang zurückgeschaltet, aber hier geben sie gleich nach wenigen Minuten auf. Der Grund dafür ist allerdings weniger toll: Marvin hat starke Schmerzen im Rücken, die er sich auch gleich am Spielfeldrand behandeln lässt. Jetzt gibt es eine Lücke im Programm, weil das Spiel deutlich vor der geplanten Zeit beendet war. Deshalb gibt es ein paar Spaßaktionen für die Zuschauer, während wir uns die Glückwünsche von unseren Familien und letzte Tipps von Jonas abholen. Dann gehört der Court uns. Wir spielen uns ein, küssen noch einmal unsere Frauen und Kinder über die Bande und erleben das tollste Abenteuer und die spannendsten vierzig Minuten unseres Lebens.

Es geht gleich richtig los. Anpfiff und Aufschlag gehen bei Felix synchron und ich bin überrascht, dass mein Einsatz schon gefordert ist. Der Ball ist schwer anzunehmen, ich spiele möglichst hoch, damit Ben sich in Ruhe positionieren kann. Ben spielt zu mir und ich zirkele gleich mal einen Krater ins gegnerische Feld. Punkt Sandhaus. Jetzt stehe ich an der Aufschlaglinie, gebe meinem Freund eine ordentliche Geschwindigkeit mit auf den Weg und jetzt ist es Felix, der Probleme in der Annahme hat. Er macht es allerdings genauso wie ich, spielt den Ball in die Wolken und macht anschließend nach einer bilderbuchmäßigen Vorlage von Stefan den Punkt. Wieder wechselt der Aufschlag. Stefan ist an der Reihe, spielt ins Aus und rauft sich die Haare. Jetzt ist es an Ben, den Ball ins Spiel zu bringen. Mein Kumpel fabriziert einen interessanten Aufschlag, den Felix nicht erreichen kann.

"Alter!", staune ich. "Was kennst du denn für Tricks?"

"Hat mir dein Dad beigebracht", grinst Ben.

"Mir zeigt der so was nicht."

"Du bist dafür auch viel zu feige."

"Blöder Witz."

"Wir sind nicht hier, um Witze zu reißen. Los geht's."

Wieder ist Ben am Aufschlag, aber diesmal spielt er direkt zu Felix, der sicher annimmt und anschließend den Punkt macht. So oder so ähnlich setzt sich das Spiel fort. Zweimal können wir uns mit zwei Punkten absetzen, aber Felix und Stefan holen wieder auf, einmal gehen sie sogar selbst mit drei Punkten in Führung. Am Ende steht es fünfundzwanzig zu dreiundzwanzig, der Satz geht an uns, den Applaus des Publikums teilen wir mit Stefan und Felix.

Wir schnaufen mächtig, als wir uns zur Satzpause auf unsere Sitze quetschen. Zum Glück ist es nicht allzu heiß, die Anstrengung ist auch so schon enorm genug und wir schwitzen wie verrückt. Ich muss mir ständig den Schweiß aus den Augen wischen, das Trikot klebt an meinem Oberkörper und die Haare sind klitschnass. Das ist aber nicht wichtig; wichtig ist jetzt der zweite Satz, der ziemlich spektakulär beginnt. Ben greift nämlich wieder tief in seine Zauberkiste und trickst sich einen abenteuerlichen Aufschlag zurecht, der mich ins Staunen versetzt und Felix vor Ehrfurcht beinahe erstarren lässt. Auch die nächsten Punkte gehen an uns. Auf der Gegenseite herrscht schieres Chaos, Stefan und Felix treten sich beinahe gegenseitig auf die Füße und nehmen schnell ihre Auszeit. Uns bringt das nicht aus dem Konzept, im Gegenteil. Wir nutzen die kurze Pause, um noch einmal durchzuschnaufen, und nehmen uns vor, jetzt die Keule herauszuholen und den Zuschauern mal zu zeigen, warum es so unendlich geil ist, ein Beacher zu sein. Felix hat die Pause allerdings nichts gebracht; er semmelt den Ball direkt ins Netz, schenkt uns somit einen Punkt und der Aufschlag wechselt. Jetzt bin ich dran. Ich hole meine Geheimwaffe aus dem Schrank, zirkele den Ball direkt ins Eck, hinterlasse dort eine ansehnliche Mulde und grinse ins Publikum. Mimo ruft laut: "Papa wird Deutscher Meister!" Davon lässt sich Benni-Two anstecken: "Meiner auch! Ja!" Die beiden hüpfen direkt an der Bande auf und ab. Auch Greta steht neben ihnen und auch sie will etwas sagen: "Benni und Mimonik werden Deutsche Meister."

Äh! ... Mimonik? Für eine Sekunde bleibt mir das Herz stehen, denn Greta hat meinen Namen auf eine neue Art und Weise ausgesprochen. Mimonik hat sie gesagt, fast so wie Maja, die mich immer Miminik genannt hat. Ich habe es geliebt und mir geschworen, dass Miminik für immer Maja und mir gehören wird. Aber diese Ablenkung ist jetzt wirklich fehl am Platz. Hier geht es um die Meisterschaft und nicht um Namen. Konzentration an, Kopfkino aus! Denken auf später verschieben!

Weiter geht's im Spiel. Ben puzzelt die nächsten Bälle lässig um den Block herum, wir legen den Rallyegang ein, schmettern ein paar Wummen ins Feld, dass der Sand bis zu den Zuschauern spritzt und ziehen punktemäßig mächtig davon. Wir machen richtig Dampf, geben keinen Ball verloren und haben noch richtig Power in den Armen. Ben und ich pflügen beinahe akrobatisch durch den Sand, hechten nach jedem Ball und sind nullkommanix wieder auf den Beinen. Das ist so ein geiles Spiel! Wir erspielen uns ganze fünf Matchbälle, von denen Ben bereits den ersten im gegnerischen Feld versenkt. Treffer! Kawumm! Punkt und Deutscher Meister! Jawollo! Her mit dem Pokal!

Bevor wir aber auch nur an die Siegerehrung denken können, laufen schon unsere Krümel auf den Platz, um mit uns zu feiern. Wir setzen uns Mimo und Benni-Two auf die Schultern, nehmen Greta und Hanna an die Hand, winken mit den Kindern gemeinsam ins Publikum und hüpfen erschöpft aber glücklich durch den Sand. Und während wir uns noch so Hoppe-Hoppe-Reiter-like feiern lassen und uns der tosenden Menge stellen, blenden uns schon die ersten Blitzlichter. Aha ... die Medien sind auch schon wach! Für ein Interview haben wir allerdings noch nicht genug Luft, außerdem haben wir uns noch nicht die Glückwünsche unserer Familien abgeholt und das geht jetzt wirklich vor! Wir laufen zu ihnen an die Bande, lassen uns reihum durchknuddeln und stellen uns dann den Fragen der interessierten Reporter. Danach überreichen wir Ella, Linda und Mama die Kinder und machen uns für die Siegerehrung bereit. Im Zelt, in dem alle teilnehmenden Spieler und Spielerinnen versammelt sind, treffen wir Trixie, die einen Umschlag für uns hat. "Er ist von Jessica", sagt sie und verbessert sich gleich: "Also, eigentlich ist er von Laura, soll ich euch sagen und ich sollte ihn euch nur geben, falls ihr ins Endspiel kommt und gewinnt."

"Von Laura?", fragt Ben völlig überrascht. Auch ich bin total durcheinander, Laura ist nämlich seit Jahren tot. Wieso kann sie dann Briefe schreiben? Ich will das Trixie gerade fragen, aber nun beginnt die Siegerehrung für die sechzehn Frauenteams, deshalb verschwindet sie in der Menge und lässt uns ratlos zurück. Wir überlegen eine Sekunde, ob wir den Brief öffnen, nicken uns dann zu, zerren ungeduldig den Umschlag auf und Ben liest leise vor: "Dominik und Ben, ihr beiden Helden! Ich habe immer gewusst, dass euch niemals jemand aufhalten kann. Jetzt habt ihr es geschafft! Ich habe nie an euch gezweifelt und wusste immer, dass ihr irgendwann ganz, ganz oben stehen werdet. Wenn ihr jetzt diesen Brief in euren Händen haltet, dann heißt das, dass ich nicht dabei sein kann ... aus welchen Gründen auch immer. Entweder bin ich verletzt, nicht gut genug für die Deutsche Meisterschaft oder habe eventuell sogar ganz mit dem Spielen aufgehört – obwohl ich mir Letzteres überhaupt nicht vorstellen kann. Ich weiß, wir hatten uns immer geschworen, irgendwann einmal alle zusammen ganz oben auf dem Treppchen in Timmendorf zu stehen, aber es sollte wohl nicht sein. Vielleicht sitze ich jetzt zu Hause und sehe die Bilder im Fernsehen, vielleicht sitze ich sogar irgendwo im Stadion und juble euch zu – wer weiß? Jedenfalls wünsche ich euch noch viele weitere Meistertitel und hoffe, dass ihr sie gemeinsam erreicht. Wir hatten eine tolle Zeit in Schilksee, von der ich nicht eine Sekunde missen möchte. Wahrscheinlich werde ich in meinem ganzen Leben nie wieder so gute Freunde finden wie euch. Am besten wäre es natürlich, wir könnten diesen Moment zusammen feiern: Jessica, ihr beide und ich, aber wenn das so wäre, hättet ihr diesen Brief nicht in der Hand. Und nun freut euch auf die Siegerehrung, ihr Superhelden. Und wo immer ich in diesem Moment sein werde, seid euch sicher, ich werde von dieser Zeremonie nicht eine Sekunde verpassen. Ich umarme euch! Laura"

Verwirrt lesen wir den Brief noch zweimal, dann greife ich zu meinem Handy. Ich rufe Jessica an.

"Hast du den Brief gelesen?", lege ich gleich los.

"Ja!"

"Wieso hast du nie etwas gesagt?"

"Es war ein Geheimnis zwischen Laura und mir."

"Und wieso bist du nicht hier und hast ihn uns persönlich gegeben?"

"Ich hatte Angst, dass ich mich nicht unter Kontrolle habe. Ihr seid also Deutsche Meister, ja? Ich habe das Turnier im Ticker verfolgt. Wow, euer Sieg war wohl deutlich, zumindest der zweite Satz."

"Jetzt lenk mal nicht ab, Jessica", bremse ich ihre Euphorie. "Wann hat Laura dir diesen Brief gegeben?"

"Irgendwann in unserem letzten Jahr im Internat. Als ihr mal ohne uns unterwegs wart, hatten wir die Idee mit den Briefen."

"Mehrzahl?"

"Ja. Ich habe auch so einen geschrieben, für den Fall, dass ich irgendwann mal aufhöre. An einen Unfall oder sogar daran, dass einer von uns vorher sterben könnte, hatten wir in unserer jugendlichen Unbekümmertheit gar nicht gedacht."

"Und wo ist dein Brief?"

"Den habe ich natürlich Laura gegeben."

"Aha", antworte ich, und in diesem Moment beginnt die Siegerehrung der Herrenmannschaften. Ich lasse mir deshalb noch einmal von Jessica gratulieren und bereite mich mit Ben auf unseren größten Moment vor. Wir werden naturgemäß als Letzte aufgerufen, winken lachend in die Runde, klatschen Balljungs, Schiedsrichter, Organisatoren und Konkurrenten ab, springen neben Stefan und Felix und Niels und Tim aufs Podest und umarmen uns freudetrunken und vollkommen zerschossen. Völlig aus dem Häuschen nehmen wir Medaillen, Pokal, Sektflaschen und Uhren entgegen. Die Uhren werfen wir gleich in die Zuschauermenge. Wir haben dafür keine Verwendung. Wir haben nämlich schon Uhren ... Martins Uhren nämlich. Gut, eine ist nachgekauft, aber das ist nicht so wichtig. Ich werfe einen Blick auf meine Uhr, dann auf Bens Uhr und ich denke an Martin. "Dieser Sieg gehört deinem Vater", sage ich leise.

"Danke", antwortet Ben, dann hält er Lauras Brief in die Kameras und erntet verdutzte Gesichter. Ich krame in meiner Hosentasche nach meinem Rundum-Sorglos-Paket, finde sofort Martins Foto und halte es ebenfalls hoch. Auch das sorgt für Fragezeichen auf verschiedenen Visagen – verständlicherweise. Dann bringen wir das Foto und den Brief aber schnell in Sicherheit, denn die ersten Spieler öffnen schon die Sektflaschen, von deren Inhalt Ben und ich höchstwahrscheinlich den Großteil abkriegen werden. Auch wir beginnen jetzt, unsere Flaschen wild zu schütteln. Ich leere meine gleich auf Stefan, während Ben Niels ertränkt, dann stürzt sich die Meute auf uns. Wir sind willige Opfer, lassen uns taufen und sind hinterher klebrig-nass. Ist nicht das allerschickste Outfit für das Interview, das nun geplant ist, aber ... egal.

Wir kommen uns ziemlich eingepfercht vor zwischen den ganzen Kameras und Fotografen und können uns gar nicht entscheiden, in welches der vielen Mikrofone wir sprechen sollen, aber wir plappern schon drauflos, bevor überhaupt jemand eine Frage stellen kann. Ich mache den Anfang: "Wir widmen diesen Titel Martin, Laura und Jessica, die heute leider nicht hier sein können. Und außerdem widmen wir diesen Titel allen Volleyballverrückten in ganz Deutschland. Spielt weiter, Leute, und habt Spaß an der Sache. Es ist ein toller Sport, den ihr euch ausgesucht habt, und irgendwann wird das auch jeder wissen."

"Das ist ein Seitenhieb auf uns, nehme ich an?", fragt eine Journalistin mit hochgezogener Augenbraue, aber Ben ignoriert sie und nimmt den Faden wieder auf: "Auch wenn ihr keine großen Titel gewinnt und vielleicht immer wieder wichtige Spiele verliert, dürft ihr nie vergessen, wie unendlich geil es ist, ein Beacher zu sein!"

Aber dann nehmen wir uns vor, auf die Fragen zu antworten, bevor uns die Journalisten hier noch den Saft abdrehen und sich schmollend verziehen. Die erste Frage richtet sich an mich: "Du hast eben drei Namen genannt?"

"Ja, Martin, Jessica und Laura."

"Wer ist das?"

"Martin war unser erster Beachtrainer. Ihm haben wir es zu verdanken, dass wir überhaupt hier sind. Leider ist er viel zu früh verstorben und kann diesen Erfolg nicht mit uns feiern, aber wir wissen, dass er immer damit gerechnet hat. Martin war Bens Vater und für mich war er es irgendwie auch."

"Und wer sind Jessica und Laura?", wird Ben gefragt.

"Wir waren mit ihnen im Sportinternat am Olympiastützpunkt in Schilksee und haben uns damals schon geschworen, irgendwann mit ihnen in Timmendorf ganz oben auf dem Treppchen zu stehen. Ich war mit Laura zusammen, Domi mit Jessica. Laura ist noch während der Internatszeit gestorben, aber Jessica Finke werden wir alle eines Tages hier erleben. Sie ist jetzt im Mutterschutzurlaub, aber wenn sie in den Beachzirkus zurückkehrt, mischt sie das Feld von hinten auf, da können Sie sicher sein. Jessica hat das Siegergen, genau wie Domi und ich."

"Wie lange kennt ihr euch schon?"

"Seit der ersten Klasse", antworte ich. "Also seit über zwanzig Jahren."

"Und so lange spielt ihr schon zusammen?"

"Genau, erst Volleyball und später Beachvolleyball."

"Ihr hattet nie andere Partner?"

"Doch, hin und wieder schon, wenn der andere verletzt war oder krank, aber wir spielen besser zusammen, oder?", frage ich Ben. Mein Kumpel nickt: "Ich funktioniere nicht ohne Domi auf dem Feld. Er ist der Einzige, der meine Spielweise versteht."

"Das stimmt. Du bist ein Chaot, aber ich komme mit Chaoten ziemlich gut zurecht."

"Und außerdem kümmert er sich so rührend um alles. Ich muss nur rechtzeitig wach sein und auf dem Platz stehen. Alles andere erledigt er."

"Wenn ich mich auf dich verlassen müsste, bräuchten wir nirgendwo antreten."

"Was sind eure Pläne für die kommende Saison?", werde ich gefragt: "Wir haben uns noch nicht entschieden, ob wir dieses Jahr die Hallensaison spielen. Was meinst du, Ben?"

"Ich denke jetzt erst mal an Urlaub."

"Wir haben nichts gebucht."

"Das kann man ja nachholen."

Den Journalisten passt es nicht so, dass wir hier Privatgespräche führen, deshalb werden wir wieder unterbrochen: "Diese Meisterschaft ist euer erster Titel und ..." Ben protestiert: "Wir sind Deutsche Jugendmeister, Jugendeuropameister, Jugendweltmeister ... das sind auch alles große Titel."

"Was ich fragen wollte: Was sind eure Ziele?" Um die Leute nicht weiter gegen uns aufzubringen, beantworte ich die Frage schnell, bevor Ben wieder überreagieren kann: "Wir wollen auf jeden Fall weiter zusammen spielen. Vielleicht qualifizieren wir uns im nächsten Jahr für die Europameisterschaft und mit ganz viel Glück für die Weltmeisterschaft. Olympia ist ebenfalls ein Ziel."

"Wäre ja gelacht, wenn wir nicht ...", gibt Ben an.

"Wir wollen niemandem den Platz wegnehmen, deshalb hoffen wir auf drei Startplätze", halte ich den Ball flach, um das Gespräch ins ruhige Wasser zu bringen. Wir beantworten noch ein paar Fragen, lassen uns noch einmal beglückwünschen und fotografieren und laufen dann zu unseren Familien, die uns sofort unter die Dusche schicken. Nach dem Duschen gehen wir feiern, Jonas hat einen Tisch bestellt im besten Restaurant am Platz. Wir bestellen Meistermenüs, trinken ordentlich Alkohol und lauschen der eindeutig nicht einstudierten Rede meines Vaters: "Jungs, ihr wisst, ich bin sonst nie um Worte verlegen, aber heute fällt mir nichts ein, das auch nur annähernd das ausdrückt, was ich empfinde."

"Stolz, Papa", mischt sich Linda ein. Wir lachen, ich zwinkere meiner kleinen Schwester zu und hebe Hanna auf meinen Schoß, die mit mir kuscheln will.

"Stimmt, ich bin stolz auf euch, aber da ist noch mehr, ihr seid meine Jungs und ihr ... ihr ...", schnieft mein Dad und zerdrückt tatsächlich ein paar Tränen.

"Opa weint", wundert sich Benni-Two, klettert von seinem Stuhl und will seinen Opa trösten.

"Ist schon gut, Benni-Two. Also, ich wollte sagen, dass ihr meine Jungs seid, meine Söhne, versteht ihr? Auch du, Ben!"

Ben ist tatsächlich gerührt, springt sofort auf und stolpert direkt in Jonas' Arme, der Rotz und Wasser heulend mit seiner Rede fortfährt: "Du hast deinen Vater mit meinem Sohn geteilt, das werde ich dir nie vergessen. Er hat sich um Dominik gekümmert, als er fallengelassen wurde und ich nicht für ihn da sein konnte. Ich kann es niemals wieder gutmachen, was deine Familie für meinen Sohn getan hat, aber ich kann es versuchen. Ich werde dein Ersatzvater sein, wenn du es willst, Ben."

"Danke", schnieft jetzt auch Ben und nicht nur er, sondern alle an unserem Tisch brechen jetzt in Tränen aus ... mit Ausnahme von mir und den Kindern, die einfach nicht verstehen, was hier los ist. Aber als das Ganze irgendwann peinlich wird, weil die anderen Gäste auf diese Rudel-heulerei aufmerksam geworden sind, setze ich zu meiner Rede an: "Was seid ihr nur für Heulsu-sen, Leute. Beruhigt euch mal. Wir haben hier eine Party zu feiern und haben keine Zeit für Tränen."

"Seit wann bist du so unsensibel?", fragt Linda schief grinsend.

"Ich bin nicht unsensibel, ich bin Deutscher Meister und das will ich feiern, kleine Schwes-ter!"

Das ist ja schließlich kein Verbrechen, oder? Ben und ich haben es geschafft, aber was jetzt kommt, wird ungleich schwerer: Wir müssen uns gegen starke Konkurrenz durchsetzen, zuerst europaweit, dann in der ganzen Welt. Aber ... hey, wir sind ja schließlich keine kleinen Jungs, oder? Wir sind Sandhäusler, wir sind Strandjungs und wir sind Deutsche Meister. Und das ist erst der Anfang. So wahr ich Dominik Jonas Nordgren heiße, aus Kiel komme und stahlblaue Augen habe ... meistens zumindest!

ENDE!

Tausend Dank!

Wisst ihr eigentlich, wie wertvoll ihr seid? Ich kann nicht in Worte fassen, wie glücklich ich über eure Hilfe und euren Beistand bin.

Und wisst ihr auch, dass ihr die treuesten Leser und Helfer seid? Einige gehen, einige sind neu, aber der „harte Kern" ist immer dabei.

Habe ich schon DANKE gesagt? Danken kann ich euch jedenfalls nie genug. Und weil ihr für mich, die Strandjungs und das Sandhaus gleich wichtig seid, hier meine DankeDankeDanke-Besties in alphabetischer Reihenfolge und riesengroß, weil ihr für mich ebenfalls riesengroß seid:

Dieter Nagel <3

Frauke Schellenberg <3

Jonas Reinhardt <3

Markus Schnitzler <3

Martina Müller <3

Nadine Gärtner <3

Simone Müller <3

Stephie Albus <3

Thor Dirk Duisenberg <3

Also: DaNkE, dAnKe, DANKEEEEEE! Bitte bleibt so motiviert!

Liebe Leser, besucht mich doch mal auf Facebook

→ Tanja Korf (die mit dem Schiff als Foto)

→ Beachvolleyball – Buchserie von Tanja Korf

Herstellung und Verlag:
BoD – Books on Demand, Norderstedt
ISBN: 978-3-7494-9874-1